btb
Aus Freude am Lesen

btb

Buch

Eine Brandserie hält Helsinki in Atem. Man vermutet, dass ein Pyromane am Werk ist. Sämtliche Polizeikräfte sind im Einsatz, und auch Harjunpää muss dem Unbekannten Tribut zollen. Auf Grund des ewigen Personalmangels wird er in die Abteilung von Oberinspektor Suttelin versetzt, deren Aufgabe darin besteht, die Ursache von Bränden zu klären. Harjunpää sträubt sich nicht, denn er erhält dafür das vage Versprechen, an einer Weiterbildung teilnehmen zu dürfen, mögliche Beförderung inklusive. Der Familienvater könnte beides gut gebrauchen, zumal das zweite Kind jeden Moment zur Welt kommen kann. Die einzige Schattenseite besteht darin, dass Harjunpää sich gründlich darauf vorbereitet hat, bei der Geburt dabei zu sein. Nun sieht es so aus, als würde die Suche nach einem Täter ihm schon zum zweiten Mal die Möglichkeit dazu nehmen. Die Ermittlungen der Polizei treten derweil auf der Stelle. Und dann gibt es noch die andere Partei: den Pyromanen, der ängstlich darauf wartet, erwischt zu werden …

Autor

Matti Y. Joensuu wurde 1948 geboren. Nach entsprechender Ausbildung arbeitete er bei der Kriminalpolizei in Helsinki in der Abteilung für Gewaltverbrechen, später als Journalist bei einer Abendzeitung, kehrte dann jedoch in den Polizeidienst zurück, wo er heute noch tätig ist. Inzwischen umfasst sein Werk zehn Kriminalromane, alle preisgekrönt, mit denen er sich eine große Leserschaft nicht nur im nordischen Raum gesichert hat.

Bei btb bereits erschienen

Der einsame Mörder. Roman (72752)
Blinder Neid. Roman (72856)

Matti Y. Joensuu

Der Pyromane

Roman

Aus dem Finnischen
von Stefan Moster

btb

Die finnische Originalausgabe erschien 1978 unter dem Titel
»Harjunpää ja pyromaani« bei Otava, Helsinki

Umwelthinweis:
Alle bedruckten Materialien dieses Taschenbuches
sind chlorfrei und umweltschonend.

btb Taschenbücher erscheinen im Goldmann Verlag,
einem Unternehmen der Verlagsgruppe Random House.

1. Auflage
Deutsche Erstveröffentlichung April 2003

Umschlaggestaltung: Design Team München
Umschlagfoto: Wolf Huber
Satz: IBV Satz- und Datentechnik GmbH, Berlin
RK · Herstellung: Augustin Wiesbeck
Made in Germany
ISBN 3-442-73055-4
www.btb-verlag.de

KAPITEL 1

Die Breilöffel

Draußen war es hell, in der Wohnung jedoch düster. Der Tisch stand so dicht an der Wand, dass der Mann, der vor ihm auf einem Hocker saß, seinen Ellbogen auf die Fensterbank stützen konnte. Das Licht blieb hinter seinem Rücken. Auf seinem Gesicht lagen nur Schatten, man konnte seine Miene nicht erkennen. Harjunpää blickte in sein Notizbuch, fand unter dem Gekritzel den Namen und fragte sich, warum er ihn immer wieder vergaß.

»Lökman. Also ... Sie haben also tatsächlich nichts bemerkt, als sie ging? Hat sie denn nichts gesagt? Hat sie nicht so etwas wie ... den Eindruck gemacht, als würde sie etwas verheimlichen wollen?«, fragte Harjunpää. Seine Frage klang nicht neugierig, eher verwundert und auf eine Art fordernd, als befürchte er, der andere könne einschlafen oder ihm auf der Flucht vor den Worten entgleiten. Lökman hob den Kopf und machte die Augen auf. Obwohl Harjunpää die ganze Zeit versucht hatte, den Blick des Mannes zu erwischen, wich er nun selbst aus und blickte auf den Tisch mit dem Geschirr.

»Nichts. Absolut gar nichts – wie ich es schon gesagt habe«, antwortete Lökman, und seine Stimme wirkte auf Harjunpää ebenso gespannt und nervös wie zuvor.

»Ja, richtig«, brummte er und spürte, dass er Lökman vorerst nichts mehr zu sagen hatte. Außerdem war ihm unbehaglich zu Mute, er fühlte sich irgendwie schuldig, obwohl er wusste, dass er nichts gesagt oder getan hatte, was nicht zu seiner Pflicht gehörte, und obwohl er denselben Verdacht hatte wie die beiden anderen Polizisten, die stumm hinter ihm standen. Auch sie glaubten, dass dieser Mann auf dem dreibeinigen Küchenhocker auf eine Art schuldig war.

»Na gut«, setzte Harjunpää nach einer Weile wieder an, kam dann aber zu dem Schluss, dass es klüger wäre, weitere Fragen im Präsidium unter vier Augen zu stellen. Er beließ es dabei und ging neben dem Kind auf dem schmutzigen Fußboden in die Hocke.

»Na du, steck dir doch nicht das ganze Zeug in den Mund«, versuchte er zu scherzen, doch da er selbst unruhig und bestürzt war, färbte ein gezwungen süßlicher Ton seine Bemerkung. Mit einer Hand ergriff er die Faust des Kindes – sie war klein und weich und warm wie die Pfote eines jungen Kaninchens – und mit der anderen versuchte er die Fetzen des Lottozettels aus dem zahnlosen Mund zu holen. Zwei Papierkugeln fischte er heraus.

»Wie alt ist denn der Schlingel?«, fragte Harjunpää den Vater auf dem Hocker, allerdings nur, um das aufgeregte Gerede zu überdecken, das durch die Wohnungstür hereindrang. Man konnte die Worte nicht verstehen, doch das auf und ab wogende Gemurmel verriet, dass mindestens ein Dutzend Leute im Treppenhaus standen, die Bescheid wussten, warteten und womöglich auch zutiefst schadenfroh waren.

»Man hat so was ja schon geahnt … Hab ich es nicht schon gesagt, als die hier eingezogen sind …«

Harjunpää hatte derlei Getuschel schon unzählige Male gehört. Er wusste auch, dass es sofort aufhören würde, sobald er die Tür öffnen und mit dem Notizbuch in der Hand in den Flur treten würde, aber jetzt hatte er dafür keine Zeit – und er wollte es auch nicht. Zudem wäre es ungünstig für die Ermittlungen gewesen, denn all diese Nachbarn mussten noch befragt werden.

»Acht. Acht Monate ist der kleine Jukka jetzt …«

»Aha«, sagte Harjunpää, wobei er sich bemühte, eine interessierte Miene aufzusetzen. »Noch so jung? Ich hab geglaubt, er ist schon viel älter.« Er sagte das, weil er wusste, wie geschmeichelt sich Eltern dadurch fühlten, und er spürte, dass dieser Vater gerade jetzt einen kleinen Trost besonders nötig hatte. Mehr fiel ihm jedoch nicht ein, und die darauf folgende Stille wirkte umso unfreundlicher.

»Haben die noch nichts gesagt? Also was ... was jetzt gemacht wird?«, fragte Lökman schließlich, und Harjunpää war sich nicht sicher, ob der Mann schlicht und einfach wegen jemand anderem beunruhigt war. Er begriff die Frage nicht. Er schwieg einen Augenblick, dann drehte er sich zu den Männern hinter sich um, entdeckte aber auch auf ihren scheinbar ausdruckslosen Gesichtern keinen Hinweis.

»Was gemacht wird?«, musste er nachfragen. »Was mit Jukka geschieht?«

»Nein, nein. Mit Riitta ... meiner Frau. Wo bringen die sie hin? Haben die nichts über ihren Zustand gesagt? Die Sanitäter ...«

»Aber sie ...« Harjunpääs Haut fing an zu kribbeln wie im Winter, wenn man sich die erste Zigarette des Tages erst draußen in der Kälte anzündete. Erneut drehte er sich zu seinen Kollegen um. An der Art, wie sie den Blick senkten, erkannte er, dass der Abtransport endgültig sein würde.

Mit belegter, fremd klingender Stimme setzte er an, er musste sich räuspern, schlucken: »Es war schon zu spät. Sie konnten nichts mehr tun ... auch der Arzt nicht.« Er trat näher an den Tisch zu Lökman heran und hob beschwichtigend die Hand, als wollte er im Voraus etwas abwehren, von dem er wusste, es würde unweigerlich kommen.

»Riitta?« Lökman erhob sich langsam. Die Bewegung ging unbeholfen vonstatten, als wäre er schwer betrunken. »Wo ist sie? Wo ist Riitta? Sie ist doch ... Sie ist doch immerhin meine Frau. Wo ist sie?« Er schrie nicht und er jammerte nicht, aber seine Stimme klang unverstellt, so wie es die Stimme eines Menschen immer ist, wenn ihn etwas ängstigt. Der Kleine auf dem Fußboden fing verzweifelt an zu weinen, es war das typische Weinen eines Kindes, das sich nach seiner Mutter sehnt.

Lökman stand nun aufrecht da. Sein Gesicht befand sich nah vor Harjunpääs Gesicht, unangenehm nah. Es war blass, verkatert, und wirkte mit einem Mal auch unglücklich. Das rechte Auge war blauer als das linke. Harjunpää glaubte nicht, dass jemand so schauspielern konnte. Weiter hinten in der Wohnung, im Wohnzimmer oder im Schlafzimmer, hörte man das Weinen eines anderen Kindes.

»Hören Sie auf ... setzen Sie sich!«, flüsterte Harjunpää und legte Lökman eine Hand auf die Schulter. »Setzen Sie sich. Die Kinder ... Ahvenainen!«, rief er über die Schulter, »Ahvenainen, mach was mit den Kindern, damit sie nicht ...«

Er konnte nicht sagen, was man mit den Kindern machen sollte, er wusste es zwar, bekam es aber nicht über die Lippen. In Gedanken hörte er bereits das Gespräch, das später im Präsidium geführt werden würde: »War das nicht genau in dem Moment, als Harjunpää Ahvenainen am Tatort befahl, die Bälger auf dem Arm zu schaukeln? Und der Täter saß daneben und lachte sich ins Fäustchen. Ja genau, sie ...«

Harjunpää hörte hinter sich Kleider rascheln. Das Weinen klang jetzt anders und kam auch von weiter oben. Er war erleichtert; Ahvenainen hatte dasselbe gedacht wie er.

»Setz dich. Setz dich, um Himmels willen!«, fuhr Harjunpää Lökman an, obwohl er ihn eigentlich beruhigen wollte. Er merkte, dass er den anderen geduzt hatte, und das wurmte ihn, denn die Ermittlungen standen erst am Anfang, und er hätte sich die Förmlichkeit eigentlich noch eine Zeit lang zu Nutze machen wollen. Das Duzen wäre später am Platz gewesen, dann, wenn bereits klar war, wie sich die Dinge verhielten, oder dann, wenn man kurz davor war, etwas zu gewinnen. Mit sanfter Gewalt brachte er Lökman wieder zum Sitzen und lockerte seinen Griff erst, als er spürte, wie die knochige Schulter erschlaffte.

»Hör zu. Das hier ist ... Du musst versuchen, es zu akzeptieren. Da hätte nichts mehr helfen können. Es war zu spät. Selbst wenn man sofort, unmittelbar ...«

Harjunpää richtete sich auf und ließ die Hände sinken. Als er fortfuhr, war der eindringliche Unterton aus seinen Worten verschwunden. Sie klangen jetzt beinahe mechanisch. »Deine Frau ist tot. Sie starb auf der Stelle. Sie liegt noch im Badezimmer... Und deshalb sind wir hier. Du begreifst doch selbst, dass wir gezwungen sind, die Situation aufzuklären.«

Harjunpää stand reglos da, sein Gesicht war ausdruckslos. Er verfolgte, wie der Mann, der vor ihm saß, den Arm auf den Tisch fallen und den Kopf darauf sinken ließ. Er nahm diese an sich rasche Bewegung als Abfolge verschiedener Phasen wahr, und es kam ihm vor, als wäre er im Nachhinein im Stande, jede Geste gesondert in einer Zeichnung zu Papier zu bringen. Er blickte aus dem Fenster in den Hof. Neben der Mülltonne hüpften Spatzen herum. Es waren junge, sie bettelten mit flatternden Flügeln ihre Mutter an.

»Ich hab geglaubt, sie will mir nur Angst machen«, jammerte Lökman, doch die Tischplatte und seine Hand dämpften die Worte, sodass sie nur Harjunpää, der unmittelbar daneben stand, hören konnte. Selbst ihm schien es, als hätte jemand beim Friseur mit dem Handtuch auf dem Gesicht gesprochen.

Neben Lökmans Ellbogen stand ein leerer Joghurtbecher, der Scheitel des Mannes berührte einen großen Porzellanteller. Auf dem Teller war Beerenbrei mit Milch, in dem, jeweils am Rand, vier Löffel steckten, zwei kleine und zwei größere, und Harjunpää dachte, dass am nächsten Morgen nur die zwei kleinen und einer der großen benötigt würden. Bei näherer Überlegung war er sogar sicher, dass auch die kleinen Löffel nicht mehr gebraucht werden würden. Er machte eine unwillige Geste, während er beinahe verzweifelt zu erraten versuchte, worüber sich die Familie an diesem Morgen beim Frühstück unterhalten hatte. Die Eltern mochten bereits miteinander gezankt haben, aber die Kinder waren vielleicht still gewesen – der Brei hatte ihnen sicherlich geschmeckt.

Harjunpää holte Luft. Er zwang sich, seine Gedanken zu sammeln, und rief sich den bereits fertigen Handlungsplan wieder in Erinnerung. Vor zehn Minuten war ihm alles klar gewesen, jetzt aber fühlte er sich wie verirrt. Die Unsauberkeit der Wohnung störte ihn, und ihn störte auch die Leiche im Badezimmer, auf die er nur einen oberflächlichen Blick durch den Türspalt geworfen hatte, und außerdem, so sonderbar es auch war, kam ihm der Bauch seiner Frau zu Hause in den Sinn, und auch das störte ihn.

Sein Blick blieb bei Lökman hängen. Der Mann war jung, vielleicht ein oder zwei Jahre älter als Harjunpää, auf jeden Fall unter dreißig. Seine Haare hoben sich blond und gewellt von der Tischplatte ab, offenbar hatte er sich irgendwann einmal eine Dauerwelle machen lassen. Harjunpää kniff die Augen zusammen. Für ihn sah es so aus, als wäre ein Wischmopp auf dem Tisch vergessen worden. Er richtete den Blick auf die nackten Arme und stellte fest, dass Lökman gesessen hatte. Vielleicht war er ein kleiner Eierdieb, auf jeden Fall kein großer Fisch. Was die Tätowierungen darstellten, war nicht zu erkennen. Dunkel und sinnlos bedeckten sie die Haut, gerade so, als riefen sie: »Schau uns nicht an, wir sind nur eine unselige Schnapsidee!« Niemand sagte ein Wort. Auch die Kinder verstummten.

Harjunpää führte eine Hand zur Stirn, drückte mit Daumen und Zeigefinger die Schläfen und schloss die Augen. Draußen näherte sich ein Auto. Eine Radkappe rasselte, als wäre sie voller loser Muttern. Harjunpää drehte sich um.

»Okay«, fing er energisch an, verstummte noch einmal für einen Moment und blickte seine Kollegen an. Ahvenainen von der Technik stand mit gespreizten Beinen da und hielt das Kind auf dem Arm. Es wirkte fröhlich und fuhr mit dem Finger über Ahvenainens kahlen Schädel, Ahvenainen jedoch bog den Hals zurück und versuchte vergeblich, seinen Kopf außer Reichweite zu bringen. Er hatte die Brauen hochgezogen und die Augen weit aufgerissen, und das war für Harjunpää in gewisser Weise tröstlich, denn er hatte denselben Mann schon einmal gesehen, wie er ohne mit der Wimper zu zucken mit der Bombenplane eine Aktentasche isoliert hatte, in der sich angeblich eine Sprengladung mit Erschütterungszünder befand.

»Hat was in der Hose«, flüsterte Ahvenainen und nickte in Richtung des Kindes. Kohvakka von der Streife wich verlegen Harjunpääs Blick aus, er versuchte, unbemerkt den linken Fuß an den rechten heranzuziehen. Harjunpää blickte zu Boden. Die Splitter der kaputten kleinen Puppe waren rosa. Kohvakka war es nicht gelungen, sie alle unter den Teppich zu schieben.

»Okay«, sagte Harjunpää erneut, und neben der Gewissheit regte sich in ihm ein starkes Gefühl der Zusammengehörigkeit. »Kohvakka, komm mal her«, sagte er, während er mit großen Schritten in die halbdunkle Diele ging. Auf dem Fußboden lagen ein Haufen Schuhe, eine nasse Einwegwindel und ein an den Rändern angenagtes Butterbrot.

»Du hast doch gehört, was er mir gerade gesagt hat?«, flüsterte Harjunpää. »Ist dir was aufgefallen ... gab es deiner Meinung nach irgendwelche Unterschiede zu dem, was er dir und Rakkolainen erzählt hat, als ihr kamt?«

»Also. Warte mal ...« Kohvakka rieb sich die Wange. Über seiner Nase erschien eine angestrengte Falte.

Kohvakka war jung, fast noch ein Bürschchen. Er war im Frühjahr zur Kripo gekommen, war aber jetzt schon der ranghöhere der beiden Männer von der Zivilstreife, die damit beauftragt worden war, zu Lökmans Wohnung zu fahren. Trotz seiner Unerfahrenheit hatte er die Lage richtig eingeschätzt, er hatte den Widerspruch in Lökmans Geschichte erkannt und, ohne weitere Maßnahmen zu ergreifen, die Leute vom Gewaltdezernat gerufen. Ahvenainen war freilich von der Technik. Von der Mordkommission war fürs Erste nur Harjunpää geschickt worden, und auch er kam sich zwischenzeitlich allein gelassen vor, denn normalerweise wurden stets drei Ermittler zum Tatort eines mutmaßlichen Gewaltverbrechens geschickt. Doch vor allem im Sommer war die Lage immer die

Gleiche: Es war schon gut, wenn wenigstens vier Männer im Büro waren, die ausrücken konnten. Die offizielle Besetzung war durchaus ausreichend, verriet aber nicht, dass ein spürbarer Teil des Personals stets anderswo war: bei Kursen, im Urlaub, auf dem Weg zur Nachtschicht oder beim Schlafen danach, beim Abfeiern von Überstunden, auf Streife, als Diensthabender in der Zentrale, wo auch immer, oder krank. Man machte sich darüber keine Gedanken und fand sich mit der Situation ab. Man hielt sie für ebenso natürlich wie die Tatsache, dass auf Sonnenschein Regen folgte, und so kam niemand auf die Idee, der Mangel an verfügbaren Leuten könnte mit fehlerhafter Organisation zu tun haben.

»Also«, fing Kohvakka an. »Der Ausbruch des Streits spielte sich anders ab. Vorher hat er gesagt, meine ich jedenfalls, der Streit wäre schon am Vorabend wegen seiner Sauferei entstanden. Und jetzt behauptet er, erst heute wegen dem Haushaltsgeld und weil die Frau gleich am frühen Morgen Anspielungen gemacht hat, von wegen, auf diese Weise würde er sie schnell los.«

»Genau. Sonst nichts?«

»Eigentlich nicht. Ein bisschen anders ausgedrückt hat er sich.«

»Na eben. War nicht die Klotür der eigentliche Grund, warum du etwas Außergewöhnliches vermutet hattest?«

»Na ja. Der Kerl behauptet nämlich, die Frau hätte von innen abgeschlossen. Er hätte daran gerüttelt, aber sie hätte nicht aufgemacht. Und dann hat es fast eine halbe Stunde gedauert, bis die Tür plötzlich aufging. Von selbst. Oder die Frau hat sie aufgemacht, meint er ... Aber die Frau hat sie garantiert nicht aufgemacht!« Kohvakka geriet beim Sprechen in Aufregung, als befürchte er, Harjunpää könnte an seinen Beobachtungen zweifeln, und seine Stimme wurde unmerklich lauter. Harjunpää hob warnend den Finger. »Wir ... wir haben nicht mehr als ein paar Minuten gebraucht, bis wir hier waren. Auch der Notarzt war gerade erst gekommen. Und die Frau hat lauter Einstiche und Flecken am Hals und das Gehirn im Schoß ... So macht man nach einer halben Stunde keine Tür mehr auf. Das weißt du besser als ich.«

»Ja, ja, das stimmt alles. Ich frage nur, damit Ahvenainen weiß, worauf er achten muss. Ja, genau ...« Harjunpää hatte noch eine Frage im Sinn gehabt. Nun fiel sie ihm nicht mehr ein, sie war verschwunden. »Jetzt geh nur«, sagte er nach einem Moment des Zögerns. »Wartet Rakkolainen im Wagen auf dich? Dann machen wir es so, dass ihr Lökman mitnehmt. Im Büro haben wir keinen, der ihn im Auge behalten könnte, aber steckt ihn in den Käfig. Ins Buch könnt ihr von mir aus schreiben ... Ermittlung einer Todesursache. Das reicht. Und, äh ... bevor ihr fahrt, fragt doch noch mal, wo der Wagen von der Schutzpolizei bleibt. Wir müssen die Bude hier leer kriegen, bevor wir anfangen können, sie unter die Lupe zu nehmen. Es ist erbärmlich ... Bevor wir los sind, haben wir sie vom Büro aus angerufen, weil wir von den Kindern gehört haben. Eine halbe Stunde haben wir gewartet ... Ich kann mir nicht ... wie man es dreht und wendet ... dass es was Dringenderes ....« Der letzte Teil des Satzes kam nur noch als gedämpftes Gemurmel aus Harjunpääs Mund.

Wäre Tupala oder Härkönen oder ein anderer seiner engen Arbeitskollegen vor Ort gewesen, hätten sie gleich erraten, dass er ungewöhnlich wütend war. Auf andere Art konnte Harjunpää seinen Zorn nicht loswerden. Er fraß alles in sich hinein, ließ den Ärger wachsen wie ein Giftkraut und litt letztendlich selbst am meisten unter seinem nur allzu verständlichen Zorn. Aber Kohvakka kannte ihn nicht.

»Ist auch ganz bestimmt daran gedacht worden, sie anzurufen?«, fragte er mit aufrichtigem Wohlwollen und verstand nicht, warum er keine Antwort bekam.

Eine Viertelstunde später kniete Harjunpää im Schlafzimmer auf dem Fußboden. Er begann erneut unruhig zu werden, denn es war bereits eine Stunde vergangen, und die eigentlichen Ermittlungen hatten noch nicht einmal angefangen. Er blickte in die Küche und sah das jüngere Kind Töpfe aus dem Schrank räumen. An sich war es gut, wenn sich das Kind wohl fühlte, aber es war schlecht, wenn in der Wohnung etwas verändert wurde. Er beschloss, sich das Ausräumen der Töpfe zu merken, schlug das vom ungemachten Bett herabhängende Laken zur Seite und spähte unter das Bett. Er hatte richtig geraten, verspürte jedoch keine Genugtuung.

»Hör zu, Kleiner«, fing Harjunpää an und begriff sofort, dass er Lökman unbedingt auch nach dem Namen des ältesten Kindes hätte fragen müssen. »Hör mal, komm raus da, nun komm schon ... du kannst da doch nicht bleiben. Du bist schon ganz voller Staub. Na komm ... Ich kann ... Wenn du willst, können wir zusammen ...«

Das Kind lag auf dem Bauch unter dem Bett, es rührte sich nicht, verzog nicht einmal eine Miene, immerhin hatte es die Augen offen. Es waren große, blaue Augen, und als es Harjunpää anstarrte, hatte dieser das Gefühl, als verstünde der Junge jedes Wort, hielte ihn aber auf irgendeine Art für dumm.

Harjunpää richtete sich auf und blickte sich ratlos um. Auf dem Bücherregal standen Fotos, eines der ungerahmten, braun gewordenen Bilder fiel ihm ins Auge. Es zeigte ein kleines Mädchen. Für die Aufnahme war die Bluse mit den Puffärmeln sauber zurechtgezupft worden, das Mädchen trug Zöpfe mit großen Schleifen. Es lächelte ein fröhliches Kinderlächeln, und das sah schön aus, auch wenn zwischen den halb geöffneten Lippen die Lücken ausgefallener Milchzähne zu erkennen waren. Da Harjunpää einen Blick in das Badezimmer geworfen hatte, wusste er, wer das Mädchen war. Das Revolverhalfter zog mit seinem Gewicht den Hosenbund nach unten. Er rückte die Waffe zurecht, worauf sie gegen die Hüfte drückte, wieder verrückte er das Halfter, diesmal nach unten, und seufzte, als füge er sich der Tatsache, dass die einzige Aufgabe einer Dienstwaffe darin bestand, die Hosen ihres Besitzers auf die Höhe des Steißbeins herabzuziehen.

Der Junge, der sich unter dem Bett versteckte, musste etwa genauso alt sein wie Harjunpääs Tochter. Harjunpää überlegte, was in einer entsprechenden Situation bei Pauliina gewirkt hätte, und schließlich holte er Atem, als hätte er vor zu tauchen, stemmte die Hände auf das Bett und brachte den Kopf erneut auf die Höhe des Fußbodens.

»Jetzt hör mir mal zu. Sei so gut und komm da raus«, sagte er wie beiläufig und streckte dem weiß schimmernden Gesicht eine Hand entgegen. Nachdem er einen Moment abgewartet hatte, spürte er klebrige Finger nach seiner Hand tasten. Langsam fing er an, das Kind unter dem Bett hervorzuziehen.

»Na also«, lobte er. »Sieh an. Du hast ein bisschen Pipi in der Hose … Keine Sorge, keine Sorge. Das kommt vor. Ist ja auch kein Wunder, mach dir keine Sorgen. Wir suchen jetzt zusammen eine trockene Hose für dich … In Ordnung?«

Harjunpää hatte überall nach trockenen Kleidern gesucht und war zu dem Schluss gekommen, dass auf dem Wäscheständer im Bad welche sein mussten, als Ahvenainen, der wiederholt vom Auto aus über Funk die Schutzpolizei zu erwischen versucht hatte, zurückkehrte. Seine Augen waren kalte Schlitze, und um einen Mundwinkel zuckte ein unerklärliches Lächeln – genau so hatte er im Februar gelächelt, nachdem er festgestellt hatte, dass ein Augenlid des Mannes, der seinen Kopf mit Dynamit gesprengt hatte, an seiner Schuhsohle hängen geblieben war.

»Und?«, fragte Harjunpää.

»Na … Die Streife ist losgefahren. Allerdings dürfen sie die Kinder nicht in ihre Obhut nehmen, wenn kein Vertreter von der Kinderschutzbehörde dabei ist. Deshalb sind sie dorthin gefahren. Aber dort hat zufällig gerade die Mittagspause angefangen. Jetzt warten sie, bis sie vorbei ist.«

»Aha«, sagte Harjunpää verdattert. »Aha …« Er blickte auf seine leere Handfläche, als suchte er etwas darin, dann wischte er sie an der Hose ab.

Einige Sekunden lang standen die Männer schweigend da.

Zwischen ihnen fröstelte der zweijährige Junge in seinen nassen Hosen. In der Küche schepperten Töpfe gegeneinander. Harjunpää dachte, die Zivilstreife hätte doch eher die Kinder mitnehmen sollen und nicht den Vater.

»Wie soll man das wissen«, sagte Ahvenainen leise.

»Wir hätten es uns denken können«, entgegnete Harjunpää matt. Er blickte auf das Kind, das nach seiner Hand tastete, und sah dessen Unterlippe vielsagend zittern. Er zwang ein Lächeln auf sein Gesicht.

»Gehen wir«, rief er dann bemüht fröhlich, ging in die Küche und nahm das kleine Kind auf den Arm. Er kehrte zurück, ergriff die Hand des älteren Jungen und ging in gleichem Tempo weiter zur Wohnungstür. Erst vor Ahvenainen, dessen eine Hand auf der Klinke lag, blieb er stehen.

»Ins Sofienheim?«, fragte Ahvenainen mit erhobenen Augenbrauen.

»Ins Sofienheim«, antwortete Harjunpää. Sie blickten einander noch einmal an und dachten gleichzeitig, dass sie bei der Funkpolizei um Hilfe hätten bitten können, dass bis zur Ankunft der ersten Streife auf jeden Fall genauso viel Zeit vergangen wäre, wie sie nun brauchten, um zum Sofienheim und zurück zu fahren. Eine Sache schien Harjunpää erst einzufallen, als das Schloss aufschnappte.

»Stehen die Weiber noch im Treppenhaus?«, wollte er wissen.

»Nein. Die Wohnungstür gegenüber ist allerdings einen Spalt weit offen.«

»Gut. Und du hast den Schlüssel für diese Wohnung hier?«

»Hab ich.«

»Dann lass uns gehen.«

Sie traten ins Treppenhaus, dort lag der Geruch nach Waschwasser, Schmierseife und gerade gerauchten Zigaretten in der Luft. Harjunpää setzte das kleinere Kind auf seinem Arm in eine bessere Position, worauf es zu strampeln aufhörte und den Kopf gegen Harjunpääs Hals drückte. Der Kopf war nicht viel größer als eine Kokosnuss, aber er war warm, die Haare waren fein und seidig, und Harjunpää nahm den Duft von Baby und unterbrochenem Spiel wahr. Am Zeigefinger seiner linken Hand spürte er den klammernden Griff des älteren Jungen, und er hörte, wie die an die falschen Füße geratenen Gummistiefel leicht schlurften.

Ahvenainen drückte die Tür zu. In diesem Augenblick ahnte Harjunpää, dass die Kinder nie mehr in ihr Zuhause zurückkehren würden, und als er die erste Stufe nach unten nahm, war er sich dessen sicher. Eine Mutter hatten die Kinder nicht mehr; sie lag im Badezimmer der leeren Wohnung auf dem Fliesenboden. Sieben Kugeln aus einer Mauser, Kaliber 67, waren durch ihren Kopf gegangen, und in ihren erkalteten Gliedern war zweifellos bereits die Totenstarre eingetreten. Der Vater wiederum, selbst wenn er in keiner Weise am Tod seiner Frau beteiligt war (Harjunpää neigte mittlerweile durchaus dazu, das zu glauben, obwohl er sehr gut wusste, wie gefährlich voreilige Schlüsse waren), wäre auf Grund seines Charakters und seiner Neigungen unter keinen Umständen fähig, die Kinder allein zu versorgen. Harjunpää drückte das Kleinkind enger an die Brust, als würde ihn das aus seinen Überlegungen reißen, und zwang sich, darüber nachzudenken, welche Aspekte es im Laufe der fortschreitenden Ermittlungen zu beachten gab, inwiefern es sich um Selbstmord handeln konnte und welche Aspekte den Verdacht bestätigten, dass ein anderer der Schütze war. Er dachte an den Neutronen-Aktivierungstest und nahm sich vor, bei der nächsten Gelegenheit Kontakt zur Abteilung aufzunehmen und jemanden zu bitten, bei Lökman einen solchen Test vorzunehmen.

Am Ende der Treppe angelangt ärgerte sich Harjunpää, weil er nicht auf Anhieb wusste, in welche Richtung man an der Kreuzung abbiegen musste, wenn man zum Sofienheim wollte. Er beschloss, Ahvenainen das Fahren zu überlassen, und versuchte sich in Erinnerung zu rufen, wie das Sofienheim aussah. Er wusste noch, dass es sich um ein großes, gelbes Gebäude handelte. Eine wuchtige Granittreppe führte zur Eingangstür hinauf, innen wurde man von einem endlos langen Flur empfangen, dessen Boden mit der Maschine auf Hochglanz poliert wurde und auf dem sich rechts und links zahllose Türen befanden. Außerdem hatte er noch die vage Erinnerung, dass irgendwo gedämpfte Essensgeräusche zu hören gewesen waren.

Unmerklich nahm Harjunpää die Kinder fester in den Griff. Das jüngere jammerte. Harjunpää neigte den Kopf und drückte die Lippen auf das kleine, rot schimmernde Ohr.

»Ist ja schon gut«, flüsterte er. »Ist ja gut. Dein Bruder ist bei dir, keine Angst«, beruhigte er das Kind, wobei er das Gefühl hatte zu lügen.

KAPITEL 2

Das Ufer und das Windrad

Die Länge der Streichholzschachtel betrug fünf Zentimeter, die Breite drei, die Höhe anderthalb. Auf dem Etikett warf sich ein zweiköpfiger *Sampo-Löwe* in die Brust. Auf der Unterseite der Schachtel stand gedruckt: »Durchschnittlicher Inhalt 45 Stück«, und das traf noch immer zu, denn auf der braunen Reibefläche hatten nur wenige Hölzer Spuren hinterlassen. Es war eine ganz gewöhnliche Streichholzschachtel, aus Tausenden, vielleicht Zehntausenden der gleichen Art wurden auch an diesem Tag Hölzer herausgezogen und angerissen, um damit Gasherde und Zigaretten anzuzünden, eine Pfeife ordentlich zum Glimmen zu bringen oder einem Schweißgerät die blaue, beißende Flamme auf die Nase zu setzen. Eine Eigenschaft jedoch unterschied diese Streichholzschachtel von anderen: Sie befand sich in der Tasche eines Pyromanen.

Mit einem Fuß suchte Tapani auf dem Viertel eines Waschbeckens Halt, aber das war keine gute Lösung. Der Brocken gab träge nach, und Tapani musste seine Knie noch weiter beugen; eigentlich berührten nur noch die Spitzen seiner Turnschuhe das weiße Porzellan. Ansonsten war die Position gut. Mit den Schultern lehnte er an einer mannshohen Betonröhre, und die Porzellansplitter und Keramikstücke unter sich hatte er mit dem Fuß weggewischt.

Am Arabia-Ufer gab es Millionen solcher Keramikstücke, das ganze Ufer war aus ihnen entstanden. Im Lauf der Jahre war eine Fuhre nach der anderen aus der Fabrik hierher gebracht worden, und jetzt bildeten die Formstücke, die zerbrochenen Gefäße und Teile von Waschbecken und WC-Schüsseln eine achthundert Meter lange und stellenweise zwei Meter hohe Masse, einen Wall, der den ehemaligen Schilfgürtel von Hirsipuukallio bis zum Ende der Kaanaantie unter sich begrub. Dem Wall fehlte der Humus. Hier und da sprossen Weidenröschen, Disteln, in den Senken Weiden und daumendicker Waldkerbel, aber zum größten Teil war das Gelände kahl, grau und leblos wie der Schädel eines Menschen, den eine Krankheit entstellt hatte. Penner fühlten sich am Arabia-Ufer nicht wohl, auch Spaziergänger kamen nicht oft vorbei. Hin und wieder mochte ein Neugieriger eine schnabellose Teekanne oder eine Kaffeetasse ohne Henkel hervorziehen, aber niemand hielt sich lange hier auf.

Tapani war vielleicht der Einzige, dem es an diesem Ufer der missratenen und daher nur als Füllmasse tauglichen Gegenstände gefiel. Während des Sommers hatte es ihn oft hierher gezogen. Freilich kam es auch ihm bisweilen so vor – insbesondere dann, wenn unter seinem Fuß eine Tellerhälfte zu noch kleineren Splittern zermalmt wurde –, als schritte er über einen aufgegrabenen Friedhof. Darum drehte Tapani auch keine Runde am Ufer, sondern suchte stets denselben Platz auf. Er konnte eine ganze Stunde, anderthalb oder gar zwei Stunden im Schatten des porösen Abwasserrohrs sitzen. Auch jetzt, als er versuchte, die Streichholzschachtel, die in der Hosentasche unangenehm gegen den Oberschenkel drückte, zu verschieben, waren bereits eineinviertel Stunden verstrichen, seit er sich auf die Erde gesetzt hatte.

Tapani hatte keinen Erfolg: Die Jeans waren zu eng. Die Streichholzschachtel saß fest, und er musste aufstehen. Eine Weile stand er nur da, wischte sich den grauen Staub von der Hose, und erst als er sich an die aufrechte Position gewöhnt hatte, legte er eine Hand auf die Betonröhre, bückte sich und schwang sich so behände auf die Röhre wie ein Zirkusartist auf den Rücken eines galoppierenden Pferdes.

Etwa zehn Meter ging er auf dem Rohr weiter, dann erreichte er die Stelle, wo der Wall zu einem Graben hin abfiel. Die Röhre schien sich trügerisch nach oben zu biegen. Er blieb stehen, denn hier endete auch die Röhre. Sie endete an einem Turm aus stufenweise schmaler werdenden Betonringen. Auf dem obersten Ring lag als Deckel eine gusseiserne Luke. Tapani kletterte hinauf, blickte auf die Spuren, die die Möwen hinterlassen hatten, schob die Hände in die hinteren Taschen seiner Jeans und wandte sich dem Meer zu.

Dunst lag in der Luft, wie Rauch von einem fernen Waldbrand. Auf der anderen Seite der schmalen Bucht schimmerten bläulich die Insel Lammassaari und das Vogelschilf, und hinter der Bucht zeichneten sich fast grau Kivinokka und Kulosaari ab. Tapani drehte sich um. Das Hermanni-Ufer sah nicht wesentlich erfreulicher aus; aus dem Schornstein der Müllverbrennungsanlage quoll bitterer, stinkender Rauch, das Meer schaukelte matt und schwer an der Uferlinie. Tapanis Blick schweifte zu den dicht aneinander gedrängten Baucontainern, zu den Eisenbahnwaggons, die in der Ferne im Kleinformat zu erkennen waren, er streifte das rostige Blechdach des Altpapierlagers, das hinter einem Ahornwäldchen hervorlugte, kam wieder näher heran und blieb nachdenklich auf der Traglufthalle liegen, die auf dem Gelände von *Arabia* stand. Auch sie war grau, an den Enden abgerundet, lang und wulstig. Sie glich einer hilflosen Made.

Tapanis Zeigefinger bewegte sich. Der Nagel rieb über die braune Seite der Schachtel in seiner Tasche, und da die Schachtel neu war, ging von der Reibefläche ein kratzendes Geräusch aus. Es war schwach, aber stark genug, um bis an Tapanis Ohren zu dringen. Vom Schießstand in Viikki erscholl eine ungleichmäßige Serie von sieben Schüssen. In der entgegengesetzten Richtung rauschte der Verkehr der Innenstadt. Tapani schloss die Augen, und es fiel ihm nicht schwer sich vorzustellen, das Geräusch entstünde, indem ein böser Riese Wasser in seine Badewanne einließ.

Der Sommer war kein richtiger Sommer gewesen, verspätet und kühl genug, um den Leuten ihren Urlaub zu verderben. Jetzt im August war es weiterhin feucht, und den Himmel verhüllte ein dünner Nebelvorhang, durch den die Sonne aussah wie ein Puck mit scharfen Rändern, aber die Luft war deutlich wärmer geworden. Vor allem am Nachmittag spürte man das. Dann konnte man sogar ins Schwitzen geraten, und als Tapani lautlos aus dem Weidengestrüpp auf der Kaanaantie auftauchte, hatte sich auf dem Rücken seines blauen Baumwollhemdes zwischen den Schulterblättern ein Fleck gebildet, der dunkler war als der übrige Stoff.

Auf der rechten Seite der kurzen Straße stand der graue Backsteinbau von Sjöblom, auf der linken sperrte lediglich ein Maschendrahtzaun das trostlose Ufer ab, gefolgt von einem kleinen, dichten Mischwald. Tapani schritt den Zaun entlang. Dahinter standen Schrottautos herum, verbeulte, kaputtgefahrene Wracks mit losen Rädern, die den Blick eines jeden Passanten auf sich zogen, obwohl die zersplitterten Windschutzscheiben und rostigen Bleche ausschließlich auf schmerzhafte Momente voller Entsetzen schließen ließen. Tapani verlangsamte den Schritt, blieb aber nicht stehen, um hinzuschauen. Er kannte die Wracks. Es waren Polizeiautos.

Er ging trödelnd; es fiel ihm diesmal schwer, den Blick vom äußersten Fahrzeug zu lösen, einem Bus. Auch er war ein Polizeiwagen gewesen, auf dem Dach trug er noch die blaue Haube, an der Seite verlief ein weißer Streifen, und in der Nähe der Tür prangte das Wappen mit Löwe und Säbel. Tapani versuchte, darauf zu kommen, wozu die Polizei einen kompletten Bus gebraucht hatte, aber es fiel ihm keine zufrieden stellende Antwort ein. Abweichend von seiner Gewohnheit hielt er abrupt an und drehte sich um. Der Bus war bestimmt sehr alt. Sein teigartig verknetetes Heck wies zur Straße, der Rumpf wirkte unverhältnismäßig lang und dick, die stumpfe Schnauze steckte im Dickicht von Weidenröschen und Weidenlaub. Tapani stellte sich auf die Zehenspitzen. Die Nasenlöcher nahmen den

Geruch von Streusalz, Reifen, öligen Stahlseilen und gefahrenen Kilometern auf. Das war kein schlechter Geruch, er erinnerte an eine ziellose, freie Fahrt durch fremde Gegenden an frühen Sommermorgen und an eine Rast zur Mittagszeit neben der Benzinpumpe auf dem Hof eines Genossenschaftsladens.

Tapani ging weiter, die ersten Meter rückwärts. Dann fing das Waldstück an. Er neigte den Kopf, versuchte noch immer auf die andere Seite der Einzäunung zu blicken. Die Autos blickten mit runden, blinden Lichtern zurück, das Busungetüm zeigte ihm weiterhin nur sein Hinterteil. Auch die Farbe des Busses war irgendwie verkehrt und hässlich. Noch einmal blickte Tapani auf den Zaun und dessen Pfosten und kniff leicht die Augen zusammen. Dann ging er weiter, den Geruch, der ihn an die Reise erinnert hatte, nahm er nicht mehr wahr. Einen Augenblick lang roch er die Ahornbäume und den dichten Bodenbewuchs, doch dann wehte ihm von der Hämeentie her der Gestank des stockenden Stadtverkehrs entgegen.

Tapani wohnte in Toukula, nahe der Biegung, wo die Kustaa Vaasan tie in die Koreankatu übergeht, insofern wäre er mühelos nach Hause gekommen, indem er in die Kaironkatu eingebogen wäre, aber das tat er nicht. Er schlenderte die Hämeentie entlang in Richtung Zentrum, wechselte auf der Höhe der Porzellanfabrik *Arabia* die Straßenseite und näherte sich mit leichter innerer Anspannung dem Tennisplatz. Der Platz war leer, und Tapani war enttäuscht. Um diese Zeit am Nachmittag spielten dort oft zwei Mädchen, junge Frauen, und er blieb gerne stehen, um ihnen zuzuschauen. Vom Spiel selbst verstand er nicht viel, aber er genoss die fließenden Bewegungen der Frauen. Besonders mochte er die eine, deren Haare kastanienbraun, fast rot waren.

Die Haut dieses Mädchens war gebräunt. Darüber wunderte sich Tapani, denn der Himmel war fast den ganzen Sommer über bewölkt gewesen. Die Arme des Mädchens waren schmal – es kam ihm komisch vor, dass es den Schläger halten und auch noch bewegen konnte –, und in den seltenen Augenblicken, in denen ein Sonnenstrahl vom Himmel fiel, traf das Licht in einem Winkel auf diese Arme, dass die Härchen darauf als zarter Flaum zu erkennen waren. Und genau das weckte in Tapani eine warme und zärtliche Regung gegenüber dem Mädchen.

Wenn er dann auch noch ihre schnellen Bewegungen beobachtete, ihre Antritte, wenn er die glatten Beine betrachtete, die festen Oberschenkel, und sah, wie die kleinen Brüste unter dem Hemd lebten oder wie der runde Po unter dem kurzen Rock aufblitzte, schwoll das Gefühl der Zärtlichkeit in ihm dermaßen stark an, dass er am liebsten die Hand durch den Zaun gesteckt und das Mädchen angefasst hätte. Wenigstens wäre er gern näher herangegangen und hätte in einer Spielpause gesagt:

»Hallo. Ich habe euch zugeschaut. Ihr spielt übrigens klasse …« Aber nicht einmal das hatte er jemals getan. In seiner Fantasie hatte er diesen Moment allerdings unzählige Male durchlebt. Da hatte ihm das braunhaarige Mädchen zur Antwort gegeben:

»Ehrlich wahr? Toll. Spielst du auch? Nicht? Na, dann komm her und probier es wenigstens mal aus …«

Tapani wartete einige Minuten, doch niemand erschien auf dem Platz. Er seufzte, schob die Hände in die Taschen und ging in Richtung Kustaa Vaasan tie weiter. Vor Enttäuschung ließ er den Kopf hängen, und er hatte jetzt auch keine Lust auf das Spiel, das darin bestand, den entgegenkommenden Frauen möglichst lange in die Augen zu schauen. Er konzentrierte sich darauf, den Spitzen seiner Turnschuhe zu folgen, die abwechselnd im Gesichtsfeld erschienen. Er wusste nicht genau, warum ihn der leere Tennisplatz so in Missstimmung brachte, denn eigentlich gab es dafür keinen Grund; hätten die Mädchen gespielt, wäre es gewesen wie jedes Mal. Nach Spielende hätte ihm die Braunhaarige lächelnd zugewinkt, und er hätte das Gefühl gehabt, bei etwas Verbotenem erwischt worden zu sein, worauf er sich mit roten Flecken auf den Wangen davongemacht hätte. Voller Erregung wäre er nach Hause gerannt. So wäre es gekommen, und letztlich fühlte sich das keinen Hauch besser an als die nagende Enttäuschung. Entschlossen hob er den Kopf und beschloss, ein fröhliches Stück zu pfeifen. Allerdings entwich seinen Lippen das Kirchenlied »Segne und beschütze uns«. Dünn und scharf kam es heraus, und er selbst wusste gar nicht, wie es hieß.

Hätte man die Menschen, die Tapani auf seinem Weg entgegenkamen, später befragt, hätten sich einige vielleicht an ihn erinnert.

»Ein auffälliger Typ?«, hätten sie gefragt. »Ja, eigentlich ... Der hatte die Hände in der Jackentasche und pfiff ein Kirchenlied. Ehrlich wahr, ein Kirchenlied. Was er angehabt hat? Ich bin mir nicht sicher ... Ich glaube, Jeans und ein T-Shirt, grün vielleicht. So ein langer Lulatsch war das, sah ganz normal aus. Im Gesicht hatte er solche kleinen Narben, als hätte er mal schrecklich viele Pickel gehabt. Wie alt? Höchstens zwanzig ...« So hätten die Leute geredet, und das nur, weil Tapani pfiff, während er nach Hause trottete.

Es war fünf nach halb vier, als Tapani zu Hause ankam. In einer Hand schwenkte er eine orangefarbene Plastiktüte, die von einem Besuch im Lebensmittelgeschäft kündete. Er betrat nicht direkt das kleine Haus mit der schäbigen Fassade, sondern ging in den Garten und bückte sich neben dem vollen Regenfass. Er atmete tief, wartete, lauschte einen Moment. Hinter den Büschen, auf dem Nachbargrundstück, hörte man das Rattern eines Rasenmähers, in der Luft lag der Geruch von frisch geschnittenem Gras. Tapanis Lippen bewegten sich.

»Du Depp. Du primitiver Depp«, flüsterte er und meinte damit den rasenmähenden und seinen Garten mit krankhafter Beflissenheit pflegenden Nachbarn.

Er ahnte, der Geruch des geschnittenen Grases würde seine Mutter wieder einmal zu ihrem ewigen Lamento veranlassen, ihr Garten sei in der ganzen Straße der ungepflegteste, und dagegen müsse man unbedingt etwas tun. Das wurmte ihn; er war nicht von Grund auf faul, er verabscheute nicht einmal die Gartenarbeit, er liebte einfach den wild und ungebunden wuchernden Garten. Nach Einbruch der Dämmerung wimmelte es dort geradezu von Leben; aus dem vermoosten Graben drang tiefes Quaken, im Gras raschelte es, wenn die Mäuse zu ihren Ausflügen aufbrachen, und jetzt im August ertönte aus dem dichten Gebüsch bis weit nach Mitternacht das bezaubernde Konzert der Grillen. Außerdem fand er es aufregend, im Licht von Autoscheinwerfern die Augen der Katzen zu entdecken, die kleinen Tieren auflauerten.

Tapani kauerte noch eine Weile neben dem Fass. Er war sich nicht genau darüber im Klaren, worauf er wartete, aber nachdem er festgestellt hatte, dass von drinnen keine Geräusche zu hören waren und die Nachbarn sich nicht zu nahe am Heckenzaun aufhielten, sprang er auf, huschte gebückt zu der leeren Hundehütte und schob die Einkaufstüte hinein. Er entfernte sich von der Hütte ebenso blitzartig, wie er sich ihr genähert hatte, und erst bei der reglosen Gartenschaukel richtete er sich auf und ging wie ein normaler Mensch um die Ecke. Er stieg die Treppe hinauf, zog die Schlüssel aus der Tasche, machte die Tür hinter sich zu. Drinnen zog er seine Turnschuhe aus, ging in sein Zimmer, hantierte kurz am Schreibtisch und warf sich dann mit dem Rücken auf das fein säuberlich gemachte Bett. Die Hände hinter dem Nacken, starrte er an die mit Holz verkleidete Decke. Das Warten machte ihn nervös. Er wartete auf seine Mutter und darauf, dass sie ihm befahl, am nächsten Tag den Rasen zu mähen. Aber es gab noch etwas, worauf er wartete, mehr als auf seine Mutter: Das, was ihm schon seit dem Arabia-Ufer keine Ruhe ließ.

Von der Decke der Hundehütte ließ sich an einem dünnen Faden eine flinke Spinne herab. Mit ihren Beinen tastete sie über die glatte Oberfläche der Plastiktüte und kletterte dann behände wieder nach oben. In der Tüte befanden sich eine Schachtel Marlboro und eine Dose Bier. Ursprünglich waren es vier Bierdosen gewesen, aber die anderen drei waren anderswo versteckt.

Rechts neben der Hundehütte ragte eine zwei Meter hohe Stange senkrecht dem Himmel entgegen. An ihrer Spitze war ein Windrad befestigt. Es war geschickt und sorgfältig gemacht, es witterte geradezu den Wind. Selbst ein kleines Lüftchen, das nur Grashalme zum Schwanken brachte, drehte es in die richtige Richtung und setzte das vierflügelige Windrad in lautlose Bewegung. Ansonsten war der Garten leblos. Auf der nahe gelegenen Straße summte der Verkehr, beim Nachbarn ratterte noch immer der Rasenmäher, und hoch oben am Himmel kreischte ein fröhlicher Schwarm Rauchschwalben.

KAPITEL 3

Zimmer mit Rauchgeruch

Am schnellsten gelangte man vom Markt zum Senatsplatz und zum Dom, indem man die Sofiankatu entlangging. Die Straße war nicht lang, kaum hundert Meter, und selbst ein Fußgänger mit Schlagseite musste dort nicht befürchten, von einem Auto überfahren zu werden. Der Verkehr war unwesentlich. An beiden Enden der Straße standen Verkehrsschilder, die nur Polizeiautos gestatteten, durch diese Gasse zu rauschen.

Die eine Straßenseite wurde von einem düsteren, braunen Haus dominiert. Die Fenster im Erdgeschoss waren groß, beinahe wie Schaufenster, und wenn sich ein Neugieriger die Mühe machte hineinzuspähen, sah er durch den Vorhangspalt ein Café, an dessen Tischen Frauen und Männer beim Essen saßen oder beim Kaffeetrinken, die Köpfe zusammensteckten und ihre Zeit vergeudeten. Das war die Kantine der Kriminalpolizei Helsinki, der so genannte »Sofia-Grill«. Zum leichten Verdruss der Wirtin wurde es vom Personal jahraus, jahrein hartnäckig einfach als Kantine bezeichnet. Im obersten Stockwerk des Gebäudes, dort wo die Fenster klein waren und nur spärliches Licht einließen, befand sich das Dezernat für Gewaltdelikte.

Einst hatte sich in dem Gebäude das Kaufhaus Stockmann befunden, und obgleich es danach ohne Rücksicht auf architektonische Feinheiten durch unzählige Zwischenwände in kleine Räume aufgeteilt worden war, spürte man überall den Platzmangel. Daher arbeiteten die Leute von der Mordkommission auch auf zwei Etagen. Im vierten Stock waren die erste und zweite Abteilung einquartiert, ein Büro, geleitet von zwei Kommissaren. Sie kümmerten sich vor allem um gewöhnliche Gewaltdelikte: Totschlag, schwere Körperverletzung, Todesfälle unter unklaren Umständen, Selbstmorde, verschwundene Personen. Etwa zweimal im Jahr durften die Männer der Abteilung in die Kopfzeile des Anzeigenformulars ein Unheil verkündendes Wort eintragen: Mord.

Die Leute aus dem vierten Stock konnten sich ein klein wenig glücklicher schätzen als die anderen; ihre Büros hatten großformatige, fast vom Boden bis zur Decke reichende, in acht Scheiben unterteilte Fenster, und was das Beste war, diese Fenster gingen nicht auf die schluchtartige Sofiankatu, sondern auf die andere Seite des Gebäudes, auf labyrinthische Blechdächer und die dahinter liegende Unioninkatu. Vom frühen Morgen an flutete Tageslicht herein. Das ließ jedes Arbeiten erfreulich erscheinen, zuversichtlich. Neben der Gewaltabteilung kam noch die Brand- und Sprengkörperabteilung in den Genuss des belebenden Tageslichts.

Die meisten Kriminalbeamten hatten eine reichlich beschränkte und eindeutige Vorstellung von der Brand- und Sprengkörperabteilung: Für sie war die Abteilung identisch mit Polizeihauptwachtmeister Niilo Matias Suttelin. Zum Teil entsprach das durchaus den Tatsachen. Seit Kommissar Hänninen von der Brandabteilung in Pension gegangen war, hatte Suttelin die Rolle des Frontmanns der Truppe übernommen, obwohl er nur Hauptwachtmeister war. Innerhalb von acht Jahren hatte man sich durchaus um einen neuen Kommissar bemüht, aber da diese nicht einfach herumliefen und sich nach offenen Stellen erkundigten und weil Suttelin seine Brandermittlungen zumindest zufrieden stellend absolvierte, war die Sache in Vergessenheit geraten und unter einem Papierstapel oder in einem Ordner vergraben. Sie war allerdings jedes Mal sofort wieder aufgetaucht, als das Grönqvist-Haus, der Tennispalast oder das Holzlager der Gebrüder Udd in Flammen aufgegangen waren. Da Suttelin jedoch in aller Stille und in wochenlanger, mühevoller Arbeit die Brandursache geklärt hatte, wurde die Angelegenheit erneut vergessen.

Nach der Aufklärung der Großbrände klopfte man Suttelin auf die Schulter, auch die Hand wurde ihm gedrückt, und man versicherte ihm, selbst wenn sich die Bezirksregierung auf den Kopf stellte, würde man ihm, Suttelin, mittels einer Ausnahmegenehmigung eine Kommissarstelle besorgen, damit er eine etwas üppigere Pension bekäme, die er sich wohl verdient hätte. Suttelin war allerdings ein sturer Eigenbrötler; bis zum Pensionsalter hatte er noch ein knappes Jahr, und er zweifelte keinen Augenblick daran, dass er das Haus als ewiger Hauptwachtmeister verlassen würde.

Der Flur im vierten Stock war hell und beruhigte die Augen, die Fenster befanden sich direkt unter der Decke, und wenn man sich auf Zehenspitzen auf das Heizungsrohr stellte, konnte man die Backsteintürme und die golden schimmernden Zwiebeln der Uspenski-Kathedrale sehen. An einem Ende machte der Flur eine überraschende Biegung, und dort, am Abschluss dieses kurzen Bogens, gewissermaßen im Blinddarm, befand sich Suttelins Büro.

Der Raum war nicht groß, aber auch nicht allzu klein; er war genau richtig für einen Mann, der die Stille und pedantische Ermittlungsarbeit liebte. Es roch nach Rauch und verbranntem Holz. Den Grund begriff man schnell. Auf dem Schrank, dort wo in anderen Abteilungen Mappen und Gesetzbücher abgelegt wurden, hatte Suttelin einen über und über schwarzen Heizlüfter platziert. Daneben standen aufrecht ein angeschmolzenes Bügeleisen, der unförmige Motor eines Haushaltsgerätes und Turnschuhe, von denen der eine fast heil war, der andere jedoch zerknautscht wie die Faust eines Brandopfers. Auf der Fensterbank lagen fünf Balkenstücke, und auch ein Laie hätte bemerkt, dass sie kunstvoll nach den Spuren ihrer Verkohlung angeordnet waren. Auf dem Fußboden und in den Ecken waren Plastiktüten und Gläser verteilt, die schwarzen und grauen Schmutz enthielten. Allesamt waren sie mit einem Etikett beklebt, auf dem eine kurze Ziffernfolge stand. An der Garderobe hingen eine Regenjacke, ein Polizei-Overall und Handschuhe, die an ihren Ösen baumelten. Auf der Hutablage lagen zwei weiße Helme, neben der Tür standen Feuerwehrstiefel mit hohem Schaft und Stahleinlagen in den Sohlen. Die hatte Suttelin geschenkt bekommen.

Suttelin war an dem massiven Schreibtisch aus den dreißiger Jahren eingenickt. Das war selten, denn normalerweise war er von morgens bis abends mit seinen Papieren, seinen Tüten und Einmachgläsern beschäftigt, oft über die Dienstzeit hinaus, doch jetzt, um kurz vor vier am Nachmittag, hatte sich der Dunst am Himmel aufgelöst, und die Sonne brannte durch die acht Fensterscheiben hindurch, direkt auf den Rücken des müden Mannes. Suttelins glatt rasierte Wange lag auf einem Handrücken. Sein Gesicht war klein, ein bisschen rosinenartig, aber der Mann war auch sonst nicht groß. Er war dünn, trocken und zäh, und diese Zähigkeit steckte auch in seiner Vorgehensweise, wenn er anfing, in der Ruine einer Fabrikhalle, die sich über einen Hektar erstreckte, mit dem Klappspaten nach dem Sicherungskasten zu graben.

Suttelin schlief nicht richtig, sondern sank immer nur für Momente in Schlummer, worauf er schnell wieder die Augen aufriss. Ein großer Fall, bei dem Vorgesetzte und Versicherungen ihn bedrängt hätten, lag zurzeit nicht an. Und das war gut so, denn er war den gesamten August über allein in der Abteilung. Einer der beiden Wachtmeister der Brandabteilung besuchte einen Kurs auf der Polizeiakademie, und der andere, der erfahrenere und scharfsinnigere, in dem Suttelin die Zukunft der Abteilung sah, hatte für den Urlaub auf einem Tanker angeheuert und schipperte gerade durch den Indischen Ozean. Suttelin befürchtete, er könnte nie mehr zurückkehren.

Trotzdem hatte Suttelin ein Problem. Den ganzen Sommer über hatte er es gehabt, seit März bereits. Er hatte versucht, seine Existenz zu leugnen, wenigstens eine natürliche Erklärung für seine Ursache zu finden, was in Anbetracht seiner Arbeitsbelastung und seiner Dienstjahre wohl nahe liegend war. Außerdem hatte er sich um seines Seelenfriedens willen immer wieder gesagt, dass er sich mit voller Kraft an die Arbeit machen würde, sobald es einmal etwas ruhiger wäre. Nun war es so weit. Aber jetzt schien plötzlich auch die Sonne, sie streichelte seinen Nacken und den erkahlenden Schädel und träufelte ihm Schlaf in die Augen.

Er klatschte die Hand auf den Tisch und drehte sich auf seinem Schreibtischstuhl nach links. Er tat das langsam, sodass das Stuhlgelenk einen Schrei ausstieß, wie wenn man mit dem Stemmeisen ein fest vernageltes Brett löst. Suttelins Blick fiel auf die Karte. Sie erstreckte sich über die ganze Wand, und sie zeigte sein Problem. Es wurde von Stecknadeln gebildet, die rund um die Stadtviertel Toukola und Kumpula steckten. Die weißen, blauen und gelben Nadeln waren ihm egal, die roten jedoch veranlassten ihn, ein Ohrläppchen zu ergreifen und es reibend nach unten zu ziehen. Die roten Nadeln bedeuteten ungeklärte, wahrscheinlich vorsätzlich gelegte Brände, Fälle von Brandstiftung. In Toukola und Kumpula häuften sie sich. Es waren exakt neunundzwanzig.

Im Frühling hatten in der Gegend trockene Büsche und Mülleimer gebrannt. Im Juni waren leere Nebengebäude in Flammen aufgegangen, Saunas, Holzschuppen, Toiletten. Während Suttelins Urlaub im Juli hatte eine weitere Veränderung bei den Objekten stattgefunden: Nun waren auch Treppenhausbrände dabei gewesen, und die bereiteten Suttelin die meisten Sorgen, auch wenn es bisher erst zwei davon gegeben hatte. Das breite Spektrum der Objekte verwunderte ihn; er war sicher, dass in der Gegend ein Pyromane unterwegs war, doch die ständig wechselnden Objekte passten nicht ins übliche Schema. Immerhin wurden die Taten nach wie vor zwischen Mitternacht und drei Uhr morgens verübt, und zwar jedes Mal. Suttelin stand auf und trat an die Karte heran, er schob die Brille auf die

Stirn und drückte das Gesicht beinahe gegen die blau-grüne Pappe. Er hatte sich richtig erinnert, in der Gegend befanden sich hauptsächlich frei stehende Einfamilienhäuser und alte Bruchbuden aus Holz. Hinzu kamen die armseligen Baracken, die am Rande eines Hügels kauerten.

Er kehrte zu seinem Stuhl zurück, fing wieder an, mit seinem Ohrläppchen zu spielen – es war ein im Vergleich zum übrigen Gesicht großes Ohr –, und versuchte, sich die Brände in zeitlicher Abfolge in Erinnerung zu rufen. In Bezug auf die Arbeit verfügte er über ein untrügliches Gedächtnis: Nur an zwei Tatorten hatte er mit Hilfe des Hundes einen Brandbeschleuniger ausmachen können, und als die Proben gaschromatografisch analysiert wurden, hatte sich herausgestellt, dass es sich in beiden Fällen um Terpentin gehandelt hatte. Die anderen Brände waren ohne Flüssigkeit gelegt worden.

Suttelin vergrub das Gesicht in den Händen. Anfang des Jahres hatte er nach einer Jagd von fast zwei Monaten einen Pyromanen erwischt, der in Pukinmäki und Malmi insgesamt dreiundfünfzig Brände gelegt hatte, und da ihm die durchwachten Nächte noch in frischer Erinnerung waren, schreckte ihn die Vorstellung von einer ähnlichen Aktion. Außerdem bestanden im Augenblick nicht einmal ordentliche Voraussetzungen für die Arbeit; er selbst hatte zwar Zeit, aber sonst war niemand in der Abteilung. Wie jeden Sommer war die Besetzung im ganzen Haus ziemlich dürftig.

Suttelin blickte auf den Wecker aus Blech, der an der Wand befestigt war. Zwanzig Minuten Arbeitszeit lagen noch vor ihm. Obwohl er nichts Bestimmtes zu tun hatte, kam ihm nicht einmal in den Sinn, sein Büro vor Ende der Dienstzeit zu verlassen. Mit einem gewissen Schuldgefühl stützte er wieder die Wange auf die Hand, und bevor er ins Gedanken betäubende Nirvana entglitt, traf er für sich eine wichtige Entscheidung. Er beschloss, nach dem nächsten verdächtigen Brand in Toukola oder Kumpula ins Büro des Chefs zu marschieren und Hilfskräfte für die Jagd nach dem Pyromanen zu verlangen.

Während seines kurzen Schlummers schwamm er in so salzigem Wasser, dass er ohne etwas zu tun an der Oberfläche blieb.

Im dritten Stock, fast genau dreieinhalb Meter und im Dienstgrad eine Stufe unter Suttelin ging Oberwachtmeister Timo Juhani Harjunpää in seinem Büro auf und ab. Der Fußboden im Raum war schwarz, und an seiner Fläche gab es nicht viel zu messen. Harjunpää machte drei Schritte zur Tür, drehte sich um, nahm die gleichen drei Schritte zurück und machte erneut kehrt.

Außerdem gehörte das Zimmer nicht allein ihm. Freilich blieb ihm noch eine Woche Zeit, zwischen den leichenhautfarbenen Wänden hin und her zu stiefeln, ohne dass es jemand sah, denn Härkönen war im Urlaub und der ewig vor sich hin kichernde Tupala noch bis Weihnachten bei einem Kurs für die unteren Führungskräfte. Endlich hatte er einen Platz bekommen, obwohl er kein besonderer Liebling eines Kommissars war. Außerdem machte er keine große Nummer aus sich, weshalb er lange hatte warten müssen, bis er an die Reihe gekommen war.

Auch Harjunpää hatte sich für den Kurs beworben. Er war für all die knapp hundert Kriminalbeamten bestimmt, deren letzter Kurs die vorgeschriebenen drei Jahre zurücklag. Fünf waren genommen worden. Das regelmäßig auf eine solche Auswahl folgende Murren war bereits verstummt, und man konnte auf dem Flur mittlerweile sogar Äußerungen hören wie: »Es war richtig, dass sie Tupala genommen haben. Und Mikkonen. Der hat sich so höllisch ins Zeug gelegt, und immer sind Jüngere an ihm vorbeigezogen. Und mir selbst liegt vorläufig noch nichts daran. Das bisschen mehr Erfahrung kann nicht schaden …«

Harjunpää blieb vor der zusätzlich angefügten Tischplatte stehen und nahm die Plastikschachteln in die Hand, die an ihrem Rand lagen. Die eine enthielt Proben von den Schmauchspuren an der Hand der am Morgen gestorbenen Riitta Lökman, die andere die gleichen Probenröhrchen mit den gleichen Wattebäuschen, allerdings stand darauf der Name ihres Ehemannes. Harjunpää war fast sicher, dass sich Barium und Antimonium nur in den Proben der Toten finden würden. Bis zum Nachmittag hatte sich die Vermutung ohnehin bestätigt; Rainer Lökman war bereits in seine verlassene Wohnung zurückgekehrt, und Harjunpää hatte beim Abschied nach dem Verhör keinen Augenblick gezögert.

Erneut nahm er die Plastikhülle mit den Unterlagen zur Hand. Zuoberst lag die mit Mühe und Not auf drei Seiten passende Anzeige, deren letztes Blatt hauptsächlich die Berechnungen enthielt, die Ahvenainen über die Flugbahn der Kugeln angestellt hatte. Sie allein zeigten schon, dass der Schütze ein fadendünner Zwerg hätte sein müssen, sollte es sich um eine andere Person als Riitta Lökman handeln. Die Spritzer wiederum hatten gezeigt, dass an der Stelle, wo der Zwerg hätte stehen müssen, zum Zeitpunkt der Schüsse niemand gestanden haben konnte. Harjunpää legte die Anzeige zur Seite, ohne sie noch einmal zu lesen, ebenso die Papiere mit den Informationen über die Gespräche mit den Hausbewohnern. Das unterste Blatt interessierte ihn, und das las er noch einmal durch, obwohl er es selbst geschrieben hatte.

»An der WC- und Badezimmertür der Wohnung und ihrem Schließmechanismus wurde um 13.55 Uhr folgender Versuch vorgenommen: Die Tür wurde von innen (also von der Toilette aus) verschlossen durch Drehen der Klinke nach oben in Besetzt-Position. Dem Normalfall entsprechend erschien das außen sichtbare rote Zeichen unter der Klinke. Die Klinke ließ sich von außen nicht herunterdrücken, sie blieb an Ort und Stelle, und die Tür blieb verschlossen. Als die Klinke von außen festgehalten und gleichzeitig mit dem Fuß gegen die Tür getreten wurde, konnte man im Bad feststellen, dass sich die Klinke innen ruckweise abwärts bewegte, also in horizontale Position. Der Versuch wurde dreimal wiederholt, und jedes

Mal öffnete sich die Tür nach dem fünften oder sechsten Tritt, der auf den unteren Türbereich gerichtet war. Dasselbe Resultat wurde erzielt, als mit der Hüfte oder der Hand gegen die Tür gestoßen wurde. Meines Erachtens stimmt das mit der Aussage des Ehemannes überein: Er war mindestens zweimal zur Tür gegangen, um dagegenzutreten, bis sie aufging, oder, wie der Betreffende glaubt, bis seine Frau sie aufmachte.«

Harjunpää legte die Unterlagen auf den Tisch. Sein Blick irrte eine Weile über die bleichen Wände, dann hielt er bei dem Butterpapierpäckchen auf dem Schrank inne. Es enthielt einen Schädel ohne Unterkiefer, den die Wachleute vom Hauptbahnhof beim Leeren eines Schließfachs gefunden hatten. Die Experten hatten den Schädel untersucht. Sein Alter wurde auf nahezu zweihundert Jahre geschätzt. Ähnliche Schädel und Knochen kamen bei Straßenbauarbeiten immer mal wieder zum Vorschein, und die Finder gerieten ausnahmslos in Aufregung. Der Finder dieses Schädels war von anderem Kaliber gewesen – vielleicht hatte er vorgehabt, damit sein Bücherregal zu dekorieren, den Schädel zu seinem Verdruss aber im Schließfach vergessen. Harjunpää hätte das gute Stück schon längst zum Vernichten in die Rechtsmedizin bringen sollen, doch er hatte es vergessen. Auch jetzt starrte er auf das Päckchen, ohne es zu registrieren, er nahm es gar nicht richtig wahr.

Er dachte an das Sofienheim und daran, dass der Flur des Gebäudes länger gewesen war, als er es in Erinnerung gehabt hatte. Das jüngste der Kinder war im Wagen eingeschlafen und hatte ein müdes Wimmern von sich gegeben, als es in die Arme der Pflegerin kam, das ältere aber hatte ohne ein Wort zu sagen den Griff von Harjunpääs Finger gelöst. Als er ging, hatte er sich umgeblickt, das hatte der Junge ebenfalls getan und ihn mit blauen Augen ohne zu blinzeln angeschaut, wie zuvor, als er sich unter dem Bett versteckt hatte. Harjunpää rieb sich den Nacken; er wünschte, seine Seele hätte geweint, geklagt, aber sie stand seinen Gedanken nur starr und leblos gegenüber, regungslos wie ein Stein. Er ballte die Fäuste. Die Starrheit entsetzte ihn. Es dauerte allmählich immer länger, sie zu lösen, und er befürchtete, dieser Zustand könnte eines Tages überhaupt nicht mehr nachlassen, etwas in ihm könnte absterben, er könnte sich ganz und gar in einen Stein verwandeln. Er blickte auf die Uhr und stellte fest, dass er noch zehn Minuten Dienst hatte. Dann maß er wieder den schwarzen Fußboden ab.

Diesmal machte ihm nicht so sehr die Arbeit zu schaffen. Was seine Unruhe verursachte, waren seine Frau Elisa, Elisas Bauch und die Tatsache, dass er mit Kottonen, dem zuständigen Hauptwachtmeister des Gewaltdezernats, eine Abmachung getroffen hattc. Bis zur Geburt waren noch gut drei Wochen Zeit, und erst in drei Wochen begann Harjunpääs offizieller Urlaub. Er hatte fast darum kämpfen müssen, dann freizubekommen, und jetzt kam ihm die ganze Auseinandersetzung vergebens vor, denn es hatte neue Komplikationen gegeben.

Harjunpääs Älteste, die bald dreijährige Pauliina, hatte sich im Bauch ihrer Mutter anständig benommen, hatte die Zeit abgewartet, auf die der Arzt gewettet hatte, und war exakt am vorgesehenen Tag zur Welt gekommen. Das neue Baby war da anderer Auffassung. Es hatte schon vor zwei Monaten auf Biegen und Brechen zur Welt kommen wollen, als es gerade mal sieben Monate war. Elisa hatte eine Woche in der Frauenklinik gelegen; die schlimmsten Wehen hatte man mit Infusionen in den Griff bekommen, die restlichen mit Spritzen, und der folgende Monat war einigermaßen gut verlaufen. Aber in den letzten Wochen war Elisa unruhig gewesen. Jede Anstrengung löste unmittelbar Wehen aus, und in der Nacht konnten sie ganz von selbst auftreten, in alarmierend dichten Intervallen, ohne nachvollziehbaren Grund. Bei ihrem letzten Besuch hatte Elisa vom Arzt erfahren, die Geburt könne jederzeit einsetzen, und der Embryo sei eindeutig groß genug, um einige Tage im Brutkasten zu überleben.

Mit dem ungewissen Geburtstermin hatte auch Harjunpääs und Kottonens Absprache zu tun. Sie hatten in aller Stille vereinbart, dass Harjunpääs Urlaub sofort begann, wenn Elisa in die Klinik kam, egal wann das der Fall sein würde. Kottonen hatte versprochen, die Unterlagen und die Nachtschichten so zu manipulieren, dass es niemandem auffallen würde, und Harjunpää hatte sich einverstanden erklärt, nach seinem Urlaub drei zusätzliche Nachtdienste zu übernehmen, und geschworen, vorher ohne Murren zu jedem Fall zu fahren, der tagsüber hereinkam. Aus irgendeinem Grund bildete er sich ein, die Geburt würde ausgerechnet nachts vonstatten gehen. Auf die Arbeit der Abteilung würde sich seine Abwesenheit im Grunde in keiner Weise auswirken, denn es war einerlei, ob von fünf Leuten einer oder gar keiner da war. Die anderen waren schon weg, Kommissar Norri eingeschlossen.

Harjunpää wollte bei der Geburt dabei sein. Er wusste, dass Elisa Wert darauf legte, diesmal noch mehr als beim ersten Mal. Damals hatten sie schon einen Vorbereitungskurs für Eltern besucht gehabt, aber das Mädchen war zu einem ungünstigen Zeitpunkt erschienen: Die Familiengeburtsräume waren aus Mangel an Pflegekräften geschlossen gewesen, und zu allem Überfluss hatte Harjunpää Nachtdienst gehabt. Jetzt, beim zweiten Kind, kam noch etwas anderes hinzu, und Harjunpää wusste, dass ihn Elisa gerade deshalb so inständig dabei haben wollte. Er versuchte, diese Angelegenheit zu verdrängen, sie machte ihn unruhig, sie deprimierte ihn, und er mochte nicht daran denken.

Er war in einem solchen Tempo in seinem Büro hin und her gelaufen, dass sein Hemd am Rücken klebte. Er blieb stehen, nahm die achtunddreißiger, noch neu glänzende Smith & Wesson aus dem Halfter an seinem Gürtel und legte sie zusammen mit den Unterlagen in eine Schublade. Er schloss die Schubfächer ab, hängte den Schlüssel an den Nagel hinter dem Vorhang, nahm seine braune Cordjacke von der Stuhllehne und ging ein paar Minuten zu früh aus dem Büro. An der Tür drehte er sich noch einmal um und kehrte zu dem Wandkalender zurück, der schon wer weiß wie vielen Vorgängern gedient hatte.

Er blätterte die schmuddeligen Karten so um, dass der nächste Tag sichtbar wurde. Jetzt stand dort: August – Mittwoch – 5.

Als er die Treppe hinuntertrabte, fiel ihm erst im zweiten Stock ein, dass Tupala gesagt hatte, den Kalender schon am Vortag umzublättern würde Unannehmlichkeiten für den nächsten Tag bedeuten. Einen äußerst kurzen Moment lang dachte er daran, noch einmal zurückzugehen und die Karten auf den vierten August zu stellen, aber als er das Geländer ergriff, kam er sich lächerlich vor und ging auf die Straße hinunter, über der noch die Wärme des Tages lag.

Bis zu dem Obelisken der Zarin mitten auf dem Marktplatz eilte Harjunpää in seinem üblichen Laufschritt, dann jedoch machte sich eine seltsame Niedergeschlagenheit in ihm breit. Er drosselte sein Tempo, ließ Kopf und Schultern hängen und vermied es, die entgegenkommenden Frauen anzuschauen. Wenigstens das machte es ihm leichter, denn seitdem es zum ersten Mal in diesem Sommer heiß geworden war, schien die Welt auf einmal voller leicht bekleideter Frauen zu sein, was verständlicherweise nicht dazu angetan war, Harjunpää jetzt aufzumuntern. Mit gerunzelter Stirn schlurfte er in Richtung Katajanokka weiter, und er konnte sich nicht einmal an dem Gedanken freuen, dass seine Familie zu Hause auf ihn wartete. Er sah aus, als trüge er die Sorgen der ganzen Welt, und seine Miene war angespannt, abweisend, als hätte er sagen wollen: »Kommt mir bloß nicht in die Quere!« Und tatsächlich schienen ihm die Leute plötzlich auszuweichen.

KAPITEL 4

Nacht

Die Dunkelheit war so schwer, Tapani musste eine ganze Weile mit offenen Augen daliegen, bevor er die bekannten Gegenstände um sich herum erkennen konnte – den Stuhl, über dem seine Kleider hingen, das Regalbrett, von dem bei einer einzigen unbedachten Berührung sämtliche zwölf Bücher auf den Boden fallen würden, den Tisch, das Poster an der Wand und die Flugzeuge, die an haarfeinen Fäden von der Decke herabhingen. Er lag reglos da, wusste aber auf Grund seines kürzeren, wachsameren Atemrhythmus, dass er wach war.

Er dachte an die Dunkelheit. Noch vor ein paar Wochen, ein paar Tagen nur war sie ganz anders gewesen. Da hatte eine dichte Dämmerung geherrscht, aber jetzt war die Dunkelheit schwarz, fast vollkommen; zumindest im Haus hatte man das Gefühl, die ganze Welt wäre in einer Tüte ohne Öffnung eingeschlossen. Doch feindselig wirkte die Dunkelheit nicht. Er empfand sie als schützend, so als könnte er sich in ihr sicher bewegen, in einer Hofeinfahrt stehen oder hinter einem Baum, sich Menschen nähern, ohne dass sie etwas ahnten, sich wieder zurückziehen.

Tapani schlug die Decke zurück; sie war weich und raschelte nicht einmal. Er setzte einen Fuß auf den Boden, stützte sich mit den Armen ab und stand so gewandt auf, dass sein bejahrtes Klappbett nicht dazu kam, einen Laut von sich zu geben. Der Boden an seinen nackten Zehen war kühl, so wie immer, obwohl die Luft auch jetzt spät am Abend noch so mild war;

man hätte nicht geglaubt, dass das Fenster offen war, wäre nicht das Zirpen der Heuschrecken so gut zu hören gewesen. Mit dem Fußboden war noch etwas anderes. Er klang nicht wie am Abend zuvor. Tapani verlagerte das Gewicht von einem Bein auf das andere. Die Bohlen blieben stumm: Das Wetter änderte sich. Vielleicht wurde es nun endlich trocken und sonnig, so wie es sich im Sommer auch gehörte.

Schon vor Jahren hatte Tapani gelernt, sein Haus zu lesen. Sogar den Regen sah er ein, zwei Tage voraus: Dann konnte die mittlere Bohle in der Diele überraschend knarren, man musste mit der Schulter gegen die Kellertür drücken, damit diese aufging, und das Fenster in seinem Zimmer, bei dem man normalerweise mit der Faust gegen den Rahmen schlagen musste, drehte sich plötzlich mühelos im Scharnier. Die alten Holzhäuser hatten etwas, sie lebten und atmeten, sprachen zu jenen, die zuhören konnten. Sie waren fast wie Menschen.

Tapani erreichte die Zimmertür. Er zog sie zu, wobei er die Klinke bis zum Schluss festhielt, und erstickte so das Knacken des Schlosses. Er kehrte zu seinem Bett zurück, streckte die Hand zum Tisch aus und tastete nach der Taschenlampe. Es war ein kleines, raffiniertes Gerät, das überhaupt keine Batterien hatte, sondern einen kleinen Akku, der bei Bedarf Energie aus der Steckdose sog, und der Brenner war ein winziger Glastropfen, der nur auf die Stelle Licht abgab, wo es der Anwender wollte. Das Beste an der Lampe war jedoch, dass sie so schmal war. Man konnte sie mühelos zwischen den Zähnen halten.

Die Unterhose hatte Tapani schon an – er mochte keine Pyjamas, sie zwickten, mit ihnen fühlte sich das Schlafen an wie das Schwimmen in Kleidern. Seine Mutter tadelte ihn deswegen. Aber das machte Tapani nichts aus. Das war nicht das Einzige, worüber sich seine Mutter beschwerte. Er knipste die Taschenlampe an und platzierte sie so auf der Ecke des Tisches, dass der Lichtstrahl auf seine von krausen Haaren bedeckten weißen Oberschenkel fiel. Rasch zog er sich Jeans und T-Shirt an, die Socken jedoch sträubten sich, verfingen sich zwischen den Zehen, als wollten sie zum Ausdruck bringen, sie hätten für diesen Tag ihre Pflicht längst getan und sich genug in den Turnschuhen scheuern lassen.

Die Turnschuhe aus blauem Stoff waren in der Diele. Tapani hatte sie dort nicht vergessen, er hatte sie absichtlich unter der Garderobe stehen lassen. Er schlich zu der Kammer, die in der Regalwand eingelassen war, und öffnete die Tür lautlos mit einem Ruck. Auch das hatte einen Grund: Hätte er versucht, die Tür langsam aufzuziehen, hätte sie gequietscht und gewimmert, aber wenn man schnell machte, geschah es unbemerkt.

Die Kammer roch, wie alle Kammern rochen: nach Schuhleder, nach ungelüfteten Kleidern, nach dem kommenden Herbst. Tapani bückte sich, fuhr an der Wand neben der Tür entlang und traf auch jetzt fast sofort die richtige Stelle. Er zog die hohen Schnürschuhe mit den dicken Sohlen heraus. Fallschirmjäger benutzten die gleichen. In der Kammer hingen noch drei Jacken, eine Wintersteppjacke mit Kunstpelzkragen, eine raschelnde Nylonjacke – die nicht regendicht war, einen aber bei trockenem Wetter zum Schwitzen brachte – und ganz außen eine verschossene, grüne Armeejacke.

Die Wanduhr fing an zu schlagen, als Tapani nach der Jacke griff. Die Uhr hing im Wohnzimmer, genau auf der anderen Seite der Kammerwand, und da die Tür offen war, hörte man die Schläge nicht nur, sondern man spürte sie geradezu. Tapani stand regungslos da und zählte die Schläge. Erst nach dem letzten, dem zwölften, dachte er wieder daran zu atmen, holte zweimal rasch Luft und nahm die Jacke an sich.

Kurz darauf war Tapani komplett angezogen. Die Jacke wäre nicht nötig gewesen, sie war zweifellos zu warm, aber er fühlte sich wohl darin, erst recht, wenn er den Kragen aufstellte, dann kam er sich geschützt vor, wie im sicheren eigenen Bett. Er stand mitten im Raum und horchte in die Nacht. Von Mutters Seite her war nichts zu hören, sie schlief, war zumindest nicht auf den Beinen. Sonst befand sich niemand im Haus.

Er dachte an die obere Etage, die zurzeit leer war. Mutter wollte Studentinnen als Untermieterinnen haben, und das war an sich nicht schlecht. Es war schön, abends bei den Mädchen vorbeizuschauen, ihnen Gesellschaft zu leisten. Ohne sich um ihn zu kümmern schnitten sie sich die Fußnägel, zupften sich die Augenbrauen oder wechselten manchmal sogar die Bluse, sodass er sehen konnte, wie schön rund und weiß ihre Brüste waren. Das machten die Mädchen absichtlich. Und manchmal kicherten sie und forderten ihn auf, sich neben sie aufs Bett zu setzen. Er wusste, was sie wollten, und er hätte es auch verdammt gern getan, aber die Mutter war wie ein Spürhund. Jedes Mal erschien sie unten an der Treppe und plärrte: »Tapani! Ich glaube, die Mädchen brauchen Ruhe zum Lernen. Hast du sie nicht schon lange genug gestört?« Wenn er ging, verzogen die Mädchen den Mund, aber die Mutter schaute ihn mit jenem bösen Blick an, der ihn mit Hass erfüllte.

Die Studentinnen waren nett. Aber im Sommer waren sie nicht da, und die Mutter wurde nervös, weil sie keine Miete einnahm. Tapani fächerte grundlos mit der Hand; ihm fiel ein, dass die Zimmer oben immer noch nach den Mädchen rochen. Ging man hinein, war es, als beobachte man sie heimlich.

Das Haus schwieg, aber draußen hörte man die Lkw auf der Kustaa Vaasan tie in Richtung Lahti donnern. Tapani griff nach der Taschenlampe, machte den Mund auf und nahm den hinteren Teil zwischen die Zähne. Dann schnappte er sich den kleinen Schlüssel aus der handförmigen Schale, ging vor dem Schreibtisch in die Knie, schob den Schlüssel ins Schloss und machte die Tür auf. In der obersten Schublade befand sich ein weiterer Schlüssel, ein noch kleinerer. Er nahm ihn an sich, und nach einigem Ruckeln öffnete er schließlich die unterste Schublade. Er senkte das Kinn und richtete den Lichtkegel auf die Mitte der Schublade.

Auf den ersten Blick sah es aus, als seien nur Streichholzschachteln mit dem *Sampo-Etikett* darin. Tapani griff nach einer von ihnen und steckte sie flink in eine der vielen Taschen seiner Jacke. Diesmal rasselte es kein bisschen in der Schachtel, denn auf die darin liegenden Zündhölzer war ein zusammengefaltetes Papiertaschentuch gelegt worden. Als Nächstes ergriff er das Wachspapier, das den Boden der Schublade bedeckte, und zog es neben sich auf den Fußboden.

Als Erstes heftete sich sein Blick auf die Schlange. Sie war aus Gummi, aus milchig-durchscheinendem und zitterndem Gummi. Auf dem Rücken trug sie ein Sägeblattmuster. Mit seinen kleinen schwarzen Augen sah das Reptil so echt aus, dass sogar Tapanis Hand zögerte, bevor sie das leblose Spielzeug anfasste. Er schob die Schlange an den Rand der Schublade.

Nun kam ein Messer zum Vorschein, kein gewöhnliches, sondern ein Kommandodolch, wie sie vor dem Inkrafttreten des neuen Waffenrechts in kleinen, obskuren Tabakläden neben Gummiknüppeln und Lederpeitschen verkauft wurden. Der Griff des Messers war mit rauem Leder überzogen, und auf beiden Seiten lief eine tiefe Furche die Schneide entlang. Das Metall war gebläut. Nur an den Rändern der Klinge und an der Spitze blinkte im gleichgültigen Licht der Taschenlampe der helle, scharfe Stahl auf.

Tapani ergriff das Messer. In die andere Hand nahm er eine mit Nieten gesäumte Scheide aus Leder und schob die Klinge mit einem Ruck in die Öffnung hinein. Die Scheide knirschte; er hatte Kraft. Das Messer steckte er in die rechte Seitentasche seiner Armeejacke.

In der Schublade lag noch ein schwedisches Pornoheft, auf dessen Titelseite eine Frau ihre stämmigen Schenkel spreizte. Über der Frau stand in Buchstaben, die heiter aussehen sollten, das Wort »Kavalkad«. Das Heft rührte Tapani nicht an, auch nicht die fast unbenutzte Maispfeife und den Tabaksbeutel daneben, die drei Patronen für Parabellum-Pistolen jedoch, deren Messing schon matt geworden war, streifte er flüchtig mit den Fingern. Er legte das Wachspapier zurück, schloss die Schubladen und die Tür und ließ den Schlüssel wieder in die bittende, wartende Porzellanhand fallen.

Tapani war bereit. Mit den Fingerspitzen stieß er gegen seine Zimmertür, nicht zu heftig, gerade so, dass die Tür einen fünfzig Zentimeter breiten Spalt weit aufging. Er trat in den Flur und ging am Rand, wo es nicht knarrte, die wenigen Meter bis zur Tür seiner Mutter.

In ihrem Zimmer atmete schwerer Schlaf. Auf dem Nachttisch tickte der auf halb sieben gestellte Wecker, dessen Phosphorzeiger von der Tür aus zu erkennen waren. Tapani trat über die Schwelle, mit hochgezogenen Schultern, die Hände gekrümmt neben dem Oberkörper. An der einen Hand spürte er durch den Jackenstoff hindurch das Messer. Außer dem tiefen Atmen war kein Laut zu hören.

Tapani dachte an seine Mutter. Sie lag auf dem Rücken im Bett, den Kopf mitten auf dem Kissen, die dunklen, langsam grau werdenden Haare ausgebreitet neben ihrem Gesicht. Ihre Nase war klein und spitz, die Haut bleich wie Wachs. Ihre untere Zahnreihe hatte sie neben den Wecker auf den Nachttisch gelegt, und irgendwo auf dem Tisch lag auch eine kleine Packung Schlaf- oder Beruhigungsmittel. Tapani wusste das alles, obwohl er nichts sah als die Uhrzeiger. Er wusste auch, dass er nur etwas näher an das Bett der Schlafenden herangehen müsste, um den dünnen, säuerlichen Luftzug wahrzunehmen, den Grundgeruch seiner Mutter. Nichts konnte ihn überdecken, kein *Pagan eau de toilette*, wie es auf der Ablage im Bad stand, und auch kein *Muguet des bois*. In der Luft nahm man es als Geruch wahr, in den Worten jedoch als Unterton. Tapani wandte sich ab, sein Gesicht zeigte keinerlei Ausdruck.

Er kehrte in sein Zimmer zurück und schloss die Tür. Dann breitete er die Wolldecke so über das Bett, dass nicht sofort das Laken in die Augen sprang, packte mit beiden Händen das Fliegengitter vor dem Fenster und nahm es ab. Ein paarmal sog er tief die Nachtluft ein; sie war warm und duftete nach Gras. Draußen war es gar nicht so finster, wie er geglaubt hatte. Er konnte die Hundehütte erkennen und die Stange daneben. Die Flügel des Windrades drehten sich nicht, er sah alle vier Propellerschaufeln. Die Nacht war windstill, die Heuschrecken waren verstummt. Er setzte einen Fuß auf die Fensterbank und hörte dabei, wie die Wanduhr halb eins schlug.

Harjunpää lag auf dem Rücken im Bett und war wach. Der Schlaf wollte nicht kommen. Einige Male wäre er fast eingeschlummert, doch die plötzlich hervorschießenden Gedanken hatten ihn, ruhelos, wie er war, immer wieder aufgeschreckt. Jetzt schien der Schlaf weiter weg zu sein als unmittelbar nach dem Zubettgehen. Harjunpää richtete sich auf, berührte mit dem Gesicht fast den zwischen Bett und Wand eingeklemmten tickenden Wecker. Es war Viertel vor eins. Also schon Mittwoch. Noch fünfeinhalb Stunden bis zum Klingeln des Weckers.

Er horchte in die Nacht. In der Ecke rauschte die Wasserleitung, schon seit einiger Zeit; jemand musste mitten in der Nacht Wasser in die Badewanne laufen lassen. Pauliina schlief in ihrem Gitterbett. Sie sog an ihrer Unterlippe, und das verursachte hin und wieder ein so lautes Schmatzen, dass sich Harjunpää fragte, warum das Kind davon nicht wach wurde.

Obwohl die Fenster zu dem schluchtartigen Innenhof des Mietshauses gingen, hörte man als dominierendes Nachtgeräusch das pausenlose Spektakel der Betrunkenen. Es wurde von der Straße, von der Nähe der Volksschule heraufgetragen. Hin und wieder wurde gerufen – als wäre jemand beim Namen genannt worden –, aber dann verschmolzen die verschiedenen Stimmen wieder und drangen als auf und ab schwellende Salve von Gelächter und Flüchen durch die Einfahrt in den Hof.

Harjunpääs Gedanken machten einen Sprung nach Paakari, in den Hinterhof des Supermarktes. Der Mann war einer jener Lachenden gewesen, doch vor zwei Wochen fand man ihn dort tot bei den Mülltonnen, gestorben am Alkohol und den zahlreichen Krankheiten, die der Alkohol mit sich brachte. Und natürlich hatten sie bei dem Toten nichts gefunden, woraus sich auf seine Identität schließen ließ. Harjunpää drehte sich auf die Seite und dachte, dass ihm die Lachenden dieser Welt nur Mühe bereiteten, ob sie nun lebendig oder tot waren.

Elisa atmete, als ob sie schliefe, doch Harjunpää spürte, dass sie wach war. Er schob sich von der Seite näher an seine Frau heran, bemerkte, dass er das auf genau dieselbe Art tat wie in der Absicht, sie zu liebkosen, und hielt mit etwas größerem Abstand inne, als er vorgehabt hatte, doch war er immerhin nah genug, um Elisas Haare im Gesicht zu spüren. Sie rochen nach Pflanzen, nach Kräutern, nach einem neuen Pflegemittel vielleicht, vor allem aber nach Elisa selbst. Das war ein vertrauter und sicherer Geruch, dennoch ließ er Harjunpää die Zehen zusammenziehen.

Er lauschte auf den Atem seiner Frau. Sie lag wach, versuchte vielleicht einzuschlafen, und Harjunpää traute sich nicht, ihre nackte Schulter zu berühren oder ihr etwas zuzuflüstern. In den letzten Wochen hatte Elisa wenig Schlaf gehabt. Lange musste sie nach einer passenden Stellung suchen, und wenn sie schließlich eine gefunden hatte, fingen die Wehen an und weckten sie auf.

»Timppa ...«

»Elisa?«

»Kannst du nicht schlafen?«

»Nein. Du auch nicht?« Nachdem sie ein paar Worte gewechselt hatten, lagen sie schweigend nebeneinander, tasteten nach den Fingern des anderen und ließen sie miteinander reden. Die Wasserleitung verstummte. Auf der Straße zersplitterte eine Flasche oder ein Fenster oder etwas anderes, und Harjunpää kam in den Sinn, dass er noch vor zwei Jahren aufgestanden wäre, um herauszufinden, woher das Geräusch stammte.

»War heute etwas Besonderes bei dir?«, fragte Elisa schließlich, und ihrer Stimme war zu entnehmen, dass sie auch ohne Antwort Bescheid wusste. Harjunpää gab halb abwesend einen Laut von sich, winkte ab.

»Hast du wieder Wehen?«, fragte er seinerseits.

»Nicht so schlimm.«

»Würde es dir helfen, wenn ich dir einen Schluck Cognac bringen würde?«

»Brauchst du nicht. Das legt sich bald wieder. Wahrscheinlich ist es gerade in einer ungünstigen Position.« Elisas Stimme klang müde.

Harjunpää richtete den Blick auf ihren Bauch. Er war groß, viel größer als damals, als sie Pauliina erwartet hatte, und er senkte sich bereits. Die Haut unter seiner Hand fühlte sich warm an, und Elisas Nabel stand hervor wie eine Zitronenhälfte. Das Kind bewegte sich in der Gebärmutter, nahm einen neuen Platz ein, und Harjunpää spürte, wie sich die ganze Pracht nach links verlagerte, wenn eine Wehe kam. Er ließ seine Hand nach oben gleiten, fühlte die Herzschläge seiner Frau und ahnte instinktiv, dass er diese Nacht noch nicht seine Schwester rufen musste, damit sie bei Pauliina blieb.

»Timppa. Das ist aber doch kein Fall, bei dem man Überstunden machen muss?«

»Nein. War ein Selbstmord. Es waren nur kleine Kinder dabei, das eine so alt wie Pauliina«, sagte Harjunpää und drehte sich auf den Rücken. »Ich hab jetzt keine Angst, mit irgendeinem Fall verheiratet zu werden«, fuhr er fort. »Alle sind weg, die ganze Abteilung ist leer. Nicht mal von Montonen weiß man, wann er wiederkommt. Außerdem liegt die Operation nicht mal eine Woche zurück. Und wie ich gesagt habe, Tauno Kottonen hat versprochen, alles entsprechend einzufädeln. Wenn der etwas verspricht, dann hält er es auch«, erklärte er entschieden, ohne dabei schauspielern zu müssen. »Diesmal bin ich dabei. Das habe ich beschlossen, egal was ist. Mach dir deswegen keine unnötigen Sorgen.«

»Mach ich auch nicht ...«

Wieder lagen sie schweigend da. Die Zeiger des Weckers rückten unmerklich weiter, im Zimmer rasselte die Wanduhr, sie holte Atem, um einen Schlag ertönen zu lassen. Als Elisa zu reden anfing, klang ihre Stimme anders als zuvor, eher entschuldigend und gedämpft, eine Stimme, wie sie Menschen haben, wenn sie ein schon oft besprochenes Problem berühren, für das noch keine Lösung gefunden worden ist. »Wie wäre es, wenn wir uns eine Trennwand kaufen würden und damit das Zimmer teilen. Den Kindern könnte man den Alkoven geben«, sagte sie. »Oder wir trennen es mit dem Bücherregal ab. Dann brauchen wir nichts zu kaufen«, fügte sie hinzu.

»Warum nicht«, entgegnete Harjunpää gedehnt. »Übrigens, vorgestern habe ich den Vermieter gesehen. Ich habe ganz vergessen, es dir zu erzählen. Er meinte, über den Einbau einer Dusche könnte man nachdenken, unter der Bedingung, dass wir alles bezahlen außer dem Abfluss. Und fertig. Es kommt mir ein bisschen so vor, als ob er die ganze Sache in die Länge ziehen will – er hat was von einer Besprechung in der Immobilienabteilung der Bank geredet, und wie lange es dauert, vom Magistrat die Erlaubnis zu bekommen …« Harjunpää hatte ganz und gar nicht vergessen, es zu erzählen, er hatte die Mitteilung nur aufgeschoben, weil er wusste, wie inständig sich Elisa eine Dusche in der Wohnung wünschte – auch wenn die Küche dadurch noch kleiner würde. Elisa gab einen kurzen Laut von sich, und Harjunpää dachte, dass er es ihr doch sofort hätte erzählen sollen.

Es war eine unbestreitbare Tatsache: die Wohnung wurde ihnen zu klein. Zu dritt waren sie darin prima zurechtgekommen, und mit ein bisschen Organisation würden sie auch mit zwei Kindern darin leben können; allerdings konnte man die Möbel in der Einzimmerwohnung nur auf drei verschiedene Weisen stellen, und davon war nur eine Variante wohnlich. Auf jeden Fall würde es zu viert eng werden, und ihm graute es bei dem Gedanken an den Ärger, der zwangsläufig kommen würde, wenn sie Tag für Tag so dicht aufeinander hockten. Diesmal hütete er sich davor, über die Entwicklung der Kinder nachzudenken; schon jetzt hatte er das Gefühl, Pauliina sollte in größerem Abstand von ihren Eltern schlafen, am liebsten in einem anderen Raum.

In eine andere Wohnung umzuziehen schien hoffnungslos. Eine Zeit lang hatten sie sich bereits in aller Stille erkundigt, aber ohne Ergebnis. Es mangelte ihnen an zweierlei: an Beziehungen und Geld. Harjunpää hatte noch nie Hausbesitzer oder Vermieter gekannt, und so sehr es auch darum ging, eine Wohnung für die eigene Familie zu finden, bereitete es ihm doch übermächtige Schwierigkeiten, jemandem auf die Schulter zu klopfen und Pläne zu schmieden, wie man andere Wohnungssuchende auf möglichst elegante Art aus dem Feld schlagen konnte. Er hatte bereits lange überlegen und an die zwei Stunden in seinem Zimmer hin und her stiefeln müssen, um über die Urlaubsvereinbarung mit Kottonen nachzudenken.

Das Geld machte ihm noch aus einem anderen Grund Sorgen. Er und Elisa hatten während ihrer gesamten Ehe gespart, regelmäßig ein bisschen zur Seite gelegt, und dabei mit dem Gedanken gespielt, bei einer günstigen Gelegenheit eine Wohnung zu kaufen. Aber das war die falsche Methode gewesen. Die Preise waren ihnen stets vorausgeeilt, und nie hatten ihre Mittel ausgereicht, um einen ausreichend großen Kredit zu bekommen. Außerdem hatten die Zusatzsteuern mit grausamer Regelmäßigkeit einen Teil des Ersparten geschluckt. Harjunpää konnte das einfach nicht verhindern; auf Grund der Art seiner Arbeit musste er Überstunden machen, wenn es bestimmt wurde, und im Laufe eines Jahres kam eine ziemliche Menge davon zusammen. Dafür zahlte der Staat, nahm einem aber zu jedem Jahreswechsel das, was er gegeben hatte, auch ziemlich genau wieder weg. Und gerade jetzt fiel es Harjunpää ohnehin schwer, ans Sparen zu denken. Es würde ihnen bald schon genug Kummer bereiten, mit den laufenden Kosten fertig zu werden, denn nach der Geburt des Kindes, wenn Elisa endgültig zu Hause bleiben würde, bliebe ihnen nur noch sein Gehalt. Wieder rasselte die Wanduhr und ließ den Halb-Zwei-Schlag ertönen. Irgendwo weit entfernt in der Stadt hörte man die Sirene eines Kranken- oder Polizeiwagens. Harjunpää wartete eine Weile, dann fing er im Flüsterton wieder an zu sprechen.

»Ich hab oft gedacht ... Wenn ein Mensch plant, sich umzubringen, dann lebt er doch in seiner ganz eigenen Welt. Er stellt sich vor, wie die anderen verzweifelt sind – wie sie weinen und trauern und bereuen, dass sie schlecht zu ihm gewesen sind. Und irgendwie, weißt du, bin ich mir sicher, dass die Menschen glauben, sie könnten wieder aufwachen und zurückkommen und den anderen verzeihen. Sie begreifen nicht, dass sie sterben.« Harjunpää war einen Moment still. »Sie verlieren das Leben eigentlich aus Versehen. Und dann ist es gar nicht das, was sie sich vorstellen – es ist nur ein einziges Chaos. Die Angehörigen sind entsetzt, und es wird ihnen schlecht. Blut und Gehirn. Ein blaues Gesicht. Und wir. Wir drehen sie hin und her wie irgendein ... Auch heute habe ich der Toten den Finger in den Mund gesteckt, um die Stelle zu finden, an der die Kugel ausgetreten war. Und alles wegen so einem Kerl, weil er das ganze Haushaltsgeld versäuft. Und dann immerhin die Kinder. Wenn sie sonst schon nichts am Leben gehalten hätte ...« Harjunpää drehte sich auf die Seite und tastete nach der Hand seiner Frau, begriff, dass Elisa gerade am Einschlafen war. Er horchte auf den ruhigen Atem und wusste, dass er sie jetzt nicht stören durfte.

Mit offenen Augen lag er da und starrte auf die Tapete, die er nicht sah. Wieder kamen ihm die Röteln und ihre Folgen für den Embryo in den Sinn. Er konnte nichts dafür. Die Leute fragten ständig: »Na, wünschst du dir einen Jungen?« Ihm war es wirklich egal, aber den Gesichtern der Fragenden entnahm er, dass sie es ihm nicht glaubten. Schließlich stellten alle ohne Ausnahme fest: »Na ja, was spielt es auch für eine Rolle, ob es ein Junge oder ein Mädchen ist. Hauptsache, es ist gesund.«

Harjunpää presste die Augen zu. Natürlich war es wichtig, dass das Kind gesund war, klar. Aber wenn es so ausgesprochen wurde, wenngleich mit guter Absicht, hörte es sich schrecklich an. Es schien, als wäre ein krankes Kind von allen Unglücken das Schlimmste, das einem Menschen widerfahren konnte. Dabei forderte ein krankes Kind von den Eltern viel mehr, es brauchte noch mehr Liebe und Sorge als ein gesundes. Schließlich gelang es ihm, die Augen ohne Druck geschlossen zu halten, und er hatte auch keine Kraft mehr, darüber nachzudenken, was der Morgen und der neue Arbeitstag mit sich bringen würden. Elisa atmete leise, Pauliina saugte wieder an ihrer Unterlippe. Harjunpää schlief mit einem warmen Gefühl ein, zufrieden damit, dass sie wenigstens ein kleines Zuhause hatten.

KAPITEL 5

Das Eckzimmer und die Stare

Harjunpää betastete sein Kinn und stellte fest, dass er nicht daran gedacht hatte, sich zu rasieren. Er hatte einen eher schwachen Bartwuchs, weshalb er sich darüber nicht allzu sehr ärgern musste. Diesmal freilich wirkten die Stoppeln dunkler als sonst, denn er stand im dritten Stock des Gewaltdezernats auf dem Gang, wo kein Tageslicht hinkam. An der Decke flimmerte eine Reihe bläulicher Neonröhren, und deren Licht ließ jedes Gesicht seekrank aussehen.

Es war still auf der Etage, obwohl es Vormittag war und auf diesem Flur die Mehrheit der Gewalt einquartiert war. Neben der Eingangstür befanden sich das Sekretariat und der Raum für die Mädchen vom Schreibdienst, es folgte die vierte Abteilung, zu der Harjunpää gehörte, dann kamen die dritte Abteilung, die Sitte und fast als Letztes, dort, wo der Gang eine leichte Biegung machte, das Büro des Chefs. Es war das einzige, neben dessen Tür sich ein Knopf und drei Lämpchen befanden: ein rotes, ein gelbes und ein grünes. Außerdem waren im dritten Stock noch die so genannten »Tode« untergebracht, deren Leute sich ausschließlich auf Todesfälle mit natürlicher Ursache konzentrierten. Zur Truppe gehörte auch ein Hauptwachtmeister, der Arbeitsunfälle mit tödlichem Ausgang untersuchte. Allerdings waren die drei Räume der Tode von den anderen Räumen getrennt; vom Treppenhaus gelangte man nur durch eine braune Tür dorthin.

Harjunpää hatte keinen Grund, auf dem Gang zu stehen. Er

hätte ebenso gut in sein Zimmer gehen können, doch weil ihm auch dafür kein brauchbarer Grund einfiel, legte er die Hände flach auf sein Gesäß und lehnte sich gegen die graue Wand. Im Büro der Sexualabteilung hörte man das sprühende Geräusch einer Parfümflasche und Kottonens joviale Stimme: Er überprüfte gerade beim Zentralregister die Personalien der Toten aus der vergangenen Nacht. Harjunpää neigte den Kopf; Kottonen schien aus einem anderen Grund in ein Gespräch vertieft.

»Aber nein, das stimmt doch nicht«, erklärte Kottonen. »Rotauge ist genauso gut, wenn nicht besser. Ich? Jetzt hör aber auf. Man muss nur wissen, wie man ihn richtig zubereitet ...«

In Harjunpääs Augenwinkeln bildeten sich kleine Falten. Er ahnte, dass sich am anderen Ende der Leitung Frau Lappalainen befand, deren Gespräche über Essen kein Ende nehmen wollten. Kottonen seinerseits war Angler. Harjunpää hörte noch einen Moment zu: Gerade ging Kottonen zum Kochen von Flusskrebsen über. Die beiden anderen Telefone der Abteilung blieben stumm. An diesem Morgen hatte noch keiner sein Leben verloren.

Im Eingangsbereich fiel eine Tür zu. Es war die Aufzugtür, bei dem Geräusch war kein Irrtum möglich. Harjunpää blickte nach links. Dort erschien Suttelin. Harjunpää gab sich Mühe, seine Haltung zu ändern – er wollte so aussehen, als wäre er auf dem Weg in sein Büro oder im Begriff, etwas anderes Vernünftiges zu tun –, bekam die entsprechende Gebärde jedoch nur halbwegs fertig, bis Suttelin auf seiner Höhe angekommen war.

»Guten Morgen«, sagte er und griff an der falschen Stelle nach der Türklinke. Suttelin ging wortlos vorbei. Das gehörte nicht zu seinen Gewohnheiten. Harjunpää sah ihm nach: Mit gesenktem Blick, einen dicken Stoß Papier unter dem Arm, bewegte sich Suttelin durch den Gang, und Harjunpää schloss daraus nach kurzer Überlegung, dass Suttelin Sorgen hatte.

Harjunpää machte die Tür zu seinem Büro auf, trat über die Schwelle, kam aber nicht gegen seine Neugier an, sondern spähte hinter dem Türrahmen verborgen noch einmal in den Gang. Suttelin war vor dem Eckzimmer stehen geblieben. Den Kopf wie zum Gebet gesenkt stand er da. Kurz darauf hob er den Blick zur Decke, legte die Hand auf den Mund und räusperte sich offensichtlich. Nachdem er diese Rituale absolviert hatte, schien er genug Mut gefasst zu haben: Mit einem Finger drückte er den Knopf neben der Tür des Chefs. Das Geräusch des Summers konnte Harjunpää nicht hören, aber das aufblinkende Licht erkannte er deutlich. Suttelin ergriff den Messingknauf. Für einen Moment flutete Augustlicht in den Gang, dann schloss sich die Tür, und Harjunpää war wieder allein.

In seinem Zimmer verbrachte er eine kurze Weile damit, den Inhalt seiner Schubladen zu durchforsten. Derzeit waren nicht sonderlich viele Unterlagen da. Lediglich vier Strafanzeigen lagen vor. Bei einer davon handelte es sich um eine nicht aufgeklärte Messerstecherei, und daran zurückzudenken machte ihn mürrisch. Der Betroffene, ein neunzehnjähriger Frühberenteter, kannte zweifellos die Person, die auf ihn eingestochen hatte, behauptete im Protokoll jedoch, er sei in das Brotmesser gestürzt, das auf dem Tisch gelegen habe. Im Grunde wartete der Fall nur noch darauf, im Ordner für Dubioses abgeheftet zu werden. Die anderen drei Strafanzeigen waren Fälle von telefonischer Nötigung, die weiterhin verfolgt wurden, auch wenn man in der gegenwärtigen Situation nichts tun konnte, als auf eine Mitteilung der Technik über eine gelungene Abhörmaßnahme zu warten.

S-Anzeigen waren mehr da. »S« stand für die sonstigen Fälle. Dazu gehörte alles, was auf der Welt nur geschehen konnte. Im Grunde war all diesen Dingen nur gemein, dass man bei ihnen nicht sofort von einem Verbrechen ausgehen konnte. Bei den meisten von Harjunpääs S-Fällen ging es um die Ermittlung der Todesursache. Es waren insgesamt fünfzehn, und nachdem er sie durchgegangen war, stellte er fest, dass bei jedem Einzelnen noch der Obduktionsbericht und die Vernehmungen der Rechtsnachfolger fehlten. Er war beinahe zufrieden, als er bemerkte, an diesem Tag nichts mehr tun zu können, und spitzte die Lippen für die ersten Takte der Kleinen Nachtmusik, während er die Papiere wieder zwischen den braunen Aktendeckeln verschwinden ließ.

Die Obduktionsberichte ließen stets lange auf sich warten. Das hatte mit dem ständigen Hochbetrieb in der Gerichtsmedizin zu tun, wogegen die Polizei nichts tun konnte, dennoch bat Harjunpää die Angehörigen, die manchmal bis zu einem Jahr auf die Ursache für den Tod eines nahe stehenden Menschen warten mussten, normalerweise für die Verzögerung um Entschuldigung. Das hatte allerdings auch eine gute Seite: Die Leute hatten ihren Schock dann schon überwunden, und das Gespräch nahm nicht mehr als zehn Minuten in Anspruch.

Um halb neun erhob sich Harjunpää von seinem Stuhl. Er hatte seinen Tisch wieder sauber und wusste nicht, was er jetzt tun sollte. Einen Moment lang dachte er daran, im Hinterzimmer der Gewalt eine weitere Tasse Kaffee zu trinken, aber dann fiel ihm sein empfindlicher Magen ein, und er nahm von der Überlegung Abstand. Nun musste er an Pauliina denken. Er war am Morgen bereits an der Haustür angelangt, als er die kleinen, weichen, tapsenden Schritte gehört hatte. Pauliina war ihm gefolgt, die Decke im einen, den aufblasbaren Wasserball im anderen Arm. »Papi«, hatte das Mädchen verschlafen gesagt, »pass heut gut auf dich auf.« Harjunpää hatte es versprochen und seine Tochter dann ins Bett zurückgescheucht. Jetzt amüsierte ihn die Situation. Pauliina hatte exakt die Worte gebraucht, mit denen er sich normalerweise von Elisa verabschiedete.

Draußen schien die Sonne. Hoch am Himmel flog der weiße Punkt einer Sturmmöwe, und Harjunpää schien es, als könnte er die Federn des Vogels erkennen, selbst die kleinsten, und die eingezogenen Füße, obwohl er wusste, dass es unmöglich war: Die Möwe flog viel zu hoch. Er klopfte die vierte Zigarette dieses Tages aus der Packung, ging zum Erkerfenster, stützte sich am Rand der Fensterbank ab, machte einen Satz und landete mit dem Bauch: Das war einem Einfall des Architekten zu verdanken, denn die Fensterbank ragte sechseckig bis weit über die Straße aus der Wand heraus, sie war rundum von Glasscheiben eingefasst, sodass sich eine Art Aquarium bildete.

Harjunpää schloss kurz die Augen und strengte sich an, um einen plötzlichen Schwindel zu überwinden. Rechts war ein Stück des Marktes zu erkennen, das eine Ende der Markthalle mit ihren Menschen, links stand der Dom und direkt gegenüber die Uspenski-Kathedrale. Irgendwo in ihrer Nähe, ein Stück weiter rechts, lag Harjunpääs Zuhause, dort waren Pauliina und Elisa und Elisas Bauch. Ihm fiel ein, dass er das Babybett vom Speicher holen und streichen musste, dass er das aber noch nicht tun konnte, weil Elisa das Bett erst nach der Geburt des Kindes in der Wohnung haben wollte. Sein Blick wanderte zu den Häusern direkt gegenüber. Das höchste von ihnen war das Polizeigefängnis, der Bau. Dort wuchs Gras in den Regenrinnen, lang und saftig, und das wirkte eigentümlich, irgendwie auch trotzig, denn sonst war weit und breit kein Grün zu sehen. Harjunpää starrte auf die Gräser und war zufrieden.

Ein Knarren ließ ihn zusammenfahren. Das Geräusch war ihm bekannt, wahrscheinlich hörte er es jeden Tag, aber jetzt gelang es ihm nicht, es zuzuordnen. Einerlei war dieses Knarren nicht, denn er merkte, dass er plötzlich hellhörig wurde, vollständig wach war. Das Geräusch konnte nicht von draußen kommen. Er bog den Hals, drehte mühsam den Kopf fast ganz nach hinten und sah, dass jemand im Zimmer stand.

Nun hatte es Harjunpää eilig, von der Fensterbank herunterzukommen. Das ging nicht völlig problemlos vonstatten, denn er lag halb auf dem Bauch einen Meter außerhalb des Raumes, und die Fensterbank befand sich überdies hoch über dem Fußboden. Vom Fensterrahmen bekam er einen Holzsplitter in die Hand, mit dem linken Knie schlug er gegen den Heizkörper, dann landete er in der Hocke auf dem Boden.

Der Leiter des Gewaltdezernats war kein schlechter Mensch. Er war einigermaßen normal, zweifellos, allerdings immer leicht distanziert, was bewirkte, dass man in seiner Gegenwart instinktiv auf der Hut war. Außerdem siezte er alle seine Untergebenen. Das war geschickt: Man fürchtete sich zwar nicht direkt vor ihm, aber auf diese Weise wusste er stets einen gewissen Respekt zu wecken. Das hatte natürlich auch seine Nachteile. Sobald der Chef nämlich in den Büros der Ermittler auftauchte, um sich einfach nur zu unterhalten, brachen Lachen und Geplauder wie auf einen Schlag ab, und es bestand keine Chance mehr für ein ungezwungenes Gespräch.

»Was ... Gibt's da irgendwas Besonderes?«, fragte der Chef, und das Schlimme war, dass er nicht spottete, sondern ehrlich erstaunt und interessiert war. Harjunpää stammelte etwas vor sich hin und nahm die bis zum Filter abgebrannte Zigarette aus dem Mund, während er verzweifelt nach einer vernünftigen Erklärung suchte. Hätte er behauptet, auf der Straße Lärm oder einen Schuss gehört zu haben, hätte sich der Chef gewundert, selbst nichts vernommen zu haben. Hätte Harjunpää vorgegeben, ein Taubennest unter der Regenrinne entdeckt zu haben, hätte der Chef trotz seines Alters, seiner Position und seines beigen Sommeranzuges womöglich die Fensterbank erklommen und gesagt:

»Tatsächlich? Wissen Sie, auch wenn ich darüber nie reden mochte, so hat mich die Ornithologie doch immer gereizt.«

Harjunpää trat von einem Bein auf das andere. Über der Sofiankatu flog ein Schwarm Rauchschwalben. Er machte schon den Mund auf, um etwas zu sagen, fing an zu hüsteln, um Zeit zu gewinnen, und wollte etwas über den bevorstehenden Urlaub zum Besten geben, als er sich plötzlich unvermittelt und vollkommen ruhig sagen hörte: »Ich habe bloß aus dem Fenster geschaut. Es war nichts Besonderes zu sehen.«

Der Chef rückte seine Fliege gerade – sie war rot mit schwarzen Streifen, und Harjunpää dachte, dass sie von manchen wahrscheinlich Schwulenpropeller genannt worden wäre, wenn sie sich am Hals eines anderen befunden hätte, aber da sie der Chef trug, wurde sie nicht einmal wahrgenommen.

»Aha«, sagte der Chef, und Harjunpää hörte keinerlei Verärgerung und auch kein Anzeichen von Spott heraus. Er richtete sich auf. Der Chef schien in Gedanken versunken, sein Blick irrte über die Wände, machte einen Abstecher zu dem Schädelpäckchen auf dem Aktenregal. Harjunpää warf einen flüchtigen Blick auf die Schuhe seines Vorgesetzten. Er hatte Recht gehabt. Der Chef trug Sommerschuhe, und zwar die aus knarrenden Lederstreifen geflochtenen. Er hatte sie, seit Harjunpää bei der Gewalt gewesen war, bisher jeden Sommer getragen.

»Harjunpää«, sagte der Chef. »Wären Sie so nett und würden mal in mein Büro kommen, jetzt gleich, sofern es keine Hindernisse dafür gibt.«

»Ja. Klar. Da wäre jetzt gerade nichts«, antwortete Harjunpää, dachte, der Chef hätte auch kommen können, als die Papiere ausgebreitet auf dem Tisch lagen, und er spürte, wie sich zwei Schweißrinnsale bildeten – unter jedem Schulterblatt eines – und den Rücken hinabliefen. Er verließ das Zimmer hinter dem Chef, sah aber nicht zu ihm hin. Er blickte auf seine eigenen Schuhe. Sie waren neu und weiß. Elisa hatte ihn halb gezwungen, sie zu kaufen, aber ihr Anblick bereitete ihm jetzt nicht mehr das gleiche warme Wohlbefinden wie am Morgen auf dem Weg zur Arbeit.

Unangenehme Vorahnungen stiegen in Harjunpää auf. Er überlegte, was er getan hatte – oder zu tun versäumt hatte. Hätte es sich um eine Leiche gehandelt, die sich bei der Obduktion als das Opfer eines Verbrechens erwiesen hätte, hätte der Gerichtsmediziner ihn angerufen, nicht den Chef. Er konnte sich auch nicht an böse Schnitzer in den Anzeigen der letzten Tage erinnern, und wenn es sich wieder einmal um Grammatikfehler gehandelt hätte, dann hätte der Chef seinen Tadel im Vorübergehen auf dem Gang geäußert. Wenige Schritte vor der offenen Tür des Eckzimmers kam er auf die Möglichkeit zurück, die ihm als Erstes in den Sinn gekommen war, und die er rasch übergangen hatte, weil sie zu beängstigend war. Um etwas anderes konnte es sich nicht handeln: Jemand hatte beim Justizbeauftragten des Parlaments oder beim Rechtskanzler Beschwerde über ihn eingereicht. Die letzten Meter überlegte Harjunpää, wer derjenige gewesen sein konnte und welchen Fehler er begangen haben konnte, um jemanden so weit gebracht zu haben. Er kam nicht dazu, sich eine Antwort auszudenken, aber das tröstete ihn nicht; auch eine grundlose Beschwerde würde ihm in den nächsten Monaten genug Verdruss bereiten, denn die Angelegenheit würde auf jeden Fall untersucht werden.

Harjunpää zog die Tür hinter sich zu und stellte fest, dass die Wanduhr noch immer halb acht zeigte, so wie vor knapp einem Jahr, als er zuletzt diesen Raum betreten hatte. Um sich zu trösten, versuchte er daran zu denken, dass sein Urlaub bald anfangen und dass Elisa ein Kind zur Welt bringen würde, aber dann fiel ihm wieder ein, dass eine von Elisas Kolleginnen Röteln bekommen hatte, als Elisa im zweiten Monat schwanger war.

Aus den Ahornbäumen stob ein Schwarm Stare auf. Es waren viele Vögel, wahrscheinlich hunderte. Sie ließen sich dort nieder, wo der Asphalt aufhörte und der unnatürlich graue Uferwall anfing, und als sie in den spärlichen Bewuchs hineinflogen, konnte man deutlich erkennen, welche schon ausgewachsen waren und welche Junge aus diesem Sommer; die Jungvögel waren mattbraun, die Erwachsenen hingegen pechschwarz, und ihr Gefieder glänzte fleckig in der Sonne wie Öl. Es war noch nicht einmal elf Uhr, aber die Luft flimmerte bereits fein über dem Asphalt. Das Meer, die Ahornbäume und die Erde dufteten, doch stärker noch nahm man den scharfen Geruch nach verbranntem Gummi, sengend heißem Blech und Farbe wahr.

»Da ist es«, sagte der Chef des Depots. Er nahm die Zigarette, die in einem hölzernen Mundstück steckte, aus dem Mund und blies eine Rauchfahne in Richtung des Maschendrahtzauns. Der Wind nahm die Kringel mit sich, und der Mann bekräftigte seine Worte mit einer Handbewegung.

»Ach, das ist es …« Suttelins Stimme war leise wie immer, aber die Wörter kamen nun noch gedämpfter als sonst, geradezu wehmütig aus seinem Mund.

»Ein alter Krawall, verdammt!«, stellte Thurman von der Technik fest, und in seiner Äußerung schwang die Begeisterung über ein schadenfrohes Wiedersehen mit. Harjunpää sagte nichts. Er stand stumm da, zupfte den Splitter aus seiner Hand und spürte schwer die Enttäuschung in sich. Wäre er gezwungen gewesen, etwas zu sagen, hätte er vermutlich geflucht. Das geschah nicht sonderlich oft, sodass sein Fluchen frappierend gewirkt hätte.

»Krawall?«, wunderte sich der Leiter des Polizeidepots. »Ein Vanaja ist das. Krawall? Bestimmt nicht. Ein Vanaja, made in Finland. Baujahr dreiundfünfzig.«

»In Helsinki nannte man so einen Krawall«, erläuterte Thurman. »Es ist nämlich so, meistens, wenn man in dieser Chaise mitgefahren ist, war irgendwo ein verfluchter Krawall im Gang – Festivals, die Tschechen-Party, irgendein Staatsbesuch –, eben irgendein Krawall.«

»Stimmt, oder ein Generalstreik«, warf Suttelin ein. »Ich saß einmal versehentlich auf dem Platz des Schaffners, und als wir zu dieser Streiterei an der Tankstelle ausrückten, flog ich an der Abbiegung der Sofiankatu gegen die Motorabdeckung und schlug mit dem Mund gegen den Griff. Den Stiftzahn habe ich immer noch.«

»Dann von mir aus Krawall. Aber jetzt ist es ein Wrack. Noch zwei Monate, und ich wär das Ding bei der Versteigerung losgeworden. Man hätte nichts dafür bekommen, vielleicht einen Hunderter, aber man hätte den Käufer verpflichten können, den Klotz hier abzuschleppen«, grollte der Depotleiter und schlurfte gemächlich auf das offene Tor zu. Suttelin bückte sich, um seinen Koffer zu nehmen. Thurmans Koffer war aus Metall, er war schwer, aber wenn er ihn in seiner kräftigen

Faust hielt, wirkte er geradezu federleicht neben dem Pappköfferchen, das Suttelin mit krummer Schulter schleppte.

Die Stare flogen auf und stiegen im Formationsflug steil über das Backsteingebäude auf der anderen Straßenseite hinweg. Harjunpää sah dem Schwarm nach und fixierte dann die Buchstaben auf der Hausmauer: Sjöblom. Der Name löste nichts bei ihm aus. Er bemerkte, dass die anderen aufgehört hatten zu reden und folgte ihnen antriebslos.

»... hat die Feuerwehr aufgebrochen, um reinzukommen«, erklärte der Depotchef, wobei er diesmal mit seinem Mundstück auf ein offen baumelndes Vorhängeschloss zeigte. »Er muss über den Zaun gekommen sein – und für ehrliche Menschen ist der Zaun ja auch da. Aber jetzt ... Jetzt muss ich einen Abschleppwagen für dieses verflixte Gerät auftreiben und mir überlegen, wo man es hinbringen kann. Dieses verdammte Drecksteil. Solang man die Dinger fährt, hat man nix als Ärger damit, und wenn man endlich meint, man ist sie los, dann kommt irgendein Zündler und steckt sie an ...«

Die Worte des Mannes waren ein einziges Genörgel, ein gleichmäßiges Klagen, und Harjunpää blickte ihn interessiert an. Wegen seines eigenen Ärgers vermochte er jedoch nichts Mitfühlendes zu denken. Thurman stellte seine Kamera ein, und die ganze Gruppe blieb stehen. Harjunpää schloss kurz die Augen und konzentrierte sich darauf, wie die Sonne seine linke Gesichtshälfte wärmte. Irgendwo in der Nähe hörte man leise einen Fitis zwitschern.

In dem Eckzimmer war sonst niemand gewesen. Der Chef hatte mit seiner kleinen Hand auf einen Sessel gewiesen, und Harjunpää hatte sich in dessen grünem Schoß niedergelassen, mit noch schlimmeren Befürchtungen als zuvor.

»Harjunpää«, setzte der Chef nachdrucksvoll an. »Jetzt im Sommer ist ein deutliches Personaldefizit zu verzeichnen – bei der gesamten Kriminalpolizei im Grunde«, fuhr er fort und blickte Harjunpää dabei unter den Brauen hervor an.

»Stimmt«, antwortete dieser vorsichtig, ohne zu ahnen, was auf ihn zukam.

»Eben. Vielleicht eine Frage der Planung. Andererseits … doch ein merkwürdiges Phänomen.« Der Chef verirrte sich kurz in seinen Gedanken, warf einen Blick nach draußen und sah womöglich die hoch oben gleitende Sturmmöwe; an Harjunpää waren seine Worte nicht gerichtet.

»Aber gut. Die Situation ist jedenfalls die, dass Hauptwachtmeister Suttelin in diesem Monat in der Brand- und Sprengstoffabteilung allein ist. Und er braucht Hilfe. In den Stadtteilen Toukola und Kumpula treibt sich eindeutig ein Pyromane herum. Der letzte Brand war vergangene Nacht. Er – dieser Brandstifter – muss aus dem Verkehr gezogen werden. Ihr Urlaub fängt ja erst in drei Wochen an, oder? Genau, ich habe das überprüft. Und sonst liegt bei Ihnen ja nichts Eiliges an? Verhaftete, Häftlingsakten? Prima. Suttelin wartet in seinem Büro. Er wird Ihnen das Ganze detaillierter erklären.«

Der Chef erhob sich, und Harjunpää deutete das als Hinweis auf das Ende der Veranstaltung. Auch er stand auf, mit beiden Händen stützte er sich dabei ab und spürte, dass sein Bein eingeschlafen war, als hätte er mehrere Stunden unbequem gesessen, dabei waren es keine zwei Minuten gewesen. Er war nicht fähig zu denken, er war nur in der Lage, innerlich die Sätze zu wiederholen, die er gerade gehört hatte.

»Harjunpää. Schauen Sie doch mal«, forderte der Chef ihn auf, während er zur Tür ging, und dabei mit der Hand aus dem Fenster deutete. »Sieht es Ihrer Meinung nach so aus, als ob auf dem Dach da drüben Gras wächst?«

»Ja, das ist Gras«, antwortete Harjunpää, ohne einen Blick hinauszuwerfen. Anschließend realisierte er, dass der Chef ihm die Hand drückte wie zur Gratulation, und er hörte ihn beschwichtigend sagen:

»Vor Überstunden brauchen Sie sich nicht zu scheuen. Ich bin sicher, eine Sondergenehmigung wird sich organisieren lassen, falls sich das als notwendig erweisen sollte. Junge Männer wie Sie gibt es heutzutage ja reichlich – und damit auch Bewerber für die Beförderungskurse. Und solche kleinen Prüfungen zeigen vielleicht auf ihre Weise, wer tatsächlich Unterstützung verdient hat.«

Erst auf dem Gang kam Harjunpää wieder zu sich. Er ging zwei hastige Schritte auf sein Büro zu, blieb stehen, legte die Hände auf die Schläfen und machte kehrt. Das gelbe Licht brannte; es ging von selbst an, wenn das Telefon im Eckzimmer besetzt war. Er blieb vor der Tür stehen und versuchte eine Erklärung für die Situation zu finden. Das schien ihm hoffnungslos. Keine einzige vernünftige Erklärung kam ihm in den Sinn, und überdies hörte er sich schon im Voraus alles durcheinander bringen, Elisas schwierige Schwangerschaft, den unsicheren Geburtstermin, die große Bedeutung, die es für alle hatte, dass er bei der Geburt dabei war, aber er begriff, dass der Chef ihn dann nur für zu weich halten würde. Langsam würde er ihm erläutern, bei der Gewalt dürfe es keine Müßiggänger geben, und jeder Versuch, Abstand zu gewinnen, bedeute letztlich nichts anderes als die fehlende Bereitschaft, am Kurs teilzunehmen. Mit schleppenden Schritten ging er weiter. Ohne zu begreifen, dass er vernehmlich sprach, flüsterte er: »Was soll ich nur Elisa sagen? O nein. Was sag ich ihr nur?«

Erst in seinem Zimmer kapierte er, dass er vor dem Chef nur einen einzigen Satz gesagt hatte: »Ja, das ist Gras.« Scham und Verdruss ergriffen so heftig von ihm Besitz, dass für Wut gar kein Platz mehr zu bleiben schien. Mehrere Minuten lang stützte er sich mit einer Hand auf den Tisch und hielt sich die andere vor die Augen. »Ja, das ist Gras ...« Würde in diesem Moment etwas passieren, würde das Telefon klingeln oder jemand an die Tür klopfen, könnte er aus reinem Verdruss anfangen zu weinen.

Harjunpää öffnete die Augen: Hier stand er also nun. Suttelin hatte etwas zu ihm gesagt, womöglich schon länger mit ihm geredet.

»Was?«, musste er nachfragen. Suttelin sah ihm nicht direkt in die Augen. Er schaute an Harjunpää vorbei, irgendwo in die Ferne, und brachte es fertig, seine Stimme so gleichmäßig zu halten, als hätte er noch gar nichts gesagt. »Gut. Ich guck mir den Bus an. Thurman macht die Fotos und hilft, falls nötig. Wärst du so freundlich und würdest erst mal das eingezäunte Gelände abgehen und dich dann außerhalb umsehen. Du brauchst dich nicht zu beeilen. Er muss entweder über den Zaun gekommen sein oder unten durch. An der Seite zu dem Waldstück hin wäre ich an deiner Stelle besonders gründlich.«

»Okay. Und falls sich was findet, machen wir Fotos und nehmen Gipsabdrücke?«, fragte Harjunpää, obwohl das klar war. Er stellte die Frage eher, um Suttelins Blick auf sich zu ziehen und mit seinem eigenen Blick um Entschuldigung zu bitten.

»Richtig. So machen wir's«, sagte Suttelin leise, wobei er jedoch zu Boden schaute. Weiter weg erklärte Thurman etwas, und der Depotleiter fing an zu kichern.

Harjunpää ging nicht sofort los. Er trat ein paar Schritte zurück und betrachtete den Bus, der vor ihm stand. Er war über und über schwarz, von einer dicken Schicht aus Ruß und versengten Farbstreifen überzogen. Das Vorderteil des Fahrzeugs hatte am meisten gelitten. Die Reifen waren geschmolzen, um die Achsen herum zu einer schwarzen Masse zerlaufen. Die Fenster waren verschwunden, und die Bleche waren an den Schweißnähten aufgerissen und durch die Kraft der Hitze gewölbt. Der hintere Teil befand sich in etwas besserem Zustand, dort konnte man sogar noch etwas von der Farbe erkennen. Allerdings wies der Lack handflächengroße Erhebungen auf, wie große Brandblasen.

Harjunpää strich über sein Handgelenk. Dort war im Frühsommer heißes Wasser hingespritzt. Man konnte immer noch hellrote, glänzende Stellen auf der Haut erkennen. Er erinnerte sich, wie schmerzhaft diese kleine Brandwunde gewesen war, und als er auf das gehäutete Gerippe des Busses blickte, schauderte es ihn. Er wandte dem ausgebrannten Wrack den

Rücken zu und ging mit großen Schritten auf das Tor zu. Am besten war es, dort anzufangen, in eine Richtung voranzugehen. Auf der Hämeentie rauschte der Verkehr, die Kaanaantie jedoch war leer. Kein einziger Schaulustiger war zu den Wagen mit den Polizeikennzeichen gekommen. Das mochte damit zu tun haben, dass sich im unteren Flügel des Sjöblom-Gebäudes das Wagendepot des Innenministeriums befand, ein Polizeiauto also kein seltener Anblick in der Kaanaantie war.

KAPITEL 6

Meister Rissanen

Dort, wo die Kaironkatu eine Biegung machte, knapp einen Kilometer von dem zur schwarzen Hülle verbrannten Polizeibus entfernt, saß Tapani daheim im Wohnzimmer auf dem Fußboden. Er saß mitten in dem Lichtviereck, das vom Fenster auf den Holzboden fiel, faltete enttäuscht die Zeitung zusammen und blieb in der Sonne hocken, ohne ihre Wärme genießen zu können.

In der Zeitung war der ausgebrannte Bus mit keinem Wort erwähnt worden. Er nahm sich vor, die *Abendnachrichten* zu kaufen, obwohl er ahnte, dass auch das vergebens war. Vielleicht hatte er sich geirrt. Ein Bus, der nicht mehr in Gebrauch war, interessierte offensichtlich keinen und löste auch keine Angst aus. Es war eindeutig anders, wenn die Sauna oder der Schuppen neben einem Einfamilienhaus in Flammen aufging. Beinahe erregt sprang er auf, und seine narbigen Wangen waren gespannt, als hätte er mit zusammengebissenen Zähnen eine Entscheidung getroffen.

An die zehn Minuten lief Tapani sinnlos von einem Zimmer ins andere. Die Wohnung war nicht gerade wohnlich, jedoch auf die richtige Art gemütlich, und ordentlich war sie auf jeden Fall. Die Teppiche waren sauber, die Fransen gerade ausgerichtet, und die Möbel nahmen so exakt ihre Plätze ein, dass ihre Beine auf den Millimeter genau in den Abdrücken im Bodenwachs standen. Nirgendwo sammelte sich Staub an, nicht einmal unter der weinroten Kunstledercouch. Tapani kam an seiner Zimmertür an. Er lehnte sich an den Rahmen, legte den Daumen an die Lippen und fing an, am Nagel zu kauen.

Auf dem Tisch stand ein halb fertiges Flugzeug, eine MiG 25. Tapani betrachtete die Maschine, sie gehörte zur gleichen Bausatzreihe wie die fertigen Flugzeuge, die an der Decke hingen. Auch an der MiG fehlte nicht mehr viel: eigentlich nur noch einige Kleinteile sowie der endgültige Anstrich. Diese letzte Phase der Fertigstellung mochte Tapani am liebsten, er genoss sie geradezu. Wenn er mit dem dünnen Marderhaarpinsel die letzten Farbstreifen zog, hatte er das starke Gefühl, etwas zu Stande gebracht zu haben. Er wusste, gleich würde er seine Schöpfung in Händen halten können, einen Gegenstand, den es nicht gegeben hatte, bevor er allein ihn Stück für Stück zusammengesetzt hatte. Er hatte gefeilt, angepasst, geleimt, bemalt, er hatte etwas Neues zur Welt gebracht, das es ohne ihn nicht gäbe.

Und obschon diese Errungenschaft nur ein Modell aus Plastik war, strotzte es doch vor unbändiger Energie. Die Vorbilder des Modells durchbrachen die Schallmauer, schossen als silberne Pfeile aus der Höhe der Baumkronen den Feinden in den Nacken und säten Raketen und Granaten aus, die wie Blitze die Erdkruste durchschlugen. Tapani zog die Nase hoch. Die MiG war fast fertig. Ihm schien, sie könnte noch bis zum Abend oder bis zum nächsten Tag warten. Draußen schien die Sonne, sogar durch das Fenster hindurch schmeckte man den Sommer, und genau in diesem Moment fand er Gefallen an der Vorstellung, barfuß durchs Gras zu laufen.

Der Tag war schon fast bis zur Mitte fortgeschritten, als Tapani am Rand der Kustaa Vaasan tie erschien. Er trug seine übliche Kleidung, Jeans und T-Shirt. In der Hand hielt er die Turnschuhe, in denen seine zusammengeknüllten Socken steckten. Die Armeejacke hatte er nicht dabei, auch nicht das Messer, nicht einmal Streichhölzer. Er beobachtete den Strom der vorübersausenden Autos und überlegte, in welche Richtung er gehen sollte.

Die Kustaa Vaasan tie bildete für Tapani eine Art Wasserscheide. Auf der einen Seite lag Toukola, sein eigentliches Revier, und auf der anderen Kumpula, wo es fast gleich aussah. Diesmal zog ihn die Kumpula-Seite mehr an, dort gab es große, hässliche Holzhäuser, in denen dubiose Figuren wohnten, Schnapshändler, Gauner, Müßiggänger, die von morgens bis abends vor dem Haus saßen und Karten spielten oder sonst ein offenbar lockeres Leben führten, zusammen mit Frauen, die sich phlegmatisch bewegten, dafür aber lauthals lachten.

Tapani bekam immer mehr Lust, die Straße zu überqueren, zugleich jedoch warnte ihn sein Instinkt davor. In der vorangegangenen Woche hatte er Hals über Kopf aus der Kymintie fliehen müssen. Er hatte nichts Böses getan, sondern lediglich durch die Lücken einer Weißdornhecke hindurch eine Frau beim Wäscheaufhängen beobachtet, als eine zehnköpfige Schar Zigeunerkinder auftauchte. Sie hatten ihn umzingelt, waren um ihn herumgehüpft, und ihn schauderte noch immer, wenn er daran dachte, wie sie mit schrillen und weit tragenden Stimmen gejohlt hatten: »Weiße Ochsenschnauze, weiße Ochsenschnauze …«

Tapani schluckte und beschloss, ein Zeichen entscheiden zu lassen, in welche Richtung er gehen sollte. Fast unmittelbar darauf ertönte von links hinten der heisere Ruf einer Krähe, dann die Antwort darauf, und Tapani beschloss, dass dies genügte. Er war fast erleichtert, als er sich in Richtung Vanhankaupunki umdrehte. Er ging nicht die Straße entlang, sondern den Fußgängerweg, der in dieselbe Richtung führte. Die Sandkörner piekten an den Fußsohlen, aber er wusste, nach wenigen hundert Metern würde er die Wege hinter dem alten Gutshaus Annala erreichen, deren Nadelteppiche die Füße beinahe ebenso streichelten wie menschliche Haut.

Auf diesen Wegen kam man bis in den Gustav-Adolf-Park und von dort bis zum Wasserfall des Vantaanjoki. Tapani war den Krähen noch dankbarer, als er daran dachte, wie angenehm es war, sich auf die Felsen zu setzen, die der Fluss im

Sommer freigab, da er dann in einem schmaleren Bett dahinfloss. Tapani war leicht zu Mute, und es tat ihm gut, über den grasgesäumten Weg zu spazieren. Nichts würde ihn jetzt dazu bewegen können, zum Arabia-Ufer zu gehen.

Diejenigen, die Nyyrö Valdemar Rissanen gut kannten und ihn brauchten, nannten ihn Meister. Jene wiederum, die von der äußeren Erscheinung und ihren Lebensgewohnheiten her dem Meister ähnlich waren, nannten ihn einfach Valtsu, und das war gut, denn Nyyrö Valdemar konnte in Frieden vor sich hingammeln, ohne bei irgendjemandem die Frage zu wecken, um einen Meister welcher Disziplin es sich denn handele. Die Wachtmeister und Gefängniswärter bezeichneten ihn als Pöbel-Valtsu. Auch das war verständlich, denn für sie gehörte der Meister tatsächlich nur zum Gesindel, er war ein Penner wie hundert andere auch, von denen er sich kein bisschen unterschied: Ein paarmal die Woche landete er in der Ausnüchterungszelle, und meistens war er dann natürlich schon in einem Zustand, in dem er getragen werden musste. Falls dem nicht so war, machte er auf andere Art Ärger. In einer bestimmten Phase seines Rausches war er ausgesprochen schwierig, dann schrie er, schwang die Fäuste und pisste im Polizeiauto absichtlich in die Hose.

Der Meister neigte eindeutig zum Eremitendasein. Der Grund dafür mochte sein, dass er jeden Tropfen Schnaps selbst trinken wollte, aber noch wahrscheinlicher rührte sein Bedürfnis nach Einsamkeit daher, dass er trotz seiner äußeren Erscheinung doch nicht genauso war wie die anderen. Er war der Meister, nach wie vor.

Manche Menschen segnet Gott mit ungewöhnlichen Fähigkeiten – und belastet sie zugleich mit einer Plage, die er für passend erachtet. Und als Plage des Meisters hatte Gott den Alkohol gewählt. Obwohl sein Laster an ihm zehrte, war die ungewöhnliche Fähigkeit des Meisters noch immer vorhanden. Er besaß ein untrügliches Auge für Farben und ein unfehlbares

Geschick, Firnis, Terpentin, Zinkweiß, Ocker, Kienruß und Umbra, ganz gleich, welche Elemente man brauchte, zu mischen.

Die Geschäftsführer von einigen Farbenhandlungen, erfolgreiche Männer, wie der Meister einst selbst war, erinnerten sich nach wie vor an ihn und waren darum stets auf dem Laufenden, wo er jeweils biwakierte. Drei-, vier-, manchmal sogar fünfmal im Jahr hatten sie einen Job für den Meister. Und das waren keine Kleckserеien. Wenige Jahre zuvor hatte man ihn eigens einfliegen lassen, um die Farben für den Anstrich der Wasserburg Olavinlinna zu mischen, und in Turku hatte manches historische Gebäude seinen ursprünglichen Anstrich nach des Meisters Anweisungen wieder erhalten. Hätte sich der Meister aus irgendeinem Grund in einen Touristenbus auf einer Stadtrundfahrt durch Helsinki verirrt, hätte er bei vielen Bauwerken den Erläuterungen des Reiseführers hinzufügen können. »Auch dafür habe ich die Farben gemischt ...«

Trotz allem erhielt der Meister immer seltener die Gelegenheit, seinen Farbmischer in ein Zweihundertliterfass zu tauchen. Zwar schickte auch in den Zwischenzeiten hin und wieder der Malermeister einen seiner Männer mit einer Flasche Chivas Regal zu einem Kurzbesuch, aber immer länger wurden die Phasen, in denen der Meister in Müllcontainern oder in Schuppen schlief und morgens keuchend und hustend aufstand, um nach leeren Schnapsflaschen und den restlichen Perlen darin zu suchen.

Der Sommer war für den Meister wieder einmal die etwas bessere Zeit gewesen, und mit dem Geld, das er verdient hatte, war er die ganze Saison über in der Lage gewesen, seinen Alkoholpegel zu halten. Außerdem hatte er einen außergewöhnlich guten Schlafplatz gefunden.

Auf dem Gelände des Gutes Annala, unweit der ruhigen Vanhankaupungintie, stand schon seit fast zwanzig Jahren ein Geräteschuppen leer. Den Gesetzen der Natur zum Trotz stand der Schuppen immer noch, allerdings mit undichten

Wänden und breiten Lücken zwischen den Brettern. Das Wunder hatte offensichtlich mit der Lage des Schuppens zu tun. Die rechte Seite der Bruchbude stand nämlich unmittelbar vor einem drei Meter hohen Felsblock, und auf der linken Seite wuchsen mannshohe wilde Himbeeren und mangels Pflege buschartig verwilderte Apfelbäume. Der Schuppen war vor dem Wetter wie vor den Menschen geschützt. Auch sonst lag das Gelände von Annala ausgezeichnet: Weder nach Toukola noch nach Kumpula war es weit, und auf den Straßen beider Siedlungen fand der Meister ungefähr gleich viele leere Flaschen.

Er lag vor seinem Schuppen auf dem Bauch und fühlte sich passabel, beinahe gut, denn kurz zuvor hatte er sich eine halbe Flasche Rotwein in den Rachen gekippt. Auf das Befinden des Meisters wirkte sich auch die mit aller Kraft wärmende Sonne aus sowie unbestreitbar auch die Tatsache, dass er im Schuppen unter der Matratze noch zwei ungeöffnete Flaschen *Nordforss* und im Eimer neben der Tür eine gekochte Ochsenzunge liegen hatte. Letztere hatte er in der Mülltonne einer Metzgerei in der Hämeentie entdeckt.

Vor seinem Gesicht schlängelte sich ein Ameisenpfad. Rote Ameisen mit schwarzen Hinterteilen zogen vorbei, sie gehörten zu denen, die schmerzhaft bissen, wenn sie gereizt wurden. Bei einer passenden Lücke in der Karawane wischte der Meister mit der Hand etwas Sand auf den Pfad. Das brachte die Ameisen aus dem Konzept. Die ersten, die beim Hindernis ankamen, hielten an, schwenkten ihre Fühler, wichen zurück und trippelten wieder zwei Zentimeter nach vorne. Als sich auf beiden Seiten der Absperrung genug Volk angesammelt hatte, fand sich ein mutiges Exemplar, das über die Stelle hinwegflitzte. Die anderen folgten ihm. Und schon bald war der Verkehr wieder in vollem Gange.

In den Augenwinkeln des Meisters bildeten sich Falten. Er wiederholte sein Spiel noch einmal und war sich danach sicher, dass an der Stelle, wo er gescharrt hatte, ein mystisches Geruchssignal verschwand, bei dessen Fehlen die Ameisen ihre Route nicht mehr kannten. Er drückte sein braun gegerbtes Gesicht fast ganz auf die Erde. »Geht nur weiter«, krächzte er barmherzig. Die Ameisen folgten ihm gehorsam, und die Sonne wärmte sie alle.

Tapani hatte sich rasch einen Überblick über die Felsen verschafft, die im hinteren Teil des Annala-Grundstücks die Grenze zur Kustaa Vaasan tie bildeten. Sie waren nicht allzu groß, allerdings dennoch verlockend. Die Natur hatte angenehme Senken und schützende Höhlen in sie hinein modelliert, auf deren Moospolster Liebende gut schmusen und die Säufer zuschauen konnten, wie der Abend in die Nacht überging. Unter den jahrhundertealten Kiefern stieß man auf Feuerstellen, Bierdosen, allerlei Kram, aber Tapani fand nichts Interessantes, außer einer zerrissenen Strumpfhose. Er untersuchte sie sorgfältig und hing seine Beute dann an einen Ebereschenzweig. Sie flatterte im schwachen Wind wie eine Fahne, die eine Niederlage verkündet.

Die Erde stieg sanft zu dem gegenüberliegenden Erlengehölz hin an. Tapani verließ den Hauptweg, watete einige Meter durch das hohe Gras und erreichte einen Trampelpfad, der in das Gehölz hineinführte. Wer hier fremd war, dem fiel das Wäldchen kaum auf. Zwischen den Erlen jedoch fühlte man sich wie in einer Kirche. Es war kühl und dämmrig dort. Das Laub hielt das Licht ab und ließ nur einige als Pfeiler wahrnehmbare Streifen auf die Erde fallen. Tapani tastete sich bis zu dem Graben in der Mitte des Gestrüpps vor, setzte sich auf den Stamm einer morschen Erle und starrte auf das vorüberfließende schmutzige Wasser. Nachts saß er oft hier. Dann trank er genüsslich ein Bier aus der Dose, rauchte zwei Zigaretten und brachte sich in die richtige Stimmung.

Jetzt aber waren seine Gedanken schal. Die im Herbst bevorstehende Einberufung vermochte ihn nicht zu begeistern, nicht einmal richtig zu ängstigen. Er musste an seinen Vater denken. Heute Morgen hätte er früher aufstehen und zu ihm nach Vantaa gehen können. Der Alte hätte ihm Geld gegeben, bestimmt. Andererseits – er hatte noch über hundert Finnmark übrig, der Ausflug konnte also noch ein oder zwei Tage warten. Außerdem hätte er vorher anrufen müssen: Der Alte konnte nämlich auch verreist sein.

Seine Eltern hatten sich scheiden lassen, als er fünf war. Der Vater hatte wieder geheiratet, die Mutter jedoch hatte sich wohlweislich von Männern fern gehalten und hasste den Vater nach wie vor. Auch jetzt noch, nach beinahe vierzehn Jahren. Seine Mutter war dumm. Oder stolz. Der Vater hatte ihnen das Haus, das er gebaut hatte, überlassen und in den Anfangsjahren auch seine Hilfe angeboten, also Geld, aber die Mutter hatte sich geweigert, es anzunehmen. Sie hatte sich mit den zweihundert Finnmark Unterhalt begnügt, die vom Gericht festgesetzt worden waren, und sich und Tapani ansonsten mit ihrem knappen Angestelltenlohn versorgt. Daher waren ihr die Untermieterinnen so wichtig. Die Mutter arbeitete bei der Bezirksverwaltung.

Nach der Scheidung hatte die Mutter den Vater nicht oft gesehen. Und sie ließ auch nicht zu, dass Tapani ihn traf, sondern erzählte ihm immer nur, um was für einen Scheißkerl es sich handelte. Schließlich war Tapani so neugierig geworden, dass er vor wenigen Jahren seinen Vater heimlich aufsuchte. Der Alte war sympathisch, ganz anders, als Mutter behauptet hatte. Er besaß ein neues Haus, aus Backstein, und er hatte eine neue Frau mit heller, weicher Haut und rundem Po. Sie war das genaue Gegenteil zu Mutter, auch ein ganzes Stück jünger als der Vater. Außerdem hatte der Vater neue Kinder, zwei Jungen. Tapani fiel es schwer, sie Brüder zu nennen. Abgesehen davon waren sie noch klein, fast Kleinkinder noch, aber Spielsachen hatten sie jede Menge – eine riesengroße elektrische Eisenbahn und weiß Gott wie viele Modellflugzeuge.

Tapani hatte angefangen, regelmäßig nach Vantaa zu gehen. Es gefiel ihm, im Swimmingpool zu plantschen, mit den Go-

Karts seiner Halbbrüder herumzufahren und die Steaks zu essen, die seine Stiefmutter grillte. Der Alte war freilich nicht oft zu Hause, aber wenn er es war, dann saß er mit einem Whiskyglas in der Hand im Sessel, rauchte eine Zigarre nach der anderen und redete mit angenehmer Stimme.

Er war an irgendeiner Immobiliengeschichte beteiligt, raffte wahrscheinlich tüchtig Geld zusammen; er fuhr einen Buick Electra, und seine Frau hatte zum Einkaufen einen Volvo 343. Außerdem drückte er Tapani jedes Mal etwas in die Hand, wenigstens einen Hunderter. Das Geld behielt Tapani, er kaufte sich Bier dafür oder Bausätze. Mit seiner Mutter konnte er darüber nicht reden, sie bekäme einen Anfall und würde ihm schlicht und einfach den Arsch aufreißen.

»Scheiße!« Tapani sprang abrupt auf. Seine Füße steckten bis zum Knöchel im Schlamm des Grabens. Plötzlich war sein Gesicht hart, er schnappte seine Turnschuhe und stürzte zwischen den Ästen hindurch auf das blitzende Tageslicht zu. Der Schlamm bröckelte von seinen Fersen, und die Pflanzen knickten raschelnd um.

»Scheiße!«, sagte er noch einmal, es war eher ein Seufzen als ein Fluchen. Schließlich verlangsamte er seinen Schritt und schleppte sich in die Deckung, die der verwilderte Apfelgarten von Annala bot.

Die Worte waren leise, es war ein Gemurmel, das zischelnde, krächzende Lallen eines Betrunkenen. In normalem Gemütszustand hätte Tapani es schon aus viel größerer Entfernung gehört, jetzt aber war er kaum noch fünf Meter von dem Sprecher entfernt. Der Mann war nicht zu sehen, die Sicht war durch dichte Himbeerhecken versperrt. Tapani ließ sich auf die Knie fallen. Er wartete eine Weile mit angehaltenem Atem ab. Die Stimme war weiterhin zu hören. Es lag etwas Seltsames darin. Sie konnte nicht zu einem gewöhnlichen Gespräch zwischen zwei Menschen gehören.

Tapani handelte, als befände er sich auf einer seiner nächtlichen Touren: Er blickte sich um, versicherte sich, dass hinter ihm keiner war, und wählte zugleich zwei passende Rückzugswege aus. Dann lauschte er noch einen Moment, bevor er sich in Bewegung setzte. Er versuchte nicht einmal, durch das Himbeergestrüpp zu kriechen, es war viel zu dicht, das hätte ihn sofort verraten. Stattdessen fing er an, das Gebüsch in der Hocke zu umrunden, wobei er sich mit den Fingerspitzen auf der Erde abstützte.

Die letzten Meter kroch er auf dem Bauch bis zu einer Stelle mit Klee bewachsenem Boden. Er hob nicht den Kopf, sondern bog mit dem Handrücken die Pflanzen vor seinem Gesicht zur Seite. Das hatte er schon viele Male zuvor getan, daher kannte er die drei verschiedenen Arten, mit einer Frau zu schlafen, auch wenn er selbst noch nicht die Gelegenheit gehabt hatte, eine davon auszuprobieren. Außerdem wusste er, wie man Flusskrebse schälte – das hatte er gelernt, als er einmal eine Stunde lang, unter dem Heckenzaun verborgen, eine Gartenparty beobachtet hatte, und zumindest in der Theorie war er sich darüber im Klaren, wie man eine Tür mit zwei Vorhängeschlössern aufbrach.

Vor sich sah er eine kleine Lichtung, einen steil aufragenden Felsen und davor einen wackligen Bretterschuppen. Den kannte Tapani schon. Er hatte den Schuppen vor einigen Wochen gründlich untersucht, darum wusste er auch, dass dort jemand wohnte: Es gab darin einen Schlafplatz mit Matratze und allem Drum und Dran, und wenn man sich trotz der Fliegen die Mühe gab, die Bruchbude systematisch abzusuchen, fand man unter den Haufen mit Schmutz und Krempel all das, was ein Mensch um sich herum ansammelt, ganz gleich, wo er wohnt. Am meisten hatte Tapani das angebaute Plumpsklo mit den zwei Löchern amüsiert. Jetzt interessierte ihn der Schuppen nicht; er beobachtete dessen offensichtlichen Bewohner, einen zerlumpten Penner, der auf einem Holzklotz saß.

»... weißt nix. Du wirst doch nicht ... wenn du das auf dich nimmst ... aber brauchst keine Angst um deine Kinder haben ... der Meister kümmert sich schon drum ...«

Tapani verstand nicht, was der Mann redete, er schnappte nur einzelne Wörter auf. Er musste den Kopf heben. Der Alte saß beinahe mit dem Rücken zu ihm, niemand leistete ihm Gesellschaft, er brabbelte vor sich hin. Tapani reckte den Hals noch ein wenig höher und stellte fest, dass er sich geirrt hatte: Zwischen den Füßen des Mannes hockte eine schneeweiße Katze. Sie reckte ihren Oberkörper und schnappte mit einer Pfote nach dem Fleischklumpen, den der Alte mit der Hand über ihr baumeln ließ. Auch im Hintergrund schwankten die Gräser. Dort tummelten sich Katzenjunge, ziemlich viele, mindestens fünf Stück.

Plötzlich durchströmte Tapani eine warme Welle. Zugleich fühlte er sich einsam, unsagbar wehmütig. Ohne weiter zu überlegen stand er auf und blieb auf der Stelle stehen wie ein aus dem Schoß der Erde aufgetauchter Geist. Die Katzenmutter bemerkte ihn sofort – sie ließ von dem Fleischklumpen ab und lief zu ihren Jungen. Der Penner brauchte viel länger. Offenbar wurde er auf die Anwesenheit des Fremden erst durch das Verhalten der Katze aufmerksam. Diese scheuchte ihre Jungen nämlich mit den Tatzen in Richtung Schuppen und warf Tapani mit angelegten Ohren misstrauische Blicke zu. Schließlich drehte sich der Mann um und erblickte den Ankömmling. Er knurrte fragend.

»Guten Tag«, hauchte Tapani. Dabei lächelte er ein viel zu breites, zitterndes Lächeln und bewegte die Hände, als wisse er nicht, ob er dem Penner die Hand geben sollte. Schüchtern trat er ein Stück näher, hielt aber sofort inne, als sich der Penner regte. Tapani war verwirrt. Er fühlte sich ein bisschen so, wie wenn er zu seinem Vater ging und nur dessen Frau antraf. Er musste sich anstrengen, um sein Lächeln auf dem Gesicht zu behalten. Der zerlumpte Alte sagte immer noch nichts, sondern glotzte ihn nur mit matten Augen an. Er wirkte nicht gerade freundlich. Seine Haare waren silbergrau; sein Bart hatte dieselbe Farbe, war aber zottig und verfilzt, er erinnerte an das Resultat eines Bleigießens an Silvester. Das Gesicht war zerfurcht und sonnenverbrannt und hatte eine entfernte Ähnlichkeit mit der Borke einer uralten Föhre. Auch die Hände waren gegerbt, die Finger glichen vertrockneten Zweigen. Er trug ein zu weites Hemd, auch die Hosen schienen zu groß zu sein; mit einer Kordel waren sie fest unter der Brust zusammengebunden. Er sah widerlich aus. Tapani merkte aber, wie er dennoch inständig hoffte, der Penner würde ihm ein Zeichen geben, sich zu setzen und anfangen, mit ihm zu plaudern. Er selbst wollte sich auf einmal unterhalten, egal worüber, egal mit wem.

»Kann ich mich setzen? Da sind ja auch Katzen. Tiere«, stammelte Tapani und schaffte es, noch ein Stück näher zu kommen.

»Kümmere dich nicht um die Katzen anderer Leute«, knurrte der Alte, wobei seine Stimme von einem Hustenanfall unterbrochen wurde, was die Worte noch barscher erscheinen ließ. Tapani versuchte, die Miene des Mannes zu ergründen; er hatte das Gefühl, der Alte mochte keine Fremden, keine Eindringlinge, er schien Angst vor ihm zu haben, zu glauben, er wolle oder verlange etwas von ihm. Der Alte blickte auf den Schuppen, als sei ihm eingefallen, dass sich darin ein Schatz verbarg; er wurde unruhig, fing an, sich aufzurappeln.

»Ich hab nichts für Halunken wie dich«, krächzte er. »Verzieh dich endlich …«

»Nicht doch. Ich will gar nichts«, sagte Tapani geschwind, winkte ab und machte ein Gesicht, als hätte seine Mutter Tabakkrümel in seinen Taschen gefunden. »Wirklich wahr. Ich dachte nur, ich könnte mich ein bisschen dazusetzen. Den Katzen zugucken und ein bisschen plaudern.«

Der Penner ließ die Worte auf sich wirken. Er fuhr sich mit den Fingern durch den Bart, strich über die silbernen Kräusel und fixierte Tapani abschätzig. Im nächsten Augenblick machte er eine Bewegung, wobei er seinen knotigen Zeigefinger wie einen Speer auf Tapani richtete.

»Zieh Leine!«, plärrte er, aber das hätte er nicht tun sollen, denn für einen Moment schluckte der Husten seine Stimme vollkommen. »Ich werd's dir zeigen. Du solltest auf der Arbeit sein und nicht bei anderen Leuten rumschleichen.« Je mehr Worte er von sich gab, umso stärker regte sich der Alte auf, seine Falten wurden boshaft.

»Ich wollte nicht ... Sie brauchen nicht ...« Tapani wich zurück und entfernte sich rückwärts von dem schwankenden Mann. »Sie arbeiten ja auch nicht«, sagte er.

»Ach? Der Meister arbeitet nicht? Ha!«, blökte der Alte, und Tapani schien, als würde sein Gegenüber jetzt erst richtig wütend werden. Ein paar Sekunden glaubte er, angegriffen zu werden, aber der Alte hielt einen guten Meter Abstand, hob beide Arme und fuchtelte mit den Händen in der Luft herum.

»Guck dir diese Pranken an, du Lümmel!«, befahl er, und ohne es zu wollen gehorchte Tapani. Er war ein folgsamer Junge. Die Hände waren schmutzig und verschrammt, so wie es die Hände von Pennern immer sind. Aber die Finger waren vielleicht doch ein wenig anders. Tapani war nicht sicher, inwiefern. Möglicherweise waren sie länger und schmaler als gewöhnliche Finger – wären sie sauber und gepflegt gewesen, hätten sie die Finger eines Pianisten sein können.

»Ja und?«, fragte Tapani und schluckte.

Der Penner atmete schwer und schwankte, als stünde er auf dem Deck eines Schiffes. Er war nun so nahe, dass Tapani seinen schlechten, muffigen Atem roch.

»Mit diesen Händen ist gearbeitet worden, Junge«, sagte der Alte, und nun war seine Stimme sanft. »Wunder haben diese Hände vollbracht. Sie haben etwas hingekriegt, was Bestand hat. Glaub mir. Das sind die Hände eines Meisters!« Er betrachtete sie nun selbst, bestaunte sie, als hätte er gerade erst begriffen, dass sie existierten. Die nach oben ragenden Arme fingen an, immer stärker zu zittern. Kurz darauf zitterte der ganze Mann, dazu verzog er den Mund, als versuche er, etwas herunterzuschlucken. Aus dem stoppeligen Hals kam ein Glucksen, und vollkommen überraschend lief dem Alten nun das Wasser aus den Augen.

Tapani war verblüfft. Er wusste nicht, was er tun sollte. Eine Weile sah er sich das Schluchzen des Mannes an, aber da es kein Ende nehmen wollte, trat er mit seinem bloßen Fuß nach dem Knie des Alten. Er bedauerte und verabscheute den stinkenden Kerl. Er beugte sich herab und stieß den Penner an der Schulter an, erschrak und wich mit einem Satz zurück, denn der Alte versuchte sich aufzurappeln.

»Verdammter Bengel!« Mit den Pranken tastete der Mann nach Tapanis Beinen. Sein Gesicht war immer noch wütend. »Was mischst du dich ins Leben anderer Leute ein! Verpiss dich, du Lausebengel!« Der plötzliche, widersprüchliche Zorn ließ die Wangen des Alten dunkel glühen. Auch seine Augen schienen anzuschwellen, groß und rund zu werden wie die einer Eule, die aus dem Schlaf auffährt. Er tastete im Gras neben sich und bekam ein von Flechten gemustertes Brett in die Hand.

»Geh zu deiner Mama, aus der Titte saufen!«, brüllte er und schleuderte das Stück auf Tapani, der sich etwa zwei Meter zurückgezogen hatte.

Tapani sah die Handbewegung rechtzeitig. Der Wurf ging langsam vonstatten, wie bei allen Betrunkenen, aber Tapani schätzte die Richtung falsch ein. Er machte einen Schritt nach links, genau in die Flugbahn des Brettes. Es kam nicht mit besonderer Kraft angeflogen, traf ihn aber unglücklicherweise genau zwischen den Beinen. Tapani schrie auf und krümmte sich. Trotz seines Schmerzes rannte er so schnell er konnte in gekrümmter Haltung davon.

Erst nach zwanzig Metern wagte er es, stehen zu bleiben und sich umzublicken. Der Mann folgte ihm nicht. Er sah nur noch das Hinterteil des Alten, es ragte auf, denn er kroch gerade durch eine niedrige Luke in seinen Schuppen hinein. »Geh nur! Verzieh dich nur in dein Loch, du Ratte!«, zischte Tapani, aber der Penner entgegnete nichts.

»Du Scheißratte. Andern was in die Eier schmeißen. So einen müsste man kaltmachen«, sagte er, aber das hörten nur die

Apfelbäume, die schlaff in der Nachmittagshitze standen. Hinter der einen Ecke des Schuppens kam die weiße Katze hervorgeschlichen. Tapani drehte sich um und trottete schwerfällig auf das Erlengehölz zu. Wenige Meter vor seinem Versteck war es vorbei mit seiner Selbstbeherrschung, und er brach in Tränen aus. Er schleppte sich in den Schutz der Äste, warf sich im Farn auf den Bauch und regte sich lange Zeit überhaupt nicht.

Als er später auf der anderen Seite des Erlengehölzes herauskam, waren die schläfrigen Nachmittagsstunden vorüber. Tapanis Gesicht war jetzt wieder ausdruckslos, er ging zum Lebensmittelladen in der Intiankatu. Dort kaufte er immer sein Bier, auch wenn er normalerweise aus der anderen Richtung kam, von der Hämeentie, dort, wo das trostlose Arabia-Ufer lag.

KAPITEL 7

Nachmittag

»Du siehst es ja selbst. Auf beiden Seiten gleich schmal, aber in der Mitte ein bisschen dicker – das ist so klar wie Kloßbrühe: eine Art Dolch, ein dolchartiges Messer, oder ein Bajonett. Vielleicht ein bisschen zu breit für ein Bajonett. So sieht's aus, glaubt es nur, wenn Thurman es euch sagt ...«

»Njaa. Warum nicht. Aber ... So einfach kann man das nicht schlussfolgern. Ich finde, theoretisch muss man beide Möglichkeiten in Betracht ziehen, bevor man eine davon ausschließen kann. Oder eine davon als richtig erkannt hat«, leierte Sutelin. Man sah ihm allerdings an, dass er bereit war, Thurmans Behauptung zu akzeptieren. Ihn wurmte lediglich die umstandslose Art, mit der dieser seine Meinung geäußert hatte.

»Ha! Hör zu, Nikke, nimm das mit deinen Theorien nicht zu ernst. Schließlich ist hier niemand umgebracht worden. Und außerdem ist es wurscht, was von beiden es war – auf jeden Fall kein Beil. Glaub's mir. Ein Beil kommt nie so senkrecht. Der eine Rand wäre dicker. Und außerdem wär es Unsinn zu denken, dass einer mit 'nem Beil unterm Arm Scheißhäuser und Buswracks anzündet. Ein Messer allerdings ...«

»Warum nicht. Jedenfalls lohnt es sich nicht, darüber zu streiten.«

»Dann lass es doch einfach bleiben. Abgesehen davon ist das euer Problem. Mir geht das am Allerwertesten vorbei, ob der Bursche eine Rüstung angehabt hat und ein Säbelchen unterm Arm, mit dem er die Reifen am Bus zerstochen hat. Gut.«

Thurman stand auf, und es schien fast, als würde sich die Platte von seinem Schreibtisch dabei ächzend verbiegen. Thurman war ein großer Kerl.

Die Sonne schien schräg herein, wie stets am Nachmittag, sie war aber immer noch ziemlich warm. Der Geruch der verbrannten Gegenstände, den Harjunpää anfangs als angenehm empfunden hatte, war allmählich immer stärker geworden und erinnerte mehr und mehr an den Gestank des verkohlten Busses. Harjunpää klopfte sich eine Zigarette aus der Packung, erinnerte sich dann aber, dass Suttelin keinen Zigarettenrauch ertragen konnte, steckte die Kippe wieder zurück und öffnete das Fenster. Er war überrascht, als er feststellte, dass die Sommerluft besser schmeckte als Rauch.

Bis spät am Nachmittag hatten sie sich am Arabia-Ufer aufgehalten. Am Wald, genau dort, wo Suttelin sorgfältig zu suchen empfohlen hatte, waren eindeutig menschliche Spuren zu finden gewesen. Der Brandstifter war durch das Gestrüpp an den Zaun gelangt und hatte dabei mit einer Hieb- oder Stichwaffe Zweige beseitigt – gerade so, als hätte er sich vorgestellt, mit der Machete in einen dichten Urwald vorzudringen. Platt gedrückte Pflanzen hatten gezeigt, dass er eine Zeit lang vor dem Zaun auf dem Boden gelegen hatte. Am fünften Pfosten von der Kaanaantie aus gezählt war er hinübergeklettert. Das alles hatten die Spuren verraten, aber wirklich von Nutzen waren sie nicht. Suttelin hatte nur zwei abgeschlagene Ahornzweige für brauchbar genug gehalten, um sie mitzunehmen, nachdem er die Schnittflächen mehrere Minuten lang mit der Lupe untersucht hatte.

»Keine Ahnung, wozu die gut sein sollen«, hatte er gebrummt, als er sie in eine Plastiktüte steckte. »Wir nehmen sie mit, weil wir nichts Besseres haben.«

Es waren noch andere Spuren gefunden worden. Sie verrieten über den Brandstifter eventuell ein klein wenig mehr als die niedergetretenen Pflanzen, aber auf seine Identität gaben sie ebenfalls keinen Hinweis. Diese Spuren hatten sich auf dem linken Hinterreifen des Busses befunden. Thurman hatte sie bemerkt. Es waren die Spuren einer Stichwaffe, womöglich eines Dolches. Insgesamt wies der Reifen dreizehn Blessuren auf. Vier Einstiche hatten den dicken Reifen komplett durchdrungen; offensichtlich war das Messer bis zum Schaft hineingestoßen worden. Der Anblick war erschreckend: Die Einstiche lagen auf der schmalen Fläche so dicht nebeneinander, sie mussten in blinder Wut oder echter Panik ausgeführt worden sein.

»Leck mich«, hatte Thurman gesagt, nachdem er die Fotos gemacht hatte. »Scheint ein verdammt kräftiger Kerl gewesen zu sein. Oder ein totaler Fanatiker. Pfui. Wie fändet ihr das, wenn der euch im Dunkeln entgegenkäme und guten Abend sagen würde ...«

Unmerklich hatte Harjunpää Gefallen an Suttelins systematischer Form der Ermittlung gefunden. Nachdem er die Umgebung des Zauns bis hinunter zur Hämeentie und zum Ufer abgesucht hatte, hatte er seine Hilfe für das Innere des Busses angeboten und sich nur kurz darauf mit Suttelin dabei wiedergefunden, die von den Feuerwehrmännern verrückten Sitzbänke wieder an ihre Plätze zurückzustellen. Das Resultat war verblüffend: Suttelin hatte schließlich inmitten des Durcheinanders auf den hintersten Platz der zweiten Bankreihe gedeutet – vielmehr auf das Metallgerippe, das davon noch übrig war – und konstatiert, der Brand habe von dort seinen Ausgang genommen. Harjunpää und Thurman hatten geschwiegen und nur erstaunt genickt. Zumindest Harjunpää hatte daraufhin fasziniert zugehört, als Suttelin erläuterte, was eine scharf umgrenzte Verkohlung auf kleiner Fläche zu bedeuten hatte, womit die verrußten Stellen an den Wänden des Fahrzeugs zu tun hatten, von wo der Luftzug gekommen war und warum es allgemein nicht leicht war, ein Auto in Brand zu stecken.

Harjunpää war bereits vier Jahre bei der Gewalt, und nun bekam er zum ersten Mal die Gelegenheit, die Arbeit eines Brandermittlers zu verfolgen. An Brandorten war er natürlich gewesen, denn nachts fuhr dort immer derjenige hin, der Dienst hatte, ganz gleich von welcher Abteilung er stammte. In solchen Fällen sammelte man jedoch nur mit klammheimlich entwickelter Routine die Informationen, die für eine Anzeige unbedingt nötig waren. Erst jetzt begriff Harjunpää, dass Suttelin mit seinen Ermittlern jedes Mal tatsächlich ganz von vorne anfangen musste. Den Anzeigen entnahmen sie gerade mal die Adresse des Tatortes sowie den Namen des Brandmeisters, unter dessen Führung die zwei oder drei Löschzüge am Werk gewesen waren – aber mit dieser Information konnten sie nichts anfangen.

Suttelin wäre schon froh gewesen, wenn die Leute von der Nachtschicht wenigstens versucht hätten, so schnell wie möglich am Brandort zu sein. Dann hätten sie nämlich Beobachtungen über die Entwicklung des Brandes machen können, über die Windrichtung, die Farbe und die Menge des Rauchs, sie hätten mit den Schaulustigen reden, sie beobachten können – zig Dinge, die man am nächsten Morgen beim besten Willen nicht mehr tun konnte. Im Normalfall bekam Suttelin morgens um acht einen schmuddeligen Zettel, der aus einem Notizheft herausgerissen worden war. Nachdem er ihn gelesen hatte, konnte er sich räuspern und fragen: »Ach. Waren tatsächlich zwei Einsatzfahrzeuge aus Haaga unter der Leitung von Brandmeister Sarmanto vor Ort?« Wer ihn nicht kannte, verstand unter Umständen die Spitze nicht und antwortete: »Das müsste eigentlich da stehen ...« Und das war ein Fehler. Der so sanft wirkende Suttelin fing dann nämlich mit einem halbstündigen Test an, an dessen Ende der arme Kerl vor ihm eingestehen musste, dass er von der ganzen Sache nicht mehr wusste, als dass es sich um einen Brand handelte.

Im Nachhinein vertraten die Männer dann die Ansicht, Suttelin sei ein kleinlicher Korinthenkacker. Nur wenige ließen sich diese Erfahrung eine Lehre sein. Beim nächsten Brand kratzten sie sich wieder im Ruheraum unter ihrer Wolldecke und dachten: »Natürlich wieder mal mitten in der Nacht. Ich kann mich beherrschen, da gleich hinzurennen. Das flackert sowieso dermaßen, dass man nicht dran kann – wie soll man da Brandherd und Brandursache klären. Und die Streife ist sowieso dort. Ist doch so. Und morgen früh können die von der Brandstiftung hingehen.« Suttelin beschwerte sich am Morgen darauf erneut, wusste sich dem Thema aber auch nicht von der richtigen Seite zu nähern. Er war kein Lehrer, und es war nur zu wahrscheinlich, dass aus ihm auch kein Lehrer mehr werden würde. Außerdem: Zu jener Zeit, als Suttelin den Unteroffizierskurs besucht hatte (damals noch auf der Festungsinsel Suomenlinna), war es wichtig gewesen, dass man die Hacken zusammenschlagen konnte und wusste, was im sechzehnten Paragrafen des Jagdgesetzes stand und ob eine Schusterahle als Pfandobjekt taugte oder nicht. Der Begriff Führungsqualität war damals noch nicht bekannt, von Weiterbildung am Arbeitsplatz ganz zu schweigen.

Thurman zog sich die Hosen hoch und tappte auf die Tür zu. »Alles paletti, Jungs. Da habt ihr eure Bilder. Manu hat seine Schuldigkeit getan, Manu kann gehen. Tikotiko!«

Er zog eine betont ernste Grimasse, führte eine Hand wie beim Salutieren an die Schläfe und stiefelte zur Tür hinaus. Harjunpää blickte ihm mit einer Spur von Neid hinterher. Die Leute von der Technik und Spurensicherung arbeiteten für sämtliche Abteilungen. Sie fertigten Zeichnungen an, machten Fotos, pinselten Fingerabdrücke ein – sie erledigten alles, was zur Kriminaltechnik gehörte, und wenn sie ihren Job erledigt hatten, wurden sie freigelassen wie Hunde aus dem Zwinger. Was sie an Material gesammelt hatten, übergaben sie den zuständigen Ermittlern, und dann machten sie sich auf den Weg zum nächsten Fall. Ob die Täter erwischt wurden – darüber brauchten sie sich nicht den Kopf zu zerbrechen.

Suttelin machte ein wichtiges Gesicht. Er holte Luft, um etwas zu sagen, kam aber nicht einmal dazu, den Mund aufzumachen, als Thurman erneut an der Tür erschien.

»Aber ein Dolch ist es auf jeden Fall«, stellte er fest und verschwand, ohne eine Antwort abzuwarten. Kurz darauf ertönte auf dem Gang ein Volkslied über den Krimkrieg. Thurman hatte einen schönen Bass, und das wusste er.

»Der hat gut singen«, schmollte Suttelin gereizt, und Harjunpää hatte Schwierigkeiten, sein Grinsen zu verbergen. Er kannte Suttelin als nüchternen Menschen, hatte aber nie daran gedacht, welche Verantwortung der Mann trug. Ebenso wenig wie er daran gedacht hatte, dass in seiner eigenen Abteilung stets ein Kommissar die Verantwortung trug, nämlich Norri, und dass Norri immerhin noch Montonen als Unterstützung hatte. Vielleicht vermochte Harjunpää das Geschehene auch nicht allzu ernst zu nehmen. Er war daran gewöhnt, womöglich sogar abgestumpft davon, dass Menschen ihr Leben verloren oder schwer verletzt wurden. Das Zerstören eines Busses, der nicht mehr in Gebrauch war, kam ihm dagegen läppisch vor. Das Gesetz war da allerdings anderer Meinung. Für schwere Brandstiftung konnte es bis zu zwölf Jahren geben. Das hatte Harjunpää nicht vergessen.

»Hör zu, Harjunpää«, fing Suttelin an, und seine Stirn lag dabei dermaßen in Falten, dass Harjunpää seine Haltung korrigierte und sich auf einen Monolog einstellte, auf den keine Antwort erwartet wurde. »Mir gefällt das überhaupt nicht«, fuhr Suttelin fort.

»Mir auch nicht«, wäre es Harjunpääs Lippen beinahe entwichen, doch da fiel ihm wieder seine Unfähigkeit im Zimmer des Chefs ein und die Tatsache, dass Suttelin nichts dafür konnte, wenn irgendein Knallkopf nachts in der Gegend herumschlich und Klohäuschen ansteckte.

»Mir gefällt das nicht, weil – warum, zum Teufel, hackt der mit dem Messer so herum? Ein ordentlicher Pyromane tut so was nicht. Die kommen still und leise zum Objekt, machen mit wenig Aufhebens ihr Feuer und verziehen sich wieder, ohne sonst was Böses anzustellen. Außerdem gefällt mir das nicht, weil es in der Ecke dort kaum was anderes gibt als bewohnte Holzhütten. Irgendwann irrt er sich mal und steckt aus Versehen Leute mit an. Hör zu, Mensch ... Ich bin zum Chef und hab um Unterstützung gebeten, und was macht er – nimm das bitte nicht persönlich –, er gibt mir einen einzigen Mann. Bei einem Toten hätten gleich die Socken gequalmt ...«

Harjunpää wurde still. Zum ersten Mal hörte er Suttelin über etwas klagen. Überdies spürte er, wie Recht Suttelin hatte.

»Aber gut, vergiss es. Das ist das Lamento eines alten Mannes ...«, versuchte Suttelin seinen Erguss von eben ins Scherzhafte zu wenden, um seine Gedanken rasch wieder in Ordnung zu bringen. »Wir brauchen mehr Leute. Das ist klar. Und ich glaube, die kriegen wir auch. Schau mal. Komm hierher ...« Er winkte Harjunpää näher an den Schreibtisch mit den ausgebreiteten Papieren heran. »Wir fangen jetzt an, zu zweit. Zuerst müssen wir noch einmal die alten Sachen hier durchgehen. Wir komplettieren den Zeitablauf, nehmen uns die Personenkartei vor, überprüfen die Kiste mit den alten Spitzbuben und kontrollieren bei jedem Einzelnen, wo er sich das letzte Jahr rumgetrieben hat. Sieh mal, hier habe ich mit Rot schon alle Papiere angekreuzt, die ich schon mal gecheckt habe. Da, schau ...«

Die letzten fünfzig Minuten vor Dienstschluss vergingen schnell. Die Männer hockten vor der Papierflut an ihren Schreibtischen, studierten zwischendurch den Stadtplan, sprachen zeitweise durcheinander. Immer wieder tauchten dabei Wörter auf, die Harjunpää ein wenig fremd vorkamen – Objektpostierung, Gebietspostierung, Flächenobservation, Brandfläche, Entzündungspunkt –, aber die schmeckten angenehm nach Kompetenz. Schon bald redete er selbst so, dass ein Außenstehender den Eindruck gewinnen konnte, er habe sein ganzes Leben lang Brände untersucht. Vielleicht war es gut, dass er Suttelins amüsierten Gesichtsausdruck nicht bemerkte. Harjunpääs Eifer wurde zusätzlich geschürt, indem Suttelin ihn wie seinesgleichen behandelte, zumindest hörte er seinen Ausführungen zu und entdeckte darin gute wie weniger gute Aspekte. Was der eigentliche Grund für Harjunpääs Interesse war, fiel ihm selbst nicht einmal auf: Zum ersten Mal in seiner Laufbahn durfte er mitreden, wenn es darum ging, die Vorgehensweise in einem Fall zu planen.

»... Wunschdenken, aber nicht völlig unbegründet.« Suttelin stand ein weiteres Mal auf und trat an den Stadtplan. »Wie du siehst, konzentriert sich alles auf ein enges Gebiet. Wie eine Traube. Und wie ich den Braten rieche, wird er am Ende in der Gegend geschnappt. Aavasaksantie, Limingantie, Kustaa Vaasan tie – da zieht's ihn hin. Ende März ist es uns einmal gelungen, Spuren im Schnee zu folgen ... bis da hin, hier an diese Kreuzung. Da gibt es übrigens auch so einen komischen Hügel mit Abflussrohren. Und zweimal hat uns der Hund vom Brandort direkt an dieselbe Kreuzung geführt.«

»Kann sein, dass er den Feuerschein von zu Hause aus sieht. Oder dass er die Feuerwehrautos kommen hört.«

»Kann sein. In der Gegend könnte man sofort einen Observationspunkt einrichten. Ein Mann würde genügen. So was hat schon funktioniert, so hab ich damals ganz allein diesen Vähäjärvi in Salmisaari geschnappt. Ich könnte mir vorstellen, dass wir uns schon heute Abend dort umsehen.«

»Also was?«, fragte Harjunpää erschrocken. Er erwachte plötzlich wie aus einem Traum, begriff, dass er noch immer am Arbeitsplatz saß, in Suttelins Büro, im Geruch von verbranntem Holz. Es war bereits halb fünf. Die Dienstzeit war vor einer Viertelstunde zu Ende gegangen, und er hatte den ganzen Tag nicht zu Hause angerufen, nicht einmal seine Verspätung angekündigt.

Er stand auf, und sein Gesicht war ernst. Die Begeisterung von eben war verschwunden. Ihm fiel wieder ein, dass er Elisa berichten musste, was geschehen war, er musste es auf eine Art erklären, die sie nicht betrübte und die außerdem nicht verriet, wie sehr er in der entsprechenden Situation versagt hatte.

»Hör mal, Suttelin ...« Harjunpää konnte seinem neuen Vorgesetzten nicht in die Augen sehen; er tat so, als wundere er sich über seine Uhr, als ginge sie falsch. »Suttelin. Wie wär's, wenn ich nicht ... Meinst du wirklich, wir sollten schon heute Überstunden machen?«, bekam er schließlich heraus, doch als er Suttelins Miene bemerkte, beeilte er sich weiterzureden, bevor dieser aussprechen konnte, was in seinem Gesicht bereits geschrieben stand. »Ich bin nämlich mit meiner Ollen verabredet. Um halb fünf in der Stadt. Wir müssen zusammen wo hingehen. Sie wartet mit unserer Kleinen auf mich – ich bin nicht dazu gekommen, anzurufen und das Ganze abzublasen.« Er fummelte an der Messingschnalle seines Gürtels herum und nahm mit überraschendem Interesse die Turnschuhe auf dem Schrank unter die Lupe; einer davon war nach wie vor verbogen.

»Aha«, gab Suttelin von sich.

Harjunpää versuchte eine Schlussfolgerung aus dem Laut zu ziehen, kam aber nicht darauf, was er zu bedeuten hatte.

»Na ja«, sagte Suttelin plötzlich mild. Er war geschult darin zu erkennen, wann jemand log, und sah, in welcher Klemme sein Kollege saß. Da er von Grund auf ein barmherziger Mensch war, setzte er hinzu: »Geh ruhig. Ich dachte zwar, dass wir gut und gerne schon heute anfangen könnten, aber morgen wird es auch noch nicht zu spät sein ... Ich bleib allerdings noch ein bisschen hier.«

»Ich denk auch, dass wir das morgen noch schaffen«, hauchte Harjunpää. »Ich hab irgendwie das Gefühl, dass der Kerl heute Nacht nicht rausgeht. Bis jetzt hat er das noch nie zwei Nächte hintereinander gemacht.«

Suttelin nickte, er war eindeutig derselben Meinung.

Letztendlich fiel es Harjunpää leicht zu gehen. Pauliina und Elisa und das Kind, das bald zur Welt kam, waren ihm viel wichtiger als dreißig mysteriöse Brände. Rasch ging er nach Hause, vermochte sich jedoch nicht an dem Gedanken zu ergötzen, dass Elisa und Pauliina schon dort waren, dass es in der Diele nach Essen roch, dass er erwartet wurde. Er überlegte, wie er Elisa die Angelegenheit beibringen sollte. Wäre sie in normaler Gemütsverfassung gewesen, hätte es ihm keine

Schwierigkeiten bereitet. Aber jetzt war sie nervös und konnte aus völlig unbegreiflichen Gründen in Tränen ausbrechen, ja sogar rundheraus sagen: »Du wirst nie lernen, zu deinem Recht zu stehen. Um diese Typen machst du dir Sorgen, aber über deine eigenen Angelegenheiten – nie so wie da.«

Auf dem Marktplatz fiel Harjunpää zu allem Überfluss auf, dass er nicht daran gedacht hatte, wie versprochen die Tomaten zu kaufen, von denen Elisa in den letzten beiden Monaten eine nach der anderen gegessen hatte; sogar nachts stand sie manchmal auf und raschelte am Kühlschrank.

Harjunpää beschleunigte seine Schritte. In der Satamankatu blieb er plötzlich abrupt stehen und blickte verdutzt auf seine Schuhe. Sie waren immer noch neu, aber nicht mehr weiß. Erst jetzt verstand er, was Thurman gemeint hatte, als er am Arabia-Ufer sagte: »Du bist ausgerüstet wie der beste Feuerwehrmann, Timppa …«

Kurz dachte er daran, die Schuhe mit dem Taschentuch zu säubern, begriff aber sogleich, wie hoffnungslos das war. Er ging weiter, und bei jedem Schritt sagte er bei sich: »So ein Mist.« Das half wenigstens ein bisschen.

KAPITEL 8

Mutter und Sohn

Im Dunkeln wirkte der Hase größer, als er war. Er saß auf einem kleinen Felsausläufer, mümmelte ein paar Wegerichblätter und erstarrte wieder. Lange saß er regungslos auf seinen Hinterpfoten. Nicht einmal aus zwei Metern Entfernung hätte man das Zucken seiner Barthaare, seiner Samtnase und seiner wachsam aufgestellten Ohren wahrgenommen. Schließlich wackelten die Ohren, und unmittelbar darauf drehte sich der ganze Kopf: Erneut versuchte er, das Geräusch, das er hinter sich gehört hatte, zu erfassen. Flink stellte er sich auf alle vier Pfoten und wartete ab. Und da war er auch schon auf dem Weg und hoppelte mit weichen, lautlosen Sprüngen davon.

Für eine Weile war der Felsen leer. Blätter raschelten, ein Zweig brach entzwei. Tapani eilte mit wenigen Sätzen den Felsen hinauf und ließ sich auf die Knie fallen. Er senkte den Kopf, hielt die Augen geschlossen und schnappte gierig nach Luft. Nachdem sich das schlimmste Keuchen gelegt hatte, versuchte er die Lippen zu befeuchten, aber auch seine Zunge war trocken. Er blickte hinter sich und lauschte. Auf dem Grundstück von Annala rührte sich nichts. Zumindest war niemand in seiner Nähe. Auch das Knistern war nicht mehr zu hören. Tapani schluckte.

Er stellte sich auf seine schlotternden Beine. Von links schienen die orangefarbenen Straßenlichter von der Kustaa Vaasan tie zwischen den Bäumen hindurch – nun wusste er genau, wo er sich befand. Den letzten Felsvorsprung rutschte er halb hinunter, dann ging er weiter zur Koreankatu. Auf dem Bürgersteig hielt er sich in geduckter Haltung dicht an den Zäunen. Vor jeder Straßenlaterne blieb er stehen, blickte sich um und huschte dann wie ein furchtsamer Schatten an dem hellen Fleck vorbei. Dabei waren gar keine Passanten unterwegs. Es war zwanzig nach zwei, selbst die Zeitungsausträger hatten sich noch nicht auf den Weg gemacht.

Tapani ging nicht um die Ecke herum zum Gartentor, sondern schlüpfte wie ein Weberschiffchen durch eine Lücke im Heckenzaun in den Garten. Er legte sich mit dem Rücken ins Gras, streckte die Glieder weit von sich, und seine Brust hob und senkte sich heftig unter der Armeejacke. Im Gras war Tau, das spürte er im Nacken, am Kopf und an den Händen, aber es machte ihm nichts aus. Er starrte in den schwarzblauen Nachthimmel und versuchte, das niederschmetternde Entsetzen in sich zu bändigen. Ständig war es nahe daran, Überhand zu gewinnen, sich auf ihn zu stürzen.

Als sich sein Atem beruhigt hatte, stand Tapani auf. Er nahm die Streichholzschachtel aus der Tasche, stopfte ein Papiertaschentuch hinein, probierte aus, ob sie nicht raschelte, und schob sie in den Schaft seines linken Stiefels. Seine Bewegungen waren hektisch, und seine Hände zitterten. Flüchtig klopfte er auf seine Seitentasche und prüfte, ob das Messer noch da war. Diesmal nahm er es nicht zwischen die Zähne; er fühlte sich nicht wie in den anderen Nächten, er war nicht der Partisanenführer, der nach einer erfolgreichen Tour stolz auf seine Männer war und zufrieden zur Hundehütte ging, die letzte Bierdose herausholte, daraus trank und dabei die Sirenen der Feuerwehrautos verfolgte, die von Käpylä und aus der Innenstadt näher kamen. Er wollte nicht das Wohlgefühl genießen, das er bei den Alarmsignalen empfand, ganz gleich, ob sie von Feuerwehrautos, Polizei- oder Krankenwagen kamen. Er wollte so schnell wie möglich ins Haus, in sein Bett. Er wollte schlafen.

Tapani setzte über das Beet mit den Schwertlilien hinweg,

ging um die duftende Bibernellrose herum und huschte geduckt an der Hauswand entlang. Mutters Fenster war dunkel. Er spähte nicht hinein, hatte nicht die Geduld, zumal er nichts dabei empfunden hätte, denn das Messer war in der Tasche. Zwei Meter vor der Hausecke blickte er auf und verlangsamte sein Tempo. Dann hielt er mitten in der Bewegung inne und blieb stehen.

Er rieb sich die Augen. Das war überflüssig, denn er hatte sich nicht getäuscht. Er erkannte die Hundehütte und daneben die Stange mit dem Windrad. Es drehte sich, die Nase nach Südwest gerichtet, alle Flügel in Bewegung. Es hätte nicht so gut erkennbar sein dürfen. Es hätte nicht so gelblich schimmern und einen so langen, schwarzen Schatten werfen dürfen, der bis zum Holzschuppen des Nachbarn reichte. Tapani lehnte sich an die Wand. Für die Sichtbarkeit der Hundehütte und des Windrades gab es nur eine Erklärung: In seinem Zimmer brannte Licht.

Etwa fünf Minuten lang kauerte Tapani am Sockel des Hauses wie ein hilfloses Kleinkind. Er dachte nichts, sein Verstand war ebenso betäubt wie seine Beine. Erst die Schläge der Wanduhr von drinnen ließen ihn zusammenfahren und erneut um die Hausecke blicken. Das Licht brannte noch immer. Es war nicht ausgegangen, obwohl er die Augen geschlossen gehalten und gebetet hatte, es möge verschwinden.

Eine unsinnige Hoffnung keimte in ihm auf. Rasch kroch er auf allen vieren auf die Ecke zu und versuchte bei dem Gedanken zu lachen, er selbst habe das Licht brennen lassen. Aber das war Unsinn, er wusste, dass seine Mutter das Deckenlicht angeknipst hatte. Er selbst hatte es nicht getan, er machte nie Licht, wenn er in die Nacht aufbrach.

Tapani sah sein Fenster und das von dort herausflutende Licht. Es fiel in den Garten, so wie das Sonnenlicht am Morgen ins Wohnzimmer gefallen war. Er fing an, an seinem Daumennagel zu kauen, verfiel aber nicht mehr in die gleiche Panik wie eben. Schließlich beschloss er, an einen Platz zu schleichen, von dem aus er gut hineinblicken konnte. Mutter konnte gut und gerne eine Weile gewartet haben, aber dann mochte es ihr zu lange gedauert haben, und sie war müde geworden und in ihr Zimmer gegangen, um zu schlafen. Diese Vorstellung war zu schön, um wahr zu sein.

Er ging um den Lichtfleck auf dem Rasen herum und pirschte geduckt bis zur Hundehütte. Dahinter war er geschützt. Tapani spähte immer von weitem in die Wohnungen. Dann waren die Menschen gut zu erkennen, wie auf dem Präsentierteller, er selbst aber war als Teil der Nacht in der Dunkelheit verborgen.

Er blickte auf. Die Mutter war in seinem Zimmer. Sie lief hin und her. Ihre Hände waren vor dem Bauch verschränkt. Dünn, leicht gebückt, wütend ging sie auf und ab. Tapani ließ sich hinter der Hundehütte zu Boden sinken.

Nachdem sich die schlimmste Angst gelegt hatte, beschloss er zu fliehen, abzuhauen. Er wollte schon aufstehen, da begriff er, wie unsinnig der Gedanke war; er konnte nirgendwohin gehen, er hatte keine Freunde, keine Bekannten. Keine Braut. Zu seinem Vater konnte er mitten in der Nacht auch nicht. Es fuhren ja nicht einmal Busse. Außerdem glaubte er, dass die Straßen voll waren von Polizisten, die genau nach so einem Kerl suchten, wie er einer war, und so kauerte er sich noch enger an die Rückwand der Hundehütte.

Die ersten Feuerwehrautos kamen wie immer aus Käpylä. Tapani blickte auf die Uhr. Es war fünf vor drei. Diesmal hatte es lange gedauert bis zum Alarm. Der Brand musste bereits weit fortgeschritten sein, dachte er und spürte, wie sich Übelkeit in ihm breit machte. Wenn sie hinter Häusern vorbeifuhren, klangen die Töne der Sirenen gedämpft, dann wurden sie wieder stärker. Tapani war nahe daran, in Panik zu geraten. Er wollte so schnell wie möglich ins Haus, in Sicherheit, er wollte in sein sicheres Bett und traf ohne zu zögern eine Entscheidung. Immerhin war die Mutter seine Mutter, dachte er, obschon ihn in Schrecken versetzte, was ihm bevorstand.

Rasch zog er seine Armeejacke und die Schuhe aus, ohne sich die Mühe zu machen, die Schnürsenkel ganz zu öffnen, auch die Socken streifte er ab, dann nahm er die Lampe aus der Tasche seiner Jeans, rollte alles zu einem Bündel zusammen und stopfte es so tief wie möglich in die Hundehütte hinein. Er stand auf und taumelte auf das Haus zu. Sein Hemd war schweißnass, und ihn fröstelte. Er hatte Angst. Das hatte zum Teil mit dem zu tun, was auf ihn zukam, noch mehr jedoch mit dem, was hinter ihm lag.

Eigentlich musste er gar nicht schleichen, denn die Mutter war wach, doch er wollte sie überraschen, sie zuerst sehen, sie eine Weile vom dunklen Flur aus beobachten. Trotz allem konnte Tapani zufrieden sein, dass er durch die Tür kam und nicht durch das Fenster. Das wirkte unschuldig. Außerdem war er auf den Eingangsstufen zur Vernunft gekommen, wie er fand; er war zur Hundehütte zurückgekehrt und hatte das Messer aus seiner Jackentasche hervorgezogen. Es steckte nun unter dem T-Shirt in seinem Gürtel, und zwar am Rücken, weshalb er die Klinge kalt und hart am Steißbein spürte.

Ohne dass ein einziges Brett knarrte, kam Tapani ans Ziel. Wenigstens sie waren auf seiner Seite, die Bretter. Durch den Türspalt sah er seine Mutter. Sie saß jetzt auf seinem Bett und hielt die Hände vor der Brust verschränkt. Ihr Gesicht war wie eine Maske, eine straffe, hässliche Maske, bei der die Augen und der Mund nur Schlitze waren. Tapani spürte, wie sich erneut das lähmende Gefühl einstellte. Die Sätze, die er sich zurechtgelegt hatte, fielen ihm nicht mehr ein. Eine bleierne Müdigkeit überfiel ihn. Wenn seine Mutter so aussah, dann hatte sie sich in ihre Wut hineingesteigert, innerlich all seine bösen Taten seit der Kindheit rekapituliert und daraus Kraft geschöpft, das wusste er aus Erfahrung. Tapani musste sich dazu zwingen weiterzugehen.

So geschwind, als sei er nur schnell auf dem Klo gewesen, kam er ins Zimmer hinein. »Mama? Warum bist du wach?«, fragte er, aber die Worte kamen nicht so, wie er gehofft hatte.

Sie kamen breiig, schuldbewusst. Die Mutter stand auf. Tapani blinzelte, schluckte. Es stand schlimmer, als er geglaubt hatte; die Mutter fing nicht auf der Stelle an zu keifen, sondern war diesmal ein Racheengel. Das zog alles nur in die Länge, zögerte das Zubettgehen weit hinaus. Tapani war so müde, dass es in seinem Bauch rumorte.

»Tapani«, fuhr ihn die Mutter an. »Wo bist du gewesen? Erklär mir das bitte!« Die Mutter sprach mit Sorgfalt, wie immer, wenn sie sich beherrschen musste. Dünne Falten liefen auf den fordernd zusammengezogenen Mund zu. Die Augen waren graue Glasstücke, sie prüften Tapani, versuchten, in ihn hineinzusehen. Die Mutter war erst fünfzig, dachte er, aber sie sah viel älter aus.

»Ich konnte einfach nicht einschlafen. Ich war nirgendwo. Hab nur einen kleinen Rundgang gemacht. Ehrlich wahr, Mama.«

»Du lügst!« Die Mutter war hart. Sie kam näher. Tapani versuchte, zur Seite zu atmen, denn er fürchtete, nach Bier und Zigaretten zu riechen. Er legte seine Hände auf den Rücken, denn er wusste, die Mutter würde ihn über kurz oder lang an den Handgelenken packen. »Hör auf, mir etwas vorzumachen! Ich weiß, wo du warst. Du hast irgendwo rumgelungert, mit irgendwelchen Kerlen. Hab ich dir nicht gesagt, dass man da nicht hingeht? Habe ich dir nicht verboten, dich mit diesen ... Kriminellen aus der Gegend hier abzugeben?«

»Doch, Mama ...«

»Gib mir eine anständige Antwort!«

»Ja, du hast es mir verboten, Mama.«

Tapani spürte die Hände seiner Mutter an seinen Ellbogen, kalt und trocken waren sie. Ihr Griff war fest. Die Mutter schob ihre Hände nach unten und zog Tapanis Hände hinter dem Rücken hervor. Energisch ergriff sie die Handgelenke ihres Sohnes.

»Tapani ...« Es gelang seiner Mutter, ihrer Stimme eine bestürzte Note zu geben, doch Tapani erkannte eindeutig den triumphierenden Unterton. Sie hatte gewittert, was sie ausfindig machen wollte. »Du hast doch nicht etwa Alkohol getrunken? Und geraucht?«

Tapani drehte den Kopf noch weiter zur Seite, obgleich es sinnlos war. Die Schlafmittel, die Mutter nahm, hatten ihn unvorsichtig gemacht. Seit vielen Wochen hatte er keine Pfefferminzbonbons mehr gelutscht, wenn er nach Hause kam.

»Du riechst – du stinkst geradezu! Wie kommt das? Wer hat dir Alkohol gegeben? Woher hast du das Geld für Zigaretten? Ach so. Ist das der Dank an deine Mutter, Tapani?«

Tapani versuchte, seine Hände freizubekommen. Von der Kraft her wäre das möglich gewesen, aber die Mutter brachte ihn mit ihrem Blick dazu, sein Vorhaben aufzugeben. Sie geriet nun in ihre Selbstmitleidsphase, die normalerweise dafür sorgte, dass sich Tapani schuldig fühlte. Ihr folgte die Schreiphase. Die dauerte für gewöhnlich nicht lange. Aber jetzt war sich Tapani nicht sicher; die Mutter war so aufgebracht, dass die Drohungen ganz und gar ausbleiben konnten.

»Habe ich dich nicht seit Weihnachten durchgefüttert?«, sagte die Mutter mit bedeutungsvoller, von Hohn und Tränen durchsetzter Stimme. »Du hast dir nicht einmal ernsthaft Mühe gegeben, eine Arbeit zu finden. Weißt du, wie ich mir vorkam, als Fredriksson dich an dieses Lager vermittelt hat und du nach einem knappen Monat weggegangen bist? Fredriksson hat gefragt, wie es dir gefällt, und ich musste ihm sagen … Du bist undankbar. Ein Nichtsnutz bist du! Die Schule hast du abgebrochen. Die Lehre ebenso – war die Bäckerei vielleicht unter deiner Würde?«

»Hör auf! Mama, nicht!«

»Hör auf, hör auf«, äffte ihn die Mutter nach, wodurch sie sich noch mehr aufregte. Die Schreiphase kündigte sich an. »Verstehst du nicht, dass ich mir Mühe gebe, dir zu helfen, damit du wenigstens irgendwie über die Runden kommst? Du solltest zumindest an dem festhalten, was andere für dich organisieren. Wo du schon mal so einer bist … so ein Tropf, der bei allem versagt. Aber du ziehst lieber herum, trinkst und rauchst.« Tapani schwieg. Er wusste, alle seine Antworten wären falsch gewesen.

Plötzlich wich die Mutter ein Stück zurück und ließ Verwunderung auf ihrem Gesicht aufscheinen. »Jetzt komme ich erst drauf«, hauchte sie leise, drohend, als hätte sie ein weiteres, gefährliches Geheimnis entdeckt. Sie trat wieder näher, löste den Griff von einem Handgelenk und legte ihre Hand tastend auf den Bauch ihres Sohnes.

»Tapani. Warst du ... mit einer Frau zusammen?«, fragte sie, schockiert von ihrer eigenen Frage. »Genau ... irgendeine Schlampe hat dich zu sich gelockt. Hat sie dich mit irgendwas angesteckt? Oder behauptet sie, schwanger von dir zu sein?« Nun war die Mutter ehrlich entsetzt. »Das ist nicht wahr. Ich werde nicht die Bastarde von anderen Leuten durchfüttern! Tapani. Das hätte ich nicht geglaubt. Genauso ein Hurenbock wie sein Vater.«

Tapani riss sich los. Ihm wurde schlecht von der forschenden Berührung der Mutter. Ihre Worte taten ihm weh, allerdings auf eine andere Art, als sie es beabsichtigte. Es machte ihn wütend, dass sie ihn überhaupt anschrie, dass sie in seinem Zimmer war, ihn daran hinderte, in den Schlaf zu fliehen. Er war auch früher schon wütend auf seine Mutter gewesen, aber nie hatte es sich so angefühlt wie jetzt. Früher hatte er sich in seiner Rage irgendwohin zurückgezogen, sich verschlossen, so getan, als gäbe es die Mutter gar nicht, und sie schmollen lassen, bis sie müde wurde. Aber jetzt wurden seine Hände feucht vor Schweiß. Er wollte seine Mutter schlagen. Oder sie an der vor Erregung pulsierenden Kehle packen.

»Mama!«, brüllte er. »Verdammt noch mal!« Er schrie so laut er konnte. Er wusste, was er sagen wollte, musste aber nach jedem einzelnen Wort suchen, für eine kurze Zeit sinnlos stottern. Plötzlich brach er in ein rohes Weinen aus, obwohl er das nicht wollte. Er biss die Zähne zusammen und tastete mit der rechten Hand nach seinem Rückgrat. Das Messer war ein

Stück hinuntergerutscht. Der Hemdsaum lag über dem Griff, er bekam ihn nicht richtig zu fassen.

»Ich werde nicht länger leiden, Mama! Du bist ein Teufel. Und ich ... ich hör mir diese Scheiße nicht länger an!«, schrie er. Sein Gesicht glühte, er fühlte sich plötzlich durch und durch fiebrig. Tapani trat näher an seine Mutter heran und sah durch seine Tränen hindurch, dass ihr Gesicht blass geworden war, die Lippen schimmerten beinahe blau.

Sie stammelte etwas. Ihre Augen waren furchtsam. Sie legte ihre wohlgepflegten Hände auf ihren flachen Busen und wich zurück. Mit den Kniekehlen stieß sie an den Bettrand, und sie kam nicht weiter. Tapani wusste, was sie jetzt empfinden musste – genau das, was er nach jedem einzelnen Schultag empfunden hatte, wenn Saku Savolainen und Hessu Maija und ein paar von den anderen Jungen an der Ecke auf ihn warteten; sie hatten ihn in eine Hofeinfahrt getrieben, in die Falle, hatten ihm das Geld für die Straßenbahn abgenommen und ihn gezwungen zuzuschauen, wie sie in seinen Ranzen pissten. Es war ein verfluchter Ranzen gewesen. Niemand anders hatte so einen. Tapani schob sein Gesicht nahe an das der Mutter heran, war aber nicht fähig, etwas zu sagen. Die Tränen liefen ihm über die entzündeten Wangen.

»Wie kannst du mir das nur antun, Tapani?«, jammerte die Mutter und reizte ihn damit umso mehr. Sie verbarg ihr Gesicht in den Händen. Ihr Weinen war beinahe lautlos. Tapani hatte das Gefühl, völlig leer zu sein; er konnte nicht mehr stehen, er konnte nicht mehr wach bleiben. Er ließ sich auf das Bett sinken und schloss im Sitzen die Augen. Kurz darauf hörte er den Morgenmantel seiner Mutter rascheln und spürte, wie das Bett nachgab. Die Mutter streifte Tapanis Handgelenk. Minutenlang saßen sie wortlos und reglos da. Auf der anderen Seite der Wand hörte man den gemächlichen Gang der Uhr.

Tapani spürte die Finger der Mutter an seinem Kopf. Sie streichelten seine kurz geschnittenen Haare, tasteten, glitten hinter ein Ohr.

»Tapani. Es ist für die Mama nicht leicht, dir das zu erklären«, sagte die Mutter, und plötzlich war ihre Stimme leise und friedlich, kummervoll. Obwohl Tapani die Augen geschlossen hielt, wusste er, wie die Mutter in diesem Moment aussah. Sie war jetzt die echte Mutter mit dem ruhigen Gesicht und den unerklärlich müden Augen.

»Ich bin doch auch so allein. Nie hat mir jemand geholfen, bei gar nichts. Ach, Tapani. Ich meine das nicht böse, du weißt es ja selbst – du bist mir einfach nie eine Hilfe gewesen. Der Garten ist nicht gepflegt, der Brenner müsste vor dem Winter gewartet werden, Öl ist auch keines bestellt … Aber vielleicht ist das mein Fehler. Vielleicht habe ich es nicht besser gewusst. Aber wenn man mit seinem Jungen allein ist … und niemand …« Die Mutter fing erneut zu weinen an.

Tapani ließ seinen Kopf auf ihre Schulter sinken. Das fühlte sich gut und sicher an, so wie ihm die Mutter in seinen frühen Erinnerungsbildern erschien. Es war lange her, dass er ein solches Gefühl gehabt hatte. Die letzten Jahre hatte sie hart und angespannt gewirkt.

»Du verzeihst mir doch, Mama«, flüsterte Tapani.

Sie legte ihm einen Arm um die Schultern. »Aber ja, Tapani«, sagte sie. »Und du mir auch?«

Tapani gab sich Mühe, mit dem Kopf zu nicken. Es war schwer, denn die Mutter drückte ihn fest an sich.

Kurz darauf stand sie auf. Mit dem Finger stippte sie eine Träne an, die bis zur Nasenspitze gerollt war, und versuchte zu lächeln. Aber ihre Augen waren verweint, das Lächeln reichte nicht bis dorthin.

»Na gut. Lass uns jetzt schlafen gehen, Tapani«, sagte sie. »Vielleicht sollten wir morgen mal miteinander reden. Ich könnte versuchen, ein bisschen früher aus der Arbeit zu kommen. Gute Nacht, Tapani.« Sie ging zur Tür und blieb dort stehen, eine Hand auf dem Lichtschalter. »Tapani«, sagte sie noch und riss sich bereits wieder zusammen. »Das wird schon wieder. Vielleicht tut dir das Militär gut …« Sie löschte das Licht und ließ Tapani im Dunkeln die Kleider ausziehen. »Hör mal. Ich könnte morgen zum Beispiel Lebersoße und Pfannkuchen machen.« Ihre Stimme kam aus dem Flur. »Das würde ich gern öfter machen, aber ich komme ja immer so spät von der Arbeit. Und dann muss einfach schnell was gemacht werden, damit es nicht zu spät wird mit dem Essen. Das ist nämlich nicht gesund.«

Tapani zog sich aus. Das Messer schob er unter die Matratze, er hatte nicht mehr die Kraft, es in der Schreibtischschublade zu verstauen. Dann warf er sich in Unterhosen aufs Bett, verkroch sich unter der Decke und blieb so liegen. Kurz darauf erschrak er und setzte sich auf. An seinem Haaransatz bildeten sich Schweißperlen. Er steckte die Faust in den Mund und biss so lange zu, bis die Finger gefühllos wurden. Dann zog er sich die Decke übers Gesicht und dachte daran, dass er am nächsten Tag Lebersoße und Pfannkuchen bekommen würde.

Drinnen war es nach wie vor dunkel, aber im Nordwesten wurde der Himmel bereits langsam hell. In den Niederungen lag dünner Nebel, und um das Ende der Hämeentie herum roch es nach Rauch. Auf dem Gelände von Annala und in den Kiefern der Kirsikkatie erwachten die Krähen, sie krächzten einander zu und schwangen sich zu ihrer allmorgendlichen Mülltonnenrunde auf, Feldhasen, Katzen und was sonst an Vierbeinern in der Nacht unterwegs war, suchten ihre Schlupfwinkel auf. Noch war es zu früh, um auf das Wetter des anbrechenden Tages schließen zu können.

KAPITEL 9

Ein Apfelgarten und sechs Katzen

Der Kleinbus roch neu – nach Leim, nach sauberen Kunststoffteilen, so wie alle neuen Autos riechen. Auch äußerlich war der Wagen sauber und glänzte, der blaue Lack wies noch keine einzige Schramme oder Delle auf. Auf dem Dach saßen die blaue Glashaube des elektronischen Blinklichts und der Lautsprecher für die Sirene, durch die man per Knopfdruck am Armaturenbrett drei verschiedene Warntöne jagen konnte. Jetzt waren die Alarmvorrichtungen nicht in Betrieb. Der funkelnagelneue Kleinbus der Technischen Abteilung kam auch so schnell voran. Auf der Kyläsaarenkatu, die der Uferlinie folgte, war es ruhig. Den Druck des morgendlichen Berufsverkehrs spürte man am schlimmsten auf der Sörnäisten rantatie.

Thurman fuhr. Harjunpää saß neben ihm, hinten hockten Holmlund und Suttelin, der sich aus reiner Experimentierfreude mit dem Vierpunktgurt an die Sitzbank gefesselt hatte. Harjunpää hatte sich gefreut, dass wieder Thurman Dienst hatte, allerdings plauderte dieser jetzt nicht wie sonst, sondern genoss sichtlich den sonnigen Morgen, das Fahren und das Automatikgetriebe. Normalerweise lobte er den Kleinbus, denn es war in gewisser Weise sein Verdienst, dass die Abteilung ein solches Fahrzeug bekommen hatte. Er hatte nämlich mit dem alten Transit, dessen Motor im Alarmfall fast regelmäßig aufgehört hatte zu ziehen, einen Unfall gebaut. Der Transit wurde aus dem Verkehr gezogen, der Finanzchef und die anderen Herren hatten sich wegen des Unglücks die Haare gerauft, aber die Leute von der Technik hatten Thurman heimlich die Hand gedrückt. Manch einer glaubte, er habe die Kiste absichtlich zerknautscht, und Thurman gab sich keine Mühe, das Missverständnis zu korrigieren. Er zwinkerte nur und summte vor sich hin. Sogar an einer fragwürdigen Heldenrolle wusste er Gefallen zu finden.

»Da ist doch schon abgesperrt worden?«, fragte Thurman, ohne sich an jemand Bestimmten zu richten. Harjunpää blickte sich um. »Ich habe die entsprechenden Anweisungen gegeben«, sagte Suttelin. »Und gleich auch die Hunde bestellt. Die Voraussetzungen müssten günstig sein.«

Danach wurde im Auto kein Wort mehr gewechselt. Das Meer wirkte ungewöhnlich sauber. Harjunpää blickte zum Himmel: Es würde wieder ein heißer Tag werden. Das tat Elisa nicht gut. Er wischte sich nervös über die Nase und dachte, dass auf der Welt nie das passende Wetter herrschte.

Am Abend zuvor hatte er sich auf dem Heimweg umsonst Gedanken gemacht. Ausführlich hatte er die Ereignisse des Tages geschildert, an den heiklen Stellen stotternd, besonders an dem Punkt, an dem er zu seinem Chef gesagt hatte: »Tja, dann muss ich wohl, wenn das so befohlen wird.«

Vielleicht hatte er auch ein wenig zu sehr seine gestärkte Position unter den Bewerbern für den Beförderungskurs hervorgehoben. Elisa hatte geschwiegen, ihn mit ihrem allwissenden Blick gemustert und festgestellt: »Ach so. Das hab ich mir schon gedacht. Weil du nicht zum Essen gekommen bist und auch nicht angerufen hast.«

Mehr wurde für diesmal nicht über die Angelegenheit gesprochen. Am Abend im Bett hatte Elisa gesagt: »Ich habe es mir so gewünscht. Aber vielleicht soll es einfach nicht sein. Irgendeinen Grund wird es dafür schon geben, auch wenn wir ihn noch nicht verstehen – wer weiß, vielleicht wären sämtliche Kreißsäle für Familiengeburten belegt ...« So war Elisa. Sie konnte sich selbst die schmerzlichsten Rückschläge schönreden, und mit Hilfe dieser Kunst hatte sie oft auch ihren Mann aus seiner immer wieder auftretenden Niedergeschlagenheit gerettet, für die es keinen verständlichen Grund zu geben schien.

Harjunpää war nun noch fester entschlossen, bei der Geburt dabei zu sein, innerlich hatte er sogar damit gedroht, mitten im Verhör zur Klinik aufzubrechen. Elisa sagte er nichts von seinen Plänen. Das war typisch für ihn; er hatte Angst, erneut eine Enttäuschung zu bereiten, obgleich er sich seiner Sache so sicher war.

Thurman fuhr über die Kotisaarenkatu auf die Hämeentie und verringerte auf der Höhe der Arabia-Porzellanfabrik die Geschwindigkeit. Als sie die Kaanaantie erreichten, blickten alle vier Männer wie auf Kommando in Richtung Ufer. Die Einzäunung mit den Schrottautos huschte vorbei. Das genügte Harjunpää, um seine Gedanken wieder auf die Gegenwart zu richten; erneut machten sich die Selbstvorwürfe in seinem Kopf breit. Für einen Moment schienen sie fast stärker zu sein als vor zwanzig Minuten, bei seiner Ankunft in der Sofiankatu.

Dort hatte der Wagen schon mit laufendem Motor gewartet. Suttelin kam mit großen Schritten aus der Einfahrt, in einer Hand einen Pappkoffer, in der anderen die Stiefel und unter jedem Arm einen weißen Helm.

»Harjunpää«, hatte er mit ernster Stimme gesagt. »Spring ins Auto. Wir haben uns wohl verrechnet.«

Zunächst hatte sich Harjunpää maßlose Vorwürfe gemacht. Er hatte sich darüber gegrämt, am Abend zuvor nach Hause gegangen zu sein, in der egoistischen Annahme, der Pyromane gehöre am ehesten in die Abteilung »Ungefährliche Spinner, die nur die Polizei auf Trab halten«. Ernsthaft hatte er nicht daran geglaubt, der Pyromane könnte jemanden umbringen. Jetzt sagte er sich erneut vor, er hätte mit Suttelin zusammen Überstunden machen müssen. Als er jedoch genauer darüber nachdachte, kam er zu dem durchaus vernünftigen Schluss, dass sich das wahrscheinlich kein bisschen auf die Ereignisse ausgewirkt hätte. Sie hätten noch ein paar Stunden in ihren Papieren gewühlt und wären höchstens auf die Schnelle die ausgewählten Beobachtungsposten in Toukola abgefahren, aber sie hätten nicht schon die Nacht über Wache geschoben.

Dennoch würde sich Harjunpää mit ein paar Überstunden ein bisschen besser fühlen: so, als hätte er wenigstens alles versucht. Ohne an die anderen und an Suttelins leicht tränende Augen zu denken, nahm er sich eine Zigarette. Er konnte sie nicht genießen. Sie zitterte zwischen seinen Fingern, zu sehr, und das kam nicht allein von der Vibration des Autos.

Die Vanhankaupungintie endete abrupt und verwandelte sich in einen nicht asphaltierten Fußweg. Beiderseits des Weges wuchsen Ahornbäume. Thurman brauchte nicht zu überlegen, wohin er fahren sollte, denn im Gras waren frische Reifenspuren zu erkennen, und zwanzig Meter weiter stand im Schatten einiger Weiden ein türkisgrüner Lada, der Wagen der Kripo.

Sie schlossen den Kleinbus ab und stapften durch das Gras. Durch den Tau wurden ihre Schuhe sofort nass. Brandgeruch lag in der Luft, nicht mehr stark und frisch, sondern leicht, als hätte ihn der Wind von einem fernen Waldbrand hergetragen. Unsichtbare Hummeln brummten, ein hellgelber Zitronenfalter flog über die Männer hinweg. Harjunpää rupfte einen Timotheushalm aus und steckte ihn in den Mund. Für einen Augenblick fühlte er sich wie als Kind auf dem Land. Die Sonne wärmte, die Feuchtigkeit auf der Erde verdunstete. Als sie auf dem Felsen angelangt waren, wischte er sich bereits den Schweiß von der Stirn.

Der Fels fiel fast senkrecht drei Meter ab. Der Rauchgeruch war jetzt ziemlich stark. Unten befand sich eine zimmergroße, schwarze Fläche. Das Gras ringsum war verbrannt. Die Zweige der Himbeerhecken standen grau hervor, wie die Asche einer für sich abbrennenden Zigarette. Die umstehenden Apfelbäume bildeten seltsame Torsi: Die Hälfte davon war grün, lebendig, bei der anderen Hälfte jedoch ragten die Äste schwarz in den Himmel. Von dem Gebäude war nur die Rückwand eindeutig zu erkennen. Sie war von den Flammen weggekippt und lag nun wie eine abgezogene Haut in den Brennnesseln. Die Luft flimmerte, von den Schmutzhaufen auf der schwarzen Fläche stieg Dampf auf.

Am Rand des Brandgebietes hielten sich zwei Männer auf. Der in der Hocke war Kaartinen, einer der beiden, die in der Gewalt Nachtdienst hatten, und neben ihm stand zweifellos der Dienst habende Brandmeister. Dieser trug einen weißen Helm, Stiefel mit hohem Schaft, und um seinen Hals hing ein Funkgerät. Etwas weiter entfernt blitzte der neonrote Range Rover der Feuerwehr zwischen den Apfelbäumen hervor. Aus derselben Richtung hörte man das dumpfe Bellen eines Schäferhundes. Kaartinen bemerkte die Männer, die auf dem Felsen standen. Er hob die Hand, wies nach links.

»Da drüben. Da ist es nicht so steil, da kommt man leicht runter«, rief er. Das war unnötig, denn schon regnete es Erdklümpchen, weil Suttelin wie ein Wiesel hinunterlief.

»Suttelin«, begann Kaartinen seine Erläuterungen. Seine Stimme war angenehm weich, und er sah mit seinen braunen Augen einen nach dem anderen an. »Mit den richtigen Ermittlungen habe ich noch nicht angefangen. Die Absperrung, die du vorgeschlagen hast, schien mir allerdings nicht nötig zu sein. Ich leugne nicht ihren Wert, aber wie ihr seht, ist die Stelle abgelegen und ruhig. Unbefugte sind nicht erschienen. Die Hunde sind bereits bei der Arbeit. Einer von ihnen hat eine Spur aufgenommen und folgt ihr gerade. Den anderen habe ich mir erlaubt auf Gegenstände anzusetzen. Geht das in Ordnung? Gut.«

Kaartinen rieb sich die Wange. Er war eindeutig müde, vermutlich hatte er eine anstrengende Nacht hinter sich.

»Alarm geschlagen hat eine gewisse Frau Hautala, die dort drüben im Park auf dem Hügel wohnt. Die genaue Adresse hab ich. Die Feuerwehr war um 3.07 Uhr zur Stelle. Brandmeister Englund kann Näheres sagen. Er ist auch derjenige, der die schlimmeren Entdeckungen gemacht hat. Das hier scheint Totschlag zu sein, wenn nicht Mord.«

Kaartinen drehte höflich den Kopf zur Seite und verdeckte

mit der Hand das Gähnen, das ihm die Kiefer auseinander riss. Harjunpää begriff plötzlich, warum es Kaartinen bei fast jeder Nachtschicht gelang, der Augenbank wenigstens eine Hornhauttransplantation zu vermitteln. Kaartinen wusste nämlich aufzutreten, in der richtigen Reihenfolge vorzugehen. Ihm, Harjunpää, fiel es schwer, an der noch warmen Leiche Bitten an die weinenden Angehörigen zu richten, obwohl er wusste, dass mehr als zweihundert Blinde auf Transplantate warteten, mit deren Hilfe sie ihr Augenlicht zurückgewinnen konnten.

»Die Leiche übrigens ...« Kaartinen deutete auf das glühende Holz in zwei Metern Entfernung. »Die liegt bei der heil gebliebenen Wand. Ist allerdings in schlimmem Zustand. Womöglich würde sie gar nicht sofort auffallen, wenn nicht die eine Hand fast unversehrt geblieben wäre. Ich weiß nicht – man könnte meinen, er hätte sie durch einen Bretterspalt hinausgeschoben. Hat vielleicht versucht zu fliehen und ist hängen geblieben. Ich kann mich auch täuschen, schaut einfach selbst. Suttelin ... Ich würde jetzt gerne gehen, wenn euch das recht ist. Wir haben in unserer eigenen Abteilung einen Mord reinbekommen. Vilho Karuanen ist immer noch dort. Und in der Nacht mussten wir Pitkänen dazuholen. Es ist in Vuosaari. Im Gebüsch eine männliche Leiche, mit der Säge in fünf Teile zerlegt. In der Brust eine Ladung Schrot, aus der Nähe abgefeuert. Der Gerichtsmediziner ist wohl noch dort, ihr werdet also warten müssen, falls ihr ihn hierher bestellen wollt ...« Viele andere hätten ihre eigenen Sorgen zuerst mitgeteilt, nicht aber Kaartinen, der eine warme Stimme hatte und reichlich weibliche Bekanntschaft.

Thurman ging neben seiner Fototasche auf die Knie, wog das Normalobjektiv in der Hand – es sah darin aus wie ein Stück Lakritze – und entschied sich dann doch zunächst für das 32-Millimeter-Weitwinkel. Er befestigte es an dem Canon-Gehäuse und blickte mit geschürzten Lippen zum Felsen hinauf, auf dem er gerade noch gestanden hatte. Offenbar konnte man von dort aus ein gutes Überblicksfoto machen.

»Holmlund, hör mal«, sagte er beiläufig zu dem anderen Mann von der Technik, einem wortkargen Kerl, der mit den Händen in den Hosentaschen neben ihm stand. »Pass auf, wir fangen jetzt an. Rede du mal mit den Jungs von der Hundestaffel. Und sammle alles ein, was du findest. Anschließend kommst du wieder hierher, und wir fragen den Onkel Nikke hier, ob er noch Wünsche an uns hat. Nicht wahr?«

»Genau. So dachte ich mir das auch«, brummte Holmlund und wandte sich dem Pfad zu, der sich durch die Apfelbäume schlängelte.

»Und, Holmlund!«, rief Thurman noch. »Den Zigarettenstummel steckst du dann in deine Tasche. Wir haben genug mit denen zu tun, die vorher schon hier gelegen haben.« Thurman sprach freundlich, ein wenig so, als erteile er einem etwas dümmlichen kleinen Bruder Ratschläge. Holmlund war selten im Außendienst dabei. Normalerweise war er im Archiv oder im Labor, und spitze Zungen behaupteten, die Klassifizierung von Fingerabdrücken würde noch immer nicht angewendet, wäre er seinerzeit mit deren Einführung beauftragt worden.

Suttelin zog seine Stiefel mit den Stahleinlagen an, damit er vor Nägeln in der Ruine geschützt war, und unterhielt sich leise mit dem Brandmeister, der sich auf einen Feuerlöscher stützte. Harjunpää ahnte bereits, was seine Aufgabe sein würde. Eine seltsame Kraft zog ihn zu dem Toten, vielleicht die gleiche, die sonst eher zurückhaltende Menschen dazu veranlasste, mit großen Augen dorthin zu stapfen, wo der Leichenwagen stand.

Vorsichtig ging er am Rand der Brandfläche entlang, schob sich wie ein Seiltänzer in den Spalt zwischen dem versengten Boden und der umgestürzten Wand und gab sich Mühe, seine Schritte in die großen Spuren der Feuerwehrleute zu setzen. Er ahnte, dass sie die Verstärkung, die sich Suttelin gewünscht hatte, nicht bekommen würden. Der Fall in Vuosaari stand an erster Stelle, der hatte etwas Aufmerksamkeiterregendes, etwas Klassisches. Auch wenn die beiden Verbrechen im Prinzip gleicher Art waren.

Harjunpää ging in die Hocke. Er legte eine Hand vor den Mund und die Nase, sodass er ein wenig leichter atmen konnte. Am liebsten hätte er sich die Maske aus Suttelins Koffer geholt, doch das wagte er nicht, da er auf eigene Faust zu der Leiche gegangen war. Der Geruch war nicht unbedingt schlecht. Er erinnerte an angebranntes Bratenfleisch, und diese Gedankenverbindung sorgte dafür, dass sich Harjunpääs leerer Magen plötzlich voll anfühlte.

Auf den ersten Blick war die Leiche nur ein formloser Klumpen. Harjunpää musste sich eine Weile sammeln, bevor er fähig war, sie systematisch in Augenschein zu nehmen. Der Kopf war deutlich als Ball zu erkennen, das Gesicht konnte man allerdings nur auf Grund der vier schwarzen Öffnungen erahnen. Der Mund war die größte davon, er klaffte, als schreie er immer noch vor entsetzlichem Schmerz. Harjunpää konnte ihn nicht länger anschauen, obwohl er wusste, dass der Mund auf jeden Fall so ausgesehen hätte, selbst wenn er im Moment des Todes geschlossen gewesen wäre.

Untere Gliedmaßen waren überhaupt nicht vorhanden. Sie waren komplett verbrannt. Womöglich konnte man die Kniegelenke in der Asche finden, falls man beim Suchen sorgfältig vorging. Der linke Arm des Toten fehlte, aber der rechte war noch da. Mit leicht gebogenem Ellbogen ragte er auf die umgekippte Wand zu. Bis zum Handgelenk war er nichts als Schlacke, aber wie durch ein Wunder war die Hand erhalten geblieben. Auch sie war versengt, aber es war immerhin eine Hand. Die Finger waren lang, ein wenig wie Harjunpääs Finger, jedoch verschrammt und aufgesprungen. Außerdem gekrümmt. Die Hand hatte verzweifelt nach Hilfe gegriffen, dachte Harjunpää, obwohl er wusste, wie die Krümmung zu Stande gekommen war: infolge der Veränderungen in Sehnen und Muskeln, verursacht durch die Hitze.

»Scheint ganz schön geschrien zu haben – falls er nicht vom Gas betäubt war …« Harjunpää schrak zusammen. Er hatte Suttelin, der jetzt hinter ihm stand, nicht kommen gehört.

»Ja. Oder falls er nicht vor dem Brand schon tot war«, keuchte er, weil er wollte, es wäre so gewesen.

»Das glaube ich nicht«, flüsterte Suttelin. »Für mich weisen die Finger hier – ein Stückchen über der Rußgrenze – eindeutig Brandblasen anderen Grades auf. Können die postmortal sein?«

»Nein. Die sind vital«, sagte Harjunpää beschämt, weil ihm die Wunden nicht aufgefallen waren.

»Aber was sieht man denn hier?« Suttelin rückte sein Gesicht dicht an die Asche heran und musterte die Seite des Klumpens. Er deutete mit dem Finger darauf. Auch Harjunpää bückte sich tiefer, achtete jedoch auf seine Hosenbeine.

»Das ist eine Wunde. Und zwar eine verflucht große«, stellte er fest. »Aber die kommt von der Hitze. Da sind eindeutig Gewebebrücken«, fügte er rasch hinzu, einigermaßen stolz darauf, wenigstens diesmal nicht in Suttelins Falle getappt zu sein.

»Genau.«

Sie gingen in denselben Spuren zurück, in denen sie gekommen waren. In der Luft zwitscherte eine Rauchschwalbe. Sie vollführte zwei spielerische Angriffsflüge auf die weiße Katze, die vom Apfelgarten her angeschlichen kam. Zwei hohe Wolkensäulen standen am nördlichen Himmel.

»Hier stand ein alter Geräteschuppen. Eine trockene Bruchbude. Englund hat erzählt, dass der Schuppen lichterloh brannte, als sie kamen. Siehst du den Apfelbaumstumpf neben Thurmans Tasche? Damit ist die Tür verkeilt gewesen. Oder die Luke, was es auch war. Er ist nur an einem Ende ein bisschen verkohlt.«

»Stimmt.« Harjunpää hatte das Gefühl, mehr sagen zu müssen, doch in diesem Augenblick schaffte er das nicht. Er war nicht direkt wütend oder erregt. Aber etwas ging in ihm vor. Sein Inneres kam ihm kalt vor, irgendwie hart. Wäre er fähig, in dieser Stimmung private Dinge zu erledigen, hätte er seiner Familie binnen zwei Wochen eine Wohnung organisiert und würde bei Bedarf für Elisa und sich selbst auch zwei Kreißsäle in der Frauenklinik freiräumen.

»Ich red mal ein bisschen mit Thurman. Holmlund kann mit den Hundeführern das ganze Gebiet abgehen. Ich dachte, du könntest vielleicht mit ersten Erkundigungen in der Umgebung anfangen.«

»Ja.«

»Mach es so, wie du es für klug hältst. Später muss man sowieso die Lücken stopfen und eine Befragungsrunde machen, die zeitlich hinkommt. Ich warte hier auf dich – obwohl du wahrscheinlich früher fertig bist.« Während er sprach, musterte Suttelin die Ruine des Schuppens. Sein Blick schweifte wachsam umher, hielt inne, kehrte ein Stück zurück. Die Falten verschwanden von seiner Stirn.

»Jaa«, murmelte er. »Dann mal los ...« Er ging zu seinem Koffer, dabei schlappten seine Stiefel an den Fersen, aber die Miene eines Archäologen, der sich daran macht, ein Grab aus der Eisenzeit zu erforschen, hätte kaum interessierter sein können.

Harjunpää beschloss, bei den Holzhäusern am Gustav-Adolf-Park anzufangen. Er betastete seine Taschen und stellte fest, dass er Notizbuch und Zigaretten bei sich hatte. Gern hätte er sein warmes Kordsakko ausgezogen, um in Hemdsärmeln zu gehen, aber das konnte er nicht tun: Der Revolver musste verdeckt sein. Noch vor wenigen Jahren hatte er in bestimmten Situationen den Jackenschoß so weit verschoben, dass der Revolvergriff sichtbar war. Mittlerweile hatte sein Selbstbewusstsein solche Stützen nicht mehr nötig. Er hielt seine Dienstwaffe streng von Außenstehenden fern, diesmal jedoch rutschte der hölzerne Griff der Knarre unbeabsichtigt unter der Jacke hervor. Sie stand von seinem Körper ab, als warte sie darauf, von der Hand eines Verfolgers ergriffen zu werden.

Die weiße Katze legte misstrauisch die Ohren an, überlegte kurz und hielt es dann für das Beste, vor Harjunpää in die Himbeerhecken zu verschwinden.

Der Donnerstag war ein richtiger heißer Sommertag wie in alten Zeiten. In der Innenstadt flimmerte die Luft über den Straßen und Dächern, der Asphalt wurde weich, sodass die Absätze Abdrücke darin hinterließen, und die Rauchschwalben badeten im Blau des Himmels. Wer im Schutz der Mauern arbeitete, seufzte und hoffte, das Wetter möge das Wochenende über anhalten, und beneidete zugleich die Glücklichen, die ihren Urlaub erst jetzt faul am Strand oder in einer Hängematte dösend unter Birken verbrachten.

Es war kurz vor halb drei, am Rand des Apfelgartens von Annala ertönte das Zirpen von Grillen und anderen Insekten. Die Schatten der Bäume hatten sich gestreckt und drehten sich träge in Richtung Nordost und Ost. Harjunpää kam raschelnd aus dem Erlengehölz hervor. Er wischte seine Schuhe im Gras ab, um den schwarzen Schlamm loszuwerden, der daran hängen geblieben war. Doch der war zu zäh, und Harjunpää musste sich damit abfinden, seinen Weg mit einem Lehmklumpen auf der Schuhspitze fortzusetzen. Er kam aus Toukola, aus der Intiankatu. Dort hatte er für sich selbst die südliche Grenze gezogen, obwohl die Straße für eine erste Erkundigung zu weit vom Tatort entfernt lag. Irgendwann hätten sie auf jeden Fall so weit gehen müssen, und da er wusste, wie langsam die Untersuchungen an einem Brandort vonstatten gingen, hatte er seinen Auftrag so weit er konnte ausgedehnt.

Der Schweiß lief ihm in Rinnsalen über das Gesicht. Er zog die Jacke aus und warf sie sich über den Arm, denn auf dem Gelände von Annala brauchte man die Blicke von Außenstehenden nicht zu befürchten. Flüchtig dachte er an Elisa, hatte aber nicht die Energie, seine Sorgen wachsen zu lassen, weil er gerade selbst genug um die Ohren hatte. Erde, Klee und Wermut dufteten. Es dauerte jedoch nicht lange, da drang schon der Geruch von feuchter Asche und verkohlten Brettern in seine Nase. Er ging um die letzten Himbeersträucher herum und winkte schlaff.

Suttelin war in Hemdsärmeln. Er hatte sich irgendwo ein

langes Brett besorgt und tütete darauf gerade verrußte Gegenstände ein, die er in einer Reihe aufgestellt hatte. Thurman saß in Unterhosen neben seiner Fototasche. Er war rußbeschmiert und verschwitzt, seine blonden Haare standen filzig ab wie bei einem Wichtelmännchen, und mit einem Erlenzweig in der linken Hand verscheuchte er die Fliegen von seinem Rücken. Holmlund hatte sämtliche Kleider an, die Jacke eingeschlossen. Es war ihm gelungen, die weiße Katze zu erwischen, die er jetzt auf dem Arm hielt. Aus der Kehle des Tiers drang ein behagliches Schnurren, da Holmlund die Katze unter dem Kinn kraulte.

Suttelin unterbrach seine Tätigkeit und stützte die Hände in die Hüften.

»Und?«, fragte er kurz. Er war deutlich älter als die anderen, und das stundenlange Bücken hatte seinen Gliedern nicht gut getan.

»Nichts Entscheidendes«, sagte Harjunpää. Er hatte großen Durst, auch schon ein wenig Hunger, und vermutete, dass es sich bei den anderen genau so verhielt. »Letzte Nacht ist niemandem etwas aufgefallen. Ich musste ziemlich viele Bitten um Rückrufe dalassen, weil die Leute arbeiten. Es gab ein paar Hinweise auf seltsame Schleicher, aber wo bekäme man die nicht, wenn man danach fragt. Nicht einmal die Frau, die Alarm geschlagen hat, konnte mehr als die Flammen sehen. Durch das Lodern wurde sie erst wach. Wer hier gewohnt hat, weiß keiner. Und bei euch?«

»Na ja«, meinte Suttelin gedehnt und drehte sich zur Brandfläche um. Sie sah jetzt anders aus. Der Grundriss des Schuppens war deutlich zu erkennen. Holzreste und Asche befanden sich in ordentlichen Häufchen auf der Seite, und Harjunpää wusste, dass sie genau durchgesiebt worden waren. Außerdem verriet Suttelins und Thurmans äußere Erscheinung, dass sie das Gebiet in kleine Quadrate aufgeteilt und eines nach dem anderen mit Löffeln bis auf die Bodenkrume untersucht hatten.

»Man kann es nicht mit Sicherheit sagen, aber es sieht am ehesten so aus, als ob es an der Wand neben dem Gestrüpp in Gang gesetzt worden wäre. Die Vernichtung ist da vollkommen, aber zu den Ecken hin werden die Überreste mehr, dort hat es nicht mehr so gründlich gebrannt. Da stand vermutlich so was wie ein Klo. Und die Umgebung – wir haben das Auto voller Zeug. Bierflaschen und Papier zum Schweinefüttern. Ahvenainen darf sie einpinseln und in Ninhydrin einlegen. Wer weiß, vielleicht haben wir Glück ...«

Harjunpää blickte auf die Himbeersträucher. In ihrem Schatten lag ein fest verschlossener Plastiksack. »Und das da?« Er neigte den Kopf in Richtung Sack.

»Die untere Fläche war unversehrt, hat fast gar nicht gebrannt. Sogar ein paar Kleiderreste waren übrig. Die Identifizierung muss man allerdings auf der erhalten gebliebenen Hand aufbauen. Es war irgendein Penner. Könnte gut und gern bei uns registriert sein. Könnte aber höllisch viel Arbeit bedeuten, bevor wir ihn ins Grab bekommen.«

Holmlund kam mit der Katze auf dem Arm näher. Sein Gesicht war blass und ernst. »Rate mal, Timo, was wir unter dem Toten noch gefunden haben?«, fragte er. Harjunpää bemerkte, dass Holmlunds Lippen zitterten.

»Was?«, fragte er zurück, weil die Möglichkeiten unbegrenzt waren. Es interessierte ihn sehr wohl, denn bei der Brandermittlung verriet der kleine Streifen unter dem Opfer vielleicht am allermeisten.

»Dort waren ... dort waren fünf tote Katzenjunge. Wahrscheinlich hat er sie in seinem Hemd verborgen gehalten ... und dann ... hat er sie zerquetscht, als er bewusstlos geworden ist. Sie sind erstickt.«

»Jaa ...«

»Ich hab sie unter einem Apfelbaum vergraben.« Ein unruhiger Muskel ließ Holmlunds Wange zucken. Er blinzelte. Harjunpää musste auf seine Schuhe blicken. Auch in ihm regte sich der Kummer, denn er war genau wie alle anderen auch. Als

Polizeihund Lex erschossen wurde, erhob sich in den Zeitungen ein Sturm der Entrüstung, der ein Jahr lang anhielt, über Lex wurde ein Buch geschrieben, und man errichtete ihm ein Denkmal, aber als Einbrecher in Mikkeli einen Polizisten umbrachten, verschwand das rasch aus den Zeitungsspalten und dem Bewusstsein der Menschen, obwohl der Wachtmeister Frau und Kinder hinterlassen hatte.

»Ja, war gut, dass du sie begraben hast«, sagte Harjunpää. »Die Krähen hätten sie sonst geholt«, fügte er hinzu, bedauerte aber sogleich, das gesagt zu haben.

»He, Jungs!« Thurman hob die Stimme. »Wir sollten hier trotzdem keine Wurzeln schlagen. Lasst uns den Abgang machen. Was haltet ihr davon, wenn wir in der Technik die Sauna anheizen? Das wär jetzt nämlich erste Sahne, nachdem hier Katzen begraben worden sind und wir nebenbei auch noch wegen ein paar anderer Kleinigkeiten geschwitzt haben.«

»Warum nicht«, meinte Suttelin mit gespitzten Lippen. »Allerdings vergeuden wir damit sträflich viel Zeit. Die Sache ist nicht erledigt, wenn wir hier aufbrechen.«

»Tiko-tiko, Junge! So wie du aussiehst, kannst du doch nicht unter die Leute gehen. Nach der Sauna hast du wieder Energie bis morgen früh. Und Harjunpää kommt auch mit. Zumindest die Schuhe putzen.«

»Genau ...«

»Na gut. Aber langsam könnten mal die Bestatter kommen, damit wir fahren können. Helft mir doch inzwischen, die restlichen Sachen zu beschriften«, sagte Suttelin. Er wirkte angespannt auf Harjunpää, obwohl er sich Mühe gab, gelassen auszusehen. Seine Bewegungen waren zu ruckartig.

»So ein Torso würde auch bei uns im Bus hinten rein passen«, schlug Thurman noch vor, wobei er den Erlenzweig wie einen Speer in Richtung Himbeerhecken warf.

»Vielleicht überlassen wir das doch lieber den Männern vom Fach«, sagte Suttelin, und sein Gesichtsausdruck brachte die anderen zum Schweigen.

Zusammen tüteten sie den Nachlass des Schuppenbewohners ein: Löffel, Taschenmesser, Rasierer – jeder Gegenstand kam in eine Tüte, die mit einem Aufkleber versehen wurde, auf dem der Fundort stand. Im Schutz der Himbeerhecke lag der Bewohner selbst in einer Tüte, und unter einem Apfelbaum schliefen die Kätzchen, zugedeckt mit Erde und Moos. Einige Zirruswolken betupften den Himmel, doch sie verursachten keinen Wind wie die Kumuluswolken. Die Männer, die unterhalb des drei Meter hohen Felsens arbeiteten, schwitzten.

KAPITEL 10

Postierung

Zwischen Limingan-, Aavasaksa- und Valtimontie lag ein Streifen Land, der von Weiden eingenommen worden war. Vielleicht hatte ein mit seinem Gewissen ringender Planer ihn als Gebüschzone zur Trennung der Wohngebiete von der verkehrsreichen Kustaa Vaasan tie vorgesehen gehabt, wenngleich der Streifen eher für Diebe zu Beginn ihrer Karriere von Nutzen war als für die Bewohner der angrenzenden Siedlungshäuser. Nahezu alle zehn Meter lag das Gerippe eines gestohlenen und später in seine Einzelteile zerlegten Fahrrads oder Mopeds. Nachts rührte sich dort nichts. Sogar die heimwärts torkelnden Betrunkenen hüteten sich davor, eine Abkürzung über das Gelände zu machen, in der Nacht von Donnerstag auf Freitag jedoch sah man um Viertel nach zwölf ein Streichholz im Weidengebüsch aufflammen.

Harjunpää schüttelte das Zündholz, bis es erlosch, und spuckte sicherheitshalber noch einmal auf dessen schwarzen Kopf, bevor er es in die Erde steckte. Er sog den Rauch tief ein – das hätte vielleicht nicht so beruhigend gewirkt, hätte er nicht schon seit Stunden mit seiner Tabaksucht gekämpft und hätte er nicht so stark an die Wirkung einer Zigarette geglaubt.

Suttelin hatte ihn davor gewarnt zu rauchen. Erstens konnte der Rauch den Posten verraten, und zweitens irritierte er die Sinne, sodass der Geruch eines eventuellen Brandes nicht früh genug wahrgenommen würde. Genau wie sich ein Alkoholiker viele gute Gründe für das Saufen ausdenkt, erfand Harjunpää

Begründungen für das Anzünden einer Zigarette. Trotz allem beschloss er – zum Teil als Strafe für sich selbst –, nur diese eine zu rauchen, und auch die nur zur Hälfte. Die nächste würde er sich erst zu Hause anstecken.

Er drückte die Kippe aus. Er hatte nun nicht mehr so stark das Gefühl, die Nacht beobachte ihn, doch eine unangenehme Unruhe quälte ihn. Er hob das Fernglas und richtete es auf die gegenüberliegende Kaironkatu. Das Nachtglas schluckte zu viel von dem orangefarbenen Licht der Straßenlaternen, und Harjunpää ließ es wieder am Band um seinen Hals hängen. Mit bloßen Augen ging es letztlich doch besser.

Aus der Innentasche seiner Windjacke zog er ein Funkgerät, so groß wie ein Flachmann, und hielt es ans Ohr. Er wartete eine Weile, aber weil er auf der Simplex vier war, konnte er nicht hören, was in der Zentrale los war. Denselben Kanal benutzten außer Harjunpää in dieser Nacht nur die Verkehrspolizei und Kinnunen vom Betrug, der einen knappen Kilometer weiter hinter einem Holzstoß an der Jyrängöntie kauerte.

Kinnunen war am Nachmittag als Verstärkung zur Brandabteilung geschickt worden (das Betrugsdezernat gehörte wie die Gewalt zur ersten Ermittlungsabteilung, insofern war eine vorübergehende Versetzung schnell möglich), aber Harjunpää kannte ihn nicht näher. Allerdings hatte er Gerüchte über den Mann gehört, und vermutlich war er genau deshalb so unruhig. Die Kriminalpolizei war die reinste Gerüchteküche. Dort wurden zweifellos eifriger Geschichten über andere Leute erzählt als an einem Arbeitsplatz mit weiblicher Mehrheit. Von Kalervo Kinnunen hieß es, er trage stets zwei Waffen bei sich. Beide mussten S & W Highway Patrolman Magnums sein. Die Ersatzpatronen hatte er in einem Gürtel stecken, wie man sie einst im Wilden Westen benutzte. Überdies meinte ein Adlerauge im Ruheraum, als Kinnunen schlief, gesehen zu haben, dass dieser ein Wurfmesser mit Scheide am Bein festgebunden hatte. In Schwierigkeiten war Kinnunen jedoch noch nicht geraten; Harjunpää hoffte, das würde auch diese Nacht so bleiben.

Seine eigene Ausrüstung ging er das wer weiß wie vielte Mal durch. Das geschah freilich zwanghaft, er dachte sich überhaupt nichts dabei. Als Erstes langte er in die Seitentasche seiner Jacke. Die Flasche mit dem Tränengas steckte richtig herum darin, der Daumen fand direkt die Rille des Drückers. Als Nächstes tasteten seine Finger nach dem Fernglas, nach der Taschenlampe und dem Funkgerät, glitten dann auf die linke Seite und spielten kurz mit den Handschellen. Sie waren neu, glänzten und fühlten sich beruhigend kühl an. Der Schlüssel dazu befand sich in seiner Geldbörse beim Kleingeld. Harjunpääs Finger setzten ihren Weg am Gürtel entlang fort und hielten erst beim Revolver inne. Auch die Waffe war neu, nicht einmal ein Jahr alt.

Man hatte damit begonnen, die historischen FNs der Polizei durch Smith & Wessons zu ersetzen. Das Gewaltdezernat war an die Spitze der Verteilungsliste gesetzt worden, offenbar nur wegen des Namens. Harjunpää ließ seine Hand auf dem Revolvergriff ruhen, zog die Waffe jedoch nicht heraus. Langsam fühlte er sich sicherer, so, als wäre er gar nicht allein. Dabei hatte er mit dem Revolver erst fünfundvierzig Schüsse abgegeben, und auch die in Einheiten von fünfzehn Patronen beim Massenschießen, wo innerhalb von zwei Jahren in klassischer Schusshaltung die üblichen Figuren zerschossen wurden. Das Schießen nach Instinkt, das einer eventuellen realen Situation besser entsprach, war erst im Kommen. In der Polizeischule Otaniemi hatte sich dieser Stil bereits durchgesetzt, bevor er aber im ganzen Land Verbreitung fand, würde zweifellos noch ein Jahr vergehen, wenn nicht zwei. Alles, was neu war, traf bei der Polizei auf hartnäckigen Widerstand. Wenn nicht ein Wunder geschah, landeten die Neuerungen in Ordnern, in Ausschüssen, in den komplizierten Verwinkelungen des Amtsweges.

Der Posten war gut gewählt. Harjunpää überblickte ein weites Gelände, aber die bestmögliche Stelle war es vielleicht doch nicht: Es waren zu viele Leute unterwegs, der Verkehrslärm auf der Kustaa Vaasan tie störte, und wenige hundert Meter weiter, auf der anderen Seite der Aavasaksantie, war ein Pennerlager, wo sich erst jetzt allmählich das Gegröle legte. Harjunpää ging in die Hocke, führte sein Notizbuch nah vor die Augen und blätterte eine Weile darin. Drei Seiten mit Notizen waren schon zusammengekommen. Jedem Spiegelstrich folgten die Uhrzeit, die Kennzeichen des jeweiligen Passanten, eine kurze Charakterisierung seines Verhaltens und des Gesamteindrucks sowie die Richtung, aus der er kam und in die er ging. Harjunpää hatte auch die Nummernschilder einiger Fahrzeuge aufgeschrieben, die ihre Runden gedreht hatten, obwohl deren Insassen eindeutig auf der Suche nach Käufern für illegalen Schnaps waren.

Noch einmal ging Harjunpää innerlich die Anweisungen durch, die ihm Suttelin mit auf den Weg gegeben hatte. Sie waren gut, doch trotzdem merkte er, dass es ihm lieber gewesen wäre, Norri hätte den Einsatz geleitet. Einen unmittelbaren Grund für diesen Gedanken gab es nicht. Womöglich stand hinter dem Wunsch allein die Tatsache, dass er an Norri gewöhnt war, dass er genau wusste, was dieser meinte, wenn er etwas sagte oder etwas ungesagt ließ. Suttelin kannte er noch nicht so gut. Außerdem war Suttelin außergewöhnlich wortkarg gewesen, irgendwie gereizt. Harjunpää dachte an die zurückliegende Besprechung.

»Diese Positionen werden auf keinen Fall verlassen«, hatte Suttelin gesagt. »Wirklich verdächtige Typen sind eine Sache für sich. Ich meine, falls ...«

»Das kapiert doch jedes Kind«, hatte Kinnunen lachend eingeworfen, aber Harjunpää war sich dumm vorgekommen.

»Gut. Dann brauche ich auch nichts zu erklären«, hatte Suttelin geknurrt und sich hinter seine Papiere zurückgezogen. Harjunpää hatte nicht gewagt, etwas zu fragen, und darum versuchte er herauszufinden, was »wirklich verdächtig« hieß, und ob »eine Sache für sich« lediglich Verfolgung bedeutete oder auch Festnahme. Er kam nicht dazu, sich Klarheit zu verschaffen, denn plötzlich hatte er das Gefühl, als sei jemand hinter ihm.

Schon wollte er herumschnellen, seine Dynalite anknipsen und deren blendenden Keil in die Dunkelheit richten, doch es gelang ihm, wenn auch mit Mühe, sich zu beherrschen. Er ließ eine Hand ins Gras sinken, nahm eine stabile Haltung ein und drehte langsam den Kopf. Sein Blick traf nur auf Weiden und Waldweidenröschen. Er lauschte auf die Nacht, auf sich selbst; Schritte oder Rascheln waren nicht zu vernehmen, aber eine leise Warnung summte in ihm, das unbestimmte Gefühl, von jemandem angestarrt zu werden. Harjunpää drehte sich ganz um, sah aber noch immer niemanden. Er erinnerte sich an Thurmans Worte: Wie fändet ihr das, wenn der euch im Dunkeln entgegenkäme und guten Abend sagen würde?

Harjunpää fluchte leise vor sich hin, aber das beruhigte ihn nicht sonderlich. Er drehte sich wieder in seine Beobachtungsrichtung um. Länger als eine Minute konnte er jedoch nicht so bleiben; er dachte daran, was Jukkala vom Branddezernat im Spätwinter in Pukinmäki passiert war. An die fünfzig mysteriöse Brände hatten längst die Bewohner des Stadtteils aufgescheucht, und als Jukkala eines Nachts auf Posten war, spürte er plötzlich den Druck eines Gewehrlaufs zwischen den Schulterblättern. Er hatte zuvor nicht das geringste Knacken hinter sich gehört, behauptete allerdings im Nachhinein gespürt zu haben, dass jemand hinter ihm stand. Ein Diplomingenieur, der sich auf eigene Faust auf Pyromanenjagd begeben hatte, hatte ihn vom Fenster seiner Wohnung aus mit dem Fernglas erspäht und sich mit der Waffe angeschlichen, um ihn festzunehmen. Jukkala erzählte keinem, wie sich die Situation aufgelöst und was er zu dem Ingenieur gesagt hatte, aber zwei Tage später stellte ihm ein Bote eine bauchige Flasche Remy Martin auf den Schreibtisch.

Harjunpää hatte nicht den Eindruck, als wohnten in der Limingantie Ingenieure, die Cognacflaschen verschickten. Wahrscheinlicher war, dass dort Kerle wie jener Lökman wohnten, die Pistolen der Marke Mauser besaßen, womit sich dann ihre Frauen erschossen. Er konnte nicht länger an Ort und Stelle bleiben, sondern schlich geduckt zwei Meter zur Seite und lauschte erneut. Weiter weg, wenigstens einen Kilometer entfernt, wurde ein Auto angelassen. Im Laufe der Nacht war die Luft abgekühlt und hatte einen Wind aufkommen lassen, der nun leicht die Weiden rascheln ließ. Nach einem kurzen Moment des Zögerns zog Harjunpää das Funkgerät heraus. Er schob den Daumen auf die von einem schwarzen Gummischutz überzogene Taste, drückte sie und brachte damit ein stecknadelgroßes Licht neben der Antenne zum Leuchten.

»Hört Risto sieben-zwei Risto sieben-vier?«, flüsterte er, dann lockerte er den Druck des Daumens. Im selben Augenblick bereute er es, Kontakt zu Kinnunen aufgenommen zu haben. Dieser würde ihn für einen Angsthasen halten, und er runzelte bereits grimmig die Brauen. Im Funkgerät rauschte es.

»Kinnunen hört. Was gibt's?«

»Harjunpää hier. Also. Nichts Besonderes. Ich wollte nur mal die Verbindung ausprobieren. Bei dir was Besonderes?«

»Eigentlich nicht. Ein kleiner Honda ist schon zweimal vorbeigedüst. Als würde er was suchen.« An Kinnunens Stimme war eindeutig zu erkennen, dass er, genau wie Harjunpää, das Mikrofon des Funkgeräts ganz dicht an den Mund hielt.

»Aha. Hör mal, hier hat sich gerade was bewegt«, sagte Harjunpää vorsichtig. »Ich schau mich mal kurz ein bisschen um. Also ... wenn du ein paar Minuten lang nicht das Funkgerät benutzt ... Damit es nicht im ungünstigsten Moment in meiner Tasche losgeht. Okay?«

»Alles klar. Sag dann Bescheid.«

Harjunpää steckte das Funkgerät wieder in die Innentasche seiner Jacke. Ursprünglich hatte er Kinnunen bitten wollen, zum Wagen zu schleichen und sich dort bereitzuhalten, um eventuell zu Hilfe zu kommen, aber er war noch rechtzeitig zur Vernunft gekommen. Beide Observationspunkte wären damit funktionsuntüchtig gewesen, und außerdem wäre Kinnunen womöglich ungebeten angestürmt gekommen, in jeder Hand einen Revolver, und hätte in der Aufregung Harjunpää selbst abgeknallt. Er blickte zur Kustaa Vaasan tie, stellte fest, dass sie leer war, dann nahm er die Taschenlampe in die linke Hand und den Revolver in die rechte. So leise er konnte, schob er sich zwischen den Weiden hindurch. Den Hahn der Waffe hatte er nicht gespannt.

Harjunpää drang zwanzig Meter vor und blieb vor einem umgekippten Kühlschrank stehen. Er war leer, hätte nicht mal als Schlafplatz für ein Tier getaugt. Harjunpää begriff nicht, wie der Kühlschrank auf das verlassene Gelände gekommen war, vielleicht hatte das Sozialamt jemandem einen neuen finanziert, und der alte war wenigstens so weit weggeschafft worden, dass man ihn nicht mehr sah.

In Gesellschaft des toten Kühlschranks horchte Harjunpää eine Minute lang in die Nacht. Aus Richtung Innenstadt hörte man ein Rauschen, in der Limingantie schlug eine Tür zu, aber auf dem Grundstück mit den Weiden hörte er nichts außer seinem eigenen Atem. Er lächelte, versuchte es wenigstens, schob den Revolver in das Futteral und begann am anderen Rand des Weidengehölzes zu seinem Posten zurückzuhuschen. Vollkommen ruhig war er jedoch immer noch nicht. Es hätte ihn schon erleichtert, wenn es ihm gelungen wäre, wenigstens eine Katze oder einen Hund von hinten zu überraschen, so aber musste er sein Empfinden von vorhin ausschließlich seinen Nerven zuschreiben. Seine Furcht war ähnlich wie nahezu alle seine Befürchtungen gewesen und wie die Furcht der Menschen überhaupt.

»Kinnunen, hörst du?« Harjunpää musste eine ganze Weile warten, bis der Lautsprecher rauschte und Kinnunen antwortete. »Alles okay hier«, sagte Harjunpää, machte eine kurze Pause und fügte hinzu: »So ein verflixter Kater war das …«

Kinnunen lachte, aber Harjunpää hatte den Eindruck, als müsse der andere sich zusammenreißen, um seine Stimme möglichst sorglos klingen zu lassen.

»Warte mal kurz, Harjunpää. Da ist was …«

Das Funkgerät schwieg. Harjunpää dachte, Kinnunen habe in seinem Rücken auch ein nicht vorhandenes Geräusch gehört, aber die Stille zog sich in die Länge. Er blickte auf die Uhr. Der Sekundenzeiger rückte gleichmäßig voran, eine halbe Minute verging, eine ganze. Harjunpää wurde nervös. Nur mit Mühe konnte er sich beherrschen zu fragen, was los sei.

»Harjunpää, hörst du?«, keuchte Kinnunen in sein Funkgerät.

»Ja. Was ist?«

»Dieser Honda. Er steht jetzt zweihundert Meter entfernt, neben einer Fichtenhecke, genau dort, wo die kleine Straße zu den Schrebergärten abzweigt. Haben da nicht schon wer weiß wie viele Hütten gebrannt?«

»Vier«, antwortete Harjunpää. Seine Handfläche war plötzlich feucht, und das Funkgerät rutschte langsam nach unten.

»Bald könnten es fünf sein. Bei dem Honda regt sich was. Jetzt werden die Türen zugemacht ... Es ist so verflucht dunkel hier. Ich kann deutlich den Sand knirschen hören ...«

»Wo bist du denn?«, fragte Harjunpää und versuchte schnell zu entscheiden, was am besten zu tun war. »Du bist so was wie der Chef, Timo«, hatte Suttelin gesagt, als sie sich auf den Weg machten.

»Ich bin hier hinter dem Holzstoß. Es scheint so, als stünde jemand neben dem Zaun ... Jetzt geht er zur Straße. Ein Mann. Röhrenhosen, eventuell Jeans ... Er guckt ... Er guckt, als wolle er eine Stelle finden, wo er reinkommt ... Soll ich ihn mir schnappen?«

»Nein. Auf keinen Fall!« Harjunpää überlegte noch einen Moment, dann war er sich plötzlich sicher, wie sie vorgehen sollten. »Geh näher heran«, sagte er in sein Funkgerät, »aber so, dass er es nicht merkt. Lass ihn in aller Ruhe herumhüpfen, jedenfalls lange genug, dass er nicht behaupten kann, er sei nur mal pinkeln gewesen.«

In der Aufregung war Harjunpää aufgestanden. Mit gerecktem Hals spähte er in Richtung Kumpula, konnte aber natürlich nichts sehen außer Bäume und Häuser. Es war ihm unerträglich, die Situation über Funk verfolgen zu müssen. Ähnlich hatte er sich gefühlt, als ihm die Jungs vom Raub das Band von einem Bankraub gezeigt hatten, das mit einer versteckten Kamera aufgenommen worden war; ein maskierter Mann trat an den Schalter, richtete eine Waffe, die sogar auf dem Bildschirm als Spielzeug zu erkennen war, auf die Bankangestellten, und diese füllten gehorsam die Tasche des Mannes, als würde er das Geld von seinem Konto abheben. Harjunpää hatte sich in machtlosem Ärger gewunden, und aus dem halblauten Murmeln der anderen hatte er geschlossen, dass es ihnen nicht anders erging.

»Kinnunen. Hörst du mich noch?«, sagte er ins Funkgerät, während er sich auf die Straße zubewegte. Er hatte seine Entscheidung getroffen.

Kinnunen schnaufte zur Antwort, als hätte er mitten im Laufen angehalten.

»Ich komme zu dir«, sagte Harjunpää. »Ich komme zu Fuß. Über die Limingantie oder am Wiesenrand entlang. Knapp einen Kilometer ... höchstens fünf Minuten, wenn ich laufe.«

»Dann mach zu. Vom Holzstoß aus hundert Meter weiter steht auf der linken Straßenseite eine große Birke. Dort warte ich.«

»Falls es anfängt zu brennen, schalt um zur Zentrale und ruf die Feuerwehr. Fang nicht selber zu löschen an. Der Kerl ist wichtiger. Der muss gestoppt werden. Okay?«

»Okay. Und trödle nicht.«

Harjunpää antwortete nicht mehr. Er flitzte mit eingezogenem Kopf am Rand des unbebauten Grundstücks entlang, ständig nach Passanten Ausschau haltend.

Die Straße war leer. Nur in wenigen Fenstern brannte Licht. Beim Laufen schlug das Fernglas gegen Harjunpääs Brust. Er war erst an der Kreuzung Vuoksentie, hatte aber das Gefühl, schon mindestens einen Kilometer gerannt zu sein. Unmerklich ließ sein Tempo nach, und ihm fiel ein, dass die Gebäude in der Limingantie richtige alte Holzhäuser waren. Er dachte an die Altstadt von Porvoo und gleich darauf daran, dass er eine neue Wohnung brauchte. Als Nächstes stieg in ihm das Bild von

Menschen auf, die im Schutz rot gestrichener Holzwände schliefen, und dann das von der Hand, die hinter dem Gutshaus Annala aus der Schuppenruine hervorgeragt hatte, und er zog das Tempo wieder an. Der August hatte erst angefangen, und in den Häuschen der Schrebergärten schliefen wahrscheinlich immer noch Leute, vielleicht sogar ganze Familien.

Harjunpää hatte vergessen, ob Kinnunen auf der rechten oder linken Straßenseite warten wollte. Die Rede war von einer großen Birke gewesen, die musste er unbedingt finden. Abgesehen davon kam es vor allem darauf an, dass Kinnunen richtig vorging, sich nicht zu früh einschaltete, aber auch nicht zu spät.

»Der Kerl ist wichtiger. Der muss gestoppt werden«, hatte er selbst zu ihm gesagt. Das war vielleicht zu viel gewesen. Kinnunen mochte nervös sein, allzu sehr auf der Hut. Harjunpää fiel der Highway Patrolman ein, und schon wollten ihm die Knie weich werden. Auch einem ruhigen Mann konnte ein Missgeschick passieren, vor allem im Dunkeln, wenn er nervös war und allein. Er gab sich Mühe, das Tempo noch mehr anzuziehen, denn er hatte das Gefühl, zumindest die moralische Verantwortung zu tragen.

An der Abbiegung Jyrängöntie verschnaufte er ein paar Sekunden. Auf der Straße rührte sich nichts. Unter den Laternen flogen Schwärme von Nachtfaltern. Er befeuchtete seine trockenen Lippen, lauschte. Auf der Bahnstrecke ertönte der Pfiff eines Zuges. Hinter ihm, in der Barackensiedlung, jaulte ein Hund. Von vorne war nichts zu hören. Nicht einmal die befürchteten Schüsse. Lautlos regierte die Nacht die Welt.

Harjunpää rannte nicht mehr. Geduckt ging er mit großen Schritten möglichst dicht am Randstreifen. Es konnte nicht mehr weit sein. Er schlüpfte gerade unter dem Lichtkegel einer Straßenlaterne hindurch, als ihn Kinnunen über Funk rief. Er blieb stehen, bog in einen Weg, der zu einem leeren Grundstück führte, und drückte sich in den Schatten eines Fliederbuschs.

»Du brauchst dich nicht mehr zu beeilen …« Kinnunens Stimme war jetzt laut zu hören.

»Wieso? Was ist passiert?«, wollte Harjunpää wissen, und beinahe wäre ihm rausgerutscht: Du hast doch niemanden erschossen?

»War so was wie ein Fehlalarm«, antwortete Kinnunen, und für Harjunpää klang es seltsam heiter.

»Also, was war los?«, fragte er gereizt.

»Blattschuss.«

»Blattschuss?«, fragte Harjunpää noch, bevor ihm einfiel, was das im Funkverkehr bedeutete. Auch um seine Mundwinkel zuckte nun ein Lächeln. Die Erleichterung ließ sein ganzes Inneres lächeln, er setzte sich in den Sand und spürte, wie seine Beine nach dem Rennen zitterten. Zur Abwechslung wirkte die Nacht jetzt freundlich. Einschläfernd und leise umfing sie ihn, schützte ihn vor neugierigen, nicht vorhandenen Blicken.

»So ist es«, sagte Kinnunen einen Moment später. »Aber keine besonders überzeugende Vorstellung. Der Typ hat seine Tussi ans Pförtnerhäuschen gestellt. Der Honda war wohl zu eng. Und dann ging's los wie bei den Karnickeln … Die Tussi hat wahrscheinlich gar nicht kapiert, wie ihr geschieht, da war's auch schon wieder vorbei …«

»Haben sie dich bemerkt?«

»Bestimmt nicht. Am liebsten hätte ich dem Kerl allerdings mit dem Stock eins über den Hintern gezogen, aber ich hab's dann doch nicht riskiert. Ich war zwei Meter weg …« Kinnunen kicherte.

Harjunpää dachte daran, dass er von einem Kater an seinem Observationspunkt gesprochen hatte. Kinnunen schien jedoch aufrichtig erfreut zu sein. »Na gut«, meinte er, in dem Versuch, seine Stimme wieder amtlich klingen zu lassen. »Lass uns wieder auf unsere Plätze zurückgehen. Ich gehe jedenfalls …« Er stand auf, wischte sich den Sand von der Hose, erinnerte sich dann aber, dass den Lehrbüchern zufolge Pyromanen sexuell abnorme Menschen waren, die erst Erregung verspürten, wenn sie einen Brand gelegt hatten. Er zog erneut das Funkgerät hervor. »Rauch siehst du aber nirgendwo?«, fragte er rasch.

»Nur an meiner eigenen Zigarette.«

»Und die Nummer hast du dir notiert?«

»AHX-128.«

»Na dann.« Harjunpää wanderte die Limingantie entlang. Seine Schritte waren nicht eilig, sondern langsam wie bei jemandem, der einen freien Tag verbringt. Allmählich kam er wieder ins Gleichgewicht. Das Hemd klebte ihm am Rücken. Die Nacht war warm, ihm war noch wärmer, aber bereits an der Kreuzung Vallinkoskentie kam ihm der Gedanke, wie angenehm es sein würde, jetzt noch anderthalb Stunden mit verschwitzten Kleidern im Weidengesträuch zu hocken. Er fing gar nicht erst an, sich darüber zu grämen, streifte den Gedanken nur flüchtig, trottete weiter und fuhr dabei mit den Fingern an der gelb gestrichenen Fassade eines Holzhauses entlang.

Jetzt hatte er Zeit, sich die Gebäude etwas näher anzuschauen. Es waren wirklich anständige Häuser, wie er sie zumeist nur auf alten Fotos von Helsinki gesehen hatte. An einem der niedrigen Bretterzäune blieb er stehen und blickte hinüber. Im Garten des Hauses stand ein kleineres Gebäude, offensichtlich die Sauna. Davor lag ein großer Sandhaufen, von dem Kinderspielsachen abstachen wie stattliche Blumen. Harjunpää stellte sich auf die Zehenspitzen. Hinter der Hausecke blitzte die Gartenschaukel hervor, eine altmodische, auf der man sich gegenübersaß und bei der man aufpassen musste, dass man sich nicht die Beine zwischen Sitz und Boden einklemmte. Neben der Schaukel wuchsen Kaiserkronen oder Bauernlilien, das konnte er nicht erkennen, aber das war einerlei; Hauptsache Blumen. Eine lange Fliederreihe schloss den Garten ab.

Zu seiner Überraschung stellte Harjunpää fest, dass er die Bewohner dieses Hauses beneidete. Sie mussten sich fühlen wie auf dem Land. Morgens, wenn sie die Zeitung aus dem Briefkasten holten oder einfach nur nachschauten, wie der neue Tag war, rochen sie den Fliederduft und sahen eine Bachstelze auf dem Gartenweg mit dem Schwanz wippen. Im Frühling hörten sie zwischen den ersten Blättern die Stare zwitschern, sie hörten die erste Lerche trällern, sahen den Huflattich sprießen. Harjunpää zündete sich eine Zigarette an. Diese Glücklichen sahen die Jahreszeiten mit anderen Augen als Leute, die in der Innenstadt wohnten, dachte er, und sie konnten einfach ihre Kinder zur Haustür hinauslassen, ohne Angst vor Lastwagen haben zu müssen, die dröhnend vom Hafengelände kamen, sie mussten nicht befürchten, dass die Kinder Hundedreck anfassten oder sich an den Scherben einer Schnapsflasche verletzten.

Gemächlich ging er weiter. Er wusste, die Leute in den kleinen Häusern hatten genügend Sorgen, von denen Bewohner von Mietshäusern keine Ahnung hatten, aber jetzt wollte er nicht daran denken. Er ging die Limingantie in Richtung Nordosten und gab sich ungezwungen der Sinnestäuschung hin, durch ein schlafendes Dorf zu gehen. Harjunpää war ein Helsinkier der zweiten Generation – eigentlich eine Seltenheit unter den Hauptstädtern, sodass es nicht besonders merkwürdig war, wenn ihn ein paar Holzhäuser und Heckenzäune dazu veranlassten, sich vorzustellen, er sei auf dem Land.

Sein Schritt wurde stetig langsamer. Vor der Kreuzung Intiankatu blieb er ganz stehen und blickte sich um. Er sah verdutzt aus, seine Augenbrauen waren hochgezogen, und sein Mund stand offen, als hätte er gerade erkannt, wie er einen bestimmten Apparat doch noch in Gang bekommen würde. »Mensch«, hauchte er. Ihm war endlich eingefallen, wie sie ihr Wohnungsproblem lösen konnten – sie würden aufs Land ziehen. Über seine eigene Idee erstaunt, rieb er sich das Kinn und sah bereits Pauliina neben einer Bibernellrose spielen, Elisa an der draußen trocknenden Wäsche riechen und sich selbst das Salatbeet umgraben.

Er rauchte seine Zigarette zu Ende und hätte sich vor Begeisterung beinahe die Finger verbrannt. Seine Gedanken überschlugen sich. Er stellte sich vor, wie sich die mürbe Erde in der bloßen Faust anfühlen würde, hörte, wie die ersten gefrorenen Pfützen unter seinen Füßen aufbrachen. Er war ganz aufgeregt, hätte sich am liebsten umgedreht, als befürchte er, Unbefugte könnten seine Fantasien bespitzeln. Aber sein verfluchter Verstand konfrontierte den schönen Traum sogleich mit kalten Tatsachen. »Mist«, zischte Harjunpää. Er wollte nicht an die zahllosen Stolpersteine denken, die seine Idee zunichte machen konnten, noch bevor er sie Elisa mitgeteilt hatte.

Er setzte sich wieder in Bewegung, energischer nun, und in Gedanken freute er sich an seinem nicht vorhandenen Haus auf dem Land ebenso hemmungslos, wie Pauliina die Abende genoss, an denen ihr Vater zu Hause war. Zu einem solchen Schwelgen im Glück ließ sich Harjunpää nicht sonderlich oft verleiten. Vielleicht breitete sich gerade deshalb ein befreites Lächeln auf seinem Gesicht aus. Auch das geschah nicht oft.

Auf der Intiankatu näherte sich jemand. Bevor Harjunpää das bemerkte, spürte er es. Vielleicht hörte er Schritte oder sah einen Schatten. Er blieb stehen, machte schnell zwei Schritte zurück und drückte sich an die Wand des Eckhauses, ohne genau zu wissen warum, drückte er auch noch den Hinterkopf an die Wand, stellte sich auf die Zehenspitzen und machte sich so lang und flach, wie er konnte. Erst in diesem Moment kam er auf den Gedanken, dass die andere Person nicht unbedingt geradeaus weitergehen musste, sondern ebenso gut an der Ecke links abbiegen und ihm geradewegs in die Arme laufen konnte. Ein Lächeln erschien um Harjunpääs Mundwinkel; er sah sich selbst, wie er sich hinter die schmale Regenrinne drückte, mit dem Fernglas auf dem Bauch und dem Revolver, der sich unter der Jacke abzeichnete, und als er sich so sah, konnte er nicht anders, als einen Schritt nach vorne zu machen. Er lehnte sich an die Wand und versuchte schlapp und gelangweilt auszusehen, als hätte er vergeblich auf jemanden gewartet.

Aus den Augenwinkeln beobachtete er die Kreuzung. Es war bereits so viel Zeit vergangen, dass der Passant die Kreuzung schon erreicht haben musste. Harjunpää spürte ein leichtes Kribbeln auf den Handflächen und in den Kniekehlen, mit angehaltenem Atem schob er eine Hand in die Tasche und platzierte den Daumen auf dem Drücker der Gasflasche. Hinter der Ecke schob sich ein Schatten hervor. Eigentlich waren es drei, die alle in andere Richtungen wiesen – in der Intiankatu mussten drei Straßenlaternen dicht beieinander stehen.

Harjunpää behielt den kräftigen Schatten im Auge: Er wurde schwächer, zog sich in die Länge, während er die Laterne hinter sich ließ. Der Schatten sah aus wie der einer Frau. Er hatte außerdem etwas unerklärlich Vertrautes an sich. In der Mitte war er breiter als oben und unten, er wirkte auf eine seltsam bekannte Art schwerfällig; mit ihrem Bauch hätte Elisa genau so einen Schatten werfen können. Einen flüchtigen Moment lang war sich Harjunpää sicher, ausgerechnet Elisa würde gleich schüchtern an der Ecke auftauchen, obschon er sich nicht vorstellen konnte, wie das möglich sein sollte. Mit einem Satz war er an der Ecke und blickte mit großen, ungläubigen Augen in die Intiankatu.

»Hüte dich!«, zischte die Frau. Sie stand keine zwei Meter von der Straßenecke entfernt, stützte sich mit der linken Hand an der Hauswand ab und legte die rechte schützend auf ihren Bauch. »Hüte dich!« Ihre Haare waren blond und lang, wie in der Garbe getrocknetes Stroh, sie hatte ein breites Gesicht mit einer kleinen, leichten Stupsnase. In den Augenwinkeln hatte sie Falten, als lachte sie viel. Jetzt wirkte ihre Miene verängstigt, beinahe scheu. Harjunpää war verlegen, weil er sich dafür die Schuld gab.

»Entschuldigung. Und guten Abend«, sagte er und strich seine abstehenden Haare glatt. Er gab sich Mühe, möglichst höflich und offiziell zu wirken, um so die Frau zu beruhigen, lächelte unschuldig und zuckte zusätzlich bedauernd mit den Schultern. Da erst begriff er, dass er mit seiner Ausrüstung für einen Außenstehenden wie ein Guerillakämpfer aussehen musste, zumindest wie ein Einbrecher.

»… 'n Abend«, schluckte die Frau und musterte Harjunpää ebenso gründlich wie er sie. Harjunpää beschlich das Gefühl, die Frau könne wie Elisa seine Gedanken lesen, aber das störte ihn nicht. Es verschaffte ihm eher Erleichterung, da er hoffte, sich damit Erklärungen sparen zu können.

»Weißt du – jetzt hab ich schon geglaubt, ich werd überfallen. Was schießt du so um die Ecke, als hättst du mir aufgelauert?«

»Das war nicht meine Absicht. Verzeihen Sie bitte noch einmal. Ich habe wohl selber geglaubt, da kommt ein Ganove.«

»Was für ein Ganove?«, lachte die Frau hell auf.

Harjunpää winkte ab. Die Stimme der Frau klang sympathisch, ein wenig rau, kokett. Sie war klein, vielleicht auch im Normalzustand füllig, jetzt, da sie auch noch schwanger war, trug sie einen imposanten Bauch, genauso eine Kugel wie bei Elisa. Harjunpää registrierte routiniert, dass es bis zur Geburt nur noch wenige Wochen dauern konnte. Außerdem erwischte er sich bei dem Gedanken, dass sie, trüge sie Zöpfe und ein rot kariertes Kopftuch, in einem Film die Jungbäuerin darstellen könnte, die am Abend das Vieh zum Melken rief und hinter deren Rücken die Schwiegermutter böse Ränke schmiedete. Sie standen einander gegenüber, und für einen Moment sagte keiner ein Wort. Auf der Kustaa Vaasan tie kam ein Taxi, fuhr an ihnen vorbei und entlud etwas weiter weg seine Fracht. »Am Brunnen vor dem Tore … da steht ein Lindenbaum«, johlte jemand. Sie mussten beide lächeln.

»Hör mal. Du könntest mich begleiten«, schlug die Frau plötzlich vor. »Ich geh nämlich nicht gern allein. Du hast sowieso nix zu tun, da kannste genauso gut mit mir kommen.«

Harjunpää gab einen unbestimmten Laut von sich, er zögerte. Da er Polizist war, dachte er augenblicklich, die Frau könne der Lockvogel irgendwelcher Gauner sein. Freilich hatte er noch nie von einer hochschwangeren Verführerin gehört – andererseits geschah alles irgendwann zum ersten Mal. »Wo wohnen Sie denn?«, fragte er, rief sich in Erinnerung, welchen Ruf die Gegend hier hatte, und stellte fest, dass sich die Frau mit keinem Wort erkundigt hatte, warum er eigentlich auf der Straße unterwegs war.

»Ganz in der Nähe, am Ende der Limingantie. Kennst du die großen Holzhäuser dort? Genau da. Im letzten. Jetzt komm schon, ich will endlich schlafen ...« Die Frau streckte den Arm aus, hakte sich umstandslos bei Harjunpää ein und führte ihn regelrecht ab.

Harjunpää zuckte mit den Schultern und ging mit. In Gedanken verwünschte er das ewige Misstrauen, das er sich durch die Arbeit angewöhnt hatte, und beschloss, dass die Frau kein Lockvogel war. Ungeachtet dessen versuchte er, so dicht wie er konnte am Rand des Bürgersteiges zu gehen, um möglichst weit in die Dunkelheit sehen zu können. Ab und zu blickte er auch verstohlen über die Schulter.

»Ich heiß Vappu. Kannst mich so nennen, wenn du willst.«

»Ich heiße Timo. Aber die meisten nennen mich Timppa«, sagte Harjunpää.

Etwas amüsierte ihn, er konnte nichts dafür und war auch nicht sicher, was es war, aber es gefiel ihm einfach, mit einer unbekannten Frau namens Vappu und mit dem Fernglas um den Hals durch die nächtlichen Straßen zu laufen. Vappus Schritt war auf die gleiche Art vorsichtig wie Elisas, und ihre Brüste waren genauso voll und rund. Harjunpää nahm den zarten Duft von Maiglöckchenparfüm wahr und spürte durch den Stoff seiner Windjacke hindurch die Wärme des fremden Arms. Vappus Kleid war zu kurz, es war ein hilflos zusammengenähter Fetzen und offenbar kein Umstandskleid. Der runde Bauch zog den Saum mindestens bis zur Mitte der Oberschenkel hinauf. Strümpfe trug Vappu keine, sie hatte bloß Sandalen an den Füßen, und darin glitt sie vorwärts wie auf Skiern, ohne auch nur einmal die Fersen zu heben. Harjunpää bekam heiße Ohren; ein leichtes Schuldgefühl erwachte in ihm. Rasch machte er sich selbst klar, dass Vappu hochschwanger war, dass es spät in der Nacht war, dass man als Frau in dieser Gegend schon sehr mutig sein musste, um nachts allein unterwegs zu sein, und dass er nichts Zweifelhaftes darin gesehen hätte, wenn irgendein Fremder Elisa in ihrem jetzigen Zustand nach Hause gebracht hätte.

»Weshalb kommst du erst um diese Zeit nach Hause?«, fragte Harjunpää, brach einen dünnen Zweig von der Eberesche, die sich über die Straße bog, und fing an, darauf zu kauen.

»Ich komm von der Arbeit.«

»Solltest du nicht längst im Mutterschutz sein?«

»Sollte ich. Aber was ich mache, ist keine richtige Arbeit. Ich bin Kindermädchen, in der Mäkelänkatu, bei Russen.«

»Und du bist von dort bis hierher zu Fuß gegangen?«

»Genau. Die haben mir zwar Geld fürs Taxi gegeben, aber das spar ich mir.« Vappu schwenkte ihre Handtasche. Sie war aus Plastik, sehr einfach, sicherlich das Billigste, was man kaufen konnte. Die Eberesche in Harjunpääs Mund schmeckte streng. Er empfand Mitleid mit Vappu.

»Meine Frau erwartet auch ein Kind«, sagte er. »Sie ist ungefähr genauso weit wie du. Sie ist ... insofern in einer besseren Situation, als sie einen Arbeitsplatz hat und dadurch auch Mutterschaftsurlaub.«

»Ach so. Wollt ihr ein Mädchen oder einen Jungen?«

»Na ja. Eigentlich ist das nicht so wichtig. Ein Mädchen haben wir schon. Sie wird bald drei.«

»Na, dann wär jetzt ein Bub an der Reihe. Ich wünsch mir jedenfalls einen. Und es wird auch einer. Mein Hintern ist so breit geworden, wie es nur passiert, wenn es ein Bub wird.«

»Aha. Das hätte ich so nicht erraten.«

»Hör auf ...« Vappu kicherte erneut. »Du hast es schon gemerkt.« In ihren Augenwinkeln erschienen genau solche Lachfalten, wie es Harjunpää vermutet hatte.

Sie überquerten die Kreuzung Aavasaksantie. Harjunpää blickte auf das Weidengebüsch dort und dachte, dass er sich eigentlich dort aufhalten müsste. Allerdings hatte er keine andere Möglichkeit, Vappu loszuwerden, als sie nach Hause zu bringen, und im Grunde tat ihm das auch gar nicht Leid. Vielleicht war er müde. Jedenfalls hatte er seine Wachsamkeit vergessen. Kriminelle, die ihr Handwerk beherrschten, hätten ihn in ein paar Sekunden abgewickelt.

Am Ende der Limingantie waren immer mehr Laternen durch Steinwürfe dunkel gemacht worden. Die Straße wurde schmaler, sie erinnerte bereits an eine echte Gasse auf dem Land. Sie wechselten mitten auf die Straße, auf die Bahn zwischen den geparkten Autos, und Harjunpää brauchte sich mit dem Arm nicht mehr vor Ästen zu schützen, die aus den Gärten herauswucherten.

»Weißt du, Timo. Ich bin erst im Frühjahr nach Helsinki gekommen ... und hab immer noch keine Arbeit gekriegt. Aber wenn ich Henrik zur Welt gebracht hab, weißt du, dann besorg ich mir auch eine eigene Wohnung. So eine mit Balkon und Elektroherd und allem. Und einen Fernseher kauf ich mir auch. Farbe. Vorher geh ich natürlich arbeiten. Ich kann gut nähen«, prahlte Vappu und strich dabei über ihr Kleidchen. »Ich könnt sogar in ein Modehaus gehen, wo bloß die feinen Damen einkaufen. Und das mach ich auch.«

»Aha. Na, es ist gut, wenn man Pläne hat«, sagte Harjunpää. Er versuchte, seine Stimme so fröhlich wie möglich klingen zu lassen, obwohl es ihm ins Herz schnitt. Auch ohne zu fragen wusste er, dass Vappu erst in Helsinki schwanger geworden war, und er hatte den Verdacht, dass sie nicht die leiseste Ahnung hatte, wer der Vater des Kindes war – und falls doch, so war er mit Sicherheit verheiratet oder einer von den Typen, die am Bahnhof rumhingen und sich um nichts scherten.

»Du scheinst ziemlich jung zu sein«, stellte Harjunpää fest.

»Nein. Ich bin erst einundzwanzig. Und genau da liegt meine Chance. Ich kann noch alles probieren.«

Harjunpää gab einen zustimmenden Laut von sich.

»Eben«, fuhr Vappu fort. »Oiva sagt auch, dass ich trotz allem alles probieren muss. Ich wohn mit Oiva zusammen. Er ist aber nicht mein Mann. Auch nicht mein Bräutigam. Der könnte mein Opa sein. Aber er ist gut – er hat mich bei sich aufgenommen, weil ich sonst keinen Platz gehabt hab. Er kriegt Rente. Und ich kümmer mich um den Haushalt und um die Kinder von anderen Leuten ... Da wohn ich.«

Vor einem Trampelpfad blieben sie stehen. Das Haus stand an einem Hang, der zum Wald hin anstieg. Es war groß und düster, voller Dunkelheit, wie der Sarg eines Riesen. Harjunpää seufzte; er hätte ahnen müssen, dass Vappu natürlich nirgendwo anders wohnen konnte als in einem der dreistöckigen Holzhausungeheuer dieser Gegend. Es waren insgesamt etwa zehn. Er wusste nicht, wem sie gehörten, vielleicht der Stadt. Vermutlich waren sie in den Jahren nach dem Krieg gebaut worden, als der Wohnungsmangel am schlimmsten war; damals hatten die Gebäude gewiss zweckmäßig gewirkt, wie gelungene architektonische Lösungen, aber jetzt erinnerten sie mit ihren ergrauten Wänden den Passanten nur noch daran, dass der Mensch trotz aller Klugheit sehr häufig irrt.

Harjunpää stützte Vappu, als sie den steinigen Hügel hinaufgingen. Sie schnaufte, und so klein und rund wie sie war, weckte sie einen unbestimmten Beschützerinstinkt in ihm, ein wenig wie wenn Pauliina sich nachts an ihn drängte und flüsterte: »Papi. Ich hab aus Versehen Pipi gemacht.«

Oben blieben sie unter der glimmenden Lampe an der Hausecke stehen. Das schwache Licht ließ die Dunkelheit ringsum noch dichter erscheinen. Harjunpää warf einen Blick um die Ecke, in den eigentlichen Hof: In regelmäßigen Abständen führten dort Türen zu Treppeneingängen. Vor jeder einzelnen waren die gleichen Holzstufen, die gleichen, mit Dachpappe gedeckten Vordächer. Neben dem nächstgelegenen Eingang lagen leere Bierdosen und ein übel zugerichtetes Akkordeon. Die letzten Türen waren nicht richtig erkennbar, sie verschwanden in der Dunkelheit.

»In welcher Nummer wohnst du?«, fragte Harjunpää, obwohl es ihm allmählich so vorkam, als wären die Treppenaufgänge nicht eigens nummeriert.

»In dem zweiten dort. Im ersten Stock. Weißt du – ich hab mir gedacht, Henrik soll Betriebswirt werden. Oder Sportler. Agrologe wär auch nicht schlecht. Was meinst du?«

»Stimmt. Komm jetzt.« Zu seinem Erstaunen interessierte

ihn überhaupt nicht, was aus dem ungeborenen Henrik einmal werden sollte. Allein der Gedanke daran verursachte eine merkwürdige Beklemmung in ihm. Sie stiegen die Eingangsstufen hinauf. Die Haustür war nicht abgesperrt. Sie war verzogen und schloss nicht richtig.

In der Luft lag der Geruch von moderndem Füllstoff. Aus der oberen Etage hörte man ein gedämpftes Klopfen, als wollte jemand zur Tür hinein, ohne die Nachbarn zu wecken. Vappu drehte am Schalter, aber das Licht ging nicht an. Harjunpää knipste seine Dynalite an. Alles im Treppenhaus war deprimierend braun, die Wände, die Treppe, das Geländer, einfach alles.

»Findest du den Weg, wenn ich eine Zeit lang hiermit leuchte?«, flüsterte Harjunpää, als befürchte er, das ganze Haus könne ihn hören.

»Ich find den Weg auch im Dunkeln. Dank dir. Und gute Nacht.«

»Gute Nacht, Vappu. Pass auf dich auf, und auf Henrik«, sagte Harjunpää freundlich, doch sein Gesicht war dabei so ausdruckslos wie ein Theatervorhang. Er schwenkte den Lichtkegel nach oben.

Vappu nahm die ersten beiden Stufen, blieb stehen und stützte sich mit beiden Händen auf das Geländer, als könne sie nicht mehr stehen.

»Ich hab so entsetzliche Angst«, sagte sie plötzlich. »Ich hab keine Ahnung, was auf mich zukommt. Wie ich Arbeit kriegen kann … ich hab doch schon alles probiert … und ich kann auch nicht nähen …«

»Nicht doch.« Harjunpää legte seine Finger auf die Hand, die auf dem Geländer lag. Sie war rot und heiß. Vappus Augen sahen im harten Licht der Taschenlampe verschmiert aus. »Ich komm einfach nicht zurecht«, schluchzte sie. »Mein Zimmer ist so groß wie ein Klo, da kann ich doch nicht mit einem kleinen Kind bleiben. Und ich trau mich auch nicht, wieder heimzugehen – da würden mich alle auslachen. Oiva schluckt

Nitros ... ich soll seine Schwester anrufen, wenn er stirbt. Ich bin so allein ...«

Harjunpää trat auf die Stufe zwischen ihnen und knipste die Lampe aus. Das Klopfen im oberen Stock wurde lauter.

»Mach endlich auf, verdammt«, zischte jemand.

Harjunpää wartete. Fast eine Minute verging, bevor sich Vappus Weinen legte. »Das wird schon alles mit der Zeit, glaub mir«, sagte er. »Schon wegen dem Kind musst du dich anstrengen. Außerdem bringt ein Kind Glück. Und überhaupt. Du könntest in ein Heim für ledige Mütter gehen, da helfen sie genau solchen Müttern, die keine ... Wohnung haben und keine Arbeit. Erkundige dich mal.«

Vappu entgegnete nichts, Harjunpää legte auch die andere Hand auf ihren Handrücken, und der fühlte sich irgendwie sommersprossig an.

»Ich habe selbst Angst vor der Geburt meines Kindes«, sagte er auf einmal und wunderte sich selbst darüber, denn er hatte nicht vorgehabt, das zu sagen. »Ich habe Angst davor, weil ... als meine Frau noch gearbeitet hat, da war eine gewisse Marketta aus ihrem Büro zwei Tage krank. Erst auf die zweite Aufforderung hin ist sie zum Arzt gegangen – sie hatte Röteln. Meine Schwiegermutter kann sich nicht mehr erinnern, ob Elisa das als Kind hatte. Elisa ist ins Labor, aber da haben sie ihr gesagt, in der Phase brauche man keinen Test mehr zu machen, weil es genauso lang dauert, das Resultat zu bekommen, wie das Keimen der Krankheit ...« Harjunpää schluckte, Vappu zog die Nase hoch. »Tja. Wir haben tagelang gewartet, nichts war zu sehen, und wir haben vor Erleichterung aufgeatmet. Dann, über einen Monat später ... stand auf der Medizinseite einer Frauenzeitschrift, bei Erwachsenen könnten Röteln so verlaufen, dass gar keine roten Pusteln entstehen ... Rate mal, ob wir Angst bekommen haben. Elisa ist erneut zum Arzt. Der Test wurde gemacht, aber aus den Resultaten konnte man nicht sicher erkennen, ob sie nun unbemerkt Röteln gehabt hatte oder nicht. Die Werte waren hoch – als hätte sie die

Krankheit gehabt, aber sie haben gesagt, dafür könnte es auch einen anderen Grund geben. Bei Röteln kann der Fötus … Darum habe ich Angst, obwohl ich versuche, mir zu sagen, dass es sinnlos ist.« Dann schwieg Harjunpää. Welche verdammte Kraft hatte ihn dazu getrieben, all das zu erzählen?

»Verflucht noch mal! Was fummelst du an den Türen von anderen Leuten rum, du Hängearsch. Verzieh dich!«, wurde im oberen Stock gerufen. Es klang gedämpft, wie durch eine geschlossene Tür, und es war eine Frau, die rief. Sie war wütend, ihre Stimme klang so, dass Harjunpää sich unwillkürlich Lockenwickler vorstellte, die so straff in den Haaren saßen, dass sie mit der Kopfhaut auch die Augen schräg nach oben zogen.

»Wer plärrt denn da so rum?«, fragte er Vappu, wobei er sich ein Lächeln nicht verkneifen konnte.

»Das ist Kyllikki. Die Kerle hier im Haus halten sie für eine – du weißt schon. Das ist sie auch, aber sie lässt nicht jeden rein. Sie ist gut. Mir hat sie auch Kleider gebracht und Ratschläge gegeben. Du errätst nicht, was für einen hässlichen Spitznamen sie Kyllikki gegeben haben.«

»Nein.« Harjunpää schüttelte den Kopf.

»Sie nennen sie … Ich trau es mich kaum zu sagen … Säge-Muschi, nennen sie sie.« Vappu kicherte jetzt selbst, war aber gleich darauf wieder ernst und sagte so empört, wie es nur eine Frau sein kann, wenn sie eine andere Frau vor den Männern verteidigt: »Aber das ist hässlich. Es gefällt mir nicht, wenn man jemanden so nennt.«

»Schön ist es nicht …« Harjunpää tat so, als müsse er sich die Nase reiben, und verdeckte so sein Lächeln. Oben wurde das Gezeter heftiger. Ein Schloss oder ein Riegel knackte, als würde jemand die Tür aufmachen wollen.

»Geh jetzt, Vappu«, sagte Harjunpää rasch. »Und sollten wir nicht versuchen, erst dann traurig zu sein, wenn es einen Grund dafür gibt?«

»Genau. Irgendwie komm ich schon klar – bis jetzt hat's ja auch geklappt. Und pass du auf deine Familie auf …«

Plötzlich drehte Vappu den Kopf und drückte Harjunpää einen hastigen, nassen Kuss auf die Wange. Harjunpää wich verdutzt zurück und knipste seine Lampe wieder an. Vappu seufzte, dann stieg sie mühsam die Treppe hinauf. Harjunpää richtete den Blick auf die braunen Stufen – Vappus Kleid war viel zu kurz. Solange die Treppe knarrte, wartete er unten, und erst als er die Tür im ersten Stock zugehen hörte, knipste er die Lampe aus. Im zweiten Stock hörte man es zweimal klatschen, wie von Ohrfeigen, dann jaulte eine Männerstimme auf, und Schritte polterten auf der Treppe. Harjunpää huschte in den Hof hinaus.

Eine Weile stand er am Waldrand, im Dunkeln, außerhalb des fahlen Lichtkegels. Mit den Augen maß er das große, hässliche Holzhaus ab. Es war ungepflegt. Die Farbe blätterte von den Wänden und gab splitternde, trockene Bretter frei. Als Füllmaterial für Decken und Wände waren wahrscheinlich Säge- oder Hobelspäne verwendet worden, dachte er, irgendein furztrockenes Zeug. Er blickte auf die in der Dunkelheit verschwindende Türreihe und bemerkte, dass jede einzelne Tür offen stand und dass sich hinter jeder ein braun gestrichenes Treppenhaus befand. Er runzelte die Stirn: Er mochte keine offenen Türen.

Aus Vappus Treppenhaus kam niemand – entweder wohnte der Mann dort, oder aber er versuchte noch einmal sein Glück. Harjunpää blickte auf die Uhr. Es war bereits zehn nach zwei. Er hatte noch fünfzig Minuten Zeit, sich um seinen vernachlässigten Job zu kümmern. Im Laufschritt eilte er um die Ecke und drehte sich nur einmal um, sodass er das Emailleschild mit der Hausnummer erkennen konnte. Ohne Unterbrechung trabte er bis zur Aavasaksantie und schlüpfte dort mit einem schuldbewussten Räuspern ins Weidengebüsch.

In jener Nacht verlor in Helsinki ein Mensch bei einem Brand das Leben, aber das geschah im Stadtteil Tapanila, und Vähärisku und Koistinen, die den normalen Nachtdienst des Gewaltdezernats versahen, ergriffen die ersten Maßnahmen. Der Fall war wie aus dem Lehrbuch: Ein Mann mittleren Alters lag leblos in der Dachkammer eines Einfamilienhauses hinter der Tür, und bereits die hellroten Flecken verrieten, dass er aller Wahrscheinlichkeit nach an einer Kohlendioxidvergiftung gestorben war. Brandschaden hatte nur das Bett genommen, auf dem das Feuer allerdings nur langsam schwelend vorgedrungen war. Dabei hatte sich jedoch genug Kohlendioxid gebildet. Im Schlaf hatte der Mann nur schwach geatmet und war daher am Leben geblieben, als er aber aufgewacht und in seiner Angst Atem geholt hatte, hatte er sich die Lungen mit einer tödlichen Dosis des Gases voll gesogen und es nur noch bis zur Tür geschafft, wie die meisten Opfer von Bränden. Die Reste der Zigarette fanden sich im verkohlten Bett.

In Toukola und Kumpula brannte es nicht. Um fünf vor drei fuhr Kinnunen den VW-Käfer zur Aavasaksantie und las den schläfrigen, durchgefrorenen Harjunpää auf. Kinnunen brachte noch genug Eifer auf, um noch einmal eine schwache Ausführung des Volltreffers, den er beobachtet hatte, zu liefern, inklusive der schwarzen Spitzenwäsche der beteiligten Frau. Er hörte erst auf, als Harjunpää knurrte: »Wenn du das erkannt hast, musst du die Lampe angehabt haben.« Damit war die Unterhaltung beendet.

Stumm tuckerten sie in Richtung Innenstadt, und jeder dachte für sich, dass er immerhin noch vier Stunden schlafen konnte. Kinnunen blieb im Präsidium im Ruheraum, aber Harjunpää trottete zu seiner Wohnung in Katajanokka. Auf dem Meer und am Himmel waren bereits eindeutige Anzeichen der Morgendämmerung erkennbar.

KAPITEL 11

Das Streichholz im Rechenpapierhäuschen

Auch am Wochenende war es schön. Die Sonne brannte, die ganze Stadt strömte Hitze aus, und die Menschen flohen in ihre Sommerhäuser und an die Ufer. Um die Mittagszeit, als die Hitze am schlimmsten war, saß Harjunpää allein im Büro der Brandabteilung. Er hatte zusätzlich die zwei Fenster an der Gangseite geöffnet, um Durchzug zu bekommen, der zu seiner Enttäuschung aber auch nichts nützte – so ähnlich hätte man sich unter einer lauwarmen Dusche gefühlt.

Suttelin und Kinnunen waren zum Essen in die Kantine gegangen. Harjunpää hatte versprochen, zu Hause zu essen. Er wusste, dass Elisa im Römertopf ein zerteiltes Huhn auf Knoblauchkartoffeln schmoren hatte, und war vermutlich deshalb außergewöhnlich hungrig. Er blickte auf die Uhr und seufzte enttäuscht – das Essen würde erst um zwei fertig sein. Erneut ergriff er den schwarzen Karton, der vor ihm stand. Er enthielt das Resultat von Suttelins zehnjähriger Arbeit, eine Kartei, deren alphabetisch geordnete Karten sämtliche Informationen der Brandstifter verzeichneten, die in Helsinki überführt worden waren. Harjunpää entnahm den frischen Einträgen, dass Suttelin seine Kartei auf dem neuesten Stand hielt. Nun pflückte Harjunpää die Karten jener Zündler heraus, die sich auf freiem Fuß befanden.

Der Freitag war für die Männer vom Branddezernat unspektakulär verlaufen. Sie hatten routinemäßig reichlich Erkundigungen eingezogen und einen Papierstoß von einem Zentimeter Stärke mit überprüften Angaben abheften können. Sie hätten durchaus zufrieden mit ihrer Arbeit sein können, denn auch diese Nachfragerei musste irgendwann erledigt werden. Außerdem konnte jeder noch so belanglose Hinweis auf die entscheidende Spur führen. Suttelin hatte das nicht vergessen und war daher unnachgiebig. Zweifellos wollte er sich auch nicht den Ärger aufhalsen, den er unweigerlich bekommen würde, wenn sich nach einem Monat zweckloser Arbeit herausstellte, dass der Zettel mit dem entscheidenden Hinweis die ganze Zeit unbeachtet vor ihrer Nase gelegen hatte.

Suttelin hatte die Aufgaben nach Zweck und Ziel in verschiedene Zweige aufgeteilt. Allerdings war die Aufteilung in der Praxis nicht zu befolgen, denn sie waren zu wenig Leute. Die Aufklärung der Identität des Toten, der in dem Schuppen gefunden worden war, hatte Suttelin I-Zweig getauft. Und hier mussten sie die erste Enttäuschung hinnehmen. Am Freitag, kurz vor Dienstschluss, hatte der Erkennungsdienst der Zentralkriminalpolizei mitgeteilt, der Tote sei dort nicht registriert gewesen. Damit war die Hoffnung, die sie auf die unversehrt gebliebene Hand gesetzt hatten, dahin, aber Suttelin war hartnäckig.

»Nein, zum Teufel. Die Fingerabdrücke geben wir noch nicht auf«, hatte er mit gerunzelter Stirn gesagt. »Kinnunen soll am Montag ins Archiv des Präsidiums gehen, wo die Fingerabdrücke der Penner aufbewahrt werden. Besorg dir von mir aus einen Lkw und bring den ganzen Müll in die Ratakatu. Die gehen dann alles durch. Das war ein Penner. Und ich kenne keinen einzigen von der Sorte, der noch nicht in der Ausnüchterungszelle war. Hoffen wir nur, dass er schon lang genug gebechert hat.«

Mit dem letzten Satz hatte Suttelin auf eine Sache angespielt, die speziell die Leute von der Mordkommission schon oft verärgert hatte. Früher wurde von jedem, der in die Ausnüchterungszelle kam, ein Abdruck des Zeigefingers genommen, zur Sicherheit, um bei Bedarf die Identität eines Kunden verifizieren zu können. Den meisten Nutzen davon hatte das Gewaltdezernat, das innerhalb eines Jahres die Identität von mehreren unbekannten Toten zu klären hatte. Und diese Unbekannten waren in der Regel die Bewohner der Ufer und Mülltonnen, die Penner. Aus irgendeinem Grund, den nur der Herr im Himmel und womöglich ein hoher Herr im Polizeipräsidium kannten, war diese Praxis in aller Stille eingestellt worden.

In der Nacht von Freitag auf Samstag war Suttelin an der Reihe gewesen, im Weidengebüsch an der Aavasaksantie zu hocken. Bis vier hatte er sich in Toukola aufgehalten und anschließend auf dem zerschlissenen Sofa im Kaffeeraum geschlafen. Dann war er unter die Dusche gegangen, und als Harjunpää und Kinnunen um halb zehn zur Arbeit erschienen waren, hatte er bereits am Schreibtisch gesessen.

Der Samstag war etwas angenehmer verlaufen, jedoch ebenso ergebnislos wie der Freitag. Die Männer hatten Toukola und Kumpula abgeklappert, waren von Tür zu Tür gegangen und durften den Tag somit im Freien verbringen. Als Ausgleich zu diesem Vergnügen hatten sie nach der Rückkehr ins Büro die Befragung von hundertachtzig Personen auswerten müssen. Besonders ergiebig war das nicht gewesen; Stück für Stück hatten sie die Erkennungsmerkmale herausgepflückt und als Resultat der abschließenden Zusammenstellung drei voneinander abweichende Typen von nächtlichen Schleichern zusammenbekommen. Einer davon hätte Suttelin sein können, bis hin zu den großen Ohren. Nachts war Kinnunen nach Toukola gegangen.

Suttelin hatte nicht mehr zwei Männer gleichzeitig hinschicken wollen, und Harjunpää hatte sich das damit erklärt, dass Suttelins arbeitsaufwändige Strategie in den oberen Etagen nicht auf Zustimmung stieß. Seinen Untergebenen hatte Suttelin noch nicht erläutert, was er vorhatte, doch Harjunpää hatte einen flüchtigen Blick auf seinen Plan werfen können. Er umfasste mindestens drei Seiten. Am oberen Rand des obersten Blattes stand rot geschrieben: »Operation Roter Hahn (ORH)«. Weiter hatte er nicht lesen können, da Suttelin ins Büro gekommen war. Harjunpää hatte angenommen, dass für die Umsetzung des Roten Hahns reichlich Leute vonnöten waren, sonst wäre das Vorhaben mit Sicherheit nicht auf Widerstand gestoßen. Und zweifellos hatte Suttelin Recht. Vielleicht war er aufgefordert worden, als Erstes das Problem zu lösen, wo man die zusätzlichen Männer hervorzaubern sollte, ohne aus Staatsmitteln Ausgleichszahlungen wegen Verstoßes gegen das Arbeitsschutzgesetz leisten zu müssen.

»Wenn es ums Sparen geht, wiegt das Leben eines Penners nicht viel«, hatte er geschnaubt, während er die Papiere wegschloss. »Wenn das ein Minister oder der Freund eines Ministers gewesen wäre, mein Lieber, dann …«

Harjunpää lehnte sich in seinem Stuhl zurück, zog, ohne es zu merken, den Finger vom Kastenrand, und die ganze zehn Zentimeter lange Kartenreihe fiel um. Er hatte keine Lust, sich darüber aufzuregen, sondern starrte weiter auf die türkisgrünen Karteikarten, ohne sie zu sehen. Dabei spürte er eine leichte Verliererstimmung in sich aufsteigen. Ähnlich hatte er sich am Morgen gefühlt, als Kinnunen von seiner ergebnislosen Nacht erzählt hatte. Die Gedanken der anderen waren ungefähr in dieselbe Richtung gegangen, denn sie hatten sich gegenseitig ein wenig zu eifrig versichert: »Irgendwann wird er sich wieder auf den Weg machen. Gegen seinen Drang kommt er nicht an. Und dann geht er in die Falle …«

Harjunpää wischte sich über die Stirn. Der Pyromane konnte von seinem letzten Werk so erschrocken gewesen sein, dass er zumindest vorläufig nicht mehr aktiv wurde. Während des Frühlings und Sommers war es nämlich rund um Toukola bislang nur an einem einzigen Wochenende ruhig gewesen.

Harjunpää hatte Schwierigkeiten, sich zu konzentrieren. Bis halb eins bestand seine bemerkenswerteste Errungenschaft in einem geschickt gefalteten Häuschen aus Rechenpapier. Er drehte es eine Weile zwischen den Fingern hin und her, nahm es sorgfältig von allen Seiten unter die Lupe und zeichnete noch Tür und Fenster darauf, bevor er es in den Aschenbecher setzte, den er aus seinem eigenen Zimmer geholt hatte. »Ein Brandunfall wird teuer – Blech schützt dich vor Feuer«, stand auf dem Rand des Aschenbechers. Harjunpää drehte ihn mit dem Zeigefinger, während er die andere Hand zugleich in die Hosentasche schob und nach der Streichholzschachtel suchen ließ.

Er nahm zwei Hölzer heraus. Das eine schob er in das Häuschen hinein, das andere zündete er an und führte es langsam über den Aschenbecher. Dann drückte er den brennenden Kopf auf das Rechenpapier. Einen Moment lang passierte nichts; das Feuer schien allein das Zündholz aus Espe aufzufressen. Nach zwei Sekunden erschien plötzlich ein brauner Fleck auf der Wand des Häuschens. Harjunpää löschte das Streichholz und verfolgte mit zusammengekniffenen Augen, wie der dunkle Bereich wuchs.

Das Feuer drang langsam vor. Eine Flamme wurde eigentlich erst auf der Höhe der Traufe sichtbar. Und auch dort war sie lange blau und schwach, wie eine Gasflamme. Erst nach dreißig Sekunden loderte das Häuschen auf, verwandelte sich auf einmal in reines Feuer. Harjunpää zog den Kopf zurück. In den Flammen zischte es: Das Streichholz hatte sich entzündet. Harjunpääs Mundwinkel zuckten. Er versuchte nicht mehr, den Brand zu löschen, blickte nur ausdruckslos auf die Reste, die sich auf dem Boden des Aschenbechers ringelten. Ihre Ränder glühten noch kurze Zeit, dann wurden sie grau und schickten dünne Rauchkringel zur Zimmerdecke.

Harjunpää hörte zwar die Schritte, die auf dem Gang näher kamen, auch dass sie sich zum Laufen beschleunigten, fiel ihm auf, aber in Gedanken war er in der Limingantie und reagierte daher überhaupt nicht auf das, was er hörte.

»Zum Teufel ... Was brennt hier?« Suttelin stand auf der Schwelle. Er hatte den Kopf erhoben wie ein scheuendes Pferd, seine Nüstern aber bewegten sich wie bei einem Wolf, der Beute wittert. Harjunpää stand auf. Kinnunen kam hereingeschneit, blieb hinter Suttelin stehen und spähte über dessen Schulter hinweg.

»Sackzement«, stieß er aufgeregt aus.

»Das war ich«, nuschelte Harjunpää und deutete mit dem Finger auf den Aschenbecher. »Es war bloß Papier. Ein Häuschen. Mit einem Mann drin … einem Streichholz.« Er fühlte sich genauso schuldig wie damals, als er zum ersten Mal beim Rauchen erwischt worden war.

»Ich begreife einfach nicht«, fing Suttelin an, doch bevor er weiterreden konnte, klingelte das Telefon auf dem Tisch so laut, wie nur ein schwarzes Telefon in einer staatlichen Behörde klingeln kann.

»Telefon. Das Telefon klingelt«, sagte Harjunpää und kam sich noch idiotischer vor. Suttelin schnappte sich den Hörer. Er hörte einen Moment zu, blickte Harjunpää an und brummte: »Wir holen ihn ab. Harjunpää ist schon unterwegs.«

Ein paar Minuten später kehrte Harjunpää von der Dienstbereitschaft in der Aleksanterinkatu zurück. Instinktiv ging er hinter dem Mann in seiner Begleitung her. Dieser war sichtlich irritiert und blickte immer wieder über die Schulter.

»Wohin jetzt? Wo gehen wir jetzt hin?«, fragte er ständig, als hätte er Angst, Harjunpää könnte ihm überraschend an die Gurgel gehen.

»Immer geradeaus. Bis zum Ende des Ganges«, erklärte Harjunpää und hob ein wenig die Stimme, damit Suttelin ihn kommen hörte.

Suttelin stand auf. Er rückte seine Krawatte zurecht, machte zwei Schritte auf den Gast zu und stellte sich vor.

»Jaskari, Maler«, sagte der Mann und war bereits deutlich ruhiger als kurz zuvor auf dem düsteren Gang der dritten Etage. Kinnunen zog sich an die Wand mit dem Stadtplan zurück, Harjunpää lehnte sich an den Türrahmen. Sie verließen den Raum nicht, weil Suttelin nicht das geringste Signal in diese Richtung gegeben hatte.

»Setzen Sie sich«, sagte er zu Jaskari. »Diese Stühle sind zwar ein bisschen hart, aber setzen Sie sich, bitte.«

Jaskari saß eine Weile stumm da. Offensichtlich ordnete er seine Gedanken und litt vermutlich selbst am meisten unter seiner eigenen Miene, von der die anderen aus Erfahrung wussten, dass sie bedeutete: »Ich war noch nie hier. Das muss auch jetzt ein Irrtum sein – vielleicht ist es das Beste, wenn ich gleich wieder gehe.«

»Also«, fing Suttelin an, nachdem sich die Stille unerträglich in die Länge gezogen hatte. »Unser Dienst habender Mann in der Zentrale hat uns mitgeteilt, dass Sie möglicherweise etwas über den Brand auf dem Gebiet des alten Gutes Annala wissen …« Jaskari holte Atem und verzog entschlossen den Mund. Er nahm die zerknautschte Papiertüte unter seinem Arm hervor und platzierte sie vor Suttelin auf dem Tisch: eine Alko-Tüte. Es klang viel versprechend, als er sie hinstellte.

»Das hier ist eine Flasche Whisky«, sagte Jaskari. Suttelin gab einen interessierten Laut von sich. Kinnunen räusperte sich, Harjunpää trat lautlos von einem Bein auf das andere.

»So. Sie haben hier eine Flasche Whisky«, half Suttelin dem Mann weiter.

»Genau. Ja. Also unser Chef, der Malermeister Häyrinen, hat mich geschickt, sie dem Meister zu bringen … Es ist nämlich so, dass Männer von unserer Firma nächste Woche bei der Burg in Hämeenlinna den südlichen Flügel machen müssten.« Jaskari wurde lebhaft, ereiferte sich kurz, neigte dann aber den Kopf schief, so wie es ein Mann vom Fach tut, wenn er Laien etwas erklären muss, was sie doch nicht verstehen. »Das wird nämlich gerade restauriert, aber der eine Raum – das heißt, zwei sind es – macht Schwierigkeiten. Da ist für die Wände früher nämlich so eine Mischung verwendet worden, die heute alles aus dem Konzept bringt. Ja. Genau. Und deshalb braucht man da einen Mann, der sich mit dem alten Zeug auskennt. Und die wachsen nicht auf Bäumen. Wir haben einen. Den Meister. Der steht bei uns im Sold.« Jaskari richtete sich ein klein wenig auf.

Kinnunen holte viel sagend Luft, aber Harjunpää und Suttelin blickten sich an. Der Blick war kurz, aber beide konnten auf dem Gesicht des anderen eine aufkeimende, nahezu freudige Hoffnung erkennen. Suttelin nickte Jaskari zu und korrigierte seine verspannte Haltung. Harjunpää versuchte so zu schlucken, dass man es nicht glucksen hörte.

»Und ich bin heute Morgen zum Meister hingegangen«, fuhr Jaskari fort, nun mit verblüffter Miene. »Aber der Schuppen ... Da war nur noch ein schwarzer Fleck auf dem Boden! Ehrlich wahr. Ich bin dann in die Nachbarhäuser. Oben auf dem Felsen wusste eine Frau, dass mit der Bruchbude auch irgendein Mensch verbrannt ist ... um das rauszukriegen, bin ich hier. Das war doch nicht etwa der Meister? Der hat sich nämlich schon eine Zeit lang dort häuslich niedergelassen, zumindest diesen Sommer. Und das wär immerhin ein ziemlich gut bezahlter Job, das mit der Burg in Hämeenlinna ...«

Der Sonntagnachmittag verlief im Branddezernat hoffnungsvoll. Zum ersten Mal war ihnen das Glück wohl gesonnen. Freilich löste das nicht das eigentliche Problem der Ermittler, aber es ersparte ihnen reichlich Zeit und Mühe. Die Männer sammelten über Nyyrö Valdemar Rissanen so viele Informationen, wie es bei den geschlossenen Ämtern und Registern möglich war. Verständlicherweise fiel die Ernte spärlich aus, die Personalien aber fanden sie immerhin heraus, bis hin zur Personenkennziffer und zum Namen des Vaters.

Natürlich musste der schwarze Torso, der im Kühlschrank der Gerichtsmedizin wartete, noch als Nyyrö Rissanen bestätigt werden, aber auch dabei schien das Glück auf der Seite der Leute von der Abteilung Brandstiftung zu sein. Der Chef eines Farbengeschäfts, ein gewisser Häyrinen, erinnerte sich nach langem Nachdenken daran, dass der Meister vor etwa acht Jahren von einem Gerüst gefallen war und sich die Hüfte gebrochen hatte. Diese Information brachte Suttelin, Kinnunen wie auch Harjunpää zum Schmunzeln; am Montag mussten sie nur noch herausfinden, in welchem Krankenhaus der Meister nach dem Unfall gelegen hatte, dort dessen Akte abholen, eine Röntgenaufnahme von der Hüfte der Leiche machen lassen und einen Vergleich durchführen.

»Hartnäckigkeit wird immer belohnt ...«

»Da sieht man's mal wieder – wenn man hartnäckig jedem Hinweis nachgeht ...«

»Wenn das so weitergeht, sitzt der Pyromane in einer Woche im Käfig«, begeisterte sich Harjunpää. Alle drei ereiferten sich so eine ganze Weile und versuchten dabei gar nicht erst, ihre Genugtuung zu verbergen. Keiner von ihnen kam auf die Idee, darüber nachzudenken, was Jaskari veranlasst hatte, zur Polizei zu gehen, und es kam auch keinem in den Sinn, dass sie allen Grund hatten, voller Dankbarkeit an die alte Burg in Hämeenlinna zu denken.

Am frühen Abend kam Harjunpää endlich nach Hause, er aß trockene, verschrumpelte Kartoffeln und schlief zwei Stunden. Gegen zehn kehrte er ins Präsidium zurück, holte seine Sachen und brummte mit dem VW-Käfer nach Toukola. Die Stunden dieser Sonntagnacht vergingen nach dem bereits bekannten Muster.

KAPITEL 12

Die Parfümspur

Erst am Montag ging es Tapani allmählich besser. Vier Tage lang war er wie gelähmt gewesen, in jeder Hinsicht: Er war nicht fähig gewesen, irgendetwas zu tun, nichts hatte ihn interessiert. Er war nicht draußen gewesen, hatte nicht gelesen, nicht gegessen, nicht einmal die MiG auf seinem Tisch hatte er fertig machen können, obwohl nur noch ein paar Farbstreifen und wenige Kleinteile fehlten. Tapani war wie krank gewesen. Außerdem hatte er Angst gehabt. Er hatte Angst vor den Autos auf der Straße gehabt, die er an den viel zu langen Antennen, an dem für das Alter viel zu glänzenden Wachs und den viel zu mürrischen Beifahrern als Polizeiautos erkannt hatte. Er hatte auch Angst vor seinen Träumen gehabt – im Traum hatten seine Kleider in Flammen gestanden, und er hatte sein eigenes Schreien von jenseits des Feuers gehört. Es hatte ihn jedes Mal an das Brüllen eines Tieres erinnert.

Als er am Dienstag aufwachte, fühlte sich Tapani schon ziemlich erholt. Er konnte sich an keinen Traum mehr erinnern. Seine Gedanken waren nicht mehr beklommen, wenn auch noch nicht befreit. Er war innerlich leer; so mochte sich auch das Wetter fühlen, wenn die Wolken aufrissen und unschlüssig waren, ob der Sprühregen weitergehen oder ob der Sonne Platz gemacht werden sollte. Mittags ging er sogar schon hinaus. Er setzte sich neben der Gartenschaukel hin, nahm die Gerüche des Gartens wahr und lauschte auf das ausgelassene Zwitschern der Rauchschwalben und die lautlose

Klage der Weißdornhecke des Nachbarn, als die Schere sie klipsend zurechtstutzte. Am Abend, als seine Mutter bereits schlief, fingen Tapanis Gedanken wieder an zu leben. Ein ähnliches Leben mag in einer Batterie entstehen, die aus dem Auto genommen und in die Garage gebracht wird, damit sie sich im Warmen wieder auflädt.

Am Mittwoch war Tapani schon wieder er selbst – vielleicht sogar ein wenig mehr. Als es auf zwei Uhr am Nachmittag zuging, saß er am Küchentisch und betrachtete die Zigarette zwischen seinen Fingern. Er hatte erst einmal daran gezogen. Die Glut drang von selbst im Papier vor, so wie die Flut am Rand des Ozeans aufs Land kroch. Tapani war so fasziniert, dass sein Mund offen stand. Dann beobachtete er den schwebenden Rauch. Er hatte seinen Spaß daran, ihm wurde richtig warm in der Brust vor Freude. An das Rauchen in der Wohnung war er noch nicht gewöhnt, nicht einmal an das Rauchen bei Tageslicht.

Nach dem Streit der vergangenen Woche hatte sich die Mutter verändert. Zum Abschluss einer Mahlzeit hatte sie eine Packung Zigaretten aus ihrer Handtasche geholt.

»Bitte sehr, Tapani«, hatte sie tonlos gesagt. »Die Entscheidung liegt bei dir.«

Nach kurzem Zögern hatte sich Tapani eine Zigarette angezündet. Er war nicht fähig gewesen, sie zu genießen, denn die Mutter hatte zugeschaut, mit schmerzerfülltem Gesicht jede Bewegung verfolgt, als spielte sich eine Tragödie ab. Um ihr einen Gefallen zu tun, hatte er sogar einen Hustenanfall simuliert und daraufhin die Zigarette vorzeitig ausgedrückt. Die Mutter hatte gelächelt und mit dem Kopf genickt. Tapani vermied es danach immer noch, vor ihren Augen zu rauchen, tat es aber untertags und ließ die Zimmer absichtlich ungelüftet.

Auch sonst hatte sich die Mutter verändert. Zwei Tage war sie still gewesen, traurig, wie Tapani fand, und so, als hätte sie angestrengt über etwas nachgedacht. Nach dem Wochenende war sie aber wieder zu sich gekommen, hatte wieder angefangen zu reden, hatte sogar von ihrer Arbeit erzählt, nun aber auf natürliche Weise und nicht so unwillig wie früher. Sie war auch dazu übergegangen, früh schlafen zu gehen. Schon vor dem Ende der Hauptnachrichten im Fernsehen gähnte sie bedeutungsvoll – vielmehr, sie tat so, als gähnte sie. Eines Abends hatte sie sogar gesagt: »Tapani, wärst du so nett und würdest mir ein Glas Wasser bringen? Ich werde wohl sicherheitshalber eine Schlaftablette nehmen. Weißt du, wenn man schon auf der Arbeit müde ist, dann ist man so übermüdet, dass man nicht einschlafen kann.«

Zweimal hatte sie ihre Tabletten sogar vor Tapanis Augen eingenommen. Noch vor einer Woche hatte sie es heimlich in der Küche oder in ihrem Schlafzimmer getan.

Tapani hatte nicht sofort begriffen, was los war. Als er die Absicht der Mutter dann durchschaute, wollte er sich auf Grund seiner Niedergeschlagenheit die offensichtliche Erlaubnis nicht zu Nutze machen. Ein wenig ärgerte es ihn auch zu wissen, dass sich die Mutter in all ihrem Verständnis irrte, doch bald hatten ihre Einbildungen auch für ihn ihren Reiz: Sie gaben ihm Freiheit, Selbstvertrauen.

Er stand auf und blies den letzten Rauch aus der Nase. Am Morgen hatte er sich selbst überrascht. Er hatte sich vor dem Spiegel im WC wiedergefunden, mit energisch erhobenem Kopf und einem Lächeln, das eine Spur überheblich wirkte, aber dennoch nicht herrisch. »Hallo, Hühnchen«, hatte er geflüstert und gezwinkert. Das war ein Fehler gewesen – seine Haut hatte sich gespannt, und die rechte Wange, die schlimmere, hatte so zerfurcht ausgesehen wie ein umgepflügter Acker. Er tappte zur Spüle und ließ Wasser über den Zigarettenstummel laufen, bevor er ihn in den Mülleimer fallen ließ. Er drehte sich um, starrte eine Weile auf die Zeitung, die auf dem Küchentisch lag. Erst jetzt hatte er sie lesen können. Es war ihm überhaupt nicht schwer gefallen, dabei hatte er befürchtet, erneut deprimiert zu werden. Aber die Nachrichten hatten ihn im Gegenteil eher beflügelt.

Tapanis Atem ging heftiger, wenn er sich vorstellte, dass alle Leute in der Nachbarschaft, in ganz Toukola und Kumpula genau dieselben Artikel gelesen haben mussten. Er legte die Hände auf die Hüften und ließ sie wieder sinken. Plötzlich war er sicher, dass die Menschen auch unruhig waren. Sie mussten sich abends, wenn sie ins Bett gingen, fragen, ob sie erst am nächsten Morgen mit dem Klingeln des Weckers aufwachten oder schon in der Nacht, weil unter der Tür oder durch die Ritzen zwischen den Brettern Rauch eindrang – falls sie überhaupt wach wurden.

Tapani sammelte flink die Zeitungen ein und legte den ganzen Stapel in den Schrank in der Diele. Danach ging er in sein Zimmer und setzte sich vor die noch nicht ganz fertige MiG. Als er aus dem Fenster schaute, sah er die Hundehütte und das Windrad, das sich sanft drehte. Ein Lächeln zuckte um seinen Mund. Das Windrad erinnerte ihn an etwas, das am Samstag geschehen war. Damals wollte es ihm das Blut in den Adern gefrieren lassen, aber jetzt kam es ihm schon amüsant vor.

Er hatte mit seiner Mutter auf der Eingangstreppe Kaffee getrunken, als ein fremder Mann auf dem Grundstück aufgetaucht war. Tapani hatte in ihm sofort den Polizisten gewittert. Der Mann war sauber angezogen gewesen, allerdings nicht elegant, trotz der Hitze trug er eine Jacke, und seine Augen hatten sich neugierig bewegt, verstohlen, so, als hätten sie nichts gesehen, obwohl sie alles sahen. Der Polizist hatte geplaudert, sich wie beiläufig erkundigt, ob ihnen eine dubiose Person aufgefallen sei, die sich in der Gegend herumtreibe. Die Mutter hatte für sie beide verneinend geantwortet. Der Polizist hatte sich kurz auf die Treppe gesetzt und die Beine ausgestreckt. Beim Gehen hatte er gesagt:

»Als Kind hab ich auch mal versucht, Windräder zu bauen, aber sie sind mir nicht gelungen. Bei Regen sind sie aufgequollen und haben sich dann nicht mehr gedreht.« Nachdem der Mann fort war, hatte die Mutter gefragt:

»Tapani, verzeih mir, wenn ich noch mal auf das von letzter

Woche zurückkomme – aber du hast doch damals in der Nacht niemanden herumschleichen sehen?« Er hatte verneint, und die Mutter hatte zufrieden aufgeatmet: »Das dachte ich mir. Darum wollte ich eben auch nicht danach fragen.«

Tapani hielt die MiG in den Händen, ging innerlich noch einmal die unfertigen Stellen durch, aber es wollte keine Begeisterung in ihm aufkommen. Zärtlich stellte er das Kampfflugzeug wieder auf den Tisch. Draußen drehte sich das Windrad. Er drückte die Fingerspitzen auf die Stirn und dachte nach; etwas zog ihn hinaus, zum Arabia-Ufer. Wie um seinen Seelenfrieden wiederzugewinnen, dachte er, er könne wenigstens mal zum Tennisplatz gehen und nachschauen, ob die Mädchen spielten. Er merkte, dass er die eine mit den feuerroten Haaren geradezu vermisste.

Am Abend, unmittelbar nach den zehn Schlägen der Wanduhr, ließ sich Tapani aus seinem Fenster in den Garten hinab. So früh hatte er sich noch nie auf den Weg gemacht. Er hatte auch noch nie vor dem Aufbruch in seinem Zimmer die erste Dose Bier getrunken. Für beides gab es ein und denselben Grund: Er wusste, seine Mutter schlief. Sie würde auf jeden Fall in ihrem Zimmer bleiben.

Die Nacht war noch keine richtige Nacht. Die Dunkelheit wirkte schütter, sie wuchs erst, und nur unter Bäumen und Büschen sah sie wie ordentliche Dunkelheit aus. Überdies quoll die Welt über von unterschiedlichen Geräuschen: Es waren noch reichlich Autos unterwegs, eine lachende Gesellschaft schob am Tor vorbei, auf einem Grundstück in der Nähe bellte ein Hund, und die Krähen zeterten im Streit um die besten Schlafplätze in den Bäumen. Tapani schlug den Kragen seiner Armeejacke hoch. Er mochte die Geräusche nicht, fürchtete sich aber auch nicht allzu sehr vor ihnen. Sie forderten ihn heraus. Sie zwangen ihn, vorsichtiger als sonst zu sein, und glichen die Tatsache aus, dass es diesmal nicht spannend war, von daheim wegzukommen.

Selbst eine so geringe Menge Alkohol brachte Tapani dazu, sich stark zu fühlen. Auch sein Geist war stark; die Menschen hatten Angst vor ihm. Ein berauschender Gedanke war das – ähnlich würde man sich vielleicht nur fühlen, wenn man sich unsichtbar machen könnte.

Einige Augenblicke später schlug sich Tapani vom Gehweg in ein Gebüsch, ohne mit den Zweigen zu rascheln. Er kam genau an die richtige Stelle. Auf der Erde lag der Hinterreifen eines Traktors. Dort setzte er sich hin und horchte: Nirgendwo knirschte Sand unter den Schritten eines Menschen. Er schob seine Hand in den Reifen, zog eine Bierdose hervor, machte sie auf und ließ sich die Flüssigkeit in die Kehle laufen. Das angenehme Kribbeln in den Gliedern wurde stärker. Er lächelte, begann, seine Ausrüstung zu überprüfen. Das Messer war an seinem Platz, die Streichholzschachtel in der Brusttasche über dem Herzen, und die grüne Taschenlampe in der kleinen verschließbaren Tasche am Ärmel. Tapani stand auf. An diesem Abend zog es ihn nach Kumpula. Er beschloss, bei den Einfamilienhäusern in der Limingantie anzufangen. Dort konnte man mühelos in die Fenster sehen und den Bewohnern beim Schlafen zuschauen.

Tapani ging nicht direkt zu seinem Objekt. Das tat er nie. Jetzt schlich er zuerst zum Sportplatz von Annala, der neben den Straßenbahnhallen lag, sah sich dort ohne Eile um und gelangte schließlich zu den Umkleidekabinen. Sie waren aus Holz, flach und grau. Der Geruch von Sportlern, die sich angestrengt hatten, lag in der Luft. Die Kabine unmittelbar am Wald war offenbar für Frauen gedacht, das spürte Tapani irgendwie instinktiv. Einige Minuten lang stand er davor, dann zog er das Messer hervor und schabte am Rand des Eckbrettes. Das Holz war trocken. Als er ging, standen die Späne vom Brett ab wie die Stachel vom Rücken eines Igels, dicht an dicht und aufrecht. Tapani drehte sich noch einmal um, bevor er zur Valtimontie hinaufstieg. Er hatte das Gefühl, dass er später eventuell über den Sportplatz nach Hause gehen würde.

Er folgte nicht der Straße, das war gefährlich, denn dort war immer Verkehr. Er überquerte die Fahrbahn nur rasch und verschwand auf der anderen Seite im Wald. Er nahm die südwestliche Richtung. Der Himmel vor ihm war durch die Lichter der Stadt farbig erleuchtet, und er wusste, bald würde er die schmale Straße erreichen, die sich zwischen jenen Häusern von Kumpula durchschlängelte, die auf dem trockenen Kiefernhügel aufragten. Mit einem Satz war er auf der Straße und fragte sich wieder einmal, warum man diese elenden Baracken als Alleehäuser bezeichnete – Slum hätte man das nennen müssen. Schließlich wohnten dort auch nur arme Schlucker, genau solche nichtsnutzigen Radaubrüder, vor denen er Angst hatte und die ihn zugleich fast unwiderstehlich anzogen.

Tapani zuckte zusammen, erstarrte. Er war nicht allein. Da war noch jemand auf der Straße unterwegs. Er horchte. Das Geräusch der Schritte kam von links, aus einem Abstand von vielleicht zwanzig Metern. Es entfernte sich. Tapani schluckte; wäre er nur einen Moment früher auf die Straße gekommen, wäre er unweigerlich auf den Passanten gestoßen. Er trat neben die Fahrbahn, wo überall Moos wuchs, und folgte geduckt den Schritten. Es reizte ihn, Menschen nahe zu kommen, ohne dass sie es merkten.

In der Dunkelheit war zunächst nur eine Gestalt zu erkennen. Tapani erkannte an dem leicht schwankenden Schritt, dass die Person betrunken war. Die Bäume wurden weniger, die Person zeichnete sich deutlich vor dem Himmel ab, und Tapani sah, dass es eine Frau war. Seine Erregung nahm zu, er spürte das Pulsieren der Adern in seinen Handgelenken. Er duckte sich noch mehr und verringerte den Abstand verwegen auf wenige Meter.

Die Frau summte vor sich hin, das konnte man deutlich hören. Tapani schnupperte die Luft, er wusste, er folgte genau den Schritten der Frau: Sie zog einen süßen, fast zu schweren Duft nach Parfüm hinter sich her. Ihre Haare waren zu einem luftigen Ball auftoupiert, aus dem rechts und links ein paar

Strähnen herausstanden. Sie trug eine Bluse mit kurzen Ärmeln, lange Hosen und Korksandalen. Tapani war außergewöhnlich erregt. Er zitterte. Hätte er jetzt sprechen müssen, wäre nur ein Krächzen aus seinem Hals gekommen, das wusste er.

Er richtete den Blick auf die Hüften der Frau. Sie waren breit, üppig wie die ganze Erscheinung. Tapanis Herz pochte.

Plötzlich blieb die Frau überraschend stehen. Tapani ging in die Hocke, griff nach einem Zweig, den er vor sich hielt. Er war unvorsichtig gewesen, dachte er, war zu nahe herangekommen, und kniff die Augen zusammen, als hoffte er, hinter seinen Lidern unsichtbar werden zu können. Aber er hatte sich geirrt. Die Frau blickte sich um, jedoch nicht verängstigt, eher so, als wollte sie sich über etwas Klarheit verschaffen. Nach wie vor summte sie, dabei machte sie, nach ihren Bewegungen zu schließen, den Reißverschluss ihrer Hose auf. Tapani hielt den Atem an. Die Frau streifte Hose, Strumpfhose und Schlüpfer bis zu den Knien herab und ging neben der Straße in die Hocke.

Tapani schnappte nach Luft. Das Blut wogte heftig in seinen Gliedern. In seinen Schläfen spürte er ein starkes Klopfen. Noch vor kurzem, vielleicht vor einer Woche nur, hätte er abgewartet, bis sich die Frau entfernt hätte, und sich danach selbst von seinem nahezu unerträglichen Druck befreit. Jetzt registrierte er plötzlich, wie er aufstand und auf die kauernde Frau zuging, deren Hintern in der Dunkelheit schimmerte wie ein heller Mehlsack. Die letzten Meter ging er mit steifen Beinen, die Hände an den Seiten gekrümmt. Hinter der Frau blieb er stehen.

»Hallo, Hühnchen ...«

Tapani hörte undeutlich die von ihm hervorgestoßenen Worte; seine Stimme war vor Anspannung scharf geworden, aber das war seine Stimme, dachte er, die Worte kamen aus seinem Mund. Die Frau fuhr zusammen, wäre beinahe auf die Nase gefallen, sie kreischte, kam dann aber erstaunlich flink wieder auf die Beine und stürzte mit ausgestrecktem Po zwei Meter weiter in den Wald. Dort drehte sie sich um und fing an, sich in geduckter Haltung die Kleider zu richten. Sie sagte nichts, sondern starrte Tapani nur direkt ins Gesicht. Auf einmal hatte Tapani Angst. Er war ratlos, wollte selbst davonrennen, sich so weit zurückziehen wie möglich, aber etwas in ihm sagte ihm, dass das Kreischen der Frau nur zum Teil vom echten Schrecken herrührte, der Rest war gewollt, gespielt. Er blieb auf der Stelle stehen, breitete aber die Arme aus, als bitte er um Verzeihung.

»Verdammt noch mal, Kerl«, schnauzte ihn die Frau an. Sie war nicht ängstlich, eher aggressiv. Sie verließ das Gestrüpp, kam auf Tapani zu und zog dabei ihren Reißverschluss hoch. »Was schleichst du hier im Dunkeln rum und erschreckst andere Leute?«

Tapani antwortete nicht, zuckte nur mit den Schultern. Die Frau trat vor ihn. Sie war wesentlich älter, als er geglaubt hatte. Das heißt, eigentlich war nur das Gesicht alt, ihr Auftreten war jung: Sie bewegte sich wie ein Teenager. Ihr Mund war schlaff, breit, und sie hielt ihn leicht geöffnet; die rote, feuchte Zungenspitze wurde sichtbar, wenn sie sich die Unterlippe leckte.

»Und?!«, fragte sie, wobei sie die Hände in die Hüften stemmte. Tapani senkte den Blick. Ein Knopf an ihrer Bluse war offen, durch den Spalt sah man schwarze Spitzen und den Hauch von weißer, gerundeter Haut.

Sie lachte auf. »Du wirst doch wohl sprechen können«, sagte sie, und Tapani hatte das Gefühl, als sei sie nicht mehr böse auf ihn. Sie schien die ganze Zeit zu lachen, obwohl man ihr das äußerlich nicht ansah.

Er kratzte sich im Nacken. »Ich bin von dort gekommen, von einem Freund. Ich wollte bloß nach Hause gehen«, sagte er beklommen.

Die Frau grinste, dazu kam ein Laut aus ihrer Kehle. Sie legte den Kopf schief, ohne Tapani aus den Augen zu lassen. »Ich glaube, du lügst«, sagte sie zu seinem Erschrecken. »Ein Kerl wie du muss doch nicht allein nach Hause gehen«, fuhr sie fort. »Jung und gut aussehend ...«

Tapani vermochte nichts mehr zu sagen. Er spürte, wie er rot wurde, seine Ohren glühten. Ihm schien, als befände sich an Stelle seines Bauches eine ungeheuer große Höhle, und es kam ihm so vor, als würde er die Frau kennen – nicht vom Sehen, nicht dem Namen nach, irgendwie sonst. Er kannte die Frau als eine von denen, die in den Gärten und Höfen der Alleehäuser zusammenstanden und lauthals lachten.

Sie streckte eine Hand nach Tapanis Gesicht aus. Instinktiv wollte er ausweichen, ließ es aber bleiben. Die Hand berührte seine Wange. Er seufzte auf, als er spürte, wie die weichen Fingerspitzen über seine Haut wanderten, zart die hässlichen Unebenheiten betasteten und den weißen Flaum am Kinn streiften.

»Oh Gott«, seufzte Tapani. Alle Kraft wich aus seinen Beinen, er befürchtete, auf die Knie zu fallen. In seinem Kopf überschlugen sich die Fantasien, aber er konnte nicht klar denken, jetzt, da die Stunde gekommen war, auf die er jahrelang gewartet hatte; er wusste nicht, was er tun sollte, und nur sehr langsam sickerte eine nie zuvor empfundene Sicherheit in ihn ein.

Er trat näher zu der Frau hin, schlang ihr einen Arm um die Taille und zog sich noch näher an den warmen, weichen Körper heran. Die Frau bewegte ihr Becken, stieß ihn leicht an, und irgendwie begriff Tapani, dass dies keine Zurückweisung bedeutete. Er tastete über ihren Rücken, berührte die Haken des Büstenhalters, ließ die Finger auf die runden Pobacken gleiten, ging aber nicht weiter. Regungslos stand er da, atmete der Frau ins Ohr und spürte, wie er in dem Duft des Parfüms versank.

Die Frau löste sich von Tapani und richtete ihre Haare.

»Du bist ja wirklich ein echter Kerl«, sagte sie heiser, wobei sie zu lachen versuchte. Tapani streckte erneut die Hand aus, wollte die Frau wieder an sich heranziehen, sie aber wich zurück und stand eine Weile schweigend da. »Ich wohn hier in der Nähe. In der Limingantie«, sagte sie schließlich. Tapani nickte. Sie drängte sich an ihn, dann drehten sie sich um und nahmen die unbefestigte Strecke durch den Wald.

Auf dem Hang, der zum letzten Holzhaus in der Limingantie hinführte, wuchsen lediglich einige kleinkindgroße Ebereschen. An der Giebelseite des Hauses brannte eine Lampe, in deren mattem Lichtkegel sich eine Schar Männer versammelt hatte, im Stehen schwankende oder auf der Erde hockende, betrunkene Taugenichtse. Das Grölen und Fluchen war bis zum Waldrand zu hören. Die Frau blieb stehen, nahm Tapani an der Hand.

»Ich heiß übrigens Kyllikki. Sag bloß nicht, dass das ein komischer Name ist, ja?«

»Nein. Das ist ein guter Name. Ich heiße Tapani.«

»Tapani? Dann wirst du bestimmt Tappi genannt? Hör zu, Tappi, ich wohn da drüben im zweiten Treppenaufgang. Wir müssen an der Bande da vorbei. Hör nicht hin, wenn sie das Maul aufreißen.«

Tapani spähte zu den Männern hinüber. Wenigstens zwei lagen k. o. auf der Erde, einer drückte auf einem Akkordeon herum, bekam aber keine ordentliche Musik zu Stande. Die anderen blökten, wie es Besoffene üblicherweise tun.

Tapani bekam Angst. Nicht allein die Männer ängstigten ihn, sondern die ganze Situation, Kyllikki, das, was sie vorhatte. Unmerklich wich er einen Schritt zurück, einen zweiten, bemerkte, dass Kyllikki ihn am Ärmel zog.

»Komm schon«, sagte sie und legte ihm den Kopf auf die Schulter, sodass er ihre Haare im Gesicht spürte und ihr Haarspray einatmete. Er stieß einen bebenden Seufzer aus, dann gab er nach.

Sie gingen den Hügel hinunter. Kyllikki drückte sich eng an Tapani.

»Kümmer dich nicht um sie«, flüsterte sie. »Geh so aufrecht, als wärst du mein Bräutigam …«

Tapani gab einen ablehnenden Laut von sich. Sein Mund wurde trocken. Er beschleunigte den Schritt und versuchte, die Betrunkenen nicht anzuschauen. Sie näherten sich dem Haus, erreichten den Rand des Lichtkegels. Die Männerschar verstummte. Tapani kam es so vor, als glotzten alle ihn und Kyllikki an, besonders ihn. Er schluckte und blinzelte.

»Hey ... die Säge-Muschi!«, rief einer.

»Wo haste denn die halbwüchsige Bohnenstange aufgegabelt?«

»Komm her. Onkel Pate hat auch einen Knüppel, der mal ein bisschen abgesägt werden müsste ...«

»Scheißkerle. Kümmer dich nicht um sie«, zischte Kyllikki und trieb Tapani zum Weitergehen an. Sie gingen um die Ecke und ließen den Lichtkegel hinter sich. Die Rufe wurden gedämpft, klangen lustloser. Kyllikki stieg die Eingangsstufen hinauf und öffnete die verzogene Haustür mit den quietschenden Scharnieren. Tapani atmete auf vor Erleichterung. Nebeneinander gingen sie die braun gestrichene Treppe hinauf, sie knarrte bei jeder Stufe.

Das Zimmer war klein. Es roch nach Cremes, nach Parfüms, nach leeren Weinflaschen und nach irgendwo hingestopfter schmutziger Wäsche. Kyllikki trippelte ans Fenster, zog die Gardine vor der schmalen Scheibe zu und knipste eine Lampe auf dem Tisch an. Ihr Licht war rötlich, jedoch hell genug, um zu verraten, welches Chaos in dem Zimmer herrschte. Das Bett war aus Metall und zusammenklappbar. Es stand an der linken Wand und war ordentlich gemacht. Die Tagesdecke war weiß mit dunkelroten Rosen.

Tapani blieb an der Tür stehen. Kyllikki kickte die Sandalen von den Füßen, nahm einen Porzellanbecher von der Kommode und trank einen ausgiebigen Schluck daraus.

»Möchtest du irgendwas?«, fragte sie. »Viel hab ich allerdings nicht anzubieten ... Steh nicht da an der Tür. Komm her und setz dich neben mich, komm ...« Sie setzte sich aufs Bett und tätschelte die Matratze, als lockte sie einen störrischen

Hund. Sie lächelte. Tapani kam zögernd näher. Er war erregt, zugleich aber noch immer verängstigt; Mutters wütendes Gesicht tauchte vor ihm auf. Hilflos blieb er vor Kyllikki stehen.

»Nur nicht nervös werden«, sagte Kyllikki und legte eine Hand auf Tapanis Oberschenkel. Sie drückte leicht zu, fuhr mit den Fingern nach oben. Plötzlich löste sie den Griff – genau in dem Moment, als es anfing, angenehm zu werden. Beinahe unglücklich sagte sie: »Tappi. Es fällt mir so schwer, dir das zu sagen, aber ... ich sitze dermaßen in der Tinte, weißt du. Morgen müsste ich meine Miete zahlen, aber ich habe keinen Pfennig. Heute sollte ich meinen Lohn kriegen, aber in der Firma, in der ich arbeite, gibt es irgendwelche Schwierigkeiten – ist auf nächste Woche verschoben worden. Du weißt ja, wie die Zeiten sind?«

»Ja ...«

»Ich würde mich nie trauen, dich um etwas zu bitten. Am Ende glaubst du noch, ich bin ...«

»Hör auf«, sagte Tapani breiig und tastete nach seinem Portemonnaie in der hinteren Hosentasche. »Ich hab einen Hunderter. Den könnt ich dir geben. Ich war ... ich hab Schulden zurückbekommen«, erklärte er. Es hätte nicht viel gefehlt, und er hätte erzählt, das Geld stamme von seinem Vater. Er zog den Schein heraus und reichte ihn ihr.

»Du bist wunderbar. Danke!« Kyllikkis Hand setzte sich wieder in Bewegung. Im Nu verschwand das Geld in einem Birkenrindenschuh, der an der Wand hing. »Soll ich das Licht ausmachen? Oder gefällt es dir, wenn du dabei etwas siehst?«

»Mach es ruhig aus«, stammelte Tapani.

Er konnte nicht begreifen, wie ihm das geschehen konnte. In Dutzenden von Männerzeitschriften und wahren Geschichten hatte er das gelesen, und darum bemächtigte sich seiner schlagartig eine ermüdende Scham und Enttäuschung. Er wusste, dass andere Männer zu Vereinigungen im Stande waren, die die ganze Nacht hindurch gingen, er wusste, dass die Frauen unter ihnen genussvoll wimmerten. Ihm selbst aber war schon die Berührung von Kyllikkis Hand mit den roten Nägeln zu viel.

Tapani verbarg sein Gesicht. Er schluchzte. Noch immer stand er vor dem Bett, er war nicht einmal dazu gekommen, sich hinzulegen. Die Frau, die auf den Ellbogen gestützt auf dem Bett lag, konnte er nicht anschauen.

»Oho …« Kyllikki war eindeutig verblüfft. »Du bist aber ein empfindlicher Kerl …«

Tapani hörte ihr regungslos zu, suchte nach dem Spott in ihrer Stimme. Er biss die Zähne zusammen, drückte die Hände noch fester gegen das Gesicht, so stark, dass die Dunkelheit in seinen Augen rot aufflammte. In diesem Augenblick wusste er, wie das Zimmer aussehen würde, wenn es in Flammen stünde.

»Lach nur, verflucht, lach nur«, keuchte er, aber so leise, dass es Kyllikki nicht hören konnte.

Das Bett knarrte. Kyllikki setzte sich auf. Tapani spürte, wie sich die nackten Zehen der Frau auf seinen eigenen niederließen. Ihm war kalt.

»Nicht doch, Tappi«, sagte Kyllikki leise, beruhigend. »Ich hab es nicht böse gemeint …«

Tapani hörte keinen Spott aus den Worten heraus. Er spürte nun, wie sich Kyllikkis Hände auf seine bloßen Hüften legten. »Weißt du, so was ist eigentlich eine Huldigung für eine Frau: So gut fühl ich mich bei dir«, sagte Kyllikki und dachte an eine Freundin, die mit einem Brotmesser erstochen wurde, weil sie den Fehler gemacht hatte, einen allzu angespannten Freier auszulachen. »Ich glaub, es ist für alle schwer, am Anfang. Zumindest beim ersten Mal. Komm jetzt her. Gib mir mal deine Hand, he …«

Tapani ließ sich von Kyllikki aufs Bett ziehen. Sie schob sich gekonnt neben ihn, unter ihn, strich ihm mit zärtlichen Fingern über den Nacken und die Schultern. Tapani atmete tief. Er spürte die Frau ganz heiß an sich und hatte ihren Duft in der Nase. Dann gelang es ihm, seine Hand in Bewegung zu setzen, unbeholfen tastete er sich vor und legte die Finger schüchtern auf Kyllikkis rechte Brust. Er schloss die Augen. Die Brust fühlte sich noch erstaunlicher an, als er es sich vorgestellt hatte in all den Nächten seiner Pubertät, als er die leblose Ecke seines Kopfkissens umklammert gehalten hatte.

Gegen halb zwölf tuckerte Suttelin im postgelben VW-Käfer die Kustaa Vaasan tie entlang. Er kam aus der Innenstadt und war auf dem Weg ins Weidengebüsch an der Aavasaksantie. Er war müde, trotz allem aber auf stille Weise zufrieden. Die »Operation Roter Hahn« zirkulierte jetzt zur Begutachtung und kam gut voran. Ende letzter Woche war sie beim Chef der Abteilung gewesen, am Montag bereits beim Dezernatschef und am Tag zuvor beim Bereichsleiter, sodass Suttelin Grund zu der Annahme hatte, sie könnte schon am nächsten Tag beim stellvertretenden Polizeidirektor und möglicherweise sogar beim Polizeipräsidenten landen. Außerdem hatte er inoffiziell gehört, man begegne dem »Roten Hahn« »im Prinzip positiv«.

An der Kreuzung Intiankatu gerieten Suttelins Gedankenspiele durcheinander. Durch die Belüftung des Wagens drang der Geruch von Rauch. Suttelin erkannte das sofort, und er wusste auch, dass es nichts mit dem Auto zu tun hatte. Vor ihm war der Himmel rot, aber nicht so wie hinter ihm, wo Neonreklame die Nacht färbte. Er trat das Gaspedal bis zum Anschlag durch. Das Auto war alt, Dutzende von Männern hatten es benutzt, und alle waren hart und gleichgültig damit umgesprungen, so wie man es mit fremdem Eigentum oft tut. Es zog nur quälend langsam.

Mit quietschenden Reifen bog Suttelin in die Valtimontie ein, hielt mitten auf der Straße an und verließ in Windeseile den Wagen. Die Umkleidekabinen am Sportplatz von Annala standen in hellen Flammen, gewaltig schlugen sie in den Himmel, das Holz knisterte und knallte. Suttelin sprang für sein Alter erstaunlich schnell wieder in das Auto und schnappte sich das Funkgerät.

»Zentrale? Hört die Zentrale? Risto fünf ruft!«

Durch die Windschutzscheibe starrte er auf das lodernde Feuer. Allmählich mischte sich ein weißer Farbton unter die Flammen. Immer höher stiegen sie in den schwarzen Himmel auf. Für Suttelin sah es so aus, als seien sie fröhlich, unbändig wie die Flammen eines Dankopfers.

»Hört mich die Zentrale?«, rief er ins Mikrofon und spürte, wie sich die bittere Enttäuschung in einen Schmerz unter seinem Herzen verwandelte.

KAPITEL 13

Aufbruch

Elisa weckte Harjunpää, indem sie ihm die Hand auf den Hals legte. Er brummte, bekam die Augen einen Spalt weit auf und fuhr dann hoch.

»Leise! Pauliina schläft, Timo«, flüsterte Elisa. »Keine Angst, es ist erst Viertel nach acht …«

Harjunpää blickte sich im halbdunklen Zimmer um. Er sah das Bücherregal, die Sessel, die Spielsachen seiner Tochter auf dem Fußboden – lauter bekannte Gegenstände, weshalb er sich langsam beruhigte. Er hatte von einem Fernglas geträumt, konnte sich aber an nichts Genaues erinnern.

An diesem Tag war Harjunpää schon um fünf nach Hause gekommen. Nachdem er gegessen und Pauliina im Waschbecken gebadet hatte, hatte er sich Elisa zuliebe hingelegt, aber wie immer, wenn sich ein Mensch nur mal kurz ausruhen will, war er in tiefen Schlaf gesunken. Jetzt war er immer noch müde, doch nicht so, dass schlafen geholfen hätte. Er war müde, weil seinem Leben etwas fehlte: die kleinen freien Augenblicke, das Zusammensein zu Hause, Abendspaziergänge, das Spielen mit Pauliina, fast alles, was zum normalen Leben gehörte, und obwohl er genau das oft genug für anstrengend gehalten hatte, stellte er jetzt zu seiner Verwunderung fest, dass genau das für die nötige Abwechslung im Leben sorgte.

Er hielt seine Frau an beiden Seiten fest und legte die Stirn auf das gewölbte Kleid. Das Baby regte sich nicht. Harjunpää versuchte sich zu konzentrieren, konnte aber keinerlei Botschaft aufnehmen, die auf den Zeitpunkt der Geburt hingewiesen hätte. Es liegt jetzt einfach ein bisschen faul herum, dachte er, sammelt Kräfte, um seine Mutter in der kommenden Nacht wach halten zu können. »Wie geht's euch?«, fragte er.

»Wie soll's uns gehen. Es wird schon irgendwann kommen – wenn es nicht auch noch über die Zeit auf sich warten lässt ...«

»Das würde gerade noch fehlen. Nachdem es sich bis jetzt so beeilt hat.«

»Eben. Aber das hab ich nicht ernst gemeint«, sagte Elisa und fuhr ihrem Mann durch die vom Schlafen strubbeligen Haare. »Wie geht es denn deiner Vappu?«, fragte sie kurz darauf.

Harjunpää wurde unruhig. Er überlegte kurz, ob »deine Vappu« etwas Besonderes zu bedeuten hatte, kam aber zu dem Ergebnis, dass dies nicht der Fall war, und dachte an Vappu. Er versuchte, sich das Zimmer von Vappu und Oiva vorzustellen, den kleinen, unpraktischen Raum, den Geruch der Bodenfüllung, das kalte Wasser aus dem Hahn ... Er seufzte gequält und stand auf.

»Sie wird schon klarkommen. Sie ist eine von der vollblütigen Sorte«, murmelte er.

Harjunpää machte sich zum Aufbruch bereit. Er merkte, dass er nervös war, ein wenig wie immer vor Dienstbeginn, auch wenn er diesmal gar nicht ins Revier ging, sondern nach Toukola, und auch das nicht allein. Die in der Nacht zuvor zerstörten Umkleidekabinen am Sportplatz von Annala hatten das »im Prinzip positiv« beschleunigt. Suttelin hatte seinen Willen durchgesetzt. Alles Wesentliche war tagsüber innerhalb weniger Stunden organisiert worden, daher war klar, dass der »Rote Hahn« nicht ohne Komplikationen in Gang kommen würde. Es gab mehrere Schwachpunkte: der Funkverkehr, Männer, die das lange Observieren nicht gewohnt waren und gegen ihren Willen dazu abkommandiert worden waren, der ewige unnütze Disput zwischen Kriminal- und Ordnungspolizei. Harjunpää beschloss, nicht daran zu denken. Er redete sich ein, um Suttelins willen angespannt zu sein, wusste aber, dass er wegen Elisa und Vappu unruhig war, und ein wenig auch, weil er noch immer nicht die Hand vergessen hatte, die aus der Asche des Geräteschuppens geragt hatte.

Eine Viertelstunde später war er fertig. Er hatte es nicht eilig, die Männer vom »Roten Hahn« versammelten sich erst um neun in der Zentrale zur letzten Besprechung, aber es fiel ihm schwer, noch zu Hause zu bleiben. Es kam ihm vor, als ginge er damit sowohl Elisa als auch sich selbst auf die Nerven. Er rückte den Revolver in eine bessere Position (es war das erste Mal, seit Pauliina angefangen hatte, Schubladen aufzumachen, dass er die Waffe mit nach Hause gebracht hatte) und stieß einen Seufzer aus: »Dann werde ich mal gehen.«

»Du hättest doch die langen Unterhosen anziehen sollen«, sagte Elisa.

»Ich bitte dich. Lange Unterhosen im August?«

»Man kann auch im Sommer frieren. Denk an die Nächte zuvor. Und aus dem Proviant machst du dir gar nichts?«

»Dank dir ... aber ich kann nicht.« Es gelang ihm, einen flehenden Blick hinzubekommen. Er war in einem Maße nervös, dass er gar nicht ans Essen denken konnte. »Stell dir vor, wie das aussehen würde, wenn ich aus dem Gebüsch springe, um den Pyromanen zu schnappen, und in der einen Hand ein Ei und in der anderen ein Butterbrot halte.«

In der Diele zog sich Harjunpää die Windjacke über. Er blickte auf den Regenschirm an der Garderobe, schämte sich aber sogleich und versuchte sich vorzustellen, was Elisa über eine Verfolgungsjagd mit Regenschirm gesagt hätte. Noch einmal kehrte er in die Küche zurück, öffnete die Tür zum Zimmer einen Spaltbreit, gerade so viel, dass er hineinhuschen und auf Zehenspitzen zu Pauliinas Bett schleichen konnte. Das Mädchen schlief fest, die dünnen Arme und Beine an den Körper gezogen. Es lag verkehrt herum im Bett, Harjunpääs altes Taschentuch hielt es als Schmusetuch in der Faust. Harjunpää drehte Pauliina nicht um, er zog nur die Decke zurecht, sodass die Zehen zugedeckt waren, dann schlich er zur Tür zurück. Dort stand er noch eine Weile und hörte dem dünnen Atem seiner Tochter zu. Die normalen, alltäglichen Trennungen fielen ihm von Jahr zu Jahr schwerer. Er wusste selbst, woher das kam, aber das machte es ihm nicht leichter. Im Grunde seines Herzens sagte er beim Aufbruch stets Lebewohl. Er trat in die Küche und fand es angenehm, dass dort Licht brannte und dass Elisa wach war.

An der Wohnungstür drückte er seiner Frau einen schnellen Kuss auf die Wange.

»Pass auf euch auf«, sagte er und öffnete die Tür. Der Hausflur empfing ihn hallend und kühl. Elisa nahm ihre Hand nicht von seiner Schulter, er hielt inne.

»Timo«, sagte sie zögernd. »Du bist irgendwie so ... Dich bedrückt doch nichts? Du hast doch keine Angst, dass wir nicht klarkommen, wenn ich zu Hause bleibe?«

»Nein«, sagte Harjunpää. Er seufzte, ohne es zu merken. Je weiter die Schwangerschaft fortschritt, umso empfindsamer wurde Elisa. Es gab Momente, in denen das beinahe anstrengend war. Diesmal hatte er zufällig nicht daran gedacht. »Du weißt doch, dass ich nur froh bin, wenn du zu Hause bleibst«, sagte er mit Nachdruck und meinte das auch so. »Es ist etwas ganz anderes für mich, wenn ich nach Hause komme, und ihr seid da, als ob das Zuhause erst dann etwas bedeuten würde. Denk doch nur mal zurück, wie wir früher beide müde und schlecht gelaunt heimgerannt sind, Pauliina geschnappt haben, dann schnell was einkaufen, hastig essen ... und die Wohnung sah immer so aus, wie wir sie am Morgen verlassen hatten. Erst jetzt habe ich das Gefühl, in dieser Wohnung auch wirklich zu leben. Wenn du das bloß aushältst, bis die Kinder in die Schule kommen. Und denk nur an Pauliina. Wie sie sich in dem einen Monat verändert hat – pinkelt nicht mehr ins Bett, spielt allein für sich ... Und wir kommen schon über die Runden. Bis jetzt hat es ja auch funktioniert. Oder?«

»Ja. Nun geh schon. Tschüs.«

Harjunpää ging durch die Luotsinkatu. Gemächlich spazierte er den Hügel hinunter, die Hände in den Gesäßtaschen seiner Jeans, und das war ihm angenehm, denn zu seiner normalen Ausstattung gehörte ein Sakko, das so etwas unmöglich machte. Sonst fühlte er sich überhaupt nicht wohl. Er wusste, er sollte froh und zufrieden sein, weil die Situation der Brandabteilung endlich registriert worden war, weil man jetzt offenbar zu schnelleren Entschlüssen kam, doch er vermochte sich nicht zu freuen. Er war merkwürdig niedergeschlagen, betrübt, aus einem Grund, den er selbst nicht kannte.

Trotz des Abends war die Luft warm und schweißtreibend. Aus weiter Ferne wurde ein gedämpftes Geräusch herübergetragen, es war eher zu erahnen als zu hören. Harjunpää dachte an die turmartigen Kumuluswolken, die am Nachmittag über dem Finnischen Meerbusen gestanden hatten, allerdings konnte es auch ein Düsenflugzeug sein, oder die Küstenartillerie führte eine Übung durch. Als er den Marktplatz erreichte, blickte er aufs Meer. Das Wasser sah schwarz und ölig aus. Auch der Himmel war dunkel, doch auf andere Art. Blitze waren keine zu sehen. Dennoch war er sicher, dass ein Gewitter die Resonanz erzeugte, denn es lag etwas Drückendes, Beklemmendes in der Luft.

KAPITEL 14

Der Schneemann

Die Gruppe hatte sich schon am frühen Abend versammelt, von selbst gebildet, wie immer, wenn Männer zusammenkommen, sei es vor dem Dorfladen, sei es am Ufer oder an einer Kreuzung. Diese Gruppe hatte sich vor einem dreigeschossigen, auf den ersten Blick an einen riesigen Sarg erinnernden Holzhaus versammelt. Dort war es gemütlich, denn die Erde hatte sich den Bedingungen angepasst, sie ließ kurzes Gras wachsen, das die schweren Schritte von Betrunkenen ebenso gut aushielt wie Ringkämpfe, die auf Zornesausbrüche folgten. Es war außerdem weich, weshalb man darauf sogar selig seinen Rausch ausschlafen konnte.

Die kreischenden Knirpse waren längst ins Bett gescheucht worden, zumindest vor den Fernseher, und es drangen auch keine Gerüche mehr aus offenen Fenstern, die einer empfindlichen Nase verraten hätten, dass die Gerichte in den meisten Wohnungen aus tiefgefrorenem Fisch oder Hackfleisch bestanden – entsprechend dem Sonderangebot dieses Tages im nächstgelegenen Supermarkt. Die Erde atmete die gespeicherte Wärme des Tages aus, das kleine Waldstück hinter dem Haus duftete nach Heidekraut und Fichtenzapfen. Das fahle Licht an der Giebelseite des Hauses brannte noch nicht.

»... aber doch nicht Pate«, sagte Haapanen mit Nachdruck und fügte mit leisem Hohn hinzu: »Es gibt zwei Sorten Männer, die einen hacken das Holz, und die andern wissen, wie man die Säge benutzt ...«

Er hob viel sagend die Nase, und den anderen blieb kein Zweifel, zu welcher Gruppe er sich zählte. Der Mann, der Pate genannt wurde, versuchte etwas zu stammeln, doch der Tafelwein, den er früher am Abend getrunken hatte, und die Biere danach hatten ihn bereits dermaßen aufgeweicht, dass er seine Wange wieder ins Gras sinken lassen musste. Die Erdanziehungskraft war etwas Erstaunliches.

»Haapanen«, knurrte einer namens Leino herausfordernd. Die anderen verstummten. Leino war ein großer, vierschrötiger Kerl, vielleicht nicht allzu intelligent, eher ein gewöhnlicher Schwätzer, aber er war kräftig und gefährlich, wenn er wütend wurde. Seinen inoffiziellen Anführerstatus genoss er sichtlich. Er tastete nach der vollen Wermutflasche neben sich, schraubte den Deckel ab und ließ eine ordentliche Portion der roten Flüssigkeit in seine Kehle laufen. »Red keinen Scheißdreck«, fuhr er fort, nachdem er sich die aufgedunsenen Lippen abgewischt hatte. »Die gehört mir, die Säge-Muschi, jawoll.«

In der Schar wurde gemurrt, was auf andere Meinungen hindeuten mochte, doch keiner hatte den Mut, es laut auszusprechen. Auch Haapanen schwieg. Kalervo Hynninen, ein dürrer Schlosser, dessen Alte ein böses Mundwerk hatte, stand träge auf und torkelte nach Hause.

Ein heiseres Lachen beendete die Stille. Es kam von Heltimoinen, einem schmalgesichtigen Schelm, der die Rolle des Clowns übernommen hatte.

»Jungs«, hob er an wie ein Festredner. »Wenn man's mal ganz direkt sagt, ist es dann nicht so, dass die Säge noch keinen von uns rangelassen hat – weder Haapanen noch Pate noch den kleinen Heltimoinen, aber auch den Leino nicht, und wenn er noch so ein Rassebulle ist ...«

Die Stille wirkte noch tiefer als zuvor. Sie wurde nur durch Pates Schnarchen unterbrochen. Alle warteten; Heltimoinen hatte gerade darum gebeten, ins Krankenhaus zu kommen, oder direkt in den Sarg. In der Stille lag aber noch etwas anderes, etwas Unbehagliches. Die Männer vermieden es, einander anzusehen, allzu konzentriert studierten sie die knotigen Blüten des Wegerichs und die kleinen Steine auf dem Gelände.

Leino stieß einen Fluch aus, nachdem er schließlich verstanden hatte, was gesagt worden war. Heltimoinen sprang auf und blickte zur Seite, als fasste er schon einen Fluchtweg ins Auge.

»Willst du behaupten, unsereiner wäre noch nie im zweiten Treppenhaus gewesen?«, fuhr ihn Leino an.

»Aber nein! Mein lieber Freund! Ich werde doch so was nicht behaupten. An welchem Abend war das letzte Woche, als man dich zuletzt dort hat klopfen hören? Hat direkt die anderen Leute beim Schlafen gestört. Und beim Runtergehen hast du auch noch auf der Treppe gepoltert«, erklärte Heltimoinen. Sein Gesicht war runzelig von dem Rausch, der ihn so mutig machte. In seinen Augenwinkeln deutete sich ein Lachen an, und vielleicht war es gut, dass es nur aufblitzte. Leino gab sich damit zufrieden, etwas Undefinierbares zu brummen, denn er wusste nicht, ob er verspottet oder gelobt wurde. Zumindest lachte keiner. Einem anderen hätte er vielleicht sicherheitshalber eins übergebraten, aber eine Laus wie Heltimoinen wagte er nicht einmal richtig anzuschnauzen. Außerdem spürte er, dass die anderen auf Heltimoinens Seite waren.

Am Ende der Limingantie, dort, wo sich die Straße in einen steinigen Trampelpfad verwandelte, wendete eine Grüne Minna. Die Stille vor dem Haus wurde lauernd. Erst als die Rückleuchten außer Sichtweite waren, fing das Gequassel wieder an, und Leino ermannte sich, einen zweiten Schluck aus der Flasche zu nehmen.

»Frauen sind manchmal komisch wählerisch«, stellte er fest.

»So wie die Säge-Muschi.«

»Irgendwie seltsam. Bestimmt holt sie sich die Kerle woanders. Und die Leute aus dem eigenen Haus behandelt sie wie Dreck.«

»Ist nicht vor einer halben Stunde wieder dieses Milchgesicht ins zweite Treppenhaus geschlüpft?«, fragte Huotari, der bis jetzt geschwiegen hatte.

»Sieht so aus, verflucht.«

»Aus dem Wald ist er gekommen, damit ihn keiner sieht. Vielleicht sollte man mal mit der Faust gegen die Tür schlagen. Das wird dem Kerlchen auf die Sprünge helfen ...«

Eine Krähe, die von ihrem Schlafbaum aufgescheucht worden war, flog über das letzte Haus der Limingantie hinweg. Weiter entfernt kläffte ein Köter. Pate Jääskeläinen röchelte noch immer vor sich hin, doch die Unterhaltung stockte eine Weile.

Huotari setzte sie wieder in Gang: »Warum holt sich der Schneemann überhaupt so eine Dohle in seine Bude?«, überlegte er.

»Ich mein, der hat doch bestimmt selbst nicht viel davon ...« Offenbar war diese Frage allen anderen auch im Kopf herumgegangen, denn von allen Seiten regnete es Stellungnahmen.

»Die würde jeder andere auch nehmen. Sie hat zwar eine Visage wie ... aber ansonsten ist alles an seinem Platz.«

»Außerdem ist es nicht schlecht, wenn einem jemand den Haushalt macht. Wäscht, putzt, bisschen was zum Futtern macht – halt den ganzen Weiberkram.«

»Und wenn sie dann auch noch arbeiten geht.«

»Aber besonders oft wird der Schneemann die Gaben der Säge nicht genießen können. Wo ist er denn jetzt wohl, der arme Kerl?«

»Wenn ihn der Sommer mal nur nicht zum Schmelzen gebracht hat ...«

Bisweilen, wenn die Menschen einen vernachlässigten Bekannten anrufen und ihn sagen hören: »Komisch. Gerade habe ich an dich gedacht«, ist ihnen das unangenehm; sie glauben, der Bekannte schwindelt. Aber womöglich ist dem gar nicht so, vielleicht hat eine eigentümliche Kraft der Gedanken den Anrufer gerade die Nummer dieses Bekannten wählen lassen. Oder die Nähe eines Menschen – die man noch gar nicht ahnen kann – lenkten die Gedanken und Worte genau auf ihn und seine Angelegenheiten.

Heltimoinen bemerkte den Ankömmling als Erster. Offensichtlich zweifelte auch er an seiner Wahrnehmung, denn er hielt eine ganze Weile seinen langen Hals gereckt, bevor er den Mund aufmachte:

»He, Jungs ... Wenn man vom Teufel spricht. Guckt mal, wer da angetrottet kommt.« Die Köpfe drehten sich, die Betrunkensten spähten in die falsche Richtung, aber bald glotzten alle auf den steinigen Pfad, der zur Limingantie führte. Der Ankömmling war bereits nahe. Aber auch aus der Ferne hätte man sich in ihm nicht täuschen können.

»Der ... der Schneemann«, entwich es Huotaris Lippen. Die anderen schwiegen, zum Teil vor Verblüffung, zum Teil weil ihre Worte von eben leichte Schuldgefühle in ihnen weckten.

Der Ankömmling war tatsächlich der Schneemann. Er war groß, ein Mann von fast zwei Metern. Sein Gang war schwankend, als tappte er über ein Schiffsdeck, seine Arme schlenkerten schlaff im Takt der Schritte. Er wirkte in der Tat wie ein Schneemann, an einen Gorilla jedenfals erinnerte er nicht im Entferntesten. Die Schultern machten nicht mit, sie schienen zu einem anderen Körper zu gehören. Sie waren knochig und schmal, von der Sorte, die man Bierflaschenschultern nennt.

»Leck mich. Das ist der Schneemann!«

»Grüß dich. Bist also nicht geschmolzen.«

»Mach mal einer Licht. Lampe an, Veli, he, Licht ...«

»Was zu trinken! Gebt dem Schneemann einen Schluck, Jungs!« Der fröhliche Unterton war nicht echt. Keiner in der Bande konnte aufrichtig behaupten, den Schneemann zu mögen. Freilich hasste ihn auch keiner, der eine oder andere mochte ihn höchstens um die fesche Frau in seinem Haus beneiden. Die Männer begegneten ihm eher gleichgültig; er war wortkarg und schwerfällig, und nicht einmal eine große Menge Alkohol brachte seine Gedanken ans Tageslicht. Außerdem saß er nicht besonders oft vor dem Haus. Wenn er es tat, dann schlang er die langen Arme um die Knie und starrte auf den Waldrand.

Die Begrüßung hatte kein Leben in das ausdruckslose Gesicht des Schneemanns gebracht. Er nickte gerade so viel mit dem Kopf, dass man es merkte, wankte auf die Wand zu, schaffte es, ans Ziel zu kommen, ohne auf irgendwelche Beine zu trampeln, und ließ sich prustend neben Leino nieder. Dessen Gesicht verzog sich zu einer unbestimmten, leicht säuerlichen Miene. Er wirkte neben dem Schneemann nicht unbedingt klein, dennoch schien er ein wenig geschrumpft zu sein.

»Na, dich hat man auch schon ein paar Wochen lang nicht mehr gesehen«, stellte er fest, schnappte sich die Bierdose, die neben dem schlafenden Pate stand, und schob sie dem Schneemann in die Faust.

Dieser nahm sie entgegen und trank. Dabei lief ihm ein Rinnsal über das Kinn und verschwand zwischen den braunen Bartstoppeln. Mit dem Ärmel wischte er sich über den ernsten Mund. »Stimmt«, entgegnete er.

»Hast du einen Job gehabt? Im Steinbruch? Oder bist du bloß wieder am Ufer rumgelaufen? Nimm's mir nicht übel, aber du scheinst mir ein bisschen leidend auszusehn«, meinte Leino neugierig.

Der Schneemann zog die Nase hoch, sah Leino aber nicht an. Er blickte in kein einziges der Augenpaare, die ihn fixierten, sondern starrte nachdenklich auf den bläulich schimmernden Wald. Wenig später seufzte er auf und strich sich durch die Haare. »So sieht's aus«, sagte er in sich gekehrt. Mehr war nicht aus ihm herauszubekommen.

Seit dem Geburtstag des Schneemanns, der eigentlich Niilo Iisakki Lumiaho hieß, waren an jenem Donnerstag fünfundvierzig Jahre vergangen. In die Zeit passte viel hinein, und Niilo Iisakki wäre nicht der schweigend unter anderen Betrunkenen sitzende Schneemann, wären die Ereignisse der Vergangenheit nicht hauptsächlich trauriger Natur gewesen, Rückschläge, die derart niederschmetternd waren, dass er über das, was die anderen für Rückschläge hielten, gelacht hätte – falls sie ihm überhaupt zu Ohren gekommen wären und er zum Lachen fähig gewesen wäre.

Niilo war als neuntes Kind eines Waldarbeiters zur Welt gekommen. Er war das letzte Kind geblieben, denn die Mutter war bei der Geburt an einer Entzündung gestorben. Die Familie wurde auseinander gerissen. Niilo kam als Pflegling in eine Familie mit vier Kindern im Nachbardorf. Seine echten Geschwister lernte er nie kennen. Die frühen Jahre seiner Kindheit vergingen wie bei anderen Kindern von kleinen Bauernhöfen. Dann nahm ihm der Krieg den Pflegevater. Er verschwand einfach während eines heftigen Gefechtes aus der Welt. Über sein Schicksal wurde nie vollständige Klarheit erlangt, aber wahrscheinlich hatten irgendwo die Kolkraben mit den Schnäbeln in das hineingehackt, was von ihm noch übrig war. Die Pflegemutter heiratete nicht wieder. Das Leben wurde karg.

Beharrlich ging Niilo bis zum Schluss zur Schule. Danach arbeitete er mal hier, mal dort, im Wald, auf dem Bau, auf dem Acker. Schließlich besuchte er die Landwirtschaftsschule, und im darauf folgenden Praktikum schloss er Bekanntschaft mit dem Alkohol. Das führte zu Schwierigkeiten. Das Praktikum musste er vorzeitig abbrechen, und der Weg auf die höhere technische Ebene der Ausbildung war versperrt. Wieder nahm er unterschiedliche Arbeiten an, quartalsweise, so wie er auch soff.

Allerdings hatte er auch Glück: In einer nüchternen Phase hatte er mit einer großen Bergbaugesellschaft zu tun und stellte bald fest, dass er der geborene Bergmann war. Die erste Ehe schloss er mit vierundzwanzig. Es war eine glückliche, aber kurze Verbindung. Inkeri, seine Frau, starb im Bezirkskrankenhaus bei der Geburt von Zwillingen. Beide Kinder – stramme Jungen – blieben am Leben. Niilo wohnte mit ihnen ein paar Monate lang bei der Schwiegermutter, doch deren unausgesprochene Anschuldigungen machten das auf Dauer unmöglich. So kamen die Jungen in staatliche Obhut. Niilo zog von Mine zu Mine und fing wieder an zu trinken.

Das zweite Mal heiratete Niilo mit dreißig. Dem Paar wurden drei Kinder geschenkt, ansonsten war die Ehe nicht ergiebig. Die Mine befand sich an einem anderen Ort, Niilo war somit monatelang fort, und zu allem Überfluss lief ein großer Teil seines Lohns die Kehle hinunter. Erst als seine Frau mit Scheidung drohte, riss er sich zusammen. Sie kauften sich einen verlassenen Hof und zogen dort ein. Nach anderthalb Jahren harter Arbeit stellte sich heraus, dass die Natur stärker war als Niilo. Als Erstes tauchte die Frau mit den Kindern wieder unter den Menschen auf, und ein paar Monate später Niilo, der sein Anwesen versoffen hatte.

Die Familie versuchte es noch einmal zusammen. Niilo malochte in der Fabrik. Glück hatte er nicht. Schon im ersten Herbst gab es einen neuen Schicksalsschlag: Zwei seiner Kinder ertranken gleichzeitig in einem Entwässerungsgraben. Am Rand des Eislochs fand man nur einen Wollhandschuh und eine nasse Mütze. Niilo hörte erst zu trinken auf, als es nicht einmal mehr die nötigsten Haushaltsgegenstände in der Wohnung gab. Da erst merkte er, dass seine Frau und seine Tochter verschwunden waren. Er hatte nicht versucht, sie aufzuhalten.

Ein Jahr später traf Niilo einen gewissen Kainulainen aus seinem Heimatdorf. Nach hartnäckigem Bemühen gelang es ihnen, gemeinsam ein Abbruchunternehmen zu gründen. Es stürzte mit dem ersten Auftrag ab, und mit ihm Niilo Iisakki Lumiaho. Danach versuchte er es nicht mehr. Er hielt sich in der Nähe von Steinbrüchen auf und arbeitete so viel, dass er am Leben blieb und Schnaps hatte.

Die letzten Jahre hatte der Schneemann in Helsinki verbracht. Mit Hilfe des Sozialamts war es ihm gelungen, an die Bude in dem Holzhaus am Ende der Limingantie zu kommen – und die wurde zum einzigen Fixpunkt seines Lebens. Mit der Arbeit wollte es nicht mehr klappen. Zweimal hatte er auf der Straße einen undefinierbaren Anfall bekommen. Beide Male war er ins Krankenhaus gebracht und postwendend wieder auf die Straße gesetzt worden.

Auch die Seele des Schneemanns hatte Schaden genommen. Er hörte geheimnisvolle Stimmen, sah bisweilen Menschen, die es nicht gab, aber das Schlimmste war, dass die ganze Welt über ihn und sein Leben zu lachen schien. Die Leute glotzten ihn an, verspotteten ihn hinter seinem Rücken. Er konnte nicht verstehen, wie sie über all sein Versagen Bescheid wissen konnten. Am schlimmsten war seine Not vor knapp einem Jahr gewesen. Damals hatte er sich mit dem Teppichmesser das rechte Handgelenk zerfleischt und wäre beinahe ums Leben gekommen. Die Chirurgen hatten die Wunde geflickt. Als Erinnerung blieb ihm lediglich eine teilweise Taubheit der Hand. Der Schneemann hasste diese Hand. Es war keine gewöhnliche Hand. Die rechte Hand des Schneemannes hatte nämlich zwei Daumen: Der eine war normal, der andere war klein wie der Daumen eines Kindes und am eigentlichen Daumen angewachsen. Das hätte sich korrigieren lassen, doch als der Schneemann ein Kind war, dachte man an so etwas nicht. Der kleine Daumen war geblieben, er erinnerte ihn an seine Geburt, an den Tod der Mutter, an sein ganzes Leben, an all sein Scheitern. Insofern war auch die Hand eines seiner Missgeschicke. Und wenn Leute ihm die Hand gaben, schauten sie ihm nicht in die Augen, sondern starrten auf sein Unglück: auf die Pranke eines Schneemanns.

In Helsinki war dem Schneemann eine bemerkenswerte, beinahe glückliche Begebenheit widerfahren. Nach seiner Entlassung aus dem Krankenhaus war er im Stadtteil Kallio einer Frau begegnet. Sie war eine Nutte, Kyllikki Pietilä, die Säge-Muschi, aber das störte den Schneemann nicht sonderlich. Am wichtigsten war ihm Kyllikkis Gesicht. Es war fast schon welk, erinnerte ihn jedoch frappierend an das Gesicht seiner ersten Frau, zumindest an das Bild, das ihm von Inkeris Gesicht geblieben war.

Er hatte die Frau in seine Obhut genommen – oder sie ihn in ihre, und so hausten sie nun schon acht Monate lang zusammen. Freilich war der Schneemann mindestens während der Hälfte dieser Zeit seine eigenen Wege gegangen, hatte nach Aushilfsarbeiten gesucht und sich mit den Kerlen vom Arabia-

Ufer rumgetrieben. Kyllikki hatte sich diese Zeiten zu Nutze gemacht. Sie konnte nichts für ihre Natur, und außerdem musste sie ja irgendwie überleben.

Auch jetzt war der Schneemann drei Wochen lang unterwegs gewesen. Er wusste selbst nicht genau, wo er sich überall herumgetrieben hatte. Auf jeden Fall kam er an jenem Donnerstag aus der Ausnüchterungszelle heraus, und der Wärter sagte zu ihm: »Eigentlich müsstest du heute feiern , weil du Geburtstag hast.« Im Kopf des Schneemanns kam der Gedanke auf, dass sein Geburtstagsgeschenk darin bestehen könnte, Inkeris Gesicht zu sehen. Darum schlug er den Weg in die Limingantie ein. Allerdings verging der Tag schnell, und erst jetzt, als sich der Abend zur Nacht verdichtete, saß der Schneemann vor dem Haus, in dem er wohnte.

Das Grüppchen war kleiner geworden, obwohl es noch nicht einmal halb zehn war. Heltimoinen hatte damit geprahlt, zu einer Frau in die Intiankatu zu gehen, Jääskeläinen war aufgewacht und nach Hause getorkelt, ebenso Haapanen, nachdem seine kleine Tochter im Nachthemd und mit feuchten Augen gekommen war und ihn überredet hatte, schlafen zu gehen. In die Übriggebliebenen kehrte kein Leben ein. Der Alkoholschmuggler, der auf der anderen Seite der Straße wohnte, kam vorbei; er war ein kluger Mann, er behielt die Lage von seinem Stammplatz aus im Auge und erschien erst, wenn die Flaschen leer waren. Dann ging das Geschäft gut, und niemand fiel in diesem Stadium noch auf, dass der Schnaps ordentlich Wasser enthielt.

Das Gespräch drehte sich bereits seit einiger Zeit um die Brände. Huotari erklärte gerade, wie mühelos sich einer begraben lasse, der bei einem Brand ums Leben gekommen sei. Leino saß nach wie vor neben dem Schneemann und erläuterte ihm, worum es ging. »Jusa meint die Bullen. Die laufen hier jetzt nämlich ständig herum. Das macht die Schwarzhändler nervös. Es hat nämlich gebrannt, weißt du. Immer wieder mal … Ist auch schon einer draufgegangen. Darum gibt's hier

Bullen wie anderswo Preiselbeeren. Du weißt schon. Du bist ein prima Kerl, Schneemann ...«

»Ja, ja.«

»Genau.« Leino schob sich noch näher an den Schneemann heran und blickte sich um, als befürchte er, jemand könne ihn heimlich belauschen.

»Schneemann«, flüsterte Leino, wobei er nur den einen Mundwinkel bewegte. »Du bist bestimmt gekommen, um zu gucken, wie deine Alte das Quartier in Schuss hält, was?«

»Ja, so ungefähr.«

»Das dachte ich mir. Hör zu.« Leino rutschte noch näher heran, leckte sich nach einem Schluck über die feuchte Unterlippe und kniff die Augen zusammen, wie einer, der mindestens ein Geheimnis kennt. »Du warst mir schon immer sympathisch, und ich hab immer zugesehen, dass du nicht zu kurz kommst. Hör zu ... Es geht mich ja nichts an, aber weil wir alte Kumpels sind, hab ich gedacht ...« Er stieß seinem Kumpanen bedeutungsvoll in die Rippen und verstummte. Dann nickte er wissend mit dem Kopf, und erst als der Schneemann auffordernd brummte, sagte er: »Vergessen wir das Ganze ...«

Der Schneemann löste die Hände von den Knien und legte Leino einen Arm um die Schulter. »Lass es nur raus, wenn es schon mal da ist«, ermunterte er ihn milde, als sei er bereit, die Sorgen des anderen zu teilen. Leino lachte kurz auf, und in diesem Laut lag ein heiserer, beinahe gemeiner Ton.

»Du kennst doch die Frauen, Schneemann? Deine Alte da, die du so barmherzig von der Straße aufgelesen hast, die ist doch von der Sorte, auf die die Männer stehen ...« Der Schneemann atmete auf eine Weise aus, die besagte, wie einerlei ihm das war.

»Nicht doch, nicht doch«, zischelte Leino. »Während du weg warst, hab ich an deiner Stelle aufgepasst. Die Jungs wollten hingehen, aber ich hab ihnen die Faust unter die Schnauze gehalten und gesagt: *Stoi*! Da geht ihr nicht hin! Das ist die Alte von meinem Kumpel ...« Leino hob seinen kantigen Schädel, als sei er darauf vorbereitet, überschwänglichen Dank entgegenzunehmen. Als der Schneemann nur billigend nickte, war er enttäuscht.

»Die Stiere vom eigenen Grundstück hab ich fern halten können«, fuhr er giftig fort. »Aber die anderen. Kyllikki hat sich die Männer von anderswo geholt, ein richtiges Geschäft hat sie betrieben.«

»Ja, ja«, sagte der Schneemann mit teilnahmsloser Stimme.

»Genau. Und was soll's. Aber das Gerede. Das hat mich dann schon ein bisschen wütend gemacht. Immerhin bist du mein Kumpel.«

»Welches Gerede?«

»Na ... sie hat gesagt, sie muss sich die Männer anderswo holen, weil du für gewisse Sachen nicht zu gebrauchen bist. Angeblich weiß das jedes Weibsstück im ganzen Haus. Und außerdem hat sie gesagt, kein Wunder, dass es bei dir nicht klappt, wo doch sonst auch nichts bei dir hinhaut. Solche Worte sind da gefallen. Und dann noch, dass sie sich richtig ekelt, wenn du sie mit ... du weißt schon ... mit deiner Pranke betatschst.«

»Das hat Inkeri gesagt?«, fragte der Schneemann langsam, ungläubig.

Leino lachte. »Aber na klar. Ich werde doch einem Kumpel keine Märchen erzählen.«

Der Schneemann legte die Stirn auf die Knie, man konnte sein Gesicht nicht sehen. Er atmete in schweren Zügen, und Leino schloss aus dem Zittern der ungepflegten Nackenwolle, dass er weinte.

»Schneemann, verdammt noch mal? Du flennst doch nicht? Wegen so einem Weibsstück?«, wunderte sich Leino. »Scheiße, Mensch. Ich kann dir sagen – jetzt ist auch grad so ein junger Herumtreiber bei ihr, so ein verpickelter Nichtsnutz. So ist es. Aber wie ich dich kenne, gehst du jetzt in deine Bude und zeigst ihnen, wer der Herr im Haus ist. Verdammt noch mal, das tust du! Mach dem Kerl ein bisschen Feuer unterm Arsch!

Und deine Alte bringst du auch gleich zur Räson. Das brauchen die Weiber ab und zu, dass man ihnen zeigt, wo der Hammer hängt.« Leino rüttelte den Schneemann an der knochigen Schulter, dieser aber sagte nichts, er rührte sich nicht einmal.

Zehn Minuten später stand Leino auf. Er bewegte sich schwerfällig, denn er hatte stundenlang auf einem Fleck gesessen, außerdem war die angenehme Phase der Trunkenheit vorbei, jetzt war sie nur noch als Gewicht in seinen Beinen zu spüren. »Dann bleib eben sitzen«, murmelte er leise, dabei suchte er Halt an der Wand. »Hörst du, he ...« Mit der Schuhspitze stieß er gegen das Bein des Schneemanns, aber dessen Kopf hing so schwer auf den Knien, als wäre er in dieser Haltung gestorben. Leino schwankte einige Schritte von der Wand weg und wunderte sich über den leeren Platz. »Weg. Alle weg, die Kerle, jeder Einzelne.« Er winkte ab. »Von mir aus, ihr Schweinehunde.« Dann torkelte er entschlossen vorwärts und verschwand um die Ecke. Kurz darauf hörte man ein Krachen. Es entstand, als er gegen den Türpfosten des ersten Treppenaufgangs prallte. Etwas später hörte man eine Tür zuschlagen, aber dieses Geräusch kam eindeutig von weiter weg, aus dem dritten oder vierten Eingang.

Vor dem Haus wirkte alles außerhalb des Lichtflecks unter der Giebellampe schwarz, beinahe beängstigend. Nur die Stämme der Kiefern, die am nächsten zur Lampe standen, waren als solche zu erkennen, bereits die etwas weiter entfernten kleinen Ebereschen änderten ihre Gestalt, sie standen da wie versteinerte Menschen. Im hellen Bereich befand sich nur noch eine einzige Person: der Schneemann. Er kauerte so unverrückbar an der Wand, als sei er ein Teil des leblosen Hauses. Mit dem Kopf auf den Knien glich er dem zu früh auf die Welt gekommenen Fötus eines Riesen. Man hätte nicht sagen können, ob er schlief oder nachdachte. Außer ihm war niemand mehr da. Nur die Nachtfalter flogen um die Lampe herum, flatterten davon und stießen erneut gegen das Glas, sie kamen von dem Lichtkreis nicht los.

KAPITEL 15

Der Rote Hahn

Der Stallboden war tatsächlich der Dachboden eines ehemaligen Stalles. Jetzt befand sich darunter die Garage, eng und von Stützpfeilern zergliedert, sodass selbst der geübteste Fahrer konzentriert den Mund verzog, wenn er sein Fahrzeug rückwärts hineinrangierte. Früher, irgendwann zu Beginn des zwanzigsten Jahrhunderts, als das Hofgebäude in der Sofiankatu 3 errichtet wurde, hatte der Stall Pferde beherbergt. Dafür war er zweifellos geräumig genug gewesen. Jetzt stand der größte Teil der Kripo-Fahrzeuge kreuz und quer im Hof herum. Neben den Namen erinnerten noch die Eisenringe an den Wänden an die Pferde, außerdem die ein Meter breite steinerne Rinne neben der Treppe zum Boden, auf der früher die Heuballen für die Gäule hinaufgezogen wurden.

Die Falltüren im Boden gab es nicht mehr, sie waren bereits vor Jahrzehnten zugemauert worden. Seine eigentliche Metamorphose hatte der Stallboden erst vor wenigen Jahren erfahren; bei der Kriminalpolizei war sie noch immer Anlass zum Stolz – ähnlich wie die Sauna, die bei der Technik eingebaut worden war.

Der Boden diente als Schulungs- und Konferenzraum der Kripo. Er war mit filzunterfüttertem Vinyl ausgelegt, die Wände waren frisch mit grauer Farbe gestrichen, und an der Decke hingen Leuchtröhren, dazu einige Spots, deren Licht immer in die falsche Richtung zu fallen schien. Zum Schulungs- und Konferenzraum wurde der Stallboden durch die Einrichtung.

Im vorderen Teil war ein breites Podest eingebaut worden, hinter dem sich eine linierte Tafel und eine Leinwand befanden. Vorne standen ein Tisch, ein Dia- sowie ein Overhead-Projektor. Mit dessen Hilfe konnten die Verwegensten beim Warten auf den Vortragenden schöne Schattenbilder zaubern: Indianerköpfe oder Häschen, die mit den Ohren wackelten.

Harjunpää saß in der ersten Reihe und stieß mit den Schuhspitzen an das Podest. Er hätte lieber im hinteren Teil des Raumes gesessen, wo man Schultern und Rücken an die Wand lehnen konnte und alle anderen im Blick hatte, aber Suttelin hatte ihn und Kinnunen nach vorne geschcucht, direkt vor die Nase des Redners. Harjunpää hatte daraus geschlossen, dass Suttelin aufgeregt war, dass er geradezu einen Horror hatte vor seinem Auftritt. Immerhin war es ihm gelungen, sich den äußersten Stuhl der Reihe zu sichern. Durch das offene Fenster legte sich die Sommernacht auf sein Haar und seinen Nacken, aber das konnte ihn nicht beruhigen. Der warme, nach Stadt riechende Luftstrom erinnerte ihn vor allem an die bevorstehende Nacht und daran, dass sie mit dem Start des »Roten Hahns« bald eine Stunde im Verzug waren.

Harjunpää drehte sich so weit um, dass er die anderen sehen konnte. Es waren nicht viele Männer im Raum, er zählte sie mit zusammengekniffenen Augen und kam auf insgesamt vierzehn, ihn und Kinnunen mit eingerechnet. Suttelin fehlte noch, außerdem Fredriksson, ein Kommissar von der Ordnungspolizei, der zur Verstärkung abgestellt worden war. Auch diese beiden waren auf dem Stallboden, das wusste Harjunpää, sie standen im Vorraum, von wo ihr Gespräch als leises Getuschel hereindrang. Im Raum selbst sprach niemand.

Der überwiegende Teil der Männer war von der Ordnungspolizei. Harjunpää kannte nur wenige mit Namen, die meisten jedoch vom Sehen. Meistens waren die Jungs von der Ordnungspolizei als Erste am Tatort, und Harjunpää verband die Gesichter mit verschiedenen Ereignissen. Den rothaarigen Mann, der ganz in seiner Nähe saß, kannte er von einer Auseinandersetzung, die ein zehnjähriger Junge mit seinem Vater geführt hatte. Der Junge hatte als Waffe eine zwei Kilo schwere Eisenstange benutzt, der Vater ein Fleischmesser. Der Vater hatte gewonnen. Der nächste, große, dabei kindlich wirkende Wachtmeister erinnerte ihn wiederum an einen Architekten, der unter einen Zug geraten war und dessen Angehörige behauptet hatten, die Polizisten hätten dem Toten die silberne Taschenuhr abgenommen. Bei der Obduktion hatte man die Uhr in der Gehirnmasse gefunden. Harjunpää ging mit den Augen alle Anwesenden durch. Den letzten, trotz der Hitze mit einem dicken Norwegerpullover ausgerüsteten Mann konnte er mit nichts in Verbindung bringen, doch sein Anblick ließ eine leichte Unruhe in ihm aufkommen. Er kam nicht darauf, ob das mit dem Pullover zusammenhing oder mit dem Mann selbst. Alle saßen schweigend auf ihren Plätzen, sie fühlten sich eindeutig unwohl in der fremden Umgebung und in Zivil.

Die Turmuhr des Staatsratsgebäudes schlug zehnmal. Sie schlug zweistimmig, gemächlich, betrübt, wie eine Kirchenglocke, wenn sich die Leute zur Einsegnung einfinden. Tagsüber fielen einem die Schläge überhaupt nicht auf, dachte Harjunpää, erst am Abend hörte man sie. Als Nächstes waren Schritte zu vernehmen. Fredriksson sprach mit schallender Offiziersstimme einen Gruß aus. Suttelin sagte nichts, jedenfalls trugen seine Worte nicht bis in den Raum hinein. Ein unerklärlicher Groll regte sich in Harjunpääs Innerem. Er erinnerte sich an das Gras, das aus der Regenrinne wuchs, und war sicher, dass sein Groll daher rührte.

Der Chef kam als Erster in den Raum, ihm folgten der Kommissar in Uniform und als Letzter Suttelin, der die Tür zumachte. Er war eben nur Hauptwachtmeister. Ohne nach rechts und links zu schauen trat der Chef ans Podest, sprang mit zwei Sätzen hinauf, schlug die Jackenschöße zur Seite, schob lässig die Hände in die Hosentaschen und drehte sich um. Das Räuspern und das Knarren der Plastikstühle hörten auf. Suttelin schlich geduckt den Gang entlang und zwängte seinen Hintern auf einen Stuhl am äußersten Rand. Dabei sah er so peinlich berührt aus wie ein Theaterbesucher, der zu spät zur Vorstellung kommt.

»Guten Abend«, sagte der Chef und lächelte. Harjunpää fiel auf, wie lang seine Eckzähne waren, wie bei einem Wolf. Unmerklich richtete er sich etwas mehr auf: Wenn der Chef um diese Zeit zur Arbeit kam, und auch noch wegen der Brandkommission, dann machte das auch auf ihn Eindruck. Er bekam das Gefühl, als handele es sich um eine große Kampfoperation, und musste unweigerlich daran denken, welch starken Eindruck das Kommen des Stellvertretenden Divisionsleiters der Kriminalpolizei auf die Jungs von der Ordnungspolizei machen musste.

»Meine Herren«, fing der Chef an, »wir wissen alle, warum wir heute Abend hier sind.« Er machte eine Pause, räusperte sich, blickte zur Decke. Dann drehte er sich um, schritt zum Rand des Podests und drückte auf einen Schalter. Die Spots gingen an. Ihre Lichtkegel fielen hell auf das Podest und beleuchteten die in der Luft schwebenden Staubkörner, so wie die Frühlingssonne den Schmutz zu Tage bringt, der sich im Laufe des Winters auf den Fenstern abgelagert hat. Der Chef begab sich wieder auf seinen alten Platz, ohne dass er dabei die Augen zusammenkneifen musste.

»Wie Sie wissen, ist es in der Gegend von Toukola und Kumpula zu einer Reihe von Bränden gekommen, die Anlass zu der Vermutung geben, dass sie vorsätzlich gelegt worden sind«, fuhr er fort. »Die Situation ist ständig beobachtet worden, und es musste konstatiert werden, dass sie sich in eine Besorgnis erregende Richtung entwickelt hat: Eine Person hat bei den Bränden das Leben verloren. Nachdem ich mich mit dem gesammelten Material vertraut gemacht habe, bin ich zu dem Entschluss gekommen, dass höchstwahrscheinlich ein und dieselbe Person hinter sämtlichen Bränden steckt, ein Pyromane, den zu fassen wir jetzt ...« Der Chef ließ den Blick seiner wasserblauen Augen durch den Raum schweifen. Als er bei der ersten Reihe angelangt war, starrte Harjunpää ohne zu blinzeln auf die schwarze Tafel und versuchte zu erraten, ob es angenehm sein mochte, zu atemlos lauschenden Männern zu sprechen oder morgens in der Zeitung zu lesen: »Dem Stellvertretenden Divisionsleiter Timo Harjunpää zufolge bringt die nun gestoppte Serie von Verbrechen zum Ausdruck ...« Gequält änderte er die Haltung seiner Beine, und plötzlich musste er an Vappu denken.

»...ungeachtet seiner näher rückenden Pensionierung sein Bestes getan, doch nicht immer führen auch die hartnäckigsten Bemühungen zum Erfolg. Aus diesen Gründen habe ich einen Plan erstellen lassen, wegen dessen Umsetzung wir jetzt hier sind. Meine Herren. Vielleicht ist es nun das Beste, wenn ich ohne weitere Vorreden Hauptwachtmeister Suttelin das Wort erteile, der die Gelegenheit gehabt hat, sich mit allen Einzelheiten näher vertraut zu machen. Herr Suttelin – bitte sehr.«

Harjunpää blickte auf Suttelin. Dessen Gesicht wirkte noch runzeliger als sonst, mit ausdruckslosen Augen starrte er auf seine verschränkten Hände und wirkte ein wenig so, als wäre er lieber woanders. Der Chef stieg vom Podest herab, wischte sich über den mausgrauen Schnurrbart – der dem von Clark Gable glich – und marschierte an der Wand entlang zur Tür. Er öffnete sie und drehte sich zu den Männern um, die ihn anstarrten.

»Meine Herren. Entschuldigen Sie, wenn ich mich entferne«, sagte er leise. »Es ist August, die Zeit der Jagden steht bevor. Ich bin mitten aus einer Planungsbesprechung zu Ihnen gekommen.«

Er lächelte kurz, ein bisschen so, wie Männer lächeln, wenn eine schöne Frau vorübergeht, nickte mit dem Kopf und verschwand. Suttelin erklomm das Podest, schaltete die Spots aus und rieb sich die Hände, als überlege er, wo er anfangen sollte. Auf Harjunpää wirkte er müde, noch etwas gebückter als sonst, sein Gesicht sah außergewöhnlich blass und zerfurcht aus.

Suttelin blickte auf die Uhr und hob beinahe erschrocken den Kopf.

»Also«, setzte er unsicher an, um sich gleich darauf heftig zu räuspern. »Nun gut«, begann er erneut und bekam überraschend schnell Druck in seine Stimme. »Alle haben vorab die Anweisungen schriftlich erhalten. Ich hoffe nur, dass ihr sie auch sorgfältig gelesen habt. Gut. Unklarheiten wird es trotzdem geben, da kann man nichts machen, die Sachen laufen in der Praxis nie so, wie man sie vorher plant.« Suttelin machte eine Pause, er hatte sich offensichtlich an seine Stimme gewöhnt sowie an den Umstand, dass ihn alle anschauten. »Mir selbst bereitet das Einnehmen der Positionen, die Einschätzung der Bedeutsamkeit einer Beobachtung und vor allem die Phase, in der man mit der Situation konfrontiert wird, Sorgen. Was das Letzte anbelangt, möchte ich euch besonders eines einschärfen: Was immer auch geschieht – wenn es nicht auf eurem eigenen Sektor passiert …« Suttelin überwand sein Lampenfieber und sprach nun sorgfältig, er betonte genau die entscheidenden Aspekte, und hätte er normalerweise auch so reden können, hätte er innerhalb von zwei Wochen die Haltung des gesamten Gewaltdezernats gegenüber Bränden verändert.

Auf dem Hof waren Laufschritte und einige hastige Worte zu hören. Harjunpää beugte sich nach vorne, um hinauszuschauen. Zwei Männer gingen auf die Wagenkolonne zu. Es fing an dunkel zu werden, und drinnen brannte Licht, deshalb konnte er die Männer nicht identifizieren. Sie eilten auf den silbern glänzenden VW zu – er war von einem Franzosen für den Staatsgebrauch konfisziert worden, hatte verdunkelte Scheiben und einen außergewöhnlich starken Motor –, und der Mann, der auf der Beifahrerseite einstieg, setzte das Blaulicht in Gang. Das Licht befand sich noch im Wagen, flammte dort auf wie ein gefangener Blitz und färbte das Gesicht des Polizisten blau. Unmittelbar bevor der Wagen in der Hofeinfahrt verschwand, wurde es auf dem Dach befestigt. Harjunpää meinte sogar, das Blech knallen zu hören, als der Magnet sich daran festbiss. Er wartete, zählte und kam bis sechzehn, bevor die Sirene eingeschaltet wurde. Das Geräusch kam bereits aus der Nähe des Doms. Harjunpää vermutete, dass einer der beiden Männer Väänänen von der Gewalt gewesen war. Er versuchte gar nicht erst zu raten, zu welchem Fall die Männer ausrückten, er war einfach damit zufrieden, selbst im Stallboden sitzen und dem leiser werdenden Sirenengeheul zuhören zu dürfen.

Er versuchte sich vorzustellen, was der Brandstifter genau in diesem Augenblick wohl tat. In seinem Inneren hatte er sich bereits ein genaues Bild von ihm zurechtgelegt. Ein paarmal hatte er sogar Passanten, die seiner Vorstellung entsprachen, so eindringlich angeschaut, dass sie verwirrt zu Boden geblickt hatten. Einer davon, ein Mann im fortgeschrittenen Alter, hatte ihm sogar undeutlich Guten Tag gewünscht. Harjunpääs Pyromane war ein Mann mittleren Alters. Offensichtlich hatte das mit Suttelins Kartei zu tun, aus der eine erstaunlich klare Altersstruktur hervorging. Einen beträchtlichen Teil der Brandstifter bildeten Männer zwischen vierzig und sechzig. Die zweite, eindeutig abgrenzbare Gruppe waren junge Männer knapp unter zwanzig, fast Jungen noch, die gerade erst der Pubertät entwachsen waren.

Der Pyromane in Harjunpääs Vorstellung war mittelgroß, eventuell einen Hauch rundlicher als der Durchschnitt. Normalerweise ging er aufrecht, mit energischem Schritt, entfernte er sich jedoch vom Brandort, zog er die Schultern hoch und beeilte sich nicht.

Die Vorstellung amüsierte Harjunpää und verwunderte ihn zugleich, denn er konnte sich an keinen einzigen früheren Fall erinnern, der ihn dazu veranlasst hatte, sich den Verdächtigen so komplett auszumalen. Der Täter war normalerweise nur »der Täter«, keine Person, sondern ein gestaltloser Begriff, der erst konkrete Züge annahm, wenn er festgenommen wurde. Bei dem Pyromanen stand das Gesicht für diesen abstrakten Begriff, denn das konnte sich Harjunpää nicht vorstellen. Als er jetzt daran dachte, verzogen sich seine Augenwinkel zu einem heimlichen Schmunzeln: Im leeren Gesicht des Pyromanen wuchs ein kleiner, grauer Schnurrbart.

Harjunpää hatte das Gefühl, als ginge der Pyromane gerade unruhig zu Hause auf und ab. Er wohnte in einem großen Haus im obersten Stockwerk (freilich gab es in Toukola und Kumpula keine solchen Häuser) und spähte aus dem Fenster in die Nacht. Zwischendurch nahm er einen Schluck aus einer Bierdose, rauchte eine Zigarette, blickte auf die Uhr und beobachtete den abnehmenden Verkehr. Er wusste, er konnte in aller Ruhe zu seinem Objekt gehen, ohne Hast das Feuer entzünden und anschließend in seine Wohnung zurückkehren, um das Lodern zu bestaunen. Harjunpää versuchte zu erraten, wie sich der Pyromane fühlen musste, wenn er hinter sich plötzlich einen Ruf hören und merken würde, wie ihn jemand ergriff. Das musste lähmend für ihn sein, geradezu entsetzlich. Harjunpää bemerkte zu seinem Erstaunen, wie er hoffte, der Pyromane möge sich in dieser Nacht nicht auf den Weg machen. Zum Teil hoffte er es für all die Vappus dieser Welt, die mit Henriks und Lottas im Bauch in strohtrockenen Holzhäusern schliefen, ohne zu ahnen, dass im Treppenhaus gerade ein rundlicher Mann die Streichhölzer aus der Tasche zog. Die Uhr des Staatsratsgebäudes schlug halb elf. Harjunpää wurde unruhig.

»... etwas anderes sagen kann. Ich selbst werde in Kallio sein und den Funkverkehr lenken. Wenn etwas vorfällt, komme ich hinzu. Und das Wichtigste noch einmal: Alle Passanten aufschreiben und Mitteilung machen. Solange nichts passiert, darf sich jedermann frei bewegen. Aber wenn es losgeht, darf jeder in den Ring reingehen, nur raus lassen wir keinen mehr, ohne ihn zu überprüfen. Die Streifen sind bereit. Wenn es also einen Grund gibt, dann ruft sie einfach ... Gut. Falls es noch Fragen gibt, können sie jetzt gestellt werden.«

Suttelin blickte auf seine Hände. Seinem Gesicht konnte man entnehmen, dass er nicht auf überflüssige Fragen erpicht war, er wollte keine Zeit damit vergeuden zu erklären, was zu tun war, wenn man anfing zu frieren.

Harjunpää blickte sich nach hinten um. Den Männern standen zahlreiche Fragen ins Gesicht geschrieben, dem einen mochte unklar sein, welchen Funkkanal er benutzen sollte, dem anderen, wann sie am nächsten Tag zum Dienst erscheinen mussten, einem Dritten wiederum, ob der Funkruf nun Kanto neun oder Risto siebzig lautete. Aber alle saßen schweigend da, als befürchteten sie, ihre Dummheit zu offenbaren, indem sie etwas fragten, was allen anderen klar war, und Harjunpää erinnerte sich, dass es ihm in der ersten Nacht auf Posten genauso ergangen war. Er wusste, das Plappern und Fragen würde erst im Auto beginnen, und spätestens wenn die Männer im Gebüsch und in den Gartenhäuschen hockten, würde ein pausenloser Funkverkehr losgehen, weil sich alle ständig gegenseitig anriefen.

»Wenn alles klar ist«, sagte Suttelin hoffnungsvoll, kam aber nicht weiter.

»Herr Hauptwachtmeister«, erhob jemand im hinteren Teil des Raumes die Stimme, wo schon einen Augenblick zuvor heftiges Tuscheln zu hören gewesen war. Der Mann im Norwegerpullover, der Harjunpää an irgendeinen traurigen Todesfall erinnerte, stand zögernd auf und blickte sich verlegen um. »Es war hier gerade die Rede davon, dass ... ist dieser Pyromane nicht ein bisschen so ein ...«

Auf den Wangen des Mannes erschienen Flecken, er zupfte sich eine Wollfluse vom Ärmel. Suttelin räusperte sich aufmunternd. Harjunpää beschlich das Gefühl, der Mann im Pullover wollte in Wahrheit gar nichts wissen, sondern war nur aufgestanden, um seine Kameraden zu überraschen.

»Also dieser Pyromane. Wenn wir da auf einen stoßen, der ... sich einen runterholt, reicht das dann als Grund zur Festnahme?«, wollte der Mann im Pullover wissen. »Ich mein bloß. Diese Pyromanen sind doch solche, stecken erst was an, und dann ...« Der Mann blickte sich erneut um, errötete noch heftiger und nahm, erschrocken von seinem Mut, wieder Platz.

Auf Suttelins Gesicht erschien ein trockenes Lächeln. Er

wollte schon vom Podest herabsteigen, überlegte es sich aber im letzten Moment anders und schwankte kurz am Rand, bis er das Gleichgewicht wiedergefunden hatte.

»Also ...«, sagte er gedehnt. »Ich habe ja gesagt, dass in der Phase, in der es ernst wird, alle verdächtigen Typen festgenommen werden ...« Er räusperte sich, schnäuzte sich die Nase und fuhr nach einer kurzen Pause fort, ohne jemanden speziell anzuschauen: »Gut. In den Büchern heißt es, Pyromanen sind solche, die ein bisschen anders sind ... was ihr Geschlechtsleben anbelangt. Ich habe diese Bücher gelesen. Aber – ich habe jetzt fast dreißig Jahre lang Brände untersucht und bei der Gelegenheit auch den einen oder anderen Pyromanen vor mir gehabt. Natürlich erzählt einer im Verhör nicht alles, aber auch wenn wir im Nachhinein ganz inoffiziell und vertraulich geredet haben, hat mir keiner irgendwas in der Richtung angedeutet. Mir ist kein Einziger von der Sorte begegnet. Und ich kenne keinen, bei dem es anders wäre. Klar haben sie Schwierigkeiten gehabt, einsame Wölfe waren das, und nicht viele von ihnen haben zeit ihres Lebens mehr als zweimal eine Frau berührt. Das ist die Wahrheit, Jungs. Auf der Basis schnappen wir das Kerlchen nicht.«

Danach blieb es auf dem Stallboden für einige Zeit still. Dann fing einer an zu kichern, und plötzlich wurde kreuz und quer durcheinander geredet. Suttelin strich sich mit ruckartigen Bewegungen durchs Haar, er schien beleidigt, aber als er merkte, dass sich die Stimmung lockerte, erhob er die Stimme.

»Also gut«, sagte er laut. »Nebenan gibt es für alle ein Funkgerät und Ferngläser für diejenigen, die dafür vorgesehen sind. Ich werde sie austeilen. Jeder unterschreibt und ist für sein Gerät so lange verantwortlich, bis er es zurückgibt und von mir eine Quittung bekommt. Falls es zu Schäden kommen sollte, muss eine schriftliche Schadensmeldung eingereicht werden, und zwar in dreifacher Ausfertigung, und auf keinen Fall darf ...«

Suttelins Stimme ging im Gerede, im Stühlerücken und im

Getrampel der Schritte unter. Die Männer drängten so eifrig zur Tür wie Kinder, denen neue Spielsachen versprochen worden sind. Suttelin schob sich mit ausgestrecktem Arm zwischen sie.

Als Letzter verließ Harjunpää den Stallboden. Er blieb kurz neben der Tür zur Garage stehen und hörte, ohne alles verstehen zu können, dem aufgeregten Gerede der Männer zu, die in ihre Wagen stiegen. Er streckte die Hand nach einem der Eisenringe an der Wand aus. Er war kalt wie im Winter. Klingend ließ Harjunpää den Ring gegen die Backsteinwand schlagen und dachte daran, dass er mit Kinnunen im selben Wagen sitzen musste, damit sie nicht mit zwei Autos zu den Rädern fuhren, die in der Fichtenhecke der Schrebergartenanlage versteckt waren.

Er blickte zum Himmel, aber es waren keine Gewitterwolken zu sehen, auch keine Sterne, kein Mond. Die Welt hatte sich schon fast ganz dem bodenlosen Universum zugewandt, dachte er. Das war es, was die Menschen als Einbruch der Nacht bezeichneten. Und nun machten sich vierzehn Polizisten bereit, in Gräben und Büschen zu hocken, um einen Mann zu fangen, der Brände legte, und er, Harjunpää, war einer von diesen Männern. Er ging auf einen fichtennadelgrünen Lada zu, der im Halbdunkel fast schwarz aussah.

KAPITEL 16

Kyllikkis Duft

Einen Meter über dem Bett, vor dem Bereich, den die kleine Nachttischlampe hellrot färbte, war der Rauch gut zu erkennen. Weiter oben zeichnete sich ein dunkler Streifen ab: der Schatten, den der Lampenschirm aus Papier warf. Dort konnte man den Rauch nicht sehen, er verschwand ganz einfach, doch dicht unter der Decke kam der schwebende Flaum wieder zum Vorschein. Dorthin gelangte das Licht durch die obere Öffnung des Lampenschirms.

Tapani beobachtete den Qualm, der unter der Decke hing und sich verdichtete, und fragte sich, wohin er wohl letztendlich verschwände. Der Qualm stammte von der Zigarette, die er zwischen Zeige- und Mittelfinger der rechten Hand hielt, und von der er ab und zu die Asche in den Aschenbecher, der auf seiner nackten Brust stand, abklopfte. Tapanis Gedanken waren berauschend, und dabei waren sie nicht einmal Einbildung, sondern wahr: Er lag nackt in einem Bett, in seinem ganzen Körper hatte sich eine angenehme Mattigkeit ausgebreitet, und an seiner rechten Seite spürte er die warme Haut einer Frau. Sie fühlte sich elastisch und viel, viel besser an, als er es sich jemals vorgestellt hatte. Er seufzte tief auf, diesmal aber nicht aus Trübsinn oder Einsamkeit. Das hier hätte die Schlussszene in der Geschichte eines Männermagazins sein können, in der das Bankfräulein spätabends nur mit einem Nachthemd bekleidet zu ihrem allein lebenden Nachbarn kommt und um eine Prise Salz bittet.

Tapani drückte die Zigarette im Aschenbecher aus und spürte den heißen Punkt auf seiner Brust, wie eine kleine, glühende Münze. Das Gefäß war kein richtiger Aschenbecher, sondern eine Schale aus dünnem Aluminium, die ursprünglich irgendein Fertiggericht beinhaltet hatte. Er stellte sie auf den Fußboden und drehte sich so weit auf die Seite, wie es möglich war, ohne die auf seinem Arm ruhende Kyllikki anzustoßen. Er legte die Finger auf die runde Schulter der Frau und schob sie in die blond gefärbten Haare. Kyllikki öffnete die Augen, unter denen dunkle, von dünnen Falten eingefasste Zonen lagen.

»Du hast doch nicht geschlafen?«, fragte Tapani. Seine Stimme kam ihm tiefer vor als sonst, fast wie ein Bass.

»Nein. Ich hab nur dagelegen und an alles Mögliche gedacht.« Sie schwiegen wieder, hörten das entfernte Weinen eines Kindes, die Flüche eines Mannes, die erschrockenen Beschwichtigungsversuche einer Frau. Unten hustete jemand trocken. Es war der Husten eines alten, kranken Mannes.

»Das ist Oiva«, flüsterte Kyllikki.

»Woran hast du gedacht?«, fragte Tapani, nachdem Kyllikki ihre Finger mit den rot lackierten Nägeln unter seine Achseln geschoben hatte. Ihm schien, als summte sie; oder es war der Atem, der zwischen ihren Zähnen einen leisen Ton erzeugte.

»Alles Mögliche. Eines Tages kauf ich mir noch mal eine Wohnung. Du lachst doch nicht?«

Tapani schüttelte den Kopf.

»Immer lachen alle. Deswegen will ich mit vielen gar nicht mehr reden. Aber irgendwann wird es wahr werden. Ich spar schon seit vielen Jahren ... ich hab jetzt über dreitausend zusammen. Ich kauf mir die Wohnung ein bisschen außerhalb, und wenn ich Lust hab, fahr ich mit dem Bus in die Stadt zum Einkaufen oder nur zum Gucken ...«

Tapani hörte aufmerksam zu. Seine Augen wurden zu einem schmalen Spalt und glänzten wie mit Öl befeuchtet. Als Kyllikki eine Weile schwieg, hob er den Kopf.

»Hör mal, Kyllikki«, begann er beinahe hektisch. »Wir

könnten … wir könnten heiraten«, stieß er dann hervor, und man konnte an seinem angespannten Gesicht ablesen, dass er es ernst meinte. Kyllikki zwickte ihn in eine Achsel und lachte. Ihr Lachen war tief und kehlig, spöttisch war es nicht.

»Hör auf«, sagte sie, ohne sich die Mühe zu machen, auch nur den Kopf zu heben, »wir werden niemals heiraten … Ich werd mir keinen Mann aufhalsen.« Kyllikkis Worte hatten etwas absolut Sicheres und Endgültiges, vielleicht aber doch auch etwas Tröstliches. Tapani ließ den Kopf wieder aufs Kissen sinken.

»Jetzt blas bloß nicht Trübsal deswegen«, sagte Kyllikki nach einigen Minuten der Stille. Sie fuhr mit den Fingern über Tapanis Hals.

»Hör zu. Wenn meine Mutter stirbt, könntest du zu mir ziehen«, sagte Tapani nach kurzem Schweigen. »Wir haben ein Haus und einen Garten. Und mein Vater … meine Mama und mein Vater sind geschieden … der ist reich und … hängt an der Flasche. Ich werde ihn mal beerben, weißt du. Wir würden einfach zusammen leben …«

Das Lachen war bereits in Kyllikkis Kehle, doch sie beherrschte sich. Eine Weile strich sie nachdenklich durch die dünnen Nackenhaare des Jungen, der neben ihr lag, aber dann seufzte sie, ließ los und schloss die Augen. »Ja, ja«, sagte sie.

Der chinesische Blechwecker tickte neben der roten Lampe auf dem Nachttisch. Draußen sang jemand, doch das Weinen, das durch die Wände oder Böden zu hören gewesen war, hatte aufgehört. Tapani atmete Kyllikkis Duft ein. Ihm war leicht zu Mute, sonderbar; kein einziger beklemmender Gedanke spukte in seinem Kopf herum, er konnte sich nicht erinnern, je so ruhig gewesen zu sein. Er schluchzte leicht auf. Noch nie hatte er mit jemandem so reden können wie mit Kyllikki, und niemand hatte so mit ihm gesprochen – wie mit einem gleichwertigen Erwachsenen.

Er drückte die Lippen auf Kyllikkis Haut und dachte flüchtig an seinen Heimweg, hütete sich aber davor, die Mutter in seine Gedanken einzulassen. Er fühlte, dass er in dieser Nacht nichts weiter tun wollte. Die Vorstellung von Feuer kam ihm plötzlich blödsinnig vor, kindisch, widerlich. Er mochte überhaupt nicht nach Hause gehen. Er ließ die Lippen über Kyllikkis Haut wandern und begann heftiger zu atmen, als er daran dachte, wie es wäre, die ganze Nacht neben ihr zu liegen.

Er richtete sich auf und stützte sich mit den Ellbogen auf das Kissen. Die andere Hand legte er auf Kyllikkis Bauchdecke, die sich hob und senkte.

»Hör mal, Kyllikki. Könnte … könnte ich vielleicht die ganze Nacht hier bleiben?«, fragte er vorsichtig, wobei er sich zu seinem Verdruss fast genauso schüchtern vorkam wie am Abend zuvor, als Kyllikki ihn mit zu sich genommen hatte. Sie richtete sich in die gleiche Haltung auf wie er. Ihre Gesichter waren einander sehr nahe. Sie leckte sich über die Unterlippe.

»Ach, Kerl«, sagte sie, und Tapani verstand nicht, ob das ja oder nein bedeutete. Er spürte jedoch, wie die Frau ihre Hand auf seinen Schenkel gleiten ließ und an den Härchen dort zupfte.

»Mach, wie du willst«, sagte sie. »Aber merk dir ein für alle Mal, dass ich nicht …« Sie ließ den Satz unvollendet, mit halb offenem Mund. Dann nahm sie die Hand von Tapanis Bein und richtete den Blick auf die Tür.

»Es kommt jemand«, flüsterte sie.

»Wer soll denn schon kommen?«, entgegnete Tapani, nachdem er eine Weile gelauscht hatte, und bemühte sich um ein Lächeln. Kyllikki sah ihn nicht an. Sie stieß sich von ihm ab, richtete sich in eine halb sitzende Position auf und zischte warnend.

»Doch, jemand kommt«, sagte sie, und ihre Stimme war scharf, wie ein Hieb. So hatte sie Tapani noch nie gehört.

»Der geht ins Erdgeschoss …«, sagte er mit gesenkter Stimme.

»Nein. Er ist auf dem letzten Treppenabsatz. Der knarrt auf eine ganz bestimmte Art.«

»Lass doch. Was geht uns das an. Das ist bestimmt einer von den Nachbarn ...«

»Nein. Das sind alles alte, kranke Säufer, die sind um diese Zeit nicht auf. Wie spät ist es?«

»Bald elf. Warum?« Tapani war irritiert, vielleicht auch ein wenig ängstlich. Er wusste nicht, was los war, was Kyllikki so schroff werden ließ.

»Hör zu, Tappi«, flüsterte sie. »Das kann ein gewisser Leino sein. Er ist ein dreckiges Großmaul und rüttelt manchmal an meiner Tür ... Kümmere dich nicht darum. Wir sind einfach ganz still, dann geht er wieder weg, ja? Hör doch, die schweren Schritte. Das ist Leino. Er ist groß.«

Kyllikki flüsterte ihre Worte hastig. Sie wirkte wütend, dabei aber auch erschrocken und scheu, als befürchtete sie etwas, als würde sie an etwas denken, das sie nicht laut aussprach. Auch Tapani setzte sich auf. Beide lauschten. Die letzten Stufen knarrten, das war deutlich zu hören. Die Schritte kamen langsam näher, als wäre der Mann stark betrunken, und es waren tatsächlich schwere Schritte. Tapani spürte, wie sogar in der Wohnung die Bodenbretter wackelten, als der Ankömmling das Stockwerk erreicht hatte.

»Verdammt noch mal«, fluchte er. Seine Stimme zitterte auf eine Art, die ihn beschämte. Kyllikki hielt den Atem an. Tapani kam es vor, als ducke sie sich, als beuge sie sich vor, um ihren nackten Bauch zu schützen. Er fluchte erneut und setzte einen Fuß auf den Boden. Er war hart, fühlte sich an den Zehen zugig an.

»Kyllikki. Falls jemand ... auch nur versucht, hier reinzukommen ... Dann kriegt er von mir was auf die Schnauze! Ich hau ihm mitten in die Fresse!« Tapani hörte seine eigene Stimme. Sie war unsicher, wurde beinahe schrill. Noch nie hatte er sich mit jemandem geschlagen, dachte er. Zwar war er verprügelt worden, das ja, aber er hatte nie zurückgeschlagen. Er schluckte. Seine Kehle war eng, eine verstopfte Röhre.

»Nein!« Kyllikki packte ihn fest am Ellbogen. »Hör zu,

Mensch. Du machst gar nichts … Das ist ein roher Kerl. Du bist schön brav und hältst den Mund!«

Tapani schnürte es den Magen zusammen, es zwickte in seinen Waden. Er kam nicht gegen das Gefühl an, dass seine Mutter durchs Treppenhaus schlich, auf der Suche nach ihm, um ihn auszuschimpfen und niederzumachen. Eine Gänsehaut überzog ihn von oben bis unten. Er tastete nach seinen Kleidern auf dem Fußboden, erwischte den zitronengelben BH, und der ließ ihn nun erbeben, obwohl er ihn früher am Abend zum Seufzen gebracht hatte.

Draußen hörte man ein Rasseln. Jemand machte sich an der Tür zu schaffen. Sie ging nicht auf. Sie war abgeschlossen, und von innen war der Haken eingehängt.

»Ich hab's doch gesagt«, zischte Kyllikki.

Tapani fand seine Jeans, aber nicht seine Unterhose. Er zog die Jeans an und fühlte sich nun wenigstens ein bisschen geschützt.

»Der kommt nicht rein«, beruhigte ihn Kyllikki. »Der traut sich nicht, die Tür kaputtzumachen. Er wird zwar gleich rumbrüllen, aber das macht nichts. Das hat er schon öfter gemacht. Nichts überstürzen, Tappi.«

»Inkeri?«, röhrte jemand vor der dünnen Tür. »Mach auf, Inkeri!« Die Stimme war heiser, vom Schnaps verbrannt, klang aber nicht sonderlich betrunken. »Ich bin's, Niilo …«

Kyllikki sprang aus dem Bett. Sie stand nackt und trügerisch rosa mitten im Zimmer, und ihr Gesicht sah ebenso nackt aus.

»Scheiße«, wimmerte sie und machte einen Schritt auf Tapani zu. Sie drückte ihre blutroten Nägel tief in seine Armbeugen. »Das ist der Schneemann. Das ist … das ist nicht mein Mann, aber die Bude hier gehört eigentlich ihm. Ich darf sie benutzen, solang er nicht da ist. Ich hab ihm versprochen … Er bringt uns um, hörst du! Er bringt uns um …«

Eine Faust donnerte gegen die Tür. Dann wurde sie durch einen Tritt erschüttert.

»Inkeri! Hörst du mich? Lass mich rein, Inkeri!« Die Worte

im Treppenhaus wuchsen zu einem Rufen an. Die Tür krachte, dann wurde die Postklappe aufgedrückt. Im Briefschlitz blinkte etwas Großes, Langes auf, Tapani konnte es nicht deutlich sehen, denn in der Diele war es dunkel, doch ihm schien, als würde der Rufer seine Finger durch den Briefschlitz schieben. Sie tasteten nach dem Schloss. Das war sinnlos, die Hand war zu massiv. Tapani spürte, wie sich vom Bauch her die Panik überall in ihm ausbreitete. Er schüttelte Kyllikkis Hand ab, bewegte sich rückwärts zu seiner Armeejacke und tastete nach den Taschen. Das Messer war da. Er packte den mit grobem Lederband umwickelten Griff, riss die Scheide herunter und ließ sie zu Boden fallen.

»Tu das weg!«, schrie Kyllikki, diesmal weniger ängstlich als wütend. Ihr Gesicht war plötzlich hart und alt, ihre Augen sahen grün aus und eiskalt, und als sie mit dem nackten Fuß auf dem Boden aufstampfte, erbebte sie am ganzen Leib. »Tu das weg«, zischte sie rasend.

»Tür auf, verdammte Säge-Muschi! Ich hab dich aufgenommen ... Du wohnst bei mir, und trotzdem bist du gemeines Weib hin und hast dir das Maul zerrissen! Mach auf, oder ... Wer ist da bei dir? Ich weiß, dass du irgendeine Rotznase bei dir hast. Mach auf, verdammt!«

Es folgten wütende Tritte gegen die Tür. Kyllikki schnellte herum, riss den Türvorhang ganz auf. Tapani starrte auf ihren weißen Rücken, sein Messer hing zwischen Zeigefinger und Daumen wie ein ekliges Tier.

»Und du, du ...« Kyllikki zischte in Richtung Tür, sie war offenbar so wütend, dass sie nicht wusste, was sie sagen sollte. Sie ballte die Fäuste, schlug ebenfalls gegen die Tür, doch ihre Faust war klein, die Schläge waren nichts gegen die donnernden Schläge von außen.

»Verfluchter Suffkopp, halt's Maul!«, kreischte sie. »Du hast dich wieder voll laufen lassen mit deinen widerlichen Kumpels. Und in dem Zustand kommst du an und heulst rum. Aber sonst kümmerst du dich um nichts ... Wer hat denn die

Miete bezahlen müssen? Ich! Und ich werde bis zum Ende des Monats auch hier wohnen. Dann geh ich. Wenn du willst, kannst du dann kommen.«

Kyllikki hämmerte mit den Fäusten gegen die Tür, ihre Füße trampelten heftig auf den Boden, und Tapani konnte nur nach Luft schnappen. Für ihn war es unglaublich, dass diese Frau mit dem weißen Rücken, die plötzlich so hart und kantig geworden war, dieselbe Kyllikki war, die gerade noch weich und rund neben ihm gelegen hatte. Er machte den Mund zu und hörte das Wimmern, das seiner Kehle entwich, wie von einem geschlagenen Hund.

»Hörst du, du Herumtreiber?« Kyllikki legte den Kopf schräg, hielt ein Ohr an die Tür, gegen die nun nicht mehr getreten wurde. Aus dem Treppenhaus drang nur noch ein schweres Schnaufen herein, wie von einem verwundeten Elch. »Hörst du?« Auch Kyllikkis Stimme senkte sich, war nicht mehr das Furcht erregende Quaken von eben.

Tapani fiel das Messer aus der Hand. Es blieb aufrecht in einer Bodendiele stecken. Tapanis Entsetzen legte sich, verwandelte sich in einen lähmenden Kummer hinter seinem Zwerchfell und ließ es steinhart werden. Er nahm eine Zigarette vom Tisch und zündete sie an, obwohl er keine Lust darauf hatte, es schien nur irgendwie dazuzugehören.

Im Treppenhaus war es lange still. Dann wurde noch einmal gerufen: »Ich bin zurück … und ich werd dir Feuer unterm Dach machen!« Danach senkte sich die Stimme, und aus den Worten konnte man nur noch das Wort »umbringen« heraushören.

»Du bist ein armes Schwein!«, blaffte Kyllikki. »Ich will dich nie mehr sehen. Zieh endlich Leine!«

Vor der Tür hörte man röchelndes Atmen und das Knarren des Fußbodens. Einen Moment lang schwankten die Dielen unter den großen Füßen, doch plötzlich hörten alle Geräusche auf, sie brachen ab, und von drinnen war nicht zu entscheiden, ob der Mann im Treppenhaus blitzschnell die Treppe hinuntergegangen war oder ob er noch irgendwo stand. Kyllikki lauschte eine Weile, bevor sie sich umdrehte und müde und mit grauem Gesicht ins Zimmer kam. Sie sagte kein Wort, lief mit unruhigen, ziellosen Schritten auf und ab.

Tapani nahm einen langen Zug aus seiner Zigarette, behielt den Rauch in der Lunge und ging an Kyllikki vorbei. Auf den Fußballen schlich er in die Diele, setzte instinktiv die Füße auf die richtigen Stellen, und der Fußboden knarrte kein einziges Mal. Er drehte den Kopf und legte eine Wange an die Tür. Im Treppenhaus rührte sich nichts. Er konnte nicht einmal Geräusche aus den anderen Wohnungen hören, obwohl er das Gefühl hatte, dass hinter jeder einzelnen Tür jemand lauschte, auf Zehenspitzen, so wie er auch. Lange stand Tapani so da. Die Zigarette schwelte zwischen seinen Lippen, glomm bis zum Filter, erlosch. Er ließ den Stummel fallen und kehrte ins Zimmer zurück. Kyllikki stand mitten im Raum, rieb sich die Hände, und die Nägel blitzten zwischen den Fingern auf wie kleine, züngelnde Flammen.

»Wieso nennt er dich Inkeri?«, fragte Tapani und begriff im selben Augenblick, dass er das nicht hätte tun sollen. Kyllikki drückte die Hände auf den Bauch, als sei ihr schlecht.

»Wieso, wieso«, zischte sie, wischte eine Haarsträhne aus dem Gesicht, wandte sich Tapani zu und sagte ein wenig ruhiger: »Er hat mal eine Frau gehabt, die Inkeri hieß. Sie ist krepiert ...« Kyllikki stand einen Moment da, als wartete sie auf eine Reaktion. Dann setzte sie sich auf den Bettrand und legte die Hände vors Gesicht.

Tapani war erstaunt. Er fühlte sich genauso ratlos wie damals hinter dem Gutshaus Annala, als der Penner angefangen hatte zu weinen. Schließlich zuckte er mit den Schultern und fing an, mit ausdruckslosen Augen nach seinen Kleidern zu suchen. Er spürte, dass er etwas sagen, die Frau vielleicht irgendwie trösten müsste, doch er vermochte nichts zu tun. Er hatte nie die Gelegenheit gehabt, es zu lernen. Irritiert räusperte er sich, er fühlte sich innerlich leer, ahnte, dass nichts mehr übrig geblieben war, und beugte sich hinab, um sein Hemd vom Fußboden aufzuheben.

Kyllikki ließ die Hände in den Schoß sinken. »Du wolltest doch die ganze Nacht bleiben«, sagte sie, und ihr Gesicht war unwillig und irgendwie hilflos. Sie richtete sich auf, ergriff Tapanis Handgelenk und zog ihn näher an sich und das Bett heran. Tapani folgte der Bewegung steif, obwohl er nicht mehr bleiben wollte; ständig hatte er das zornige Gesicht seiner Mutter vor Augen, ebenso den Mann, der vorhin im Treppenhaus gebrüllt hatte, der mit der Frau namens Inkeri. Er begriff, dass der Mann noch immer im Treppenhaus oder draußen warten konnte, und ließ sich vor dem Bett auf den Knien nieder. Kyllikki legte eine Hand auf seinen Nacken.

Später schlief Kyllikki eng zusammengerollt, ihr Kopf lag in Tapanis Achsel, ihr Atem ging gleichmäßig und leicht wie der eines Vogels. Tapani war erschöpft, doch der Schlaf wollte nicht kommen. Er wäre gern eingeschlafen, um wenigstens so dem dunklen, jetzt stickig und geduckt wirkenden Zimmer zu entkommen. Denn er hatte nicht die Kraft und wohl auch nicht den Mut aufzustehen, sich anzuziehen, sich leise hinauszuschleichen und nach Hause zu gehen.

Er richtete den Blick auf Kyllikki und spürte im selben Moment die Müdigkeit in seinem ganzen Körper. Langsam schloss er die Augen, öffnete sie aber erneut, nachdem die ersten Traumbilder gekommen waren, und blickte zur Decke. Kyllikkis Duft und der Geruch ihres Parfüms kamen ihm plötzlich viel zu stark vor. Er musste an den Geruch von Rauch denken, und es fiel ihm schwer zu atmen. Er drehte den Kopf auf die andere Seite. Vor ihm lag der kleine Raum, aber die Gerüche folgten seinen Nasenlöchern. Er musste den Mund aufmachen, um atmen zu können. Er spürte, wie seine Handflächen schweißnass wurden, wie sich die Übelkeit in seinem Bauch regte, hatte aber nicht mehr die Kraft, vor Kyllikkis Duft zu fliehen, sondern schloss die Augen. Seine letzte Wahrnehmung war, dass er in eine tiefe, schwarze Grube fiel.

KAPITEL 17

Aufgabe eins

Die Kette war nicht geschmiert, sie war auch zu locker, deshalb rasselte sie. Das Geräusch ärgerte Harjunpää, denn ihm schien, als würde es Hunderte von Metern weit in die anbrechende Nacht hineingetragen werden. Sand prasselte gegen die Schutzbleche, doch als der Weg in die Vanhankaupungintie überging, surrten die Räder gleichmäßig.

Er hatte einmal zu wenig getreten, das Rad schaffte es nicht, bis zur Anhöhe hinaufzurollen, von wo es Fahrt hätte aufnehmen können, die bis zum Ende der Hämeentie ausgereicht hätte. Neben einem großen Ahornbaum kam es zum Stehen. Harjunpää gelang es, ein paar Sekunden lang mit der Lenkstange zu balancieren, bevor er einen Fuß auf den Boden setzen musste. Er stieg ab und ging neben seinem an sämtlichen Alterserscheinungen leidenden Gefährt in die Hocke. Er tat so, als sähe er nach der hinteren Radnabe, und prüfte, ob die Kette noch fest saß. Diesen Eindruck wollte er erwecken, damit ein potenzieller Augenzeuge, insbesondere der an der Straße entlangpirschende Pyromane, glaubte, er sei in völlig unschuldiger Absicht unterwegs. Er konnte nichts dafür, dass ihm das nun überraschend kindisch vorkam.

Während er die lockeren Speichen betastete, versuchte Harjunpää zu erraten, was Kinnunen, der die andere Hälfte der Kustaa Vaasan tie als Überwachungsgebiet erhalten hatte, jetzt gerade denken mochte. Harjunpää und Kinnunen hatten den Auftrag bekommen, langsam mit dem Fahrrad in ihrem

Gebiet hin und her zu fahren (»Ihr wisst doch, gemächlich, wie auf dem Heimweg nach einem schweren Arbeitstag«) und so die Bereiche zwischen den fest postierten Männern abzudecken.

Für Suttelin war es dennoch das Wichtigste, dass ihm bei Bedarf zwei Männer zur Verfügung standen, die schnell abgezogen werden konnten.

»Harjunpää«, hatte er mit unzufrieden gerunzelter Stirn geflüstert. »Fahrt eben ein bisschen herum, wenn es nun mal befohlen worden ist. Solche Tricks hat man vor zwanzig Jahren das letzte Mal angewandt, damals waren sie vielleicht am Platz, aber heute ... Das Gebiet ist verflixt klein, ihr müsst also zigmal an denselben Stellen vorbeifahren. Was könnte mehr Aufmerksamkeit erregen als das? Aber gut, wenn du da schon rumfährst, dann halt doch ein bisschen die Augen auf, dass mir keiner zwischendurch zur Würstchenbude geht. Und falls es Unklarheiten geben sollte, dann hilf ein bisschen. Ich werde nicht wegen jeder Kleinigkeit angefahren kommen. Falls wirklich was passiert, dann rufe ich dich, und die Fahrradtour ist zu Ende. Gut ... Wer seit Jahren mit solchen Sachen nichts mehr zu tun gehabt hat, sollte eigentlich die Finger davon lassen ...«

Harjunpää hatte sich Mühe gegeben, ernst zu bleiben. Er hatte begriffen, dass Suttelin nur seinem Ärger Luft machen wollte, den »die hohen Herren« durch ihr Einmischen in den »Roten Hahn« verursacht hatten. Ihre Änderungsvorschläge waren an sich nicht der Rede wert, aber sie hatten Suttelin gekränkt, ihm das Gefühl gegeben, der Plan sei nicht mehr der seine.

Harjunpää war genau an der Stelle zum Stehen gekommen, von der aus man zum Apfelgarten von Annala kam. Die Reifenspuren des Kleinbusses waren nicht mehr zu sehen, aber in der Luft konnte man gerade noch etwas von der versengten Erde und den verbrannten Brettern riechen. Als er das bemerkte, war sich Harjunpää sicher, dass sich auch der Pyromane den Fleck unterhalb des Felsens angeschaut hatte, das schwarze, tote Gebiet, gleich einem großen Morastloch. Womöglich hatte der Pyromane auch das Grab der kleinen Katzen gesehen, sicherlich aber nicht begriffen, worum es sich dabei handelte. Harjunpää stieg wieder auf und fuhr weiter. Eine Katze huschte über die Straße, flach, lang und ängstlich, aber er konnte ihre Farbe nicht erkennen.

Auf der geraden Strecke vor der Porzellanfabrik Arabia fuhren zwei Taxis, sonst war kein Verkehr. Harjunpää rollte auf die Kaanaantie zu und stellte fest, dass er es genoss, im Fahrradsattel zu sitzen. Man fühlte sich ganz anders als im Auto – er roch den süßlichen Duft der Linden, er roch das Meer, hörte irgendwo über dem Wasser eine Möwe schreien. Er fühlte sich geradezu befreit und zerbrach sich nicht mehr den Kopf darüber, wie peinlich es war, mitten in der Nacht einem Polizisten zu begegnen, der in einem Busch hockte, zumal, wenn nichts passierte. Noch auf dem Stallboden hatte er gedacht, es würde vielleicht so ähnlich sein, wie wenn eine Schar Männer ins Theater gelockt würde, obwohl an diesem Abend gar keine Vorstellung war. Er bog am Sjöblom-Gebäude um die Ecke und nahm den Duft des Waldes auf, doch dann registrierte seine Nase den Geruch von Öl, Putzwolle und Rost.

Der ausgebrannte Bus stand noch immer auf dem eingezäunten Gelände, hohl und ebenso verlassen wie der Kokon einer Libelle im Schilf. Diesmal ließ Harjunpää fast die ganze Luft aus dem Vorderreifen und pumpte ihn erneut auf. Die Gegend wirkte leblos. Er nahm sich eine Zigarette und blickte auf die Uhr. Es war zwanzig nach elf, aber durch das gedämpft in seiner Brusttasche tuschelnde Funkgerät wusste er, dass noch nicht alle Männer auf ihren Plätzen waren. Auf Grund der anfänglichen Verzögerung hatte sich die ganze Aktion verschoben. Harjunpää hoffte, sie würde sich nicht allzu lang hinziehen, es würde nicht passieren, was Suttelin am Abend zuvor passiert war. Er schob die Hand in die Tasche und drehte am Knopf des Funkgeräts.

»Kanto zwanzig, hier Hahn«, rief Suttelin gerade. »Du musst

auf der falschen Straßenseite sein. An der Stelle sollten keine Fässer stehen. Sieh noch mal auf dem Plan nach und sag mir Bescheid, wenn du die Stelle gefunden hast ...« Das Funkgerät ließ Suttelins Stimme fremd klingen, die Grundfärbung jedoch war zu erkennen, sie war nüchtern und trocken, ein wenig strapaziert von den vielen Ratschlägen, jetzt auch angestrengt. In der Woche zuvor hatte Suttelin praktisch in der Sofiankatu gewohnt. Wann er geschlafen oder gegessen hatte, ob er überhaupt zu Hause gewesen war, wusste Harjunpää nicht. Dabei übte Suttelins Frau zu Hause das Laufen mit Krücken, nachdem sie bei einem Verkehrsunfall verletzt worden war, und vermochte nicht einmal die nötigsten Hausarbeiten zu verrichten.

Harjunpää trat die Zigarette aus und konnte gerade noch einmal seine Ausrüstung überprüfen, als das Erkennungssignal der Zentrale aus dem Funkgerät ertönte. Er wusste sofort, was kommen würde, deshalb war er kein bisschen aufgeregt. Er stieg auf, fuhr aber noch nicht los, sondern reckte den Hals, lauschte, schnupperte, vermochte aber nicht auszumachen, wo es brannte. »Achtung. Mitteilung an alle. Zentrale benutzt vorübergehend Simplex vier für die folgende Meldung an alle Männer der Operation Roter Hahn ...« Von Anfang an hatte der »Rote Hahn« in Harjunpää Erinnerungen an die Spiele seiner Kindheit geweckt, aber als er jetzt die ruhige Stimme des Diensthabenden in der Zentrale hörte, war ihm klar, dass dies hier nichts mit einem Spiel zu tun hatte.

»Einer Meldung der Feuerwehr zufolge besteht in der Limingantie 104 Aufgabe eins. Die vorläufige Mitteilung spricht von einem Wohnungsbrand, über mögliche Opfer oder gefährdete Personen ist noch nichts bekannt. Die Einheiten der Feuerwehr sind auf dem Weg zum Objekt, ebenso eine Streife der Zentrale, wie es der normalen Praxis entspricht. Dies also nur zur Information für alle Beteiligten des Roten Hahns, da das betreffende Gebäude auf eurem Einsatzgebiet steht. Ich wiederhole ...«

Harjunpääs Brust schien sich mit eiskaltem Wasser zu füllen. Er korrigierte seinen Griff an der Lenkstange und fuhr los, den leichten Anstieg der Hämeentie hinauf. Nach jedem Tritt schlingerte das Rad.

Er erinnerte sich an das viereckige Emailleschild. An einer Ecke war die Farbe abgeblättert, es rostete, aber die Ziffern waren gut lesbar gewesen. 104 hatte auf dem Schild gestanden, und es war an der Giebelseite des sargartigen Holzhauses in der Limingantie angebracht gewesen, dicht an der Ecke, sodass nicht ausreichend Licht darauf gefallen war.

Der Diensthabende in der Zentrale hatte die Nachricht noch nicht wiederholt, als Harjunpää schon die ersten Sirenen hörte. Sie kamen von weit weg, nicht aus der Innenstadt, sondern, wie erwartet, aus der entgegengesetzten Richtung, aus Käpylä. Harjunpää bog in die Kaironkatu ein. Er strampelte, so schnell er konnte, doch das Tempo erschien ihm quälend langsam. Auf seinem Rücken blähte sich die Windjacke zu einem Ball. Er schluckte, leckte die salzigen Tropfen ab, die auf der Unterlippe erschienen waren.

Das Funkgerät in seiner Brusttasche piepte. Das konnte Suttelin sein, der wahrscheinlich schon auf dem Weg in die Limingantie war und über das Funkgerät im Auto Anweisungen erteilte. Auch von der Innenstadt her ertönte ein schrilles Alarmsignal. Von dort näherte sich nur ein Wagen, bei dem auf jedes Aufheulen eine kurze Pause folgte, als wäre das Auto müde und würde jedes Mal tief Luft holen. Aus Richtung Käpylä kamen ständig neue Sirenen hinzu: Das Heulen des ersten Wagens hatte bereits aufgehört, aber die zuletzt Ausgerückten ließen in der Ferne ihre zwischenzeitlich abebbende Klage erschallen. Harjunpää konnte gar nicht mehr zählen, wie viele Fahrzeuge unterwegs waren. Als er die Stelle erreicht hatte, wo die Kaironkatu und die Kustaa Vaasan tie aufeinander trafen, sah er durch das Weidengestrüpp die Blaulichter aufleuchten, wie Blitze, die vom Erdboden angezogen wurden. Das quälende Gefühl, zu spät zu kommen, überwältigte ihn, seiner Kehle entwich ein Stöhnen, als wäre er geschlagen worden.

Aus vollem Tempo sprang er aus dem Sattel. Das Rad glitt ihm aus den Händen, rollte mit ungebremster Geschwindigkeit in den Graben und verschwand im Dunkeln zwischen raschelnden Weidenröschen und Brennnesseln. Er blieb kurz stehen, keuchte, spürte die Anstrengung als Zittern in den Beinen. Die Nacht war erfüllt von Bewegung, Rufen, aufflammenden Blinklichtern, einander anstoßenden Männern und Frauen, weißen, aufgescheuchten Gesichtern. Irgendwo weinten Kinder, und eine Frau fluchte mit unnatürlich greller Stimme. Über allem tönte das pausenlose Brausen der Motorspritzen.

Harjunpää setzte sich in Bewegung, stieß Leute aus dem Weg, erreichte die Limingantie und nahm erst jetzt den Rauchgeruch wahr. Flammen sah er keine. Er wedelte heftig mit der Hand, als er auf einen Vierzollschlauch trat, der auf der Straße ausgelegt war und sich wie eine gewaltige Schlange den steinigen Weg hinaufwand und hinter der Ecke eines Gebäudes verschwand. Harjunpää konnte nicht auf den ersten Blick erkennen, in welchem der Häuser es brannte. Alle Fenster waren dunkel, vermutlich war der Strom ausgefallen.

Als Erstes bemerkte er den Rauch, der sich wie eine dicke, wollige Windel vom Himmel abhob. Er quoll aus einem der Fenster im obersten Stockwerk. Das Fenster stand offen. Von der Straße aus konnte Harjunpää erkennen, dass die Scheiben braun geworden waren, wie geteert, aber sie waren nicht kaputtgegangen. Er erinnerte sich an Suttelins Erläuterungen und folgerte, dass der Brand selbst nicht sonderlich schlimm gewesen sein konnte.

Im offenen Fenster leuchtete Licht auf, oder besser: im Rauch erschienen milchige Keile, die Lichtstreifen aus den Handlampen der in die Wohnung eingedrungenen Feuerwehrmänner. Dann tauchte eine große Gestalt in der Fensteröffnung auf und warf etwas hinaus; es war ein dunkles, undefinierbares Bündel, das qualmend an der Hauswand liegen blieb. Vom Einsatzfahrzeug, das neben einem Hydranten stand, eilte ein Feuerwehrmann zu dem Bündel. Er hatte einen Feuerlöscher bei sich. Harjunpää wandte sich ab und bahnte sich einen Weg in den Hof. Das Wasser spritzte unter seinen Füßen weg.

»Vappu ... Ich habe es geahnt, aber nichts unternommen.« Er machte sich bittere Vorwürfe, während er an dem Feuerwehrschlauch entlang hinaufstieg, versuchte zu fluchen, um loszuwerden, was er in einem fort vor sich hersagte. Seine Zähne knirschten, aber deshalb, weil er erkannte, warum ihm Vappu so wichtig geworden war. Sie hatte ihm Leid getan, das war ein Grund, aber überdies hatte er sich unmerklich in ein sinnloses Glaubensspiel treiben lassen. Er hatte gedacht, wenn bei Vappu alles gut ginge, dann ginge auch bei seinem und Elisas kommendem Kind alles gut. Genau so hatte er als Schuljunge gespielt: Schaffte er es bei Grün nicht bis ganz über die Straße, blieb er sitzen, und wenn er es schaffte, auf dem Bahngleis hundert Schwellen weit zu balancieren, ohne danebenzutreten, musste er nicht einmal in die Nachprüfungen. Später hatte er gelesen, solche Spiele hätten mit neurotischen Symptomen zu tun, und hatte sie sich abgewöhnt. In ernsten Situationen griff er jedoch hin und wieder auf sie zurück, so wie jetzt bei Vappu und Elisa. Er war verärgert und enttäuscht, aber kein bisschen erleichtert, als er den Hof erreichte.

Ein Krankenwagen setzte sich gerade in Bewegung. Auf seinem Dach zuckten die Lichter, er schwankte auf dem unebenen Grundstück, schob sich gekonnt zwischen dem Range-Rover des Brandmeisters und dem Saab von der Funkstreife durch und beschleunigte trotz der Leute, die vor ihm herumsprangen. Erst an der Ecke ging das Martinshorn an. Ein zweiter Krankenwagen bahnte sich einen Weg zum Hof. Aus Richtung Innenstadt näherte sich die vertraute quakende Sirene: Harjunpää begriff, dass es noch mehr Verletzte im Haus gegeben haben musste, denn der Notarzt war alarmiert worden.

Die Tür zum zweiten Treppenaufgang stand offen, der Feuerwehrschlauch verschwand im dunklen Treppenhaus.

Vor dem Eingang stand eine Gruppe Feuerwehrmänner. Sie befestigten gerade einen tragbaren Ventilator an einem dicken Stoffschlauch. Der eigentliche Brand musste also vorbei sein, sonst würde nicht mit der Rauchentfernung begonnen. Drinnen hörte man trampelnde Schritte, Rufe, knappe Anweisungen. Harjunpää schien es, als würde jemand die Treppe heruntergetragen.

Suttelin stand neben dem Polizeiauto. Bei ihm waren ein Kommissar in Uniform, ein Hauptwachtmeister, ein Streifenpolizist im Overall. Alle schienen gleichzeitig auf ihn einzureden, er nickte, warf zwischendurch ein Wort ein, machte eine Handbewegung. Weiter hinten im Hof standen weitere Polizisten in Uniform: Ihre Reflektoren blitzten silbern auf, sie versuchten die Zufahrt von den herandrängenden Menschen freizuhalten. Harjunpää drängte sich an Suttelin heran und wartete auf Anweisungen, auf eine rasche Erläuterung der Lage. Auf dem Rücksitz des Saab sah er einen großen Mann in Zivil sitzen. Suttelin schrieb etwas auf seinen Block.

»Suttelin, he …« Ein rotgesichtiger Mann kam aus dem Treppenhaus. An dem weißen Helm und den Streifen an den Oberarmen erkannte ihn Harjunpää als Brandmeister. Den Namen des Mannes kannte er nicht.

»Suttelin«, sagte der Brandmeister noch einmal. Seine Stimme war tief und ruhig; offensichtlich beherrschte er seine Arbeit, wusste, dass ungeachtet des scheinbaren Chaos eine Aufgabe zu erfüllen war, dass alles präzise und in der richtigen Abfolge vor sich zu gehen hatte, und zwar genau so, wie er es bestimmte. »Bald könnt ihr es euch selbst angucken«, sagte er. »Jetzt gleich nützt es noch nichts, dafür gibt es immer noch zu viel Rauchbildung und Dampf. Die eigentliche Brandfläche beschränkt sich auf die kleine Diele, über den Brandherd kann man natürlich noch keine ganz sichere Aussage treffen, aber wie es bis jetzt aussieht, befindet er sich unmittelbar hinter der Wohnungstür. Was die Opfer betrifft – die Frau ist doch schon weggebracht worden? Der Mann lag neben dem Bett auf dem

Boden. Sie bringen ihn gerade runter. Meiner Meinung nach wäre es besser, wenn der Notarzt sich um ihn kümmert. Zum Glück ist er wieder bewusstlos geworden – man hat ihn ja wohl bis hierher gehört? Ich würde fast wetten, dass sie es beide nicht bis ins Krankenhaus schaffen … Höchstens die Frau vielleicht. Ich lass euch ausrichten, wenn ihr reinkönnt.«

Jemand kam, um den Brandmeister zu holen. Dieser führte kurz eine Hand zum Helmrand.

»Unbedingt«, sagte er auf dem Weg zu seinem Wagen. »Sie müssen sie komplett aufreißen. Die Sägemehlfüllungen – das kann bis zu einer Woche drinstecken und plötzlich anderswo auflodern …«

Nun erschien der Notarztwagen. Er hatte noch nicht richtig angehalten, als seine Türen bereits aufgingen und ein weiß gekleideter Mann heraussprang. Ihm folgten ein zweiter und ein dritter, und alle liefen auf den winkenden Feuerwehrmann vor der offenen Tür zu. So machten sie es immer, sie rannten, und selbst wenn ihr Rennen auf den Laien wie sinnlose Schauspielerei wirken mochte, so hatte es im Laufe der Jahre doch Hunderten von Menschen das Leben gerettet.

Harjunpää war einmal einen ganzen Tag mit einem Notarztwagen unterwegs gewesen. Er hatte einen der Ärzte zu einem Fall mit einer Schießerei befragen müssen, aber die Notrufe waren in so dichter Abfolge gekommen, dass aus der Befragung nichts geworden war. Stattdessen war er im Notarztwagen dabei gewesen und hatte gesehen, wie jedes Mal nach der Ankunft wenige Männer mit ihrer Ausrüstung ins Treppenhaus rannten, den Aufzug riefen, um dann doch die Treppe zu nehmen, und in der betreffenden Wohnung ohne eine Sekunde zu verschwenden mit Wiederbelebungsmaßnahmen begannen. Mit dem Aufzug kamen die Sanitäter mit den schwereren Gerätschaften. Allein an jenem Tag waren zwei scheinbar schon tote Männer wieder zum Leben erweckt worden. Wie sie verdankte so manches Opfer einer Messerstecherei den Leuten vom Notarztwagen sein Leben. Auch die Messerstecher selbst waren ihnen Dank schuldig, obwohl sie wohl kaum auf diesen Gedanken kamen. Hätten sie ihre Tat anderswo begangen, so hätte sie eine Anklage wegen Totschlags erwartet, doch in Helsinki wurde ihnen lediglich schwere Körperverletzung zur Last gelegt.

Durch die Lichtkegel mehrerer Lampen wurde die Türöffnung hell. Etwas wurde herausgetragen, eine Trage, die auf der Erde abgestellt wurde. Sogleich scharten sich die Männer in den weißen Kitteln um sie herum. Im harten Licht glänzten der Infusionsbeutel und sein dünner Schlauch. Weiter hinten im Hof waren die Neugierigen im Laufschritt auf die Trage losgestürmt, der Boden dröhnte unter ihren Füßen, sie kamen wie Menschen, die irgendwo Brot sehen, nachdem sie eine Woche lang nichts zu essen gehabt haben. Auch Harjunpää trat näher heran. Er sah nur einen Schimmer von dem Menschen auf der Trage: rot, schwarz, zerfetzt. Er stellte sich auf die Zehenspitzen und sah den deformierten Kopf des Opfers. Die Polizisten in Uniform waren herbeigeeilt und schoben die Neugierigen mit aller Kraft zurück. Harjunpää wandte sich ab. Er war nicht in der Lage gewesen zu entscheiden, ob es sich bei dem Opfer um einen Mann oder eine Frau handelte. Die Nacht war erstickend heiß. Der Motor des Gebläses fing an zu surren.

Harjunpää wischte sich über die Stirn. Er fühlte sich wie in dem häufig wiederkehrenden Traum, in dem er dringend etwas zu erledigen hatte, seine Glieder aber erstarrt waren, weshalb es ihm unmöglich wurde. Er packte Suttelin an der Schulter und schüttelte ihn.

»Suttelin!«, schrie er, aber Suttelin sagte gerade etwas zu dem uniformierten Kommissar, der sich daraufhin umdrehte und im Laufschritt irgendwohin verschwand. Als Nächstes beugte sich Suttelin zu dem Polizisten in dem Saab hinunter. Dieser sprach in das Funkgerät: »Zentrale, hier immer noch Heikki sieben. Bitte doch nur Hund zwei hierher schicken. Es ist besser, wenn die Eins auf der anderen Seite schon mal entgegengeht …«

Harjunpää konnte die ruhigen Worte des Mannes durch das offene Fenster hören.

»Zentrale hat verstanden«, antwortete der Diensthabende am anderen Ende und fuhr fort: »Zusätzliche Information an Heikki sieben: Die Koskelantie ist bereits abgesichert, ebenso die Valtimontie. Und Streifenwagen sind unterwegs zum Ende der Intiankatu. Keine weiteren ...«

Harjunpää warf einen Blick auf den stumm dastehenden nächtlichen Wald hinter dem Hof. Durch die Straßennamen und die Erwähnung der Hundestreife hatte er zwar in Ansätzen etwas erfahren, aber er musste sich dennoch vorläufig damit begnügen zu ahnen, was los war. Allerdings hatte er innerlich nicht mehr die Hoffnung, es könne sich um einen Unfall gehandelt haben, um Rauchen im Bett oder einen anderen unachtsamen Umgang mit Feuer, der den Brand entfacht hatte.

Die Trage wurde zum Krankenwagen gebracht. Dann war ein Schrei zu hören. Er war durchdringend, lang und grell, er wirkte nicht menschlich, nicht tierisch, es war, als hätte ein Gegenstand geschrien, und Harjunpää kam der heil gebliebene Griff eines eingeschlagenen Fensters in den Sinn. Der Schrei verschwand erst, als die hinteren Türen des Krankenwagens geschlossen waren und der Fahrer die Sirene eingeschaltet hatte. Die Leute redeten aufgeregt durcheinander, ihre Augen glänzten fiebrig.

»Hast du die Beine gesehn, hast du die Beine gesehn ...«, fing jemand immer wieder von neuem an. Harjunpää lehnte sich gegen die Motorhaube des Saab.

»Der Mann im Auto ist wichtig«, sagte Suttelin plötzlich, sodass Harjunpää zusammenfuhr. »Ein Bewohner des Hauses. Red mit ihm, aber vorsichtig. Er ist betrunken und hat bis jetzt nur so viel gekauderwelscht, dass die Jungs von der Streife es für das Beste gehalten haben, ihn erst mal einzukassieren.«

»Was sollte er denn wissen?«, fragte Harjunpää.

»Diesen Brand hier hat jemand gelegt. Um ein Haar hätten wir ihn in flagranti erwischt, aber eben nur um ein Haar. Der

Mann hier weiß, wer der Brandstifter war. Er ist entkommen, wahrscheinlich in den Wald dort. Auch ein Bewohner des Hauses, allerdings zwischenzeitlich lange auf Tour gewesen.«

»Suttelin, hast du die Frau gesehen, die da drüben rausgebracht worden ist? War sie schwanger? Blond?«

»Schwanger? Das kann ich nicht … Rote Nägel hatte sie, aber über die Haare kann ich auch nicht … die waren genauso gekräuselt wie bei dem Mann vorhin …« Suttelins Stimme war angespannt. Harjunpää sagte nichts. Er zog sein Notizbuch heraus.

Im Saab roch es nach den Hunderten von Pennern, die darin schon transportiert worden waren. Harjunpää schloss die Tür und nickte dem Polizisten auf dem Vordersitz zu. Dieser grüßte mit einer Handbewegung, und obwohl er sich dem hinter ihm sitzenden Mann zuwandte, konnte man an seinen zusammengekniffenen Augen sehen, dass er konzentriert die Signale der Streifen beobachtete, die das Waldstück umringten. Harjunpää stellte sich vor.

»Und ich heiße Leino. Toivo Ossian Kalevi. Soll ich mein Geburtsdatum auch sagen?«, versetzte der Mann neben ihm mit verkaterter, streitsüchtiger Stimme. Er war groß und vierschrötig, und es war ihm offensichtlich unangenehm, so eingezwängt dazusitzen.

»Sie haben etwas beobachtet, was mit dem Brand zu tun hat«, sagte Harjunpää, schaute Leino dabei aber nicht in die Augen. Er spähte aus dem Fenster nach den Menschenscharen auf dem Hof, hielt nach einer Frau mit dickem Bauch Ausschau, fand aber keine. Leino lachte auf – wissend und zugleich verächtlich, wie Harjunpää fand.

»Allerdings, verflucht. Der Schneemann war's. Aber ihr habt ihn abhauen lassen, weil ihr so lahm wart. Niilo Lumiaho war es. Die Bude, in der es gebrannt hat, gehört ihm. Und die Frau, die verbrannt ist, das ist seine Alte. So ein Bratkartoffelverhältnis haben sie, aber er ist auf sie genauso eifersüchtig, als wär's seine Alte.« Leino zwinkerte verschlagen und atmete

Harjunpää direkt ins Gesicht. Dieser hätte am liebsten das Fenster aufgemacht, wagte es aber nicht.

»Der Schneemann ist heute Abend heimgekommen. Wer weiß, wo er gewesen ist ...« Leino stieß Harjunpää den Ellbogen in die Rippen. Die Berührung war unangenehm. »Ziemlich geheimnisvolle Tour, auf der er gewesen ist. Ich hab mit den anderen Jungs vorm Haus gesessen. Und der Schneemann hat sich gefreut, wie ihm die anderen erzählt haben, dass seine Alte Besuch gehabt hat, dass im Moment auch grad einer bei ihr ist. So war's. Dann hat er gedroht wie wild ... dass er ihr Feuer unterm Dach machen wird und was weiß ich noch. Ich hab ihn beruhigt, ihm was zu trinken angeboten, und schließlich hat sich's bei ihm auch gelegt. Wie Kumpels haben wir zusammengehockt. Als ich dann weg bin, ist er allein sitzen geblieben, und ich hätt nie geglaubt, dass er so was macht. Obwohl er schon ein bisschen übergeschnappt ist, halt ziemlich fertig ...«

Leino gestikulierte mit den Händen, erklärte, redete, und Harjunpää ließ ihn reden, hörte mit konzentriertem Gesichtsausdruck zu, obwohl die Ungeduld in ihm wuchs, ihn dazu brachte, mit den Fingern auf der Rückenlehne des Vordersitzes zu trommeln. Er wusste, die wichtigen Dinge kamen mit Sicherheit dann, wenn ein Mensch seine Sache im eigenen Rhythmus vortragen durfte. Erst als Leinos Aussage bruchstückhaft wurde und immer mehr Wiederholungen aufwies, ging er dazu über, nach Einzelheiten zu fragen, nach Namen, Uhrzeiten, Kennzeichen, und wie immer, wenn das Wesentliche kam, wurden Leinos Auskünfte unsicherer. Trotzdem gelang es Harjunpää, so viele Informationen zu erfragen, dass er glaubte, sie könnten für vorläufige Maßnahmen ausreichen.

»Okay, das muss jetzt noch zu Papier gebracht werden ... Auf dieser Karte steht eine Telefonnummer, die Sie morgen früh anrufen können, dann machen wir einen Termin für die Vernehmung aus«, sagte Harjunpää und klappte sein Notizbuch zu. Er schickte sich an, die Tür aufzumachen.

»Hör zu, Junge«, raunte Leino. »Eben war da noch eine Alte namens Sippola. Mit der solltest du mal reden, das lohnt sich. Sie meint nämlich, sie hat gesehen, wie der Schneemann volle Kanne die Treppe runtergerannt ist, und zwar genau dann, als die Leute angefangen haben, sich über den Rauch zu wundern ... Die Augen hat er verdreht ... Und alle Leute im Haus haben kurz davor gehört, wie oben randaliert, gegen die Tür geschlagen und gebrüllt worden ist, von wegen ich bring dich um, ich bring dich um ...«

»Alles klar. Danke.«

»Warte mal ... Schadet vielleicht nicht, wenn du weißt, dass das gut und gern stimmen kann, immerhin hat er schon zweimal versucht, sich selbst umzubringen. Zuletzt hat er sich mit dem Messer den Arm aufgeschlitzt und davor mit Öl übergossen und angesteckt. Aber das Öl war Purin, und das brennt nicht!«

»Okay. Sie können jetzt in Ihre Wohnung gehen, falls Sie die Feuerwehr lässt.«

Harjunpää musste eine Weile nach Suttelin suchen. Er stand an der Giebelseite des Gebäudes, hielt ein Funkgerät am Ohr, hörte sich die Berichterstattung des in seinem Notizbuch blätternden Kinnunen an, gab zwischendurch einem Hauptwachtmeister, der ihn am Ärmel zupfte, eine Anweisung. An der Wand stand eine Gruppe schlaftrunkener Männer, und Harjunpää erriet ohne zu fragen, wer sie waren.

»... ist wesentlich, obwohl es immer Unterschiede gibt. Die waren nämlich besoffen, mehr oder weniger stark, und sie sind sich nicht hundertprozentig sicher. An die Ankunft des Schneemanns können sie sich noch erinnern, und sie wissen auch noch, dass von Bränden die Rede war. Er ist in Richtung Wald gerannt. Dieser Huotari hat es von seinem Fenster aus gesehen«, berichtete Kinnunen.

»Dann wird es wohl das Beste sein, die ganze Bande in die Ausnüchterung zu stecken und sie morgen früh direkt zur Vernehmung zu bringen. Falls das ganze Haus geräumt werden muss … Ja, genau, ein Wagen kann sie alle hinbringen. Sieh zu, dass das klappt.«

Harjunpää teilte Suttelin mit, was er an Informationen gesammelt hatte. Suttelin nickte, als hätte er alles schon vorher gewusst, doch seine Stirn war voller kleiner Grübelfalten. Er packte sich auch am Ohr und zog daran, wie er es bisweilen tat, wenn er konsterniert war. Harjunpää meinte zu bemerken, dass Suttelins Finger zitterten, war sich seiner Beobachtung aber nicht ganz sicher, denn das flackernde Blaulicht auf den unten in der Limingantie stehenden Feuerwehrautos mochte seinen Anteil daran haben.

»Das gefällt mir nicht«, sagte Suttelin plötzlich. Leicht unsicher fuhr er fort: »Es hat hier zwar früher schon zwei Treppenhausbrände gegeben, aber wenn das nun tatsächlich seine eigene Wohnung war? Viele Einzelheiten sprechen dafür, klar, aber irgendwas ist trotzdem …«

Das blaue Licht hüpfte auf Suttelins Gesicht auf und ab. Er sah abwechselnd grau und violett aus, doch die Ringe um seine Augen blieben durchgehend schwarz und die Gegend um den Mund herum weiß wie Papier. Er legte eine Hand auf die Brust und rieb sich verstohlen unter dem Herzen.

»Aus dem Wald entkommt er nicht, falls er noch drin ist«, sagte Suttelin wieder auf seine gewohnte Art. »Die Jungs von der Schutzpolizei sind gerade los, um ihn da rauszuholen. Voutilanen leitet die Aktion, aber geh du mit, denn wenn er gefunden wird, muss sich jemand um die wichtigsten Dinge für die Ermittlungen kümmern … Überprüfe ihn sofort, auch den Fundort, ob er nicht irgendwas vernichtet hat. Ich werde mir inzwischen den Brandort ansehen, solange noch was davon übrig ist. Die müssen ihn garantiert so zurichten, dass es später nichts mehr zu untersuchen gibt. Kinnunen soll die Personalien der Zeugen sammeln. Jetzt geh zu den anderen … Ich werde die Erkennungsmerkmale weitergeben.« Suttelin hob die Hand, und Harjunpää sah aus, als wollte er noch etwas sagen, schien sich dann aber eines Besseren zu besinnen.

»Ich werde aufpassen«, sagte Harjunpää sicherheitshalber und drehte sich um. Er ging mit großen Schritten zwischen den jungen Ebereschen hindurch, und als er sich noch einmal umblickte, sah er Suttelin immer noch an seinem Platz stehen, gekrümmt und grau, und er musste an eine Hacke denken, die den Winter über am Rand eines Kartoffelackers vergessen worden war und deren Stiel verlassen aus dem Schnee ragte, in Erwartung einer rettenden Hand.

KAPITEL 18

Ein Felsen mit Flechten

Harjunpää blieb unter einer Kiefer stehen. Der Wald hinter der Limingantie war nicht groß, höchstens ein paar Hektar, es war ein Heidewald, in dem Nadelbäume und Preiselbeeren und Heidekraut wuchsen, einer von der Art, wie sie an den Rändern von Siedlungen zu finden sind. Durch das Unterholz schlängelten sich Pfade, die nirgendwo hinführten, und wenn es irgendwo einen schönen Stein zum Hinsetzen gab oder einen ebenen Stamm, dann lag rundum Müll, in den Senken, wo Ebereschenschösslinge und Waldweidenröschen wuchsen, sogar ganze Müllhaufen, die eindeutig aus Wohnungen hierher geschleppt worden waren. Trotz allem jedoch fühlte sich Harjunpää plötzlich klein, verlassen und einsam. Er dachte, das könnte daher kommen, dass die Stimmen vom Brandort Meter für Meter gedämpfter klangen. Während des letzten Wegstücks hatte er nur noch die trockenen Flechten unter seinen Schuhen knirschen gehört.

Er legte die Hand auf den Stamm einer Kiefer und fühlte, wie rau die Borke war; sie erinnerte an Knäckebrot. Über sich hörte er ein Rascheln, ein schweres Flattern, als verließe ein großer Vogel aufgestört seinen Platz. Die Geräusche ließen Harjunpää Schauer den Rücken hinunterlaufen. Vor der Dunkelheit hatte er keine Angst. Im Urlaub verzog er sich gern in den dämmerigen Wald, saß irgendwo ein oder zwei Stunden und beobachtete, wie die Dunkelheit den Sträuchern und Steinen andere Formen verlieh. Ein Wacholder wuchs sich zum alten Weib mit Kopftuch aus, und ein Baumstumpf ging in die Hocke wie ein Hund, der zum Sprung ansetzt. Dann dachte er gern daran, dass alles in Wirklichkeit wie am Tag war, und wenn er aufstand, um zum Sommerhaus zu gehen, wo Pauliina schlief und Elisa im Licht der Öllampe las, trat er vor den lauernden Hund und lächelte knapp, wenn er ihn wieder in einen Baumstamm zurückverwandelte.

Jetzt lächelte er nicht. Es gelang ihm nicht, dem Wald irgendetwas Reizvolles abzugewinnen. Er barg zu viele menschliche Spuren, wirkte geradezu höhnisch, und aller Wahrscheinlichkeit nach hielt er im Schutz seines Unterholzes, seiner Steine und Büsche einen verzweifelten Mann versteckt, der fliehen wollte, sich verstecken vor den lärmenden, bewaffneten Männern und schnaufenden Hunden, die ihm folgten.

Harjunpää konnte es nicht unterlassen, an die Hände des Schneemanns, der sich vor ihm verbarg, zu denken. Leino hatte sie als lang und kräftig beschrieben, wie Teile eines Furcht erregenden Arbeitsgerätes. Der stammelnde Leino hatte in seinem Rausch übertrieben, da war er sich sicher, dennoch drängte sich Harjunpää fast zwanghaft die Vorstellung auf, wie diese Pranken von hinten seine Kehle umklammerten. Er rieb seinen Adamsapfel und dehnte das T-Shirt am Hals. Er erinnerte sich, was Thurman gesagt hatte, als er den verstümmelten Hinterreifen des ausgebrannten Busses untersuchte.

Harjunpää räusperte sich, um das trockene Stechen im Hals loszuwerden. Er horchte, versuchte erneut das Rascheln der anderen Männer zu orten, die über die Baumstämme springenden Lichtflecken ihrer Lampen zu sehen, aber er hörte nur seinen eigenen verhaltenen Atem und sah über den Wipfeln den türkis schimmernden Widerschein der Koskelantie. Er war nicht unbedingt besorgt, fühlte sich jedoch ganz und gar nicht mehr so erleichtert wie vorhin, als er den Brandort verlassen konnte.

Vor wenigen Minuten war er um die nördlichsten Alleehäuser herumgegangen, baufällige Baracken allesamt, und hatte festgestellt, dass einige Männer sie durchsuchten. Einer von der Hundestaffel war mit seinem Schäferhund und gefolgt von ein paar weiteren Polizisten auf dem Wall der schmalen, unbefestigten Straße weitergegangen. Harjunpää hatte beschlossen, auf einer Abkürzung um einen bemoosten Felsen herum zu ihnen zu stoßen, aber jetzt musste er zu seiner Überraschung feststellen, dass er allein im Wald war. Er blickte hinter sich, dann zum Himmel – offensichtlich war er zu weit nach links abgekommen und hatte sich daher von den anderen entfernt. Der Suchtrupp hatte keine Eile, denn der Wald war umstellt, sodass sie systematisch, Streifen um Streifen, vorgehen konnten, und allem Anschein nach hatten sie in Längsrichtung angefangen. Oder aber der Hund hatte sofort eine Spur aufgenommen.

Harjunpää war leicht irritiert, als er bemerkte, dass er kein Licht hatte. Die Dynalite trug er nicht bei sich, denn er hatte geglaubt, im Nu die gut ausgerüsteten Männer von der Ordnungspolizei einzuholen, um in aller Ruhe hinter ihnen her zu stiefeln. Er rieb sich die Nase. Elisa hatte er versprochen, auf sich aufzupassen. Und es war ihm nicht gelungen herauszufinden, was mit Vappu passiert war. Einen kurzen, aber sehr schmerzhaften Augenblick lang dachte er, der Schneemann könne Vappu bei seiner Flucht vor dem Brand mitgenommen haben, als Geisel, aber er kam schnell wieder zur Vernunft. Er beschloss, per Funk Kontakt mit dem Hundeführer aufzunehmen und ihm seinen Standort mitzuteilen, begriff aber im selben Moment, wie wenig dies nützen würde. »Ich stehe unter einer großen Kiefer, und ringsum ist es dunkel ...« Das würde lächerlich klingen. Außerdem hätte dadurch jeder einzelne Polizist mit Funkgerät erfahren, dass sich Harjunpää von der Mordkommission in einem Wäldchen verirrt hatte, das gerade mal so groß war wie der Stadtpark. Er räusperte sich trocken und entfernte sich von dem Baum.

Er folgte einem Pfad; Zweige streiften seine Fußgelenke, klammerten sich fest wie kleine Hände. An die dreißig Meter kam er ohne zu stolpern voran, dann erkannte er die Sinnlosigkeit seines Gehens: In der Dunkelheit konnte er in Berührungsentfernung an einem reglos dastehenden Menschen vorbeigehen und überdies für den Hund wertvolle Spuren vernichten. Er verkürzte seine Schritte und zog unmerklich die Schultern hoch.

Der Pfad stieg sanft an, dann verschwand er mitten im Nichts. Harjunpää hatte einen flachen Felsen vor sich. Die Flechten darauf waren von Füßen zu feinem Mehl zertrampelt worden, das die Geräusche der Schritte schluckte. Ein paar kümmerliche Fichten wuchsen auf dem Fels, hier und da Sträucher, die bis zu den Hüften reichten, vielleicht waren es auch Sprösslinge von Bäumen, das konnte Harjunpää nicht erkennen. Immerhin konnte er nun weit genug um sich blicken. Allerdings begriff er, damit ebenso sichtbar zu sein, und er hatte es eilig, sich klein zu machen. Er ließ sich auf ein Knie nieder und beschloss, so lange bei dem Felsen zu bleiben, bis die anderen zu ihm vorgedrungen waren oder bis er herausgefunden hatte, wo sie sich bewegten.

Er zog das Funkgerät aus der Innentasche seiner Jacke und drückte es ans Ohr, da er nicht wagte, es lauter zu stellen.

»... die Siebzehn sitzt ab«, teilte jemand mit, und Harjunpää ärgerte sich, den Anfang der Nachricht nicht gehört zu haben. Er schaute auf die Uhr. Vier stille Minuten vergingen. Der dünne Funkverkehr ließ ihn erahnen, dass etwas Entscheidendes bereits geschehen war, dass der Pyromane gefasst worden war – und er selbst hatte wegen seiner Ungeschicklichkeit die betreffende Information nicht gehört. Er versuchte sich vorzustellen, was er sagen sollte und was Suttelin sagen würde, wenn er, Harjunpää, irgendwann im Morgengrauen aus dem Wald geschlichen käme, aber schon die nächste Mitteilung ließ ihn wieder ruhiger werden.

»Hund zwei an die Kette ...«, hörte er aus dem Funkgerät. »Sieht so aus, als wäre er hier in der Nähe der Koskelantie gewesen, dann aber wieder umgekehrt. Wenn ihr könnt, dann zieht euch noch mehr in Richtung Intiankatu auseinander … Vielleicht kommt er zurück, kann sein, dass er euch direkt in die Arme läuft …«

Der Hundeführer war außer Atem. Harjunpää stellte sich vor, wie er im Vorangehen den an der langen Leine zerrenden Schäferhund zurückhielt. In der nächsten halben Minute hörte man nur die Bestätigungen der anderen aus dem Funkgerät, außerdem zwei Mitteilungen, denen Harjunpää entnahm, dass Suttelin die ursprünglichen Observationspunkte aufgelöst und die Männer vom »Roten Hahn« losgeschickt hatte, die umliegenden Straßen zu durchkämmen.

Ein Rascheln im Gebüsch ließ Harjunpää zusammenfahren. Er hob den Kopf. Jeder einzelne Busch rauschte, bewegte sich unruhig unter einem überraschenden Windstoß, der ein Gewitter ankündigte. Die Büsche wollten sich nicht beruhigen, es musste Espengehölz sein. Die Unruhe ging auf Harjunpää über. Er meinte, einen Geruch wahrzunehmen, schwach, aber bekannt, offenbar hatte er ihn schon eine Zeit lang gerochen, ohne ihm Beachtung zu schenken. Auch jetzt kam er nicht dazu, ihn zu identifizieren, denn der Wind trug ihn ebenso schnell davon, wie er ihn Harjunpää in die Nase geweht hatte. Der Geruch hatte jedoch etwas mit dem Knirschen der Schuhe seines Chefs gemein: Er brachte Harjunpää dazu, wachsam zu werden, im Zwerchfell etwas zu spüren, etwas wie die Trippelschritte unzähliger, in ihm wohnender Mäuse.

Die Unterseiten der Blätter blinkten hell, fast weiß auf, und als Harjunpää sie eine Weile anschaute, nahmen sie das Aussehen von blinzelnden Augen an. Sie waren überall, vor ihm, hinter ihm, rechts und links. Sie störten ihn, hinderten ihn daran, sich auf die Duftspur zu konzentrieren. Er machte eine unwirsche Bewegung, spürte, dass er am liebsten schreien würde, etwas Unfreundliches, wie es Menschen tun, die Amseln aus ihren Johannisbeersträuchern verjagen wollen. Eigentlich hätte er noch lieber etwas anderes getan, am liebsten wäre er aufgesprungen und so schnell er konnte in die Richtung, aus der er gekommen war, gerannt, aber er tat weder das eine noch das andere. Er hob seine Jacke an und zog ohne einen Augenblick zu überlegen den Revolver heraus. Blitzartig wurde ihm klar, dass er nicht allein an dem Felsen war. Und fast gleichzeitig begriff er, dass er von Anfang an keine Sekunde lang dort allein gekauert hatte.

Harjunpää nahm den Geruch erneut auf, und nun erkannte er ihn. Ein ähnliches Aroma wehte aus kleinen Kneipen auf die Straße, von braunen Zwiebelsoßen, von den Bierlachen auf den Tischen. Dieser Geruch stammte nicht davon, er stammte von einer Person, die Schnaps und Wein durcheinander getrunken hatte, die gelaufen war, bis ihr der Schweiß herunterlief, und die in dreckigen Klamotten steckte.

Harjunpää war sich sicher. Genau so rochen viele seiner Klienten, diejenigen, die sich kratzten, die lallten, ihn dazu veranlassten, mit dem Fuß den Papierkorb unter dem Tisch hervorzuschieben, in der Hoffnung, nicht mitten im Verhör den Boden wischen zu müssen. Er führte das Funkgerät vor den Mund und sah, wie wild dessen gummiummantelte Antenne zitterte.

Harjunpää wollte abwarten, bis sich die Antenne beruhigt hatte, lauschte auf das Ticken seiner Uhr, zählte die Sekunden. Aber die Antenne wedelte weiter vor seinen Augen wie ein seltsamer Stummelschwanz, und er wusste, genau so zitterte seine Hand, ahnte, so würde es sich auch mit seiner Stimme verhalten, und drückte die Hand mit dem Funkgerät in die Flechten. Er war fast zufrieden. Diesmal hätte er nur sagen können, dass er sich bei einem Felsen im finsteren Wald befand und den Geruch eines Betrunkenen wahrnahm.

Mit künstlicher Entschlossenheit dachte er, der Ausgangspunkt des Geruchs müsse geklärt werden. Er stieß lautlose Verwünschungen aus, aber die halfen ihm nicht, sie hatten ihm auch sonst noch nie geholfen, daher presste er die Lippen zusammen und nahm blass und ohne sich weiter Gedanken zu machen eine geduckte Position ein. Er versuchte gar nicht erst, sich weiter Mut einzureden, denn er wusste, er musste so zurechtkommen, wie er war, ohne Lampe, allein, mit unbändiger Angst, die ihm in den Gliedern saß.

Harjunpää setzte sich in Bewegung. Zwei Meter kam er geduckt voran, planlos, den Vier-Zoll-Lauf des Revolvers gerade nach vorne gestreckt. Dann blieb er stehen und schnupperte. Der Geruch des Betrunkenen war immer noch da. Er vermochte jedoch nicht zu entscheiden, ob er stärker oder schwächer geworden war. Der andere Mensch, der im Dunkeln auf ihn wartete, konnte jedoch nicht mehr als zehn Meter von ihm entfernt sein, da war er sich sicher. Es fing an, in Harjunpääs Ohren zu pfeifen, und er erinnerte sich an seine Mutter, die gesagt hatte, das bedeute, dass jemand böse redete. Diesmal bedeutete es, dass ihn jemand mit bösen Augen ansah.

Er versuchte sich ins Gedächtnis zu rufen, was er über solche Situationen gelernt hatte. Beinahe erschrak er über das trockene Schlucken seiner Kehle: Er hatte nichts darüber gelernt. Solche Situationen sollte man gar nicht erst entstehen lassen. Harjunpää ließ noch einmal die Geschehnisse der letzten Minuten Revue passieren und kam notgedrungen zu dem Ergebnis, dass die Situation in Folge des ein oder anderen unglücklichen Zufalls sowie seiner Gedankenlosigkeit entstanden war. Aber das tröstete ihn nicht.

Erneut blickte er sich um. Ihn durchzuckte der Gedanke, es könnte vielleicht das Klügste sein, mit strenger Stimme zu rufen: »Pass auf, Kerl! Du kommst jetzt schön hierher zu diesem Stein!« Der Gedanke gefiel ihm. Einen Moment lang wägte er die Worte innerlich ab, dann aber fiel ihm ein, dass ihn der Schneemann unter Umständen schon jetzt beobachtete und sah, wie er in die völlig falsche Richtung rief. Er mochte nicht daran denken, was das für Folgen hätte, und schluckte erneut.

Eigentlich starrte Harjunpää nur deshalb auf den Baum, weil er das einzige erkennbare Objekt in der Nähe war. Es war eine Fichte, hoch und stark, wie eine Frau in einem Rock, der bis zum Boden reichte. Hätte er sich selbst bei dem Felsen mit den zertretenen Flechten und den Espenschösslingen verstecken müssen, dachte Harjunpää, wäre er wie alle anderen auch in das Nest gekrochen, das die unteren Äste der Fichte bildeten. Dieser Gedanke war erleichternd. Er schlich näher heran und kam auf den für ihn typischen Gedanken, der Platz unter der Fichte sei ein zu gewöhnliches und zu leicht zu entdeckendes Versteck. Ihn überkam das Gefühl, als sei der Schneemann bereits hinter ihm und machte sich davon oder schlich Schritt für Schritt näher, die langen Hände ausgestreckt.

Die letzten Meter nahm Harjunpää ohne Vorsicht mit ungeduldigen großen Schritten. Der harzige Duft der Fichte schlug ihm entgegen. Die Erde atmete den Geruch alter Nadeln aus. Der Gestank des Betrunkenen ging von der düsteren Gestalt aus, die auf der anderen Seite des Baumes hockte. Harjunpää erschrak, obwohl er darauf vorbereitet war, den Schneemann zu sehen. Instinktiv schwenkte er die Hand mit der Waffe zur Seite, auch wenn ihm der Verstand sagte, der Revolver müsse gerade auf den Mann, der auf der Erde saß, gerichtet werden.

Oberhalb des Mannes fehlten einige Äste, er lehnte mit dem Rücken an dem höckrigen Stamm. Harjunpää musste seltsamerweise an das unwillige Murren der Ehefrau dieses Mannes denken, wenn sie das Harz aus dem Hemd wusch, aber im gleichen Augenblick fiel ihm die Frau mit den roten Fingernägeln ein und die Einschätzung des Brandmeisters, sie werde es womöglich nicht lebend bis in die Klinik schaffen.

»Guten Abend«, sagte Harjunpää und biss sich auf die Lippen, denn das hatte er nicht sagen wollen, und schon gar nicht mit so lammfrommer Stimme. »Ich bin von der Kriminalpolizei«, fuhr er fort, wobei es ihm gelang, seine Stimme normal klingen zu lassen. »Bitte stehen Sie auf ...« Ihm fiel ein, dass er sich an den eigentlichen Namen des Mannes nicht erinnern konnte. »... Schneemann«, sagte er und schämte sich dafür.

Der Mann antwortete nicht, er rührte sich nicht einmal. Vorsichtig trat Harjunpää näher heran. Er sah, dass der Kopf des Mannes auf den von den Armen umschlungenen Knien lag.

Sein Körper wirkte starr und leblos, und Harjunpää sah die 80-jährige Frau vor sich, die am Tisch gesessen und den Breilöffel in der Hand gehalten hatte, obwohl sie bereits gut vierundzwanzig Stunden tot gewesen war. Er pirschte noch näher an die Fichte und den davor hockenden Mann heran und bemerkte instinktiv, dass er nahe genug war, um den Mann berühren zu können, oder dieser ihn, wenn er gewollt hätte. Harjunpää packte den Revolver fester und schob den Daumen auf den Schlagbolzen.

Er nahm ein Atmen wahr. Die Züge waren kurz, zischend. Das konnte ein Lachen oder ein Weinen sein.

»Stehen Sie jetzt auf! Sie hören genau, was ich sage ...«

Erneut beschlichen Harjunpää Unruhe und eine gewisse Ratlosigkeit. Es peinigte ihn, nur seine eigene Stimme zu hören. Sie klang ebenso geisterhaft wie der von ferne hallende Schrei eines Wasservogels an einem Herbstabend. Er wollte nicht mehr näher herangehen, also wählte er das für ihn geringere Übel und streckte die Hand aus, um die, angesichts des gewaltigen Rumpfes, merkwürdig abfallende Schulter zu berühren.

Eine Faust packte Harjunpääs Ellbogen. Der Griff war stark. Harjunpää machte einen Satz rückwärts, warf sich mit dem ganzen Gewicht seines Körpers nach hinten, aber der Griff hielt. Harjunpää stemmte sich in den Boden wie ein Hund, der an seiner Leine riss.

»Hören Sie auf! Ich habe eine Waffe!«, rief er strauchelnd und hielt den Revolver direkt vor sich. Er spürte, wie der Lauf gegen etwas Weiches stieß. Er wusste, dass es ein Mensch war.

Fast panisch dachte er an den großen Körper, an dessen rotes, pumpendes Herz, an die Lunge, die den schluchzenden Atem in Gang hielt, an das Gehirn, in dem etwas falsch gelaufen war und in dem gerade Gedanken kreisten, die ihn betrafen, und er dachte an die Hand, die womöglich zwei Daumen hatte und die sein Handgelenk fest umklammert hielt. Er dachte an die Waffe, die auf eine kleine Bewegung seines Zeigefingers hin gedankenlos, gefühllos funktionieren würde, und er dachte an den Knall, an das zerrissene Aufblitzen des Mündungsfeuers, an den Geruch von verbranntem Pulver und daran, wie sich der Griff der großen Faust abrupt lösen würde und wie der Mann, dem sie gehörte, von einem kleinen Stück Blei gefällt, auf die Erde sinken und sich nie mehr rühren würde.

»Ich ... lassen Sie mich los!«, keuchte Harjunpää. Er fühlte, wie sein Magen voller Steine war, voll mit kantigem Schotter. Zu seinem Entsetzen fühlte er sich plötzlich auch müde, so kraftlos, dass er am liebsten aufgegeben und sich auf die Erde gesetzt hätte. Der Griff ließ nicht nach. Harjunpää begriff irritiert, dass auch sonst nichts geschehen war. Der Schneemann war nicht aufgestanden, hatte sich nicht auf ihn gestürzt. Er saß noch immer ohne ein Wort zu sagen an derselben Stelle. Harjunpää zog die Waffe zurück, stützte die Hand auf den Beckenknochen, spürte, wie sie zitterte. Jetzt fielen ihm die Selbstverteidigungsbewegungen ein, die er vor Jahren gelernt, aber kein einziges Mal ausprobiert hatte. Er begriff immer noch nicht, wie es dem Schneemann gelungen war, ihn zu packen.

»Lass uns Kumpels sein«, sagte der Schneemann leise. Seine Stimme war rau, dabei aber irgendwie kindlich. Harjunpää fiel ein, dass Pauliinas Stimme ähnlich klang, wenn sie mit aller Macht etwas wollte und versuchte, ihn herumzukriegen.

»Einverstanden«, atmete er auf und glaubte zu spüren, wie der Griff ein wenig lockerer wurde. Schrecken und Angst lösten sich allmählich, waren eigentlich nur noch als Zittern in seinen Gliedern zu spüren. Im Grunde wäre es jetzt ein Leichtes gewesen, dem Schneemann mit dem Revolvergriff auf den Kopf zu schlagen, doch ein Instinkt sagte Harjunpää, dass es nicht nötig war, und außerdem wäre er, so schien ihm, dazu ohnehin nicht fähig gewesen.

»Du wirst Schneemann genannt?«, fragte er, um sich zu versichern.

»Schneemann, genau. Ich hab nix getan. Ich hab mich bloß hier hingesetzt ...«

»Ja.« Harjunpää begann zu ahnen, wie es um den Schneemann stand. Es war verwirrend, dass ausgerechnet er hier stand, eng an den Mann gefesselt, den Suttelin und Kinnunen und er zu fassen versucht hatten, und dass dieser Mann mehr als dreißig Brände gelegt, einen anderen, ebenso Unglücklichen im Schuppen des Apfelgartens von Annala ums Leben gebracht und gerade eben zwei Menschen in zerfetztem Zustand ins Krankenhaus befördert hatte. Doch er empfand keinerlei Hass. Eher empfand er Erleichterung, da der Schneemann offenbar bei vollem Verstand war. Ihm schoss auch der Gedanke durch den Kopf, der Schneemann könnte nie für seine Taten zur Verantwortung gezogen werden, doch auch das bekümmerte ihn nicht. Es war ihm gleichgültig. Er korrigierte die Position seiner Füße, versuchte aber immer noch nicht, seine Hand loszureißen. Es erschien ihm besser, die Ankunft der anderen Männer abzuwarten als den massiven Mann allein abzuführen.

»Was ist eigentlich passiert?«, fragte der Schneemann gedämpft.

Harjunpää zögerte. Er musste jetzt jedes Wort sorgfältig abwägen. »Das sollten wir jetzt bald gemeinsam herausfinden«, sagte er.

»Ja. Ich bin nicht schlecht. Ich heiße Niilo. Bei mir klappt einfach nichts. Nichts. Zwei Frauen hab ich gehabt ... aber nicht mal einen Knoten kann ich machen. Inkeri hab ich gemocht, aber Anna-Liisa war gemein, um die ist es mir nicht schade. Kaarina hab ich auch gemocht, obwohl Anna-Liisa ihre Mutter war. Die hat so schwarze Locken gehabt, und die Hände und Füße waren so klein und schmal, und das, obwohl ich so ein Kerl bin. Nur ein Fäustling ist von Kaarina übrig geblieben, dabei hat sie auch nichts Böses getan ... Ich hab so gern ihr Haar gestreichelt!« Der letzte Satz des Schneemanns war eine Klage. Harjunpää bemerkte nicht sofort, dass der

Griff um sein Handgelenk nachließ und der Schneemann seinen Arm wieder um die Beine schlang.

Harjunpää wich ein Stück zurück. Er wusste nicht, was der Schneemann alles erzählen wollte, ahnte aber irgendwie, womit die abgebrochenen Sätze zu tun hatten. Er schob den Revolver in das Holster und blickte erleichtert auf seine Hände, die jetzt frei waren, lebendig, noch ein wenig zitternd, aber doch seine Hände. Er lauschte in den Wald, hörte aber noch immer keine näher kommenden Schritte. Er horchte auch in sich hinein. Wegen des Schreckens fühlte er sich leer und niedergeschlagen, aber in seinem Innersten regte sich bereits etwas, wurde stärker, stieg als unbestimmtes Gefühl von Nähe in seine Gedanken auf. Er seufzte auf. Für einen Moment hatte er befürchtet, wieder die ausdruckslose Kälte in sich zu spüren, die ihn während des vergangenen Jahres gegen seinen Willen immer öfter in Erstarrung versetzt hatte.

In der Ferne meinte er ein Licht aufblinken zu sehen. Es erschien kein zweites Mal, stattdessen hörte er ein Rascheln und einige absichtlich laut gesprochene Worte. Er wandte sich dem Schneemann zu und legte ihm eine Hand auf die Schulter. Das Hemd war warm, verschwitzt, schmutzig. Er erinnerte sich an all das, was ihm in diesem unendlich kurzen Augenblick in den Sinn gekommen war, in dem er daran gedacht hatte, den Abzug zu drücken. »Pass auf. Ich hab das Gefühl, für dich wird es bald Zeit aufzustehen«, sagte er. Der Schneemann hob den Kopf, aber Harjunpää konnte sein Gesicht nicht richtig erkennen. Es schien ihm grau, unrasiert und feucht zu sein.

»Wie … was ist mit ihnen passiert?«, fragte der Schneemann, und seine Stimme war überraschend klar, beinahe wie die Stimme eines Menschen in normalem Gemütszustand. Harjunpää wurde wachsam, er begriff sofort, dass sie nun bei dem entscheidenden Punkt angelangt waren.

»Das weiß ich noch nicht. Beide sind ins Krankenhaus gebracht worden«, antwortete er und war nicht sicher, ob es nicht ein Fehler war, das Krankenhaus zu erwähnen.

»Jaa ... Sag, kann man mit Gedanken was Böses tun?« Die Frage des Schneemanns klang besorgt. Harjunpää verstand nicht, was er meinte.

»Das glaube ich nicht«, entgegnete er ausweichend. »Höchstens sich selbst.«

»Ja. Ich hab schon gedacht, jetzt werde ich ... Ich hab heulen müssen. Ich bin auf der Treppe sitzen geblieben. Ich hab gesehn, wie Rauch durch die Türritzen gekommen ist ... Aber ich kann nicht sagen ...«

»Ja.«

Sie wechselten kein einziges Wort mehr. Das Rascheln der Zweige und die Worte der Männer waren jetzt deutlicher zu hören. Zahlreiche Handlampen brannten, mindestens zehn. Harjunpää war erleichtert, zugleich aber auch peinlich berührt. Er schämte sich dafür, sich verirrt zu haben, auch für die Angst, die das flatternde Espenlaub in ihm ausgelöst hatte, am liebsten hätte er gar niemandem erklärt, wie er auf den Schneemann gestoßen war, doch er wusste, er würde etwas sagen müssen.

Die Lampen waren bereits deutlich zu erkennen. Der Atem des Schäferhundes ging pfeifend, er musste mit aller Kraft an der Leine zerren. Ein Funkgerät plapperte laut, und Harjunpää hörte dieselbe Nachricht als leises Piepen aus der Innentasche seiner Jacke. Die meiste Arbeit lag noch vor ihm, das fiel ihm jetzt ein, die zahllosen Vernehmungen, die Aufklärung jedes einzelnen, früher vorgefallenen Brandes, das Sammeln der Beweise, aber er ärgerte sich nicht, obwohl er auch nicht zufrieden war. Eigentlich hatte er nur flüchtige Gedanken, etwa, dass auch der klügste Hund höchstens auf dem Intelligenzniveau eines anderthalbjährigen Kindes war und dass ein männlicher Schäferhund über eine Beißkraft von an die hundert Kilo verfügte und nicht unterscheiden konnte, wer gut war und wer böse, wer Verbrecher, wer Polizist, sondern seine Zähne in das Bein desjenigen schlug, der zuerst eine abrupte Bewegung machte oder eine, die sich dem Hund als gefährlich eingeprägt hatte. Er schob die Hände in die Taschen seiner Jeans und beschloss, regungslos stehen zu bleiben.

Irgendwo unsichtbar bellte der Hund. Jemand gab ihm zwei kurze Befehle, und er verstummte. Mindestens drei Lampen richteten sich direkt auf Harjunpääs Gesicht. Er drehte den Kopf zur Seite und nickte in Richtung Fichte. Offensichtlich kannten die Männer ihn, denn zwei Lichtkegel glitten an den Flechten entlang nach rechts, und der dritte richtete sich vor ihm auf die Erde. Harjunpää blinzelte und erkannte Ikkala, der den Hund führte, erst, als er unmittelbar neben ihm stand.

»Ist er das?«, fragte Ikkala, und seine Worte klangen interessiert, als handelte es sich tatsächlich um einen Schneemann. Er war noch außer Atem, ansonsten aber ruhig, und strahlte die gleiche Sicherheit aus wie der Brandmeister vor dem Haus in der Limingantie. Harjunpää nickte, vermied es aber, sich zu dem Schneemann umzudrehen. Aus den Augenwinkeln sah er mehrere Männer um die Fichte herum stehen. Am Rande entzündete ein Streichholz eine Zigarette, aber keiner sagte ein Wort. Der Hund fing an zu winseln.

»Solltest du nicht mit uns kommen? Wir sind ein paarmal stehen geblieben, um zu warten«, sagte Ikkala.

»Ich hab mich ein bisschen verspätet«, erklärte Harjunpää. »Wollte hier abkürzen. Da war eine alte Frau aus den Baracken, die behauptet hat, sie hätte gesehen, wie jemand in diese Richtung gerannt ist ... Sie war sich nicht ganz sicher. Ich dachte, ich schau unterwegs mal vorbei. Und da hat er dann auch schön brav gesessen ...«

»Nein! Ehrlich? Ich hätte wetten können, dass er dort drüben in den Wald rein ist. Late hatte die ganze Zeit eine Spur ... Late! Platz! Junge, glaubst du nicht ...«

Harjunpää trat näher an die Fichte heran. Die Männer standen im Halbkreis, er sah nur ihre dunklen, breiten Rücken, denn die Lampen hielten sie vor sich auf die unteren Äste des Baums gerichtet. Der Schneemann war gar nicht so groß, wie er im Dunkeln gewirkt hatte. Schmutzig war er, zerlumpt, und seine Arme waren tatsächlich lang. Er blinzelte. Seine Augen waren klein und rot, und das Licht tat ihnen eindeutig weh. Das Gesicht war knöchern, es hatte die Farbe von Schnee in der Stadt. Es war mindestens eine Woche lang nicht rasiert worden, die Wangen hatten Falten und waren gegerbt wie bei den meisten Menschen, die sich hauptsächlich im Freien aufhalten. Die schmalen Lippen des Schneemanns versuchten ein kindliches, wohlwollendes Lächeln, das bedeutete: Ich bin nicht böse, seid ihr es auch nicht.

Harjunpää blickte auf den Hals des Schneemanns, legte die Finger aufs Gesicht, wartete einen Moment, bevor er erneut hinschaute. Um den Hals lag ein Ledergürtel. Jetzt war er locker, aber vorher musste er straff gewesen sein, denn auf der Haut war schwach eine gürtelbreite, rötliche Schürfwunde zu erkennen. Ein Ende des Gürtels hing dem Schneemann auf der rechten Schulter, es war gekrümmt, und Harjunpää wusste, es war so geblieben, nachdem sich der Knoten gelöst hatte. Er blickte auf den Baum, fand in knapp zwei Metern Höhe einen Ast, an dessen Ansatz die Rinde abgeschabt war. Dort tropfte helles Harz heraus. Es erinnerte Harjunpää an Blut, auch wenn die Flüssigkeit farblos war wie Tränen.

Er spürte, wie kalt und blass sein Gesicht war. Sein Nacken und seine Kopfhaut kribbelten, wie wenn man sich nach dem Blutspenden zu früh wieder aufrichtet.

»Ikkala«, sagte er heiser und schien dabei interessiert auf den Schneemann zu blicken. »Ich bin kurz vor euch gekommen. Er muss durchsucht werden. Vor allem nach Zubehör, mit dem man Feuer machen kann. Und die Stelle, wo er gesessen hat, auch.«

»Okay. Ich kann den Hund den ganzen Felsen absuchen lassen, wenn du willst und es für nötig hältst.«

»Genau. Das wäre gut.«

Harjunpää zog sich zurück. Während der ersten beiden Schritte schien er vorsichtig nach dem Boden zu tasten, aber als er bei den zitternden Espen angelangt war, führt er die Finger an die Stirn und blieb stehen. Die Blätter raschelten sacht, wieder hörte man in der Ferne das Rumoren eines Gewitters.

»Guck mal, der hat zwei Daumen«, zischte einer. Metall klirrte: Jemand nahm die Handschellen vom Gürtel.

»Also. Sie müssen jetzt aufstehen.« Die Stimme des Sprechers war laut, aber nicht unfreundlich.

Harjunpää atmete geradezu dankbar auf. Eine Weile stand er kraftlos da, erholte sich kurz, um wieder denken zu können. Wäre er zu Hause gewesen, hätte er sich im dunklen Schlafzimmer rücklings auf den Fußboden gelegt, hätte den Kopfhörer aufgesetzt und die Kleine Nachtmusik laufen lassen. Vielleicht hätte er auch eine von Pauliinas Kinderplatten ausgesucht, ein Stück, das mit den Worten begann: »Morgens früh am großen Bahnhof – schau, wie auf den Gleisen die kleinen Lokomotiven fahrn.«

KAPITEL 19

Verhör

Der Gang im vierten Stock war dunkel, niemand hatte daran gedacht, das Licht anzuschalten, doch durch die Fenster unter der Decke sickerte genug Nachtlicht herein, sodass Harjunpää die einzelnen Türen als unzugängliche Rechtecke erkennen konnte. Er ging vorsichtig, um keinen Kaffee aus den Pappbechern in seinen Händen zu verschütten. Es sollte nichts vergeudet werden, außerdem war der Kaffee heiß, jeder Tropfen brannte auf der Haut. Harjunpää war schläfrig und hatte das Gefühl, als wären seine Augen ebenso rot und geschwollen wie die des Schneemanns, als er an der Fichte gekauert hatte. Er erreichte das Ende des Ganges und sah den Lichtschein aus Suttelins Zimmer. Die Uhr des Staatsratsgebäudes schlug zweimal.

Suttelin wandte Harjunpää den Rücken zu, schob etwas in seine Brusttasche. Harjunpää ahnte, was es war, denn er hatte gerade noch gesehen, wie Suttelin eine kleine weiße Tablette in den Mund genommen hatte. Er stellte alle vier Becher auf den Eichentisch und sah Suttelin an, der sich unruhig auf einen Stuhl gesetzt hatte. Dessen Gesicht war noch immer fahl, die Lippen schimmerten bläulich. Harjunpää brachte kein Wort heraus. Beide nahmen sich einen Becher und verrührten den Zucker, der darin zu Boden gesunken war. Harjunpääs Löffel war schon weich geworden, er ruderte schlaff in der Flüssigkeit, als wäre er aus Gummi, und Harjunpää tauschte ihn gegen einen Bleistift aus.

»Ich wusste, dass sie genau unten drunter wohnt. Deshalb

hab ich mir Sorgen gemacht. Wie sie geredet hat, war auch irgendwie spannend, hast du davon was mitbekommen?«, sagte Harjunpää und schlürfte an seinem Kaffee. Er schmeckte nach heißem Zuckerwasser und aufgeweichter Pappe. Er hatte ihn von dem Automaten geholt, der nachts zur Verfügung stand, aus der »maschinellen Kantine«.

»Nein. Ich bin nicht dazu gekommen«, gab Suttelin knapp zurück. Harjunpää blickte zu Boden, er wusste, dass Suttelin am Brandort mehr als genug zu tun gehabt hatte, aber er hatte seine Frage auch eher gestellt, um sich zu vergewissern. Er begnügte sich damit, innerlich noch einmal zu analysieren, was Suttelin zuvor gesagt hatte.

»Harjunpää«, hatte er ihn zu sich gerufen, als er mit Kinnunen und dem Schneemann vom Arzt zurückgekommen war. »Du hast doch nach einer schwangeren Frau gefragt? So eine war tatsächlich im Haus. Sie ist in einem Privatwagen zur Entbindungsstation gebracht worden … sie wollte ihr Kind schon vor dem Haus auf die Welt bringen. Aber ihr ist nichts passiert. Die Weiber aus dem Haus haben behauptet, es wäre schon zwei Tage über der Zeit gewesen …«

Harjunpää nahm einen weiteren Schluck aus seinem Becher, verbrannte sich dabei die Zunge, war aber dennoch zufrieden. Sehr wahrscheinlich wusste Vappu nun schon, ob Henrikki ein Henrikki oder eine Lotta war, und obwohl ihn das Ganze nichts mehr anging, war er fast ebenso erleichtert wie vor drei Jahren, als er nach dem Nachtdienst erfahren hatte, dass Elisa ein gesundes Mädchen zur Welt gebracht hatte und dass beide wohlauf waren. Auch jetzt fiel ihm Elisa ein, aber es gelang ihm, dabei ruhig zu bleiben, denn es waren keinerlei Nachrichten beim Diensthabenden eingetroffen.

»War sich Lamminen ganz sicher?«, fragte Suttelin seinerseits, rührte im Kaffee und studierte interessiert die Bläschen auf der Oberfläche. Harjunpää musste kurz überlegen, bevor ihm einfiel, dass der Name des Dienst habenden Rechtsmediziners Lamminen lautete.

»So sicher wie sich Ärzte normalerweise nun mal sind ... Hinweise auf Brandverletzungen waren nicht zu finden. Die Schürfwunde am Hals war oberflächlich. Kann sein, dass er erst mal eine etwas raue Stimme hat, aber rein klinisch waren keine inneren Verletzungen feststellbar ...«

»Ah ja.«

»Ja. Über den psychischen Zustand kann man nicht mal so viel sagen ... Und in die Psychiatrie ist er schlicht und einfach nicht gebracht worden. Er hatte sich beruhigt, auf alle Fragen von Lamminen relativ vernünftig geantwortet. Aber meiner Meinung nach kann er nicht bei vollem Verstand sein.«

»Na ja. Darüber kann sich das Gericht Gedanken machen. Die lassen den Geisteszustand untersuchen, das haben sie bis jetzt bei allen Pyromanen gemacht, obwohl manchmal ganz schön clevere Kerle darunter waren. Einer war sogar Geschäftsmann, und erfolgreich dazu. Aber das war's dann mit dem Erfolg ...«

»Auf einen Schlag ist alles futsch«, sagte Harjunpää und stocherte mit dem Bleistift in der Zuckerpaste auf dem Becherboden.

»Da kann man Mitleid bekommen ... Allerdings werden die schon genug gehätschelt. Aber hast du jemals gehört, dass sich jemand für die Angehörigen eines Opfers stark gemacht hätte? Sich Gedanken gemacht hätte, von was die Witwe und die Waisenkinder leben sollen, und ob sie seelische Schäden davongetragen haben? Pah ...«

Der Geruch der verbrannten Gegenstände war geradezu ekelhaft. Er war stärker als gewöhnlich, denn in einer Ecke des Zimmers standen zwei neue Tüten. Die kleinere enthielt eine Geldbörse, eine Brieftasche und Ausweise. Das war deutlich zu erkennen, obwohl sich auf der Innenseite des Kunststoffs ein feuchter Film gebildet hatte. Harjunpää gähnte, Suttelin hingegen blätterte in den Unterlagen, die er vor sich hatte, schrieb zwischendurch etwas auf seinen Block und dachte die ganze Zeit nach.

Harjunpää versuchte zu erraten, warum Suttelin mit niemandem über seine Brustschmerzen gesprochen hatte, kam aber auf keine andere Erklärung als die, dass Suttelin eben der alten Polizeigeneration angehörte.

Von diesen alten Hasen waren nicht mehr viele übrig. In der Gewalt gab es drei davon: Kommissar Norri, Harjunpääs eigentlicher Vorgesetzter, Pitkänen, der Kommissar der zweiten Abteilung, und Suttelin. Das Handeln des Gewaltdezernats hing zu einem großen Teil von diesen drei Männern ab. Sie machten sich wirklich Arbeit, ermittelten, nahmen einen Fall nach dem anderen an und waren kaum einmal weg – und wenn, dann in Ausschüssen, bei Symposien, in Komitees, in Formularplanungskommissionen. Würden sie einmal gehen – alle drei erreichten in den nächsten Jahren das Rentenalter –, würde man in den Festreden auf die übliche Weise feststellen, dass sie eine nicht zu schließende Lücke hinterließen. Harjunpää war sich sicher, in ihrem Fall würde der Ausspruch endlich einmal zutreffen. Außerdem war das Schließen dieser Lücke noch in keiner Weise vorbereitet worden.

»Ich habe in der Chirurgie angerufen«, sagte Suttelin, ohne aufzublicken. Harjunpää zuckte zusammen, als sei er bei etwas Unerlaubtem erwischt worden. »Nach allem, was ich von dem, was der Arzt gesagt hat, verstanden habe, hab ich so einen Geschmack im Mund, als könnten wir in der Anzeige noch hinzufügen: ›... bei dem zwei Menschen den Tod fanden‹«. Harjunpää schwieg.

»So sieht es aus«, fuhr Suttelin fort. »Die Brandwunden der Frau sind nicht so schlimm, hauptsächlich zweiten Grades, aber dafür hat sie mehr davon. Fast an der Hälfte des Körpers. Außerdem hat sie sämtliche schlimmen Schockwirkungen abgekriegt. Man weiß ja, was das für die Lunge, das Blut, das Herz bedeutet, für alle Organe eigentlich.«

»Dazu der Rauch und das Kohlendioxid ...«

»Der Kerl – Kosonen heißt er – hat eventuell bessere Chancen. Seine Brandwunden sind zwar dritten Grades, aber davon ist weniger als ein Drittel der Hautoberfläche betroffen. Schlimm ist bloß, dass sie sich am Oberkörper befinden. Der Kopf ist im Eimer, vielleicht auch die Augen. Da wäre es fast besser … Selbst wenn er nach vielen Jahren einigermaßen genesen würde, würde er sich niemals wieder selbst versorgen können. Wenn, dann sterben sie innerhalb von zwei Tagen – wenn nicht später an Entzündungen …«

Harjunpää schwieg erneut. Er hatte nichts mehr zu sagen.

»Wo bleiben die eigentlich?« Suttelin blickte auf die Uhr. »So lange dauert es doch nicht, einen Overall anzuziehen. Geh ihnen mal entgegen. Der Kerl kann unberechenbar sein. Und so groß wie er ist, gibt es einiges festzuhalten.«

Harjunpää stand auf und versuchte, sich die Müdigkeit aus den Gliedern zu schütteln. Er trat auf den Gang und schaltete das Licht an, dachte an den Schneemann, an dessen Griff um sein Handgelenk und daran, wie ruhig und unterwürfig der Mann im Wagen gesessen hatte. Ihm schien, als würde es Suttelin diesmal etwas übertreiben. Er dachte auch, dass man das Verhör auf den Morgen legen könnte – nicht wegen einer bestimmten Dienstvorschrift über den Umgang mit Festgenommenen, denn es ging hier nicht um Dinge, die davon betroffen waren –, sondern wegen Suttelin und nicht zuletzt wegen sich selbst und Kinnunen. Denn wie Suttelin kannte auch er all die Aspekte, die ein Verhör zu einem möglichst frühen Zeitpunkt notwendig machten. Harjunpää erreichte die Aufzugtür. Die Anzeige hinter der runden Glasscheibe zeigte ein immer höheres Stockwerk an, bis sie schließlich bei einer schlichten Vier stehen blieb. Mit einem Ruck schob er den Riegel zur Seite; das Geräusch hallte in der Stille nach wie ein Gewehrschuss.

Suttelin zog das letzte Blatt aus der Schreibmaschine, und die Walze gab beim Drehen ein langes, schnarrendes Geräusch von sich. Harjunpää, der neben der Tür auf einem harten Holzstuhl saß, fand, dass es klang wie der Ruf eines Wachtelkönigs. Nachdem er kurz darüber nachgedacht hatte, fiel ihm auf, dass er noch nie die Stimme eines Wachtelkönigs gehört hatte. Er erinnerte sich jedoch an ein Gedicht, in dem es hieß: »Der Wachtelkönig zieht seine Uhr auf …«, und glaubte daher, Recht zu haben.

Suttelin räusperte sich und ordnete die Blätter neben der Schreibmaschine in der richtigen Reihenfolge. Der Schneemann saß in nahezu gleicher Haltung da wie während des gesamten Verhörs. Etwas war jedoch neu in seinem Gesicht: Es war weicher geworden, auf eine Art gelöst, die Harjunpää nicht näher zu definieren vermochte. Es war fünf nach drei. Draußen hörte man die ersten Lieferwagen, aber die Fahrzeuge der Schienenreinigung waren noch nicht unterwegs. Kinnunen war bereits nach Hause gegangen.

»Gut. Ich lese Ihnen die Geschichte jetzt laut vor. Falls Sie etwas anzumerken haben, auch zur Sache selbst, wenn Sie etwas ändern oder hinzufügen wollen, können Sie das sagen, und ich korrigiere es dann«, erklärte Suttelin, wobei er den Schneemann über seine Brille hinweg ansah. Er schob das Gestell weiter nach oben, hielt die Papiere weiter von sich weg und drehte sie so lange, bis das Licht günstig darauf fiel. Dann fing er mit monotoner, deutlicher Stimme an zu lesen:

»Der im vorliegenden Falle als Tatverdächtiger vernommene Beschäftigungslose Niilo Iisakki Lumiaho erklärte im Beisein von Oberwachtmeister Timo Juhani Harjunpää als Zeugen und nachdem er über seine rechtliche Stellung aufgeklärt worden ist, er könne weder zugeben noch leugnen, sich der Brandstiftung in seiner Mietwohnung in der Limingantie 104, Eingang B, zweiter Stock, schuldig gemacht zu haben, in deren Folge zwei Menschen schwere Körperverletzungen davongetragen haben …« Suttelin unterbrach sich und warf einen Blick auf den Schneemann. »Sie sind der Meinung, dass es sich tatsächlich so verhält?«, fragte er.

»Ja. Ich hab versucht, drüber nachzudenken … Aber deutlicher wird's nicht.« Suttelin raschelte einen Moment mit den Blättern, bevor er wieder in Fahrt kam.

Harjunpää schlug zum wer weiß wievielten Mal den Ordner auf seinem Schoß auf. Er enthielt die Akte des Schneemanns, also alle Informationen über ihn und seine Vergehen. Die Akte war nicht dick, sie enthielt nur einen Bericht. Der Schneemann hatte die Wahrheit gesagt, als er behauptete, kein schlechter Mensch zu sein. Zumindest war er nicht in dem Sinne böse, in dem die Polizei die Dinge sah. Der Inhalt des Berichts über schweren Raub hatte Harjunpää leicht amüsiert, aber dann waren ihm die Worte des Schneemanns eingefallen: »Bei mir klappt gar nichts.« Das hatte ihn wieder ernst werden lassen.

»... berichtete der Vernommene zur Aufklärung des Hintergrundes, er habe entweder Anfang dieses oder Ende des letzten Jahres eine ihm bis dato unbekannte Frau kennen gelernt, die besagte Kyllikki Pietilä, welche er, auf beider Idee hin und da die Pietilä wohnungslos war, bei sich aufnahm, und zwar in der oben genannten Wohnung, die aus Diele und Zimmer mit Kochnische besteht. Mit Kyllikki Pietilä, erklärt der Vernommene, sei er für seine Begriffe normal gut ausgekommen, auch wenn es zwischen ihnen hin und wieder zu vom Vernommenen für natürlich gehaltenen Streitereien gekommen war, die sich auf verbale Auseinandersetzungen beschränkt hatten«, spulte Suttelin weiter ab.

Harjunpää gab sich Mühe zuzuhören.

»... erinnert sich, ihm offerierte alkoholische Getränke genossen zu haben, unter anderem Bier und klaren Schnaps, bei dem es sich möglicherweise um die Marke *Koskenkorva* gehandelt hatte, über ein genaues Bild der genossenen Menge verfügt er jedoch nicht. Besonders groß war sie seiner Einschätzung nach jedoch nicht, sondern beschränkte sich auf einige Schlucke, von denen der Vernommene, seinem Verständnis nach, leicht betrunken wurde. Soweit er sich erinnert, drehte sich das Gespräch in der Runde hauptsächlich um alltägliche Dinge, die er sich nicht mehr ins Gedächtnis rufen kann, da ihn die Themen auf Grund der zuvor bereits erwähnten Niedergeschlagenheit nicht zu interessieren vermochten, weshalb er sich auch kaum an dem Gespräch beteiligte, wie es auch sonst seinen Gepflogenheiten entspricht. Auf gesonderte Nachfrage hin erklärt der Vernommene, sich nicht daran erinnern zu können, dass in irgendeiner Phase des Gesprächs von den im Laufe des Jahres vorgefallenen Bränden in Toukola und Kumpula die Rede gewesen sei. Zumindest hatte sich der Vernommene selbst nicht an solchen Reden beteiligt ...« Suttelins Mund war eindeutig trocken. Mehrmals hatte er versucht, ihn zu befeuchten, und als er eine kurze Atempause machte, warf er einen durstigen Blick auf den Pappbecher des Schneemanns, der immer noch unberührt an der Tischecke stand.

»... sprach das Thema hauptsächlich ein Mann namens Leino an, der im selben Haus, jedoch in einem anderen Eingang wohnt. Weiterhin berichtet der Vernommene, er sei auf Grund seiner Betrunkenheit und des Unmuts, den das betreffende Thema in ihm geweckt habe, nicht in der Lage, sich an alle Einzelheiten und die in diesem Zusammenhang gefallenen Worte zu erinnern, er habe jedoch die Vorstellung behalten, dass ihn das, was über Kyllikki Pietilä gesagt worden war, stark beleidigt habe, sogar in einem Maße, dass es Hass in ihm weckte sowie den Wunsch, die Pietilä auf Grund dieser Worte zu bestrafen, denn, wie der Vernommene ausgesagt hat, bestand der hauptsächliche Grund für die Heimkehr des Vernommenen am betreffenden Tag in dem Wunsch, Fräulein Pietilä zu treffen, welche der Vernommene, seinen eigenen Worten zufolge, sehr geliebt hat ...«

Harjunpääs Blick suchte die rechte Hand des Schneemanns. Er konnte nichts dagegen tun, er musste sie anschauen, obwohl er das nicht wollte, denn er ahnte, dass alle anderen das Gleiche taten. Die Hand lag schlaff im Schoß des Schneemanns. Die Finger waren groß, wie kleine Stangen, und auf den Fingerrücken wuchs ein dichter, fast farbloser Flor. Man konnte sehen, dass mit dieser Hand einmal schwer gearbeitet worden war. Harjunpää wusste nicht genau, was ein Arbeiter im Steinbruch tat, aber er konnte sich vorstellen, wie die Pranke nach einem grauen Granitbrocken griff. Und gerade deswegen wirkte der zweite Daumen, der außen am eigentlichen Daumen angewachsen war, kleiner und nutzloser, als er in Wirklichkeit war. Harjunpää ging die Frage durch den Kopf, warum der Schneemann seine Hand nicht hatte richten lassen, dann ging er dazu über, sich darüber Gedanken zu machen, welche winzig kleine Störung bei der Befruchtung oder während der Schwangerschaft jenen offensichtlichen Leidensgrund verursacht hatte.

Der Schneemann bewegte die Hand, er sah Harjunpää an. Seine Augen waren noch immer entzündet. Als er seinem Blick begegnete, meinte Harjunpää darin auch etwas Gequältes, Leidendes zu erkennen, es kam ihm vor, als bitte der Schneemann um Entschuldigung für seine Hand, die alle sehen wollten. Harjunpää richtete den Blick auf die Akte auf seinem Schoß und begriff: Derjenige, der behauptet hatte, Behinderungen und Abweichungen würden einem Menschen nur zur Reife verhelfen, war ein Lügner, und zwar ein kerngesunder.

»... registrierte, dass die anderen gegangen waren. Der Vernommene glaubt, dass dies geschehen war, während er sich klar machte, wie er zur Aufklärung der Situation vorgehen sollte. Der Vernommene kann nicht angeben, um welche Uhrzeit er aufstand, um zu seiner Wohnung zu gehen, um sich über den Wahrheitsgehalt der gehörten Worte Klarheit zu verschaffen, vermutete aber, vielleicht eine Stunde lang allein vor dem Haus gesessen zu haben. Auf dem Weg zum Treppenhaus ist dem Vernommenen niemand begegnet, auch im Treppenhaus selbst nicht, allerdings hatte er in einigen Wohnungen Geräusche gehört, die darauf hindeuteten, dass noch Leute wach waren. Nachdem er im zweiten Stock, also dort, wo sich die Wohnung des Vernommenen befindet, angekommen war, klopfte er auf die übliche Weise an die Tür, da er einige Tage zuvor seinen Schlüssel verloren oder, wie er es ebenfalls für möglich hält, zu Hause vergessen hatte. Mehrere, möglicherweise etwa fünf Minuten nach dem ersten Klopfen hörte der Vernommene

Fräulein Pietilä an die Tür kommen und ihm antworten. Er berichtet, sich nicht an die genauen Worte der Pietilä erinnern zu können, ihr Inhalt sei jedoch auf jeden Fall zurückweisend und beleidigend gewesen. Ferner gewann der Vernommene auf Grund der Stimmen, die er gehört hatte, den Eindruck, dass sich in Gesellschaft der Pietilä ein Mann befand ...«

»...gibt der Vernommene zu, nach Ende des Wortwechsels mit der Pietilä die Streichholzschachtel, welche ihm bei der Vernehmung vorgelegt und von ihm als sein Eigentum erkannt worden ist, aus der Tasche gezogen und ihr mindestens ein Zündholz entnommen zu haben. Während er das tat, habe er daran gedacht, das brennende Zündholz durch den Briefschlitz fallen zu lassen oder damit einen Gegenstand anzuzünden, z. B. ein Stück Papier, und es durch den Briefschlitz fallen zu lassen. Der Vernommene weiß nicht, wie ihm der Einfall gekommen ist, aber er hat das Gefühl, er sei ihm auf Grund des vor dem Haus geführten Gesprächs in den Sinn gekommen. Ferner erinnert sich der Vernommene, sich eindeutig innerlich vorgesagt zu haben, er sei der heimgekehrte Hausherr, der wieder für Ordnung sorgen müsse, indem er ›Feuer unterm Dach‹ mache. Auf Nachfrage erklärt der Vernommene, als er das Feuermachen in Erwägung zog, habe er seine Absicht nicht eigentlich bedenken können, er habe einfach im Sinn gehabt, Feuer zu machen. Er ist nicht im Stande zu sagen, ob es seine Absicht gewesen ist, Kyllikki Pietilä und den Mann, der sich mit ihr in der Wohnung befand, ums Leben zu bringen oder ihnen körperliche Verletzungen irgendwelcher Art zuzufügen.«

»... auf Nachfrage berichtet der Vernommene, im Rahmen des Gesprächs mit der Pietilä möglicherweise damit gedroht zu haben, sich selbst umzubringen, an die Worte, die er gebraucht hat, vermag er sich jedoch nicht mehr zu erinnern, wobei er sich aber sicher ist, nicht lautstark im Treppenhaus ausgerufen zu haben: Ich bring dich um! Falls das jemand behauptete, müsse er sich irren oder den Vernommenen mit einer anderen Person verwechseln. Weiterhin sagt der Vernommene aus, an die folgenden Ereignisse keine deutliche Erinnerung zu haben, dabei war er sehr erregt und brach auf Grund dieser Erregung in Tränen aus. Daher ist er nicht im Stande zu sagen, ob er das hervorgezogene Streichholz entzündete und damit sein Vorhaben in die Tat umsetzte, ob er es also brennend in die Wohnung warf oder ob er sich ein paar Stufen unterhalb der Etage auf die Treppe setzte, mit dem nicht entzündeten Streichholz in der Hand.«

»Der Vernommene erinnert sich erst wieder daran, zu sich gekommen zu sein, als aus dem unteren Stockwerk eine Frau im Nachthemd auf ihn zugestürmt sei, die ihn fragte, ob er wüsste, woher der Rauchgeruch stammte, der ins Treppenhaus und die anderen Wohnungen drang. Der Vernommene entgegnete der Frau, an deren Namen er sich nicht erinnert, es nicht zu wissen, stellte aber fest, nachdem er sich zum dritten Stock umgedreht hatte, dass aus der Tür zu seiner Wohnung Rauch ins Treppenhaus gedrungen und sich dort bereits in großer Menge gesammelt hatte, obwohl der Vernommene zuvor nicht darauf aufmerksam geworden war. Er meinte jedoch, ihm sei schwer zu Mute gewesen und glaubte, das habe damit zu tun gehabt, dass ihm das Atmen auf Grund des Rauchs schwer gefallen sei. Als die Frau näher kam und ihn fragte, haben Sie das Feuer gemacht, Lumiaho?, erhob sich der Vernommene schockiert und rannte die Treppe hinunter, worauf er in das südwestlich des Gebäudes liegende Waldstück lief …«

»… erklärt der Vernommene, die Frage der Frau habe ihn schockiert, weil sie ihm seine Absicht, einen Brand zu legen, in Erinnerung gebracht habe, auch wenn er den Eindruck habe, sein Vorhaben nicht in die Tat umgesetzt zu haben. Allerdings sei ihm in den Sinn gekommen, er könne auf den Ausbruch des Feuers mit seinen Gedanken Einfluss genommen haben, weshalb er auf seiner Flucht in den Wald an nichts anderes denken konnte, als sich das Leben zu nehmen …«

Suttelins Stimme schnurrte schläfrig. Harjunpää versuchte, sich in möglichst unbequeme Haltung zu bringen, um wach zu bleiben, und beobachtete abwechselnd Suttelins Lippen, die sich bewegten wie kleine, geheimnisvolle Tiere, und den Schneemann, der immer noch in derselben Haltung dasaß. Er wirkte jetzt gelöster, deutlich erleichtert. Er nickte langsam mit dem Kopf, und immer wenn Suttelin Atem holte, bewegte er den Mund, als sagte er etwas. Erst als Suttelin auf der letzten Seite ankam, verstand Harjunpää, was der Schneemann sagte: »Genau. So ist es«, flüsterte er jedes Mal, jedoch sehr leise.

»... möchte der Vernommene zu seinem Bericht gesondert hinzugefügt wissen, dass er nun, nachdem er im Verlaufe der Vernehmung nachgedacht habe, zu der Auffassung gelangt sei, beim Hervorholen der Streichholzschachtel nicht den Tod von Fräulein Pietilä gewollt zu haben, da Fräulein Pietilä während der vergangenen Monate die einzige Person gewesen sei, deren Existenz dem Vernommenen die Kraft gegeben habe, weiterzuleben, und daher glaubt er, seine Absicht könne möglicherweise darin bestanden haben, Fräulein Pietilä und den Mann, der bei ihr war, nur zu erschrecken.« Suttelin lehnte sich auf seinem Stuhl zurück, schob die Brille auf die Stirn, warf Harjunpää einen Blick zu und sah dann den Schneemann forschend an.

»So, Lumiaho. War das jetzt so, wie Sie es Ihrer Erinnerung nach erzählt haben?«, fragte Suttelin feierlich. Der Schneemann regte sich.

»Doch, so war das. Mehr kann ich nicht sagen.«

»Na ja. Wir müssen aber noch mal darauf zurückkommen, wahrscheinlich mehr als einmal. Seien Sie so gut und schreiben Sie Ihren Namen hier hin – da, wo es heißt, gelesen und für richtig befunden. Und dann noch mal auf jedem Blatt am unteren Rand. Als Beweis dafür, dass Ihnen alles vorgelesen wurde.« Eine Weile waren im Raum nur das Ticken der Uhr und das Kratzen des Stiftes auf dem Papier zu hören. Harjunpää fiel auf, dass die Handschrift des Schneemanns groß und unsicher war, er schrieb fast in Druckbuchstaben. »Lumiaho, Niilo I.«, hatte er auf jedes Blatt geschrieben.

Suttelin starrte auf die Büroklammer, von der die Blätter zusammengehalten wurden.

»Wie gesagt, Lumiaho, Sie sind verhaftet wegen des Verdachts der Brandstiftung. Und das heißt, dass Sie vorerst hier bleiben müssen«, sagte er, hob abrupt den Kopf und schaute dem Schneemann in die Augen, wobei er die Lippen spitzte. »Was meinen Sie ... Da gäbe es bestimmt noch mehr, worüber wir uns unterhalten sollten? Ich meine alles, was vor diesem einen Brand hier passiert ist ...« Der Schneemann antwortete nicht sofort. Er starrte auf seine Hände. Für Harjunpää sah es so aus, als hätte der Kopf des Schneemanns, oder vielleicht eher die langen Nackenhaare, angefangen zu zittern. Harjunpää schluckte. Suttelins Hand bewegte sich unruhig.

»Also. Gern red ich nicht drüber«, sagte der Schneemann langsam. »Aber wenn der Herr Kommissar will, dann könnt ich es schon erzählen ... aber vielleicht erst später?«

»Absolut, absolut. Ich habe nicht ... Ich habe gar nicht jetzt gemeint«, sagte Suttelin und zog die Unterlagen unnötigerweise näher zu sich heran. Dann sah er Harjunpää lange an. Suttelin schien nicht zufrieden zu sein, sein Gesichtsausdruck kam Harjunpää eher irritiert vor, seine Gedanken schienen durcheinander geraten zu sein, obwohl er nun eigentlich ruhiger werden und sich vielleicht kurz über die Nase streifen müsste, wie er es oft tat, wenn er sich freute.

»Wachtmeister Harjunpää bringt Sie weg«, sagte Suttelin kurz und tonlos. Das konnte mit der Müdigkeit zu tun haben. Harjunpää stand auf und dachte an die trostlos grauen Wände der kleinen Zellen und an den Geruch des unruhigen Schlafes der Männer darin.

KAPITEL 20

Die einsame Frau

Früh am Freitagmorgen, gleich nachdem Harjunpää endlich nach Hause gekommen war, festgestellt hatte, dass alles war wie immer, und sich neben Elisa ins Bett gelegt hatte, war das Gewitter endlich über der Stadt angelangt. Die lehmfarbenen Wolken bereiteten dem trotz seiner Müdigkeit wach liegenden Harjunpää eine Enttäuschung, denn sie hatten ihre Energie über dem Finnischen Meerbusen entladen und besaßen jetzt nicht mehr die Kraft, auch nur einen einzigen ordentlichen Blitz auf die Erde zu schleudern. Die Wolken zogen über die Innenstadt hinweg und verschwanden, von gedämpftem Grummeln begleitet, im Nordosten.

Erst jetzt, Stunden später, als die Sonne bereits den Zenit überschritten hatte, fiel Harjunpää auf, dass das Gewitter doch die Luft gereinigt hatte.

Im Wagen mit der Bezeichnung Risto fünf zuckelte er fast in Schrittgeschwindigkeit die Jaavantie entlang, und durch das offene Fenster strömte der Duft nach vom Regen gewaschenen Ahornbäumen, Lupinen und Iris sowie nach feuchtem Humus herein. Harjunpää atmete tief. Gierig sog er die Gerüche ein, sie beruhigten ihn, begruben einige Reste von Empfindungen unter sich, die Selbstanklagen und Unruhe ausgelöst hatten, vermochten sie jedoch nicht völlig zu tilgen.

Er beugte sich über das Lenkrad, um besser sehen zu können. Bei seinen früheren Besuchen war ihm nicht aufgefallen, was für eine idyllische Gegend Toukola war. Die Häuser waren altmodische Holzgebäude mit Giebeldächern, fast alle hatten eine Veranda mit Holzsäulen, und an fast allen wuchsen Ranken von wildem Wein den Regenrinnen entgegen. In den Gärten sah man Schaukeln, Hundehütten, Rosen, Spielsachen, Johannisbeersträucher, Regenmesser – all das, was Harjunpää vor einer Woche, die ihm wie mehrere Monate vorkam, in seiner ersten Nacht auf Posten in Gedanken euphorisch hatte werden lassen.

Er bog mit dem VW in die Syyriankatu ein und dachte, dass die Häuser von Toukola genau das repräsentierten, wovon die meisten Stadtbewohner, genau wie er, in ihren Betonfächern träumten. Es waren Einfamilienhäuser mit Gärten und Beeten, die sich beinahe mitten im Herzen einer Großstadt befanden, mit guter Infrastruktur und von allen Annehmlichkeiten umgeben. Ob die Leute von Toukola ihre glückliche Lage zu schätzen wussten? Wahrscheinlich nicht. Außerdem hielt er es für möglich, dass in irgendeiner Behörde bereits ein neues, imposantes Toukola auf dem Reißbrett lag, eine ähnliche Festung aus Plattentürmen und Betonwällen wie die Stadtteile Pasila Ost oder Merihaka.

Der VW tuckerte in die Koreankatu. Harjunpää legte den ersten Gang ein und hielt nach den Hausnummern Ausschau. Die Nummer, die er suchte, fand er, kurz bevor die Straße eine Biegung machte, an der Stelle, wo sie sich in die Kustaa Vaasan tie verwandelte. Er ließ den Wagen an dem schmalen Gartentor vorübergleiten, kam zu dem Schluss, dass der Wagen zwischen die schief stehenden Torpfosten passte, und fuhr rückwärts die Einfahrt hinein. Er nahm die mit einem Gummiband verschlossene Plastiktüte vom Rücksitz und stieg aus. In der Ferne hörte man das ununterbrochene Rauschen des Verkehrs, auf dem Nachbargrundstück traf irgendein Gartenwerkzeug auf einen Stein, doch in dem wild wuchernden Garten, der Harjunpää umgab, herrschte Stille. Man hörte nicht einmal ein Zirpen aus dem hoch gewachsenen Gras, nicht einmal die Musik der Grillen.

Das Haus wirkte melancholisch. Seit dem letzten Anstrich mussten mehrere, womöglich Dutzende Jahre vergangen sein. Die Wände waren fahl, von Regen und Sonne ausgebleicht, voller abstehender Farbsplitter. Die Regenrinnen rosteten, die Stufen vor der Haustür bogen sich, nur das Moos, das sich des steinernen Sockels bemächtigt hatte, war tiefgrün und schön. Rechts und links von den Stufen lagen mit Erde gefüllte Autoreifen, in denen Petunien wuchsen, blaue und weiße, aber ihr Geruch war dumpf und abstoßend. Die Vorhänge waren halb zugezogen. Sie erinnerten Harjunpää an Trauerbeflaggung. Das Haus schien zu schlafen.

Er ging nicht direkt zur Tür. Frau Kosonen schläft womöglich, dachte er, denn das Tuckern des Motors hatte sie nicht an die Tür kommen lassen, nicht mal ans Fenster, oder aber sie war im Garten, saß irgendwo weiter hinten auf der Schaukel. Er ging um das Haus herum, hörte den Sand unter seinen Schuhen knirschen und dachte, dass es bei dem jungen Mann, der jetzt auf der Intensivstation lag, an Schläuche und Katheter angeschlossen, womöglich genau so geklungen hatte, als er zur Limingantie aufgebrochen war, um Kyllikki Pietilä zu treffen. Die Pietilä war nicht mehr auf Intensiv. Ihr Platz war für neue Notfälle frei geworden, denn sie war am Morgen ihren Verletzungen erlegen: gestorben mit Symptomen einer Insuffizienz der Parenchyme, wie es die Ärzte ausgedrückt hatten.

Hinter dem Haus stand die Gartenschaukel. Sie war leer, und es hätte auch niemand darauf sitzen können, denn am einen Ende fehlten die Befestigungsketten komplett. Etwas weiter hinten stand eine Hundehütte, über deren Eingang die Buchstaben so sehr verwittert waren, dass der Name des Wächters nicht mehr zu entziffern war. Daneben stand ein Windrad. Dessen vierflügliger Propeller drehte sich gemächlich, obschon der Wind so schwach war, dass Harjunpää nicht einmal einen schwachen Hauch auf seinen Wangen spürte. Ein Buchfinkenweibchen landete auf dem Gartenweg, pickte nach etwas und flog über den Heckenzaun zum Nachbarn hinüber.

Harjunpää betrachtete noch kurz die Insekten, die mit langen Beinen im Regenwasserfass ruderten, ging dann rasch zur Eingangstreppe und läutete.

Die Tür ging sofort auf. Harjunpää schien es, als hätte die Frau dahinter auf ihn gewartet, ihn vielleicht auch durch den Vorhangspalt beobachtet, wie er im Garten herumgeschnüffelt hatte, aber die Gedanken, die trüben Gedanken, die er schon mitgebracht hatte, halfen ihm schnell, seinen Ärger zu überwinden. Seine Stimmung war schwer definierbar, denn es war unangenehm, den Angehörigen die Sachen eines Opfers, das noch am Leben war, zurückzubringen, es war, als prophezeie er damit den baldigen Tod des Jungen.

»Nimm das hier mit«, hatte Suttelin gesagt, als er ging. »Ich weiß zwar nicht, warum das so eilig ist, aber so sind die Sachen wenigstens vom Tisch. Bei der Gelegenheit kannst du gleich versuchen, die Mutter ein bisschen zu beruhigen. Sie hat schon dreimal hier angerufen …«

»Wachtmeister Timo Harjunpää, Kriminalpolizei«, murmelte Harjunpää, als er die Hand ergriff, die ihm die Frau hinhielt. Er fürchtete sich vor dem bevorstehenden Gespräch, das sich nicht vermeiden ließ. Das letzte halbe Jahr hatte er die Angehörigen von Opfern geradezu gescheut. Nachdem er zur Gewalt gekommen war, hatte er mit den Sätzen der älteren Ermittler sein Beileid ausgesprochen, mit Sätzen, die an sich keine Bedeutung hatten, doch mit der Zeit hatte er gelernt, die Menschen mit aufrichtigen Worten zu trösten. Das hatte verlangt, die Trauer der anderen richtig zu verstehen und Harjunpää von Arbeitstag zu Arbeitstag in immer tiefere Niedergeschlagenheit geführt. Nachdem er sich von seinen Depressionen erholt hatte – es hatte mehrere Monate gedauert und Elisa nahezu übermächtige Anstrengungen abverlangt –, hatte er gelernt, die Ohren zu verschließen und erneut Zuflucht bei Phrasen zu suchen. Aber auch das war keine gute Lösung. Er hatte gemerkt, wie er tatsächlich gleichgültig wurde. Allmählich befürchtete er, auch dann so gefühllos zu sein, wenn Menschen betroffen waren, die ihm selbst nahe standen. Schließlich hatte er den Umgang mit Angehörigen von Opfern auf das Nötigste reduziert.

»Oberinspektor Suttelin hat Ihr Kommen angekündigt, als ich ihn gerade anrief«, sagte die Frau. Ihre Stimme war nüchtern, zu beherrscht, wie bei allen, die zum ersten Mal mit der Polizei zu tun hatten und sich Mühe gaben, ihre Unruhe zu verbergen.

»Leider hab ich mich ein bisschen verspätet. In der Umgebung sind weitere Ermittlungen im Gange, die mit dem Fall zu tun haben, und die ziehen sich in die Länge ...« Harjunpää war auf einer Befragungstour in der Limingantie gewesen, er hatte weitere Zeugen ins Präsidium gebeten, die meiste Zeit aber hatte die Suche nach einem unbenutzten Streichholz gekostet. Von Anfang an war ihm der Versuch hoffnungslos erschienen, und er hatte es auch nicht gefunden, obwohl er jede Ritze im Treppenhaus und überdies den größten Teil des Hofes abgesucht hatte.

Er musterte das Gesicht der Frau. Trotz aller Mühe sah es deprimiert aus, und der dünn aufgetragene Puder war nicht in der Lage, die Spuren der Tränen zu überdecken. Ihre Hand war trocken und kalt. Die grauen Haare waren sauber gekämmt, und sie trug ein gleichsam amtliches Kostüm in unbestimmter Farbe. Die Frau war dünn und auf die gleiche Art trocken wie Suttelin, fand Harjunpää. Sie war nicht mehr jung, doch ihr genaues Alter vermochte Harjunpää nicht zu schätzen.

Im Wohnzimmer war es halb dunkel, da die Bäume vor den Fenstern zu viel Schatten machten. Der Raum war sauber, und Harjunpää wusste aus Erfahrung, dass diese Sauberkeit nicht das Resultat eines hastigen Putzens im letzten Moment war, sondern von dauerhafter, über die Jahre hinweg unerschütterlich anhaltender Pflege.

»Nehmen Sie bitte Platz«, sagte die Frau und wies auf die Polstergarnitur, die um einen Teakholztisch gruppiert war. Auf dem Tisch standen Kaffeetassen mit Rosenmustern, und Harjunpää ahnte, dass er nicht so schnell davonkommen würde, wie er gehofft hatte. Er wählte einen Sessel und fühlte sich darin sicherer als auf der Couch, denn dort hätte auch die Frau Platz nehmen können. Der Sesselbezug war aus Kunststoff und knarrte irritierend bei jeder Bewegung.

»Darf ich Ihnen Kaffee anbieten?«, fragte die Frau, und Harjunpää nickte.

Die Wanduhr schlug halb zwei. Ihr Ton war weich, wie ein Hauch. Nachdem der Nachklang versiegt war, hörte man nur noch das Klimpern der Löffel am Tassenrand. Harjunpää ließ sich mit dem Verrühren des Zuckers Zeit. Er wollte damit der Frau die Gelegenheit geben, zur Sache zu kommen, denn er wollte nicht selbst anfangen, indem er die nach Rauch riechende Plastiktüte mit der Geldbörse aus der Seitentasche zog. Aus den Augenwinkeln heraus blickte er auf die Frau, die auf dem Rand der Couch saß, und bemerkte, dass sich ihr Löffel heftig bewegte, Kaffee verspritzte, ohne dass sie wusste, was sie tat. Harjunpää räusperte sich leicht.

»Sie haben sich bestimmt gefragt, warum unser Haus in einen so schlechten Zustand geraten ist?«, fragte Frau Kosonen überraschend. Es gelang ihr, mit förmlicher, leicht amüsierter Konversationsstimme zu sprechen.

»Nein … Auf den Gedanken bin ich nicht gekommen. Ich meine, es ist mir nicht sonderlich aufgefallen«, entgegnete Harjunpää verlegen. »Mit so einem Haus hat man doch immer reichlich zu tun – kaum ist man mit dem einen fertig, muss man mit dem nächsten anfangen …«

Er konnte Frau Kosonen nicht in die Augen schauen. Er befürchtete erneute Stille, überlegte, ob er ihr vorlügen sollte, dass er selbst in einem solchen Haus wohnte.

»Mein Sohn Tapani war … Was ihm zugestoßen ist …« Frau Kosonen bemühte sich, einen Anfang zu finden, verzweifelt versuchte sie tapfer zu bleiben. Sie hatte sich vorgenommen, nicht zu weinen, vermutete Harjunpää, bezweifelte aber, dass sie es schaffen würde. Er gab einen aufmunternden Ton von sich.

Frau Kosonen stützte einen Ellbogen auf die Tischkante und bedeckte mit den Fingern die Augen. Der Tisch war niedrig, ihre Haltung daher unnatürlich krumm, doch offensichtlich wurde ihr leichter zu Mute, wenn sie nicht sah, zu wem sie sprach.

»Ich habe so sehr das Gefühl, dass ich … Ich bin schuld an dem, was Tapani zugestoßen ist. Ich habe ihn …« Frau Kosonen holte Atem, suchte nach Worten, konnte nicht weitersprechen. Harjunpää wartete einige Sekunden, dann sagte er sanft: »Ja. Ich kann vielleicht ahnen, wie Sie sich fühlen. Vielleicht sollten Sie wissen, dass die Angehörigen der Opfer von Unfällen oder Verbrechen oft das Gefühl haben, alles sei ihre Schuld. Ich meine, die bösen Worte, die sinnlosen Streitigkeiten fallen einem ein, aber alles, was gut war, gerät in Vergessenheit. Aber an die guten Dinge sollten Sie denken, und … und daran, dass man immer das Beste hoffen muss.«

Es verging fast eine Minute, ehe Frau Kosonen die Hand von den Augen nahm und Harjunpää ansah.

»Wissen Sie, ob das in die Zeitung kommt? Das, wo er gewesen ist?«, fragte sie schnell. »Ich meine, wegen meiner Arbeit möchte ich nicht, dass alle …«

Harjunpää probierte den Kaffee und blickte durch den Vorhangspalt hinaus. Er sah den weißen Stamm einer Birke, einen rasch vorüberhuschenden Vogel.

»Das glaube ich nicht«, sagte er steif. »Solche Dinge werden schon seit Jahren nicht mehr veröffentlicht – neuerdings nicht einmal mehr die Namen«, fuhr er fort.

Ihm fiel ein, dass nur der Chef das Recht hatte, Informationen an die Presse zu geben, der Chef jedoch entnahm in der Regel seine Information der noch fehlerhaften Anzeige, oder aber er bezog sie über die vielen Zwischenstationen der Dienstleiter. Bisweilen erkannten die Ermittler die in den Zeitungen erwähnten Fälle gar nicht als diejenigen, an denen sie arbeiteten.

»Ja. Und wir einfachen Männer vom Außendienst haben nicht einmal das Recht, an irgendjemand Informationen weiterzugeben«, fügte Harjunpää kurz darauf hinzu. »Mir scheint, da machen Sie sich unnötig Sorgen.«

Frau Kosonen schluchzte einen Moment. Das Taschentuch, mit dem sie sich die Oberlippe betupfte, hatte Spitzenränder. Schon bald hatte sie sich wieder im Griff.

»Aber Tapani war noch so ein Kind«, seufzte sie, starrte auf ihre Kaffeetasse, und Harjunpää sah, dass sie in Gedanken woanders war, vielleicht bei Jahre zurückliegenden Dingen.

»Ich habe Tapani allein großziehen müssen. Er war erst zwei, als ich mich von meinem Mann scheiden ließ. Vielleicht auch deshalb … Ich wollte ihn nicht meinem Mann als Trophäe überlassen. Ich behielt ihn selbst«, sagte Frau Kosonen und kniff fest die Lippen zusammen.

Harjunpää musste unweigerlich denken, für wen der Junge dann wohl ein Siegesbeweis gewesen war. Er schämte sich gleichzeitig für diesen Gedanken und kam sich geradezu schäbig vor bei dem Verdacht, Frau Kosonen könnte in dem Jungen ihren Mann gesehen – und diesen bestraft haben, ohne es selbst zu begreifen. Er blickte viel sagend auf die Uhr, trank seine Tasse leer und zog die Plastiktüte mit der Geldbörse aus der Tasche.

»Sie wollen doch noch nicht gehen?«, sagte Frau Kosonen erschrocken. Sie sah auf die Wanduhr, dann auf Harjunpää, hütete sich aber davor, einen Blick auf die Tüte fallen zu lassen, die Harjunpää auf den Tisch gelegt hatte.

»Leider … gibt es noch einiges zu tun«, nuschelte Harjunpää und schickte sich an aufzustehen. Er konnte nichts dafür, dass ihn das düstere und saubere Wohnzimmer bedrückte, dass Frau Kosonen trotz ihrer Tränen und ihrer Unruhe etwas Schroffes und Bestimmendes an sich hatte, was eine leichte Beklemmung in ihm auslöste. Außerdem stimmte es: Die Abteilung hatte mehr als genug Arbeit. Auch Frau Kosonen stand auf. Sie winkte ab, wirkte beängstigt. Doch Harjunpää blieb hart und ging auf die Tür zu.

»Ich kann es selbst nicht verstehen«, fing Frau Kosonen an

zu erklären, wobei sie schnell neben Harjunpää trat. »Es hat schon Schwierigkeiten mit ihm gegeben … Noch mit zehn war er Bettnässer, er hat sich oft gegen mich aufgelehnt, hat seinen Zorn aber an Gegenständen ausgelassen, weil er sich mir gegenüber nicht getraut hat. Einmal hat er seinen Teddybär nachts in den Regen getragen … Und er hat nirgendwo Erfolg gehabt. Nicht in der Schule, nicht auf seinen Arbeitsstellen. Und dann die ganzen Kleinigkeiten – ich habe immer noch darauf achten müssen, ob er auch sein Bett ordentlich macht. Aber nicht solche Schwierigkeiten. Dass er irgendwo hingegangen wäre …« Frau Kosonen sprach schnell, sie beeilte sich, als befürchtete sie, Harjunpää könnte ihr entkommen. Dieser blieb im Flur stehen.

»Ja. Immerhin war er praktisch schon erwachsen«, sagte er, und es kam ihm selbst so vor, als verteidige er Tapani Kosonen, dem er nie begegnet war.

»Tapani?« Frau Kosonen hob verblüfft die Augen. Einen Moment maß sie Harjunpää mit einem ungläubigen Blick, dabei trat ein dünnes, trauriges Lächeln auf ihre schmalen Lippen. Sie ergriff Harjunpääs Handgelenk. Die Berührung war kalt.

»Darf ich Sie noch einen Augenblick aufhalten?«, fragte sie. »Ich möchte Ihnen Tapanis Zimmer zeigen. Dann verstehen Sie, was ich meine … Tapani war nicht so ein Junge. Haben Sie Zeit?«

Harjunpää nickte. Er hatte das Gefühl, er müsste ihr den Gefallen tun, um nicht allzu unfreundlich zu erscheinen, um nicht geradezu aus dem Haus zu fliehen. Sie drehten sich um, gingen einige Meter den dämmrigen Flur entlang und kamen an eine offene Tür. Harjunpää trat ein. Frau Kosonen blieb hinter ihm zurück, sie atmete hastig.

Das Zimmer war klein. Darin standen ein Bett, ein Schülerschreibtisch, ein Stuhl, ein Regal mit Rohrgestell, ein Papierkorb. Es wurde dominiert von Flugzeug- und Panzermodellen. Sie waren überall, an der Decke, an den Wänden, auf dem

Tisch, und man erkannte sie auf den ersten Blick als sorgfältig und pedantisch ausgeführte Arbeiten. Auch auf dem Regal standen Modelle, neben nur wenigen Büchern. Harjunpää buchstabierte die Titel: *Der Partisanentrupp kehrt nicht zurück, Agent Hawk und die Todesfalle, Die Partisanen schlagen zu, Der verlorene Spähtrupp* ... Er räusperte sich. Ihm schien, als fehlte etwas in diesem Zimmer, und erst nach kurzem Nachdenken kam er darauf: Tapani hatte kein Radio, keinen Plattenspieler, keinen Kassettenrekorder. Ein Poster hing an der Wand. Darauf standen sich zwei Schweine Rüssel an Rüssel gegenüber, und als Text war zu lesen: »I love you«. Harjunpää wandte den Blick zum Fenster und schaute auf das Windrad, dessen Blätter ihren Lauf beendet hatten.

»Jetzt verstehen Sie bestimmt, was ich meine«, sagte Frau Kosonen in Harjunpääs Rücken. »Er war ein braver, stiller Junge. Er verkehrte nicht mit den ... Gammlern aus dieser Gegend. Noch weniger hatte er mit Mädchen zu tun. Einmal – das ist schon viele Jahre her, damals hatte er vielleicht gerade mit der Hauptschule angefangen – musste ich ihn wegen so etwas züchtigen. Er und ein paar Jungen und Mädchen aus der Nachbarschaft hatten nämlich ... Doktorspiele hatten sie das genannt ... aber sonst hat es bei Tapani keinerlei Symptome in dieser Richtung gegeben. Bis jetzt eben. Und darum ist das so ... so ...«

Frau Kosonen begann zu schluchzen. Auf Grund des dünnen Lavendeldufts wusste Harjunpää, dass sie wieder ihr Taschentuch hervorgeholt hatte. Das Windrad fing sich erneut an zu drehen. Harjunpää wandte sich um.

»Ich verstehe, was Sie meinen«, sagte er tonlos. »Leider muss ich jetzt gehen.«

Das Tageslicht und der Erdgeruch schlugen Harjunpää entgegen. Er kniff die Augen zusammen, ging die Stufen hinunter und hielt erst inne, als er den Sand unter seinen Füßen knirschen hörte. Es kam ihm vor, als sei er aufgewacht. Er drehte sich um und konnte nicht begreifen, was ihn gerade veranlasst hatte, aus diesem Haus zu fliehen. Frau Kosonen stand in der Tür. Sie zerknüllte ihr Taschentuch mit beiden Händen, schluchzte, und erst jetzt sah Harjunpää sie als das, was sie war: Sie war eine einsame Frau, die zu altern begann und womöglich gezwungen gewesen war, Kämpfe zu führen, die unfassbare Anstrengungen erfordert hatten, und die trotz allem wirklich um ihren Sohn trauerte. Harjunpää wischte sich über die Stirn und schämte sich.

»Hören Sie, Wachtmeister Harjunpää«, sagte Frau Kosonen. Ihre Stimme klang anders als zuvor, leise und unterwürfig, und Harjunpää begriff, dass sie erst jetzt zu dem kam, was sie vielleicht schon die ganze Zeit hatte sagen wollen. »Ich weiß, dass er sich mit einer Frau getroffen hat. Aber ich habe es geschehen lassen. Ich habe geglaubt, es sei völlig unschuldig gewesen, dass sie spazieren gehen und sich die Schaufenster ansehen, vielleicht mal in ein Café gehen. Ich dachte, das ist bald vorbei, und dass die Frau merkt, wie unreif er noch ist … Aber dass es so … Darum ist es meine Schuld …«

Harjunpää schwieg.

Grau und klein stand Frau Kosonen da. Sie umklammerte ihr Taschentuch, starrte es an, und offensichtlich ging ihr noch etwas durch den Kopf. Irgendwo in der Nähe sprang ein Rasenmäher an. Frau Kosonen blickte auf.

»Ich habe das Gefühl, als hätte diese Frau Tapani gegenüber behauptet, schwanger von ihm zu sein, als hätte sie ihn so in ihrer Gewalt gehalten, und ich habe überhaupt nicht helfen können …«

»Ja. Wie es sich mit der Schwangerschaft verhält, wird sich bei der Obduktion herausstellen«, sagte Harjunpää. »Aber hätte Tapani es Ihnen denn nicht erzählt, wenn es so gewesen wäre?«

»Bei der Obduktion?« Frau Kosonen hielt sich an der Türklinke fest. Harjunpää legte die Finger an die Schläfen – Suttelin hatte also nichts vom Tod der Kyllikki Pietilä gesagt. Er räusperte sich und stellte fest, dass er nun nichts mehr ändern konnte.

»Sie ist heute Morgen ihren Verletzungen erlegen. Es waren mehr als bei Ihrem Sohn, von Anfang an jenseits der kritischen Grenze.«

»Ach ja? Aber dann ist ja alles ... In gewisser Weise hatte diese Frau die größte Schuld. Nicht wahr?« Ein dünnes, zögerliches Lächeln wuchs um Frau Kosonens Mundwinkel.

Harjunpää blickte auf seine Schuhe. Er vermochte nichts zu sagen, sondern öffnete die Wagentür, setzte sich ans Steuer und begriff in diesem Moment erst, dass auch von Tapani die ganze Zeit gesprochen worden war wie von einem Toten. Er ließ den Motor an und blickte sich noch einmal zur Haustür um. Frau Kosonen hielt eine Hand erhoben, als hätte sie gewinkt. Ihr Mund bewegte sich, und Harjunpää erfasste durch das offene Fenster die Worte: »Im Krankenhaus haben sie gesagt, dass es Tapani den Umständen entsprechend gut geht ...«

Die ersten dreihundert Meter fuhr Harjunpää schnell und ruckartig. Als er die Kaironkatu erreicht hatte, hielt er an und stieg aus. Er steckte sich eine Zigarette an und rauchte sie mit langen, gierigen Zügen. Er lehnte am Kotflügel des Autos und dachte an Suttelin, an das Rentenalter, dann blickte er zum Himmel und betrachtete den weit oben dahinziehenden Wolkenflaum. Hinter ihm tschilpten Dutzende von Spatzen in einem Heckenzaun. Er hörte dem pausenlosen Schwatzen der Vögel zu und dachte, wie schön es wäre, ein Baguette zu kaufen und es auf einer Parkbank an die hüpfenden Spatzen zu verfüttern. So musste sich auch Gott fühlen.

Als er wieder ins Revier kam, erlebte Harjunpää eine Überraschung. Eigentlich hätte er es bereits im Hof ahnen müssen, denn als er die Wagenschlüssel an den Chef der Transportabteilung zurückgab, sagte dieser aus dem Fenster seines Büros heraus:

»Danke. Gibt's schon eine gute Nachricht?«

Harjunpää, der in Gedanken war, zuckte nur mit den Schultern und entgegnete nichts sagend: »Das ist Interpretationssache ...«

Er fuhr direkt in den vierten Stock, doch dort war niemand, abgesehen von zwei Obdachlosen, die auf einer Bank im Gang saßen. Er ging ein Stockwerk nach unten und kam erst wirklich zu sich, als er das Gewaltdezernat betrat. Es war voller Leute, die aber alle gerade schwiegen, als verdauten sie etwas, das sie gerade gehört hatten. Sie blickten Harjunpää an, was ihm unangenehm war – ähnlich verlegen war er bei seiner Hochzeit gewesen.

»Guten Tag«, sagte er verdutzt, aber die Stille blieb bestehen.

Kottonen saß auf seinem Stuhl, er hatte die Hände im Nacken verschränkt und verzog den Mund, aber Harjunpää wusste, dass Kottonen nie wirklich wütend war, er spielte es höchstens vor, wegen der anderen und genoss insgeheim die Situation. Der Chef stand neben ihm. Er stützte sich auf den Tisch und wirkte echt verärgert.

»Also. Mehr habe ich nicht«, sagte der Chef.

Kottonen nickte, als hätte er selbst gesprochen, und bewegte seine Augenbrauen, die an Krähenflügel erinnerten. Dem Chef fiel das nicht auf, wohl aber Harjunpää, und es fiel ihm schwer, ein Lächeln zurückzuhalten.

»Ich hoffe, wir werden bald Resultate haben«, schloss der Chef. »Macht euch an die Arbeit …« Die letzten Worte unterstrich er, indem er auf die Tür zuschritt. Vor ihm öffnete sich der Weg wie das Meer vor dem Bug eines Supertankers.

Der Raum füllte sich prompt mit lautem Gerede, alle sprachen gleichzeitig, und für Harjunpää klang es, als würden Hunderte kleiner Steine eine Geröllhalde hinunterrollen. Er tippte Suttelin, der mit dem Rücken zu ihm stand, auf die Schulter.

»Was ist denn hier los?«

Suttelin drehte sich um. Sein Gesicht war ruhig wie zuvor, aber um seinen Mund lag ein enttäuschter, fast verzweifelter Zug.

»Wir haben keinen Tatverdächtigen mehr«, sagte er leise.

Harjunpää war nicht sonderlich überrascht, musste aber trotzdem schlucken.

»Hat er sich aufgehängt?«, fragte er mit belegter Stimme.

»Nein. Ist abgehauen.«

»Wie denn das?«

»Hat Kinnunen einmal mit der Faust ins Gesicht geschlagen und ist über die Sofiankatu auf und davon. Auf der Aleksanterinkatu ist er in der Menschenmenge verschwunden, bevor Kinnunen wieder auf den Beinen war ...«

Harjunpää schluckte erneut. Er begriff, dass ihm dasselbe in der Nacht zuvor auch hätte passieren können.

»Aber es wird nicht besser, wenn man Kinnunen Vorwürfe macht«, fuhr Suttelin fort. »Eigentlich war es mein Fehler. Ich hätte kapieren müssen, dass man ihn nicht mit nur einem Mann begleiten darf. Zigmal ist so was schon vorgekommen, an derselben Stelle sind auch schon andere verschwunden, aber alles läuft einfach weiter wie zuvor.«

Kinnunen stand in zusammengesunkener Haltung in der Nähe des Fensters. Seine linke Wange war rot und geschwollen, sein Blick getrübt, in dem unglücklichen Gesicht war keine Spur mehr von dem schlagfertigen und manchmal allzu selbstsicheren Kinnunen zu finden, den Harjunpää im Laufe der vergangenen Woche zu schätzen gelernt hatte. Kinnunen tat ihm Leid, aber vor den anderen konnte er das nicht sagen. Vermutlich war Kinnunen nun für immer abgestempelt. Wenn so etwas geschah, fand man oft keinen Grund dafür, stets aber einen Sündenbock.

KAPITEL 21

Das Ufer und die Krähen

Am Samstagmorgen war der Himmel noch immer wolkenlos, und um halb sechs stand die Sonne bereits hoch über dem Meer. Die Erde war über Nacht abgekühlt, und der mit dem Sonnenaufgang aufgekommene Wind hatte auch die Luft frischer werden lassen. Deshalb froren Harjunpää und Kinnunen, die in dem Waldstück hinter der Limingantie 104 kauerten. Sie waren um vier gekommen, warteten also erst anderthalb Stunden, trotzdem gähnten sie bereits jetzt um die Wette.

Harjunpää fragte sich, warum es schwerer war, sehr früh aufzustehen, als die Nacht über wach zu bleiben. Er wusste, der menschliche Schlaf war nach Mitternacht am tiefsten, weshalb sich in diesen Stunden auch der Großteil der natürlichen Todesfälle ereignete, und folgerte, damit müsse es zu tun haben, dass es ihm jetzt so schwer fiel, sich wach zu halten. Allerdings mochte er nicht so weit denken, dass er aller Wahrscheinlichkeit nach an diesem Morgen zumindest keines natürlichen Todes sterben würde.

Über den Holzhäusern wirbelten die Rauchschwalben, hin und wieder verschwanden sie in der Höhe und sausten dann wieder in dichten Verbänden knapp über die Giebel hinweg. Etwas weiter weg krächzten Krähen. Der Zeitungsausträger hatte bereits seine Runde gemacht, in keinem Treppenhaus hatte er sich mehr als ein paar Sekunden aufgehalten, und Harjunpää hatte daraus geschlossen, dass sich nur wenige Bewohner ein Zeitungsabonnement leisten konnten. Ein Mann mit gebeugten Schultern fuhr mit dem Fahrrad auf den Hof. Offensichtlich kam er von der Nachtschicht nach Hause. Er lehnte sein Rad an die Wand und verschwand im ersten Eingang.

»Der kommt nicht mehr«, sagte Harjunpää mit zitterndem Unterkiefer.

»Warten wir trotzdem noch ein bisschen«, antwortete Kinnunen kaum hörbar, schob sich einen Grashalm zwischen die Lippen und begann darauf zu kauen. Harjunpää hatte den Eindruck, als schäme sich Kinnunen noch immer.

»Wir erkälten uns hier bloß. Der kommt nicht. Ich habe keinen Moment lang daran geglaubt, dass er kommt.«

»Nein ... Er muss kommen. Wo soll er denn sonst hin? Sag!«

»Vielleicht ist er ... Er ist mit Sicherheit weit weg. Hat sich irgendwo auf dem Land verkrochen, in seiner Heimatgegend. Was sollte er in einer verkohlten und zertrümmerten Wohnung?«

»Stimmt. Und die Fahndung läuft ja.«

»Eben. Und darum gehen wir jetzt. Wir können uns genauso gut ins Auto setzen, da drüben zwischen die Häuser fahren und von dort aus aufpassen. Nun komm schon ...«

Durch den starken Tau wurden Harjunpääs Turnschuhe und Hosenbeine schon auf den ersten Metern nass. Er war sich wirklich sicher, dass der Schneemann nicht vor seinem Haus auftauchen würde. Freilich war er sich auch am Abend zuvor noch sicher gewesen, dass sich der Schneemann umgebracht hatte. In diesem Fall wäre die Flucht sinnlos, überflüssig gewesen. Zusätzlich zur Observierung der Limingantie und den normalen Fahndungsmaßnahmen hatten in dieser Nacht Polizeistreifen Überprüfungen an Übernachtungsplätzen von Leuten, die man für Obdachlose hielt, vorgenommen. Systematisch wurden die verlassenen Gebäude der Gegend durchkämmt, aber der Schneemann wurde nicht gefunden.

»Harjunpää ...«

Harjunpää blieb stehen und wartete auf den hinter ihm her trottenden Kinnunen. Dieser folgte nicht seiner Spur, sondern watete durch das hüfthohe, sich unter der Last der Tauperlen biegende Gras, als wolle er unbedingt nasse Füße bekommen. Kinnunen blieb neben Harjunpää stehen und zog die Nase hoch.

»Warum hast du nicht gefragt, weshalb ich nicht geschossen habe, obwohl ich zwei Waffen hatte?«

Kinnunens Stimme klang hohl. Er betrachtete den Grashalm in seiner Hand und zupfte mit den Fingern die Flusen ab. Harjunpää erinnerte sich daran, wie sie als Kind auf dieselbe Art »Wer zieht den Kürzeren« gespielt hatten. Einen Moment lang wollte er sagen, das gehe ihn nichts an, aber er änderte seine Meinung.

»Du konntest nicht«, stellte er fest.

»Und warum nicht?«

»Tja. Du hast gedacht, der Mann ist ... Na, in der Aleksanterinkatu hätte ein Querschläger einen Unbeteiligten treffen können«, antwortete Harjunpää und fragte sich, warum er nicht in der Lage war zu sagen, was er eigentlich hatte sagen wollen. Kinnunen rupfte einen neuen Grashalm aus.

»Ich konnte nicht, stimmt. In der einen Waffe habe ich Gaspatronen und in der anderen bloß Platzpatronen. Und ich hatte auch noch nie ein Wurfmesser am Bein, falls du solche Gerüchte gehört haben solltest. Was du bestimmt hast.«

»Ja ...«

»Dachte ich mir. Alle wissen das. Das war dieser verdammte Mäkelä ... Ich hatte einen Muskelfaserriss und trug deshalb eine Bandage.« Kinnunen seufzte tief auf, machte aber keine Anstalten, sich in Bewegung zu setzen.

»Meine Freundin war auch bei der Polizei«, sagte er. »In Tampere, bei der Schutzpolizei. Eines Nachts wurden sie zu einem Einbruch gerufen. Die Typen haben was gemerkt und den Abgang gemacht, mit mindestens zweihundert Metern Vorsprung. Sie sind einen schmalen Weg entlang, wo man ihnen mit dem Auto nicht folgen konnte. Einer der Polizisten war ein alter Fuchs, der hat über Funk einen Hund angefordert, aber meine Freundin ist den Typen hinterher. Sie holte sie nicht ein und wollte einen Warnschuss abgeben, im Rennen. Sie hat nicht gezielt, sondern schräg vor sich nach oben geschossen … Genau in dem Moment hat sich der hintere Flüchtige umgedreht und ist wie ein Stein umgesackt. Er hatte ein Einschussloch mitten in der Stirn. Die Kugel war in einem leichten Bogen geflogen … Meine Freundin ist verurteilt worden. Noch heute zahlt sie der Familie von dem Kerl Rente, obwohl sie selbst drei Kinder hat.«

Harjunpää sagte nichts. Er nickte und er schlotterte, zum Teil vor Kälte. »Lass uns gehen«, sagte er kurz darauf.

Ihr Lada stand in der Straße, die zum Sportplatz von Annala führte. Die Scheiben waren von Tau überzogen, Harjunpää wischte mit der Hand über die Windschutzscheibe.

»Wir hätten den silbernen Käfer nehmen sollen«, sagte er. »Den kennen noch nicht alle …«

Kinnunen antwortete nicht. Er machte die Tür auf und setzte sich ans Steuer. Harjunpää fuhr nicht gerne Lada. Der Wagen roch nach feuchtem Kunststoff, nach Kälte. An dem Funkgerät unter dem Armaturenbrett brannte ein rotes Licht.

»Was ist denn das? Haben wir nicht gemerkt, dass der Schalter klemmt?«, wunderte sich Harjunpää verdutzt. In diesem Fall hätten sie sich auf etwas gefasst machen können, denn ein gedrückter Schalter hielt den Kanal besetzt und blockierte den Funkverkehr der anderen.

»Das ist das Zeichen für einen Selektivruf«, sagte Kinnunen, und zum ersten Mal seit der Flucht des Schneemanns erschien ein Lächeln auf seinen Lippen. Offensichtlich erriet er Harjunpääs Gedanken und erinnerte sich ebenfalls an die beiden Streifenbeamten, die bei klemmendem Schalter ein ziemlich kritisches Gespräch über ihre Vorgesetzten geführt hatten. Harjunpääs Wangen wurden rot. Er blickte auf Kinnunen, auf dessen Lächeln, durch das sich der Walrossschnauzer hob und das kein spöttisches Lächeln war. Er grinste selbst, als er das Mikrofon in die Hand nahm.

»Zentrale. Risto eins ruft ...« Harjunpää versuchte zu erraten, welche Nachricht auf sie wartete. Möglichkeiten gab es viele – er suchte sich die angenehmste heraus, diejenige, auf die er am meisten hoffte, aber trotzdem sprangen seine Gedanken hin und her. Irgendwo regte sich auch bereits Erleichterung, aber seine Hände blieben dennoch kalt. Kinnunen beugte sich näher zum Funkgerät.

»Jetzt haben sie ihn«, hauchte er.

»Wer weiß«, entgegnete Harjunpää, auch er flüsternd. Er wusste, dass einer der Diensthabenden wahrscheinlich zum Kaffeetrinken gegangen war und der andere vielleicht gerade telefonierte, musste sich aber trotzdem zusammenreißen, um seinen Ruf nicht sofort zu wiederholen.

»Wer ruft Zentrale?«

Das war Kugelblitz, ein unglaublicher Kerl, der in der Lage war, gleichzeitig den Funkverkehr zu regeln, mit einem, der vor ihm stand, zu reden und über zwei Telefone zu telefonieren, ohne etwas durcheinander zu bringen. Außerdem kaute er ständig Kaugummi, mit schnellen, scharfen Beißbewegungen, und Harjunpää hörte, dass er auch jetzt die Zeit gefunden hatte, zwischen den letzten beiden Worten eine kleine Kaugummiblase zu machen. Harjunpää lächelte; beim Kugelblitz wurde ihm ebenso warm ums Herz wie bei Thurman. »Risto eins war das«, sagte er. »Du hast uns gerufen. Das Selektivlämpchen hat gebrannt.«

»Risto eins, Risto eins. Warte mal einen roten Moment ... Jep. Harjunpää und Kinnunen?«

»So ist es.«

»Null-fünf-null-vier Risto drei-neun – Ahvenainen, Kaartinen, Kauranen – bat um Verbindung mit euch. Da waren sie in Toukola, in der Kaanaantie, meinten, ihr solltet auch kommen. Nahmen an, da wäre was Interessantes für euch ...«

»Aha. Was Näheres?«

»Sorry. Ich war nicht selbst vor Ort. Aber ich kann eine Verbindung versuchen, wenn du willst.«

»Nicht nötig. Ich rufe sie selbst. Wir sind ziemlich dicht dran, wahrscheinlich hör'n sie's direkt. Danke.«

»Keine Ursache. Ciao.«

Harjunpää hielt das Mikrofon vor den Mund, drückte aber nicht sofort den Knopf. Er überlegte, was er sagen sollte, und je länger er überlegte, umso unruhiger wurde er. Seine gute Laune von eben verschwand, und es drückte ihn im Bauch wie vor Jahren, als er zum ersten Mal allein zum Tatort einer Messerstecherei gegangen war. Er warf einen Blick auf Kinnunen. Dessen Gesicht war erregt, ungeduldig.

»Verdammter Mist«, sagte Harjunpää steif. Er wusste besser als sein Kollege, was es normalerweise zu bedeuten hatte, wenn beide Nachtschichtler von der Gewalt und ein Mann von der Technik gemeinsam unterwegs waren.

Rasch ging er alle Möglichkeiten durch. Falls es sich um eine gefährliche Situation handelte, wären auch andere dort, der Kugelblitz hätte davon gewusst, und er und Kinnunen hätten in der Morgenstille die Sirenen der herbeieilenden Polizeifahrzeuge gehört. Harjunpää lehnte sich mit seinem ganzen Gewicht im Sitz zurück. Bevor er den Knopf drückte, wischte er sich über die Stirn.

»Hört Risto drei-neun Harjunpää direkt?« Seine Worte kamen ihm langsam und breiig vor, beinahe ängstlich.

»Ahvenainen allein hört. Ich hole gerade einen Film.«

»Habt ihr den Schneemann geschnappt?«, fragte Harjunpää, worauf er einen undefinierbaren Laut aus dem Funkgerät hörte, der ein trockenes Lachen sein mochte. Ahvenainen lachte nicht oft, lächelte nicht einmal.

»Na ja ... So könnte man es ausdrücken.«

»Ist er ...«

»Ja. Vierzehn«, sagte Ahvenainen und lachte nicht mehr.

Harjunpää schwieg. Auf einmal war er unfassbar müde. Ein Gefühl der Betäubung machte sich in seinem Kopf und in seinem Körper breit, überflutete ihn regelrecht, und er wusste, wie sinnlos es war, dagegen anzukämpfen, und dachte, dass er das eigentlich auch gar nicht wollte. Das Mikrofon in seiner Hand fühlte sich schwer an. Er führte es zum Mund.

»Wir kommen«, sagte er.

»Okay. Es ist das Stück von der Kaanaantie, das zum Wagendepot führt. Den VW-Bus seht ihr bestimmt. Ihr geht einen Pfad entlang bis zum Ufer, leicht schräg nach rechts. Ich werde nicht warten. Alles klar?«

Harjunpää drückte als Antwort die Taste.

»Fahren wir«, sagte er leise zu Kinnunen. Der Motor sprang erst beim vierten Versuch an, aber diesmal hatte das nichts mit dem Auto zu tun.

Kinnunen parkte hinter dem VW-Bus. Sie stiegen aus, rochen das Meer und hörten die heiseren Rufe der Krähen. Am Tor im Maschendrahtzaun hing ein glänzendes Schloss, größer als das vorige. Der ausgebrannte Bus war fort, aber man konnte noch erkennen, wo er gestanden hatte, denn auf der Erde war ein großes Rechteck, in dessen Mitte Löwenzahn wuchs. Harjunpää ging auf die wuchernden Weiden am Ende der Straße zu. Der Asphalt hörte auf, die Erde wurde grau, und es wuchs nichts mehr darauf. Der Pfad war als flache Spur zu erkennen, Harjunpää folgte ihm und blieb erst bei der Betonröhre stehen. Er stützte sich mit den Händen an ihrer rauen Oberfläche ab und schaffte es unter großer Kraftanstrengung auf die Röhre hinauf. Er blickte sich um, sah über die Weiden hinweg Kinnunen die Wagentüren überprüfen und auf das Ufer zukommen. Dann blieb er stehen, kehrte zum Wagen zurück und überprüfte noch einmal alle Türen.

In der anderen Richtung tat sich das Ufer über eine Breite von mehreren hundert Metern auf. So weit Harjunpääs Blick reichte, war es unbewachsen, grau und trostlos. Hier und da sah man flache Haufen aus Ton- und Porzellanscherben, und inmitten dieses Schutts waren die runden Mundöffnungen von abertausend Tassen und Kannen zu erkennen. Sie schienen zu rufen und zu schreien, brachten aber nicht den geringsten Laut heraus.

Das Meer sah trübe aus. Die Autos auf der Brücke von Kulosaari wirkten klein, Harjunpää kam es vor, als hätte jemand eine riesige Perlenkette über die Bucht gespannt. Dreihundert Meter entfernt, nahe an der Uferlinie, bewegte sich etwas. Harjunpää konnte nur den Kopf sehen, ab und zu etwas von den Schultern. An dem kahlen, länglichen Schädel erkannte er Ahvenainen. Jetzt wusste er, wohin er zu gehen hatte. Er sprang von der Röhre hinab und sah Ahvenainen nicht mehr, sondern nur noch die Krähen, die mit plumpen Flügelschlägen über dem Wasser flatterten.

Einige Krähen, die sich auf der Erde niedergelassen hatten, flüchteten vor Harjunpää. Die Luft sirrte unter ihren Schwingen, aus der Nähe klang ihr Gekrächze fremd, wie das Schreien eines anderen Tieres. Harjunpää merkte, wie sich seine Haut straffte. Die Vögel flogen nicht weit davon, sondern landeten direkt hinter ihm. Der Wall endete jäh, er fiel zwei Meter zum Meer hin ab, und Harjunpää hörte die gedämpften Stimmen der Männer schon, bevor er den Rand erreicht hatte.

Sie standen auf einem gut einen Meter breiten Sandstreifen, der bei Sturm sicherlich überflutet war, aber jetzt herrschte Flaute, ihre Spuren waren dunkel und scharf im Sand zu erkennen, und sie brauchten nicht auf ihr Schuhwerk zu achten. Kaartinen und Kauranen drehten sich um und blickten nach oben, aber Ahvenainen blieb nach vorne gebeugt und mit gespreizten Beinen bei der Leiche stehen. Er stellte seine Kamera ein, drückte den Auslöser. Das Geräusch klang unnatürlich laut. Dann richtete Ahvenainen sich auf, trat zur Seite, und Harjunpää konnte die ganze Leiche sehen.

Er erkannte den Schneemann sofort. Er erkannte ihn an den langen Händen, den schmalen Schultern, an der rechten Hand, die zwei Daumen hatte, und an den blauen Turnschuhen und dem ausgeblichenen Overall, auf dessen Brustseite in braunen Blockbuchstaben stand: »Kriminalpolizei«. Er dachte, dass es hinsichtlich der offiziellen Identifizierung keinerlei Probleme geben würde, obwohl der Schneemann keinen Kopf mehr hatte. Harjunpää warf einen erneuten Blick auf den Oberkörper des Toten und sah an der Stelle des Halses eine tiefe, rot klaffende Öffnung. Er richtete den Blick auf das Meer. Die flache Batterie mit den dünnen Kupferdrähten neben den gekrümmten Knien des Schneemanns hatte er gesehen. Aus dem Schilf auf der anderen Seite der Bucht stiegen Möwen auf und flogen lautlos dem hinter den Inseln liegenden offenen Meer entgegen.

»Ist das der Mann?«, fragte Kaartinen sanft. Harjunpää nickte. Kinnunen tauchte neben ihm auf, wich zurück und setzte sich auf die eine Hälfte eines Waschbeckens.

»Da dürftet ihr leicht einen Riesenhaufen Fallabschlüsse zusammenbekommen«, sagte Kauranen.

»Ich weiß nicht ... Suttelin ist nur dazugekommen, den letzten Fall zu behandeln. Und auch den nur vorläufig«, sagte Harjunpää.

»Dann ist es aber mies gelaufen. Ihr werdet höllisch Arbeit haben, wenn ihr versucht rauszukriegen, wo er bei jedem einzelnen Brand gewesen ist. Oder gebt ihr auf?«

»Ich weiß es nicht. Suttelin entscheidet das.«

»Na klar ...«

Kauranen trug Gummihandschuhe und hielt einen dritten Handschuh zwischen den Fingern, der rot verschmiert war und eindeutig etwas enthielt. Als hätte er Harjunpääs Gedanken erraten, hob Kauranen den Einweghandschuh in die Höhe.

»Ein Stück Kopfhaut«, erläuterte er. »Mehr ist allerdings nicht zu finden. In so einer Stange Dynamit steckt eine wahnsinnige Kraft, da zersplittert alles in Atome. Und auch noch direkt am Wasser.«

Harjunpää begnügte sich mit einem Nicken.

»Übrigens«, fing Kaartinen höflich an. »Nehmt ihr das mit zu euch, oder kommt das zu uns?«

»Nehmt ihr es«, sagte Harjunpää nach kurzem Überlegen. »Das ist besser. So vermeiden wir später überflüssige Diskussionen, wenn es in verschiedenen Abteilungen läuft.«

»Genau. Ich muss allerdings zugeben, dass wir uns gewisse Hoffnungen gemacht haben.«

»Eine Explosion. Gehört das nicht zu euch?«, warf Kauranen ein. Harjunpää antwortete nicht. Er wusste, ihm wären auch solche Witzeleien eingefallen, hätte er unten am Wasser gestanden.

»War der nicht Bergmann von Beruf?«, fragte Kaartinen, als wäre ihm gerade etwas aufgefallen.

»Steinbrucharbeiter ... Das ist ungefähr dasselbe.«

»Aha. Das erklärt, wo er den Sprengstoff herhat. Der ist allerdings wer weiß wie lange versteckt gewesen. Aber habt ihr gemerkt – ich weiß nicht, ob euch das schon mal begegnet ist, bei mir ist es das dritte Mal –, dass es in der Art, wie sie es machen, immer einen Zusammenhang mit dem Beruf gibt? Alle drei hatten mit Sprengungen oder mit Steinen zu tun ...« Kaartinen führte die Hand an sein rundes Kinn. Die Beobachtung gefiel ihm eindeutig.

»Wir werden hier wohl nicht mehr gebraucht«, sagte Harjunpää tonlos. »Im Präsidium bekommt ihr die Personalien ...«

Er hob eine Hand und musste sich dafür anstrengen, denn die Hand war schwer und taub. Er wandte sich ab, ging an dem sitzenden Kinnunen vorbei, ohne ihn anzuschauen, und dann zur Kaanaantie zurück. Sein Inneres kam ihm vor wie das Meer, trübe und schwer. Er fühlte sich überflüssig und nutzlos, hatte das Gefühl, als zerränne ihm alles zwischen den Fingern, käme zurück und zerränne erneut. Die Porzellanstücke knackten unter seinen Füßen, aber er gab sich keine Mühe, ihnen auszuweichen. Ihn beschlich das Gefühl, das endlos graue Ufer würde ihn verspotten, versuchen, ihn aufzusaugen.

Vor dem Abflussrohr aus Beton blieb Harjunpää stehen. Es versperrte ihm den Weg. Er holte tief Luft, kletterte darüber hinweg, und als seine Füße auf dem Boden aufkamen, merkte er, dass er seine Frau fast schmerzlich vermisste. Er wollte bei Elisa sein. Er wollte, dass es Abend war und Elisa ihn bat, ihr den Rücken zu kratzen. Das tat sie immer, wenn Harjunpää schon halb eingeschlafen war, und deshalb hatte er sich immer ein bisschen über die juckenden Schultern seiner Frau geärgert. Aber jetzt sehnte er sich danach, mit den Fingern über Elisas warme, lebendige Haut zu fahren.

Sie erreichten den Asphalt und das Auto. Kinnunen ließ sich Zeit, als er den Schlüssel ins Zündschloss steckte.

»Hör mal«, sagte er kaum hörbar, »glaubst du, dass er hinter allem steckt? Dass er der Pyromane war?«

»Ich weiß es nicht.«

»In seiner Wohnung ist ein Messer gefunden worden. Die Breite passt genau. Das muss irgendwas zu bedeuten haben.«

»Vielleicht ... Aber andererseits, woher soll man wissen, wessen Messer das ist und wie es dahin gekommen ist? Es gibt Tausende solcher Messer. Vor Gericht hätte das jedenfalls nicht als Beweis ausgereicht ...« Ohne einander anzuschauen saßen sie da, starrten schweigend auf das blaue Heck des VW-Busses mit dem weißen Streifen. Kinnunen hielt immer noch den Schlüssel fest, drehte ihn aber nicht um. Harjunpää hatte das Gefühl zu schlafen, obwohl er wusste, dass er wach war.

Kinnunen drehte sich um. Er tat es langsam, vorsichtig, als bereitete ihm die Bewegung Schmerzen, und er hielt erst inne, als er mit den Rippen das Lenkrad berührte. Ein erstaunter, ahnungsvoller Ausdruck lag auf seinem Gesicht.

»Hör mal«, begann er verwundert. »Wenn jetzt keine Brände mehr gelegt werden ...«

Harjunpää fuhr zusammen, erschrak fast und richtete sich ein wenig auf.

»Mensch«, sagte er ebenso gedehnt wie Kinnunen. »Daran habe ich noch gar nicht gedacht ...«

»Verdammt!« Kinnunen schlug mit beiden Händen aufs Lenkrad, rüttelte daran. Dann ließ er den Motor an, und diesmal klappte es schon beim ersten Versuch.

Sie fuhren am Ufer entlang auf die Innenstadt zu, und die Straßen waren voller Autos, die in dieselbe Richtung drängten. Abgase erfüllten die Luft, nach dem feuchten Geruch des Meeres wirkten sie in der träge vorwärts kriechenden Kolonne erstickend und schlimmer als üblich. Harjunpää saß schlaff auf seinem Sitz und dachte an Kinnunens Einfall. Er konnte nicht verhindern, dass der schwache Trost, den er mit sich brachte, von Minute zu Minute abnahm. Er dachte an die bevorstehenden Arbeitstage, an die Dutzende von Dingen, die er nicht vergessen durfte, an die unzähligen Seiten der Vernehmungsprotokolle, die er schreiben musste, und überraschenderweise kamen ihm diese Routineaufgaben jetzt übermächtig vor. Beinahe verzweifelt glaubte er, nie mehr nach Hause zu kommen.

KAPITEL 22

Der Ton der Entenpfeife

Auf dem Küchentisch brannte eine Kerze. Die Harjunpääs ließen oft Kerzen brennen, auch im Sommer, manchmal mitten am Tag. Harjunpää mochte die flatternden Flammen, ein wenig so, wie er seine Vögel mochte, sie waren lebendig und warm, und er wusste, dass Elisa eine brennende Kerze noch mehr bedeutete, sie war eine Art Zeichen für sie, eine Erinnerung daran, dass jemand ständig auf sie aufpasste, dass sie nie allein waren, ganz gleich, wie die Welt sie behandelte.

Harjunpää saß am Kopfende des Tisches, Elisa an der Längsseite, dort, wo sie auch sonst immer saß, aber sie aßen nicht, tranken nicht einmal Kaffee. Leicht angespannt saßen sie da. Harjunpääs Handfläche lag offen auf dem Tisch, und Elisas Finger lagen darauf wie schlafende Vogeljunge im Nest. Pauliina schlief im Zimmer nebenan, und obwohl die Tür zu war, hörte man ab und zu deutlich das Schmatzen der Unterlippe. Schräg über ihnen, vielleicht ein oder zwei Stockwerke weiter oben, suchte jemand auf der Flöte nach einer Melodie, fand sie nicht und begnügte sich damit, ein melancholisches Thema zu wiederholen. Draußen war es dunkel. Es ging auf elf Uhr zu.

»Immer noch?«, fragte Harjunpää vorsichtig, denn er wollte Elisa mit seiner Frage nicht beunruhigen, zumal ihm einfiel, dass er diese Frage in Variationen schon oft gestellt hatte. Die Lage würde sich vermutlich nicht mehr ändern, dennoch musste er sich versichern, ob die Hilfe seiner Schwester auch wirklich notwendig war. Er wollte sie nicht umsonst aufwecken und nur wegen zufällig etwas hartnäckigerer nächtlicher Wehen aus dem Haus scheuchen.

»Ich hab fast das Gefühl, als würden die Intervalle immer kürzer«, antwortete Elisa leise, und als Harjunpää ihr in die Augen schaute, wusste er, dass sie weit weg war, unerreichbar allein, dass sie in sich hineinhorchte und auf das Leben, das sich in ihr regte.

»Und sie halten jetzt auch schon seit zwei Stunden an ... Um sechs hatte ich zum ersten Mal das Gefühl: Jetzt ist es so weit. Aber ich habe mich nicht getraut, etwas zu sagen, weil ich dachte, wenn ich mich irre ...« Harjunpää schloss die Hand um Elisas Finger.

»Das wäre doch nicht schlimm gewesen. Sollte eine Zweitgebärende nicht früher in die Klinik?«, sagte er und vermochte nur mit Mühe seine leichte Unruhe zu verbergen. Er dachte an all die Geschichten über Geburten in Taxis, die er gehört hatte, und er dachte an seine Kusine, deren zweiter Sohn im Duschraum der Frauenklinik auf die Welt gekommen war.

Elisa nickte. »Aber ich will mir sicher sein«, sagte sie.

»Um nicht bei blindem Alarm auszurücken, so wie es bei Mirkku war. Ich würde es nicht ertragen, wieder heimzukommen und weiter zu warten ...«

»Ja. Kikke kommt bestimmt bald. Sie hat versprochen, sich sofort auf den Weg zu machen.«

Die Wanduhr schlug elfmal. Genau drei Minuten später rief auch der Vogel in der Kuckucksuhr des Nachbarn röchelnd elfmal. Aus dem Zimmer hörte man Pauliinas Säuseln und einen leichten Schlag, als ihre warme Hand beim Umdrehen gegen das Kopfende des Bettes stieß. Die Flöte verstummte, die Melodien verschwanden, es gab keine Musik mehr. Das Haus versank in Schlaf. Harjunpää sah durch den Vorhangspalt einen blassen, blauen Glanz: Irgendwo über den schwarzen Dächern und Schornsteinen musste der Mond stehen. Er dachte an das Lied »Über den Dächern segelt das blaue Schiff des Mondes« und wusste nicht, warum der Mond in der Stadt immer blau war, auf dem Land aber gelb, und er wusste auch nicht, warum er so betrübt war, obwohl er lange auf diesen Abend gewartet hatte und überzeugt gewesen war, sich dann zu freuen.

»Im Kühlschrank ist fertiges Essen für mindestens drei Tage«, sagte Elisa. Sie war immer noch weit weg, nur ein wenig näher gerückt. »Vielleicht ist es am besten, zuerst die Würstchen zu essen, ich hab die Tüte nämlich gestern schon aufgemacht.«

»Ja.«

»Für Pauliina kann man tagsüber die Pfannkuchen aufwärmen. Und mach ihr Preiselbeermarmelade drauf, auch wenn sie Himbeere haben will ... Übermorgen könnt ihr den Nudelauflauf essen. Du machst ihn einfach warm. Aber denk dran, den Deckel abzunehmen und die ganze Form in kochendes Wasser zu stellen. Zehn Minuten reichen.«

»Gut.« Harjunpää drückte die Hand seiner Frau. Sie waren diese Dinge schon mehrmals durchgegangen, er kannte jede Dose und Tüte im Kühlschrank auswendig, machte aber ein aufmerksames Gesicht, als hörte er es zum ersten Mal.

»Und die Joghurts?«, fragte er. Auch für ihn schienen die schweigend vergehenden Momente das Warten nur zu verlängern.

»Das Verfallsdatum steht auf dem Deckel. Nimm sie in der richtigen Reihenfolge heraus. Und wenn du in den Laden in der Satamakatu gehst, dann schau genau auf das Datum!«

»Da werde ich kaum hingehen. Bei denen hängen immer noch die alten Sonderangebotsschilder, und ich denk dann nicht dran aufzupassen ... Deshalb habe ich auch diesen teuren Weichspüler gekauft.«

»Der Besitzer ist ein Fuchs«, stellte Elisa nachdenklich fest. Harjunpää bedeckte die Finger seiner Frau jetzt ganz und gar. In seinem leeren Inneren regte sich Zuneigung, dazu noch etwas anderes, am ehesten vielleicht ein leicht amüsiertes

Staunen, er wusste, er hätte an Elisas Stelle nicht die Kraft gehabt, sich um Nudelaufläufe, Joghurtbecher und ausgefuchste Händler Gedanken zu machen.

Draußen schepperte das Tor. Sie hörten Schritte über den Hof gehen, das Rasseln eines Schlosses im Treppenhaus, das leise Quietschen von Scharnieren. Harjunpää stand auf.

»Das ist Kikke«, sagte er. Plötzlich begriff er, dass nun etwas zu Ende ging, dass sie einen Lebensabschnitt hinter sich gebracht hatten, dass sie nie mehr vor einer Kerze in der Küche sitzen und nur Pauliinas Schlafgeräusche hören würden, und er begriff, dass sie bald von fremden Menschen umgeben sein würden, Elisa ihnen vollkommen ausgeliefert, er selbst eher als Außenstehender, als kraft- und hilfloser Zuschauer.

»Timo ...« Elisa stand auf, langsam und unbeholfen, ihr Bauch berührte Harjunpääs Arm. »Im unteren Fach der weißen Kommode sind in einer roten Tüte alle Babykleider. Denk daran, sie Pauliina tragen zu lassen, falls ... wenn ihr uns abholen kommt. Und hol auch das Gitterbett erst dann vom Speicher ... Den Wagen kannst du auch so lange dort lassen ... bis wir wissen, wann wir rauskommen.«

»Elisa.« Harjunpää schlang beide Arme um seine Frau und zog sie an sich. »Na klar. Ich denke daran«, sagte er, und die eigentliche Bedeutung seiner Worte konnte man nur dem zärtlichen Tonfall entnehmen. »Und was ist mit deiner Tasche?«, fragte er munter, beinahe fröhlich. Er wusste, die Tasche stand in der Diele bereit, mit allen notwendigen Dingen darin gepackt, denn er hatte sie selbst dort hingestellt. Es läutete leise an der Tür.

»... du kannst in Elisas Bett schlafen, es ist frisch bezogen. Ich lege mich dann auf die Couch, falls ihr noch schlaft, wenn ich komme, du und Pauliina. Kann sein, dass sie ein bisschen Angst bekommt, wenn wir beide nicht zu Hause sind, obwohl ich ihr schon gesagt habe, dass du morgen früh möglicherweise da bist«, erklärte Harjunpää und ließ seinen Blick durch die Küche wandern, als hoffe er, sich an noch etwas Wichtiges, in

Vergessenheit Geratenes zu erinnern. »Ach ja …« Rasch trat er an den Eckschrank, in dem die Cognacflasche, die Zwiebeln und die für den Fall akuten Geldmangels gekauften Konservendosen aufbewahrt wurden, und nahm ein Blatt Papier heraus. Er zögerte kurz, bevor er es seiner Schwester gab.

»Gib das hier morgen früh Pauliina. Und wenn du ihr das vorlesen könntest … Sie kann zwar auch selbst darum bitten, aber falls sie nicht daran denkt.« Ein wenig verlegen reichte er seiner Schwester den Brief, der für Pauliina gedacht war.

»Mamas und Papas liebste Pauliina!«, stand am oberen Rand. »Die Mama ist im Krankenhaus und bekommt ein Baby. Das Baby kommt jetzt aus Mamas Bauch heraus. Papa ist bei der Mama. Er kommt bald nach Hause. Mama und das Baby bleiben ein paar Tage im Krankenhaus. Dann holen Pauliina und Papa sie zusammen ab. Pauliina darf die Tüte mit den Kleidern für das Baby tragen. Sei ein tüchtiges Mädchen. Pass gut auf Kikke auf. Tschüs, Mama und Papa.« An den unteren Rand hatte Harjunpää Elisa und sich und dazwischen Pauliina gezeichnet. Auch das Baby war auf dem Bild, aber deutlich kleiner als Pauliina, die auf der Zeichnung fast so groß war wie ihre Eltern.

»Ich werde daran denken«, sagte Harjunpääs Schwester. Sie lächelte sanft, ein wenig wie die Mona Lisa, und Harjunpää war sich über die Bedeutung dieses Lächelns nicht im Klaren. Spöttisch oder kalt hatte es auf ihn noch nie gewirkt, und jetzt brachte es ihm eine in Vergessenheit geratene Kindheitserinnerung ins Gedächtnis zurück, und er wusste, Pauliina würde nichts fehlen. Elisa kam aus dem Zimmer und wischte sich verstohlen den Augenwinkel.

Sie gingen. Harjunpää wunderte sich, wie ruhig er war. Wäre er gewesen wie sonst, hätte er das Gefühl gehabt, Mäuse würden unter seinen Achseln nagen, er wäre in seinen Worten durcheinander geraten, hätte etwas vergessen. Er wünschte sich, wenigstens etwas angespannter zu sein – gerade so viel, um sich nicht einer unbekannten Macht unterworfen zu fühlen. In der Hofeinfahrt stellte Harjunpää zufrieden fest, dass die Lacher in dieser Nacht nicht an ihrem Stammplatz an der Ecke der Volksschule waren. Als Nächstes überlegte er ein wenig besorgt, ob ihr gebraucht gekaufter Wartburg anspringen würde, obwohl er wusste, dass der Wagen bislang nicht mal im Winter bei Minustemperaturen Zicken gemacht hatte. Trotzdem klopfte er auf die Tasche mit dem Portemonnaie und war froh, für alle Fälle genug Geld für ein Taxi eingesteckt zu haben. Sie kamen auf die Straße; Stille und Sommergerüche nahmen sie in Empfang.

Der Fußboden im Wartezimmer war hellgrün, die Decke weiß. Die Wände waren cremefarben, die Türen aus Glas, matt und undurchsichtig wie Nebel im Herbst. Außer ihm war niemand im Raum, und Harjunpää war zufrieden. Er wollte mit niemandem sprechen, niemandem zuhören, nicht den Eindruck erwecken, als bedeuteten ihm die Worte des anderen etwas. Er blätterte in dem Zeitschriftenstapel auf dem flachen Tisch, fand nur Fachblätter aus dem Pflegebereich, die keine Titelseiten mehr hatten, und war letztlich froh, nichts anderes zu finden. Er suchte nur um des Suchens willen nach einer Zeitschrift, wohl wissend, dass er gar nicht lesen wollte.

Er blickte auf die Uhr und stellte fest, dass wieder einige Minuten vergangen waren, wusste aber nicht mehr, wie viele, seit Elisa in den Kreißsaal geschoben worden war. Es schien ihm lange her zu sein, vielleicht eine Stunde schon, oder fast zwei, und er hätte sich gern eine Zigarette angesteckt, aber an der Wand hing ein Verbotsschild – ausnahmsweise einmal an der richtigen Stelle, wie er sich eingestand. Erleichterung verschaffte ihm das allerdings nicht.

Nachdem eine Frau hineingegangen war, war die Gegensprechanlage des Kreißsaals offen geblieben. Harjunpää hatte die Geräusche von drinnen mit verfolgen können, ein Telefon hatte geklingelt, die Schwestern hatten sich unterhalten, eine Frau hatte geschrien, aber dominierend waren die unterbrochenen, seltsamen Schreie, die ihn an den Ton einer Entenpfeife erinnert hatten. Fast eine Minute lang hatte er ihnen gelauscht, bis er begriff, dass es die kurzen, trompetenden Töne der neugeborenen Kinder waren, die der Welt verkündeten, dass etwas geschehen war: Hier kommt wieder ein neues, einzigartiges und erstaunliches Leben auf die Welt. Die Anlage war fast eine Viertelstunde offen geblieben, und Harjunpää hatte es Leid getan, als jemand die Verbindung zum Kreißsaal unterbrochen hatte.

Er ging im Zimmer auf und ab, er war wegen Elisa unruhig und wunderte sich, dass noch immer niemand zu ihm gekommen war und ihn aufgefordert hatte, sich umzuziehen, aber wie ein im Wartezimmer schwitzender Vater, der sich darauf gefasst macht, in Ohnmacht zu fallen, fühlte er sich nicht. Die Witze, in denen solche Väter vorkamen, fielen ihm jetzt wieder ein, und er spürte eine leichte Bitterkeit in sich aufsteigen. Diese Witze, begriff er, waren ein Teil der seltsamen Vorstellungen, wie sie die Welt den Menschen in den Kopf setzte. So wurden die Väter von ihren Kindern bereits entfremdet, bevor sie noch geboren waren. Diese Witze strotzten vor grausamem, kaltem Hohn.

Er ging zur Tür und blieb lauschend davor stehen. Vom Gang her hörte er das Rauschen einer Dusche, das Klimpern von Glasgefäßen, die gegeneinander stießen, eine Tür schlug zu, irgendein Instrument wurde auf einen Metalluntersatz gestellt, jemand stieß ein kurzes, vor Müdigkeit wildes Lachen aus. Harjunpää hatte plötzlich das Gefühl, bei der Arbeit zu sein, im Nachtdienst, als wäre er, wie schon Hunderte Male zuvor, ins Krankenhaus gekommen, um rechtzeitig mit dem Opfer einer Messerstecherei zu reden, bevor es starb oder in den OP gebracht wurde, und er wandte sich abrupt ab. »Kreißsaal« stand auf dem Türschild, genau. Er wischte sich über die Stirn, fing wieder an, den Raum abzuschreiten, beruhigte sich allmählich.

Er dachte an seine Frau. Er dachte an die Wochen im Juni, an die zwei Wochen, die ihm wie eine Ewigkeit erschienen waren, als Elisa in der Klinik gewesen war und er mit Pauliina zu Hause. Da hatte er ganz und gar begriffen, was Elisa ihm bedeutete. Und was Elisa Pauliina bedeutete. Und was die zahllosen Verrichtungen bedeuteten, die Elisa tagtäglich erledigt, und die er für klein, für selbstverständlich gehalten hatte, für die er sich nur selten einmal bedankt hatte, für die er nur selten ein Wort der Anerkennung gehabt hatte. Erst da war ihm endgültig aufgegangen, dass der Mensch sein wahres Glück nicht versteht und nicht dafür dankbar zu sein weiß, bevor er es verliert. Harjunpää trocknete sich die rau gewordene Stirn und ließ sich auf einer Bank nieder. Er versuchte an nichts zu denken, doch ungewollt setzte sich der Gedanke vom Juni in seinem Kopf fest, dass er ohne Elisa nicht auskäme, dass er in einer Sackgasse stecken würde, wenn er mit Pauliina allein bliebe. Er erinnerte sich an den Schneemann und an dessen Frau und stand wieder auf.

Vom Gang betrat eine Schwester den Raum. Sie war jung, ihr weißer Kittel kurz und eng, ihre runden Brüste ragten nach vorne, die von weißen Strümpfen verhüllten Beine machten ein knisterndes Geräusch beim Gehen. Harjunpää machte die Beobachtungen so mechanisch, als nähme er einen Tatort in Augenschein. Die Frau war schön, ein bisschen herb auch, und ihre bestrumpften Beine erinnerten ihn an Weißwürste.

»Herr Harjunpää?«, fragte sie, und ihre Stimme klang offiziell und metallisch.

»Das bin ich«, antwortete Harjunpää. »Ist etwas …«

»Hier ist ein Schlüssel. Ziehen Sie sich da drüben, in dem Zimmer links, den Anweisungen entsprechend um, die Sie erhalten haben. Die eigenen Kleider in eine Tüte, die Tüte in den Schrank. Dieser Schlüssel passt dort hinein. Bringen Sie mir den Schlüssel zurück, nachdem Sie sich die Nummer des Schranks eingeprägt haben. Die Nummer des Kreißsaals ist dieselbe. Bitte sehr …« Die Schwester drehte sich um und ging davon.

Harjunpää war ein wenig enttäuscht, gekränkt. Er hatte etwas erwartet, vielleicht ein kleines, freundliches Wort oder ein beruhigendes Lächeln. Aber dann wurde ihm klar, dass die Schwester eben ihre Arbeit machte, sie hatte Tausende Väter gesehen, Tausende Schlüssel überreicht, das alles war alltägliche Routine für sie, auch wenn es für ihn, Harjunpää, etwas Einzigartiges war. Vermutlich wurde sein Verhalten von vielen seiner Klienten als ebenso distanziert empfunden. Er schluckte seine Enttäuschung herunter, drückte den Knopf neben der Tür zum Umkleideraum und betätigte die Klinke, als der Summer ertönte.

Harjunpää sah in den Spiegel und hätte sich fast nicht wiedererkannt. Eine grüne Haube verbarg seine Haare, ließ die Stirn aber frei, was sie im Licht der Neonröhren schräg und zerfurcht aussehen ließ. Der weiße Kittel hing weit und flatternd an ihm, er ertrank fast darin und wusste nicht, ob er ihn richtig angezogen hatte. Vielleicht hätte man ihn doch vorne zubinden müssen. Er beugte sich vor, um seine Hosen sehen zu können, und was er sah, waren flatternde Röhren, die unter dem Kittel herausragten. Er konnte über den Anblick nicht einmal mehr schmunzeln, so nervös war er jetzt.

Noch einmal las er die an der Wand befestigte Kopie durch, wusste aber nicht mehr, ob er sich oft genug die Hände gewaschen hatte, ob er die Kleider in der richtigen Reihenfolge angezogen beziehungsweise eingetütet hatte. Von dem Gestell mit den Papierhandtüchern nahm er sein Telefongeld – mehr hatte er nicht bei sich, keine Uhr, keine Ringe, und ihm fiel auf, dass auf dem Gestell ein zweiter Münzstapel lag. Ein anderer Vater hatte ihn dort hingelegt, vermutete er, in seiner Nervosität aber vergessen, wo er das Kleingeld deponiert hatte, und war nun vielleicht sogar zufrieden, die Pflichtanrufe bei den Verwandten auf später verschieben zu können. Harjunpää nahm das Geld in die Hand, und es wurde sofort feucht. Er drückte die Glastür auf und trat in den schwach erleuchteten, sterilen Gang.

Der Gang war leer, er machte eine sanfte Biegung und schien unerreichbar irgendwo jenseits der Nacht zu verschwinden. Harjunpää schlitterte auf Socken vorwärts. An jeder Tür blieb er stehen, blickte auf die Nummer, schlich geräuschlos weiter. Allmählich überkam ihn das Gefühl, sich allein in einem riesigen Gebäude zu befinden, in dem sonst kein Mensch war, der wusste, dass er durch einen endlosen Gang irrte, oder der ihm sagen konnte, wohin Elisa geraten war. Das Schmettern einer Entenpfeife ließ ihn zurückschrecken. Der Ton war so stark und natürlich. Harjunpää hatte es plötzlich eilig, er befürchtete, zu spät zu kommen, im Laufschritt rutschte er über den maschinell gebohnerten Vinylboden, bis er auf einer Tür die bekannte Nummer erkannte.

Hinter der Tür war nichts zu hören. Sicherheitshalber klopfte er an, bevor er eintrat. Ein kleiner Raum empfing ihn, er war mit zwei Stühlen und einem niedrigen Tisch möbliert. An der Wand hing ein Münztelefon. Er schlich hin und legte seine Münzen auf den schwarzen Apparat. Gegenüber dem Telefon war ein WC. Er überlegte kurz, stellte fest, dass er keinen Grund hatte, es aufzusuchen, und ging hinüber zu einer abweisenden Holztür, hinter der ein leises Surren zu hören war, elektrisches Knacken, sonst nichts.

Harjunpää ließ den Kopf sinken, sein Kinn berührte fast die Brust, er faltete wie verstohlen die Hände und schloss die Augen. Dann blickte er auf, strich sich über die Augenbrauen und stieß ein kurzes, trockenes Schluchzen aus. Mit den Fingerspitzen drückte er gegen die Tür, die sich lautlos öffnete.

Vor ihm lag ein seltsamer Maschinenraum voller Metallgestelle, Röhren, Schläuche, Schränke, Waschbecken, überall glänzender Stahl. Das Licht war gedämpft, wie der Schlaf kurz vor dem Aufwachen, doch in der Mitte des Raums leuchtete über dem Geburtsbett eine starke Lampe, wie in einem Operationssaal oder beim Zahnarzt, und in ihrem sonnenhellen Lichtkegel lag Elisa.

Sie hatte die Beine angewinkelt, ihr Bauch ragte weiß auf

wie ein schneebedeckter Berg. Von dort führten Kabel zu einem Apparat, der an ein Oszilloskop erinnerte. Auf dessen Monitor pulsierte eine rote Kurve, und Harjunpää begriff nicht, was das sein mochte. Er trat auf die Schwelle und spürte, wie etwas in ihm vorging: Etwas Neues kam zum Vorschein, etwas Altes verschwand für immer. Seine Gedanken waren plötzlich kühl und klar, wie der Flug der Rauchschwalben am Himmel, und er dachte, das Kind, das geboren wurde, müsse ein Mädchen und gesund sein, und es würde Pipsa heißen.

Elisa rührte sich, sie hob die Hand. Sie führte sie zum Mund, biss hinein. Die Lichtkurve auf der runden Bildröhre wurde unruhig. Harjunpää räusperte sich dezent, trat in den Raum, ließ die Tür hinter sich zugehen. Mit ausgestreckter Hand näherte er sich dem Bett und seiner Frau. Er wusste, wo seine Hand hingehörte, warum sie ihm gegeben war. Glückliche Gedanken setzten sich in ihm in Bewegung, als er begriff, dass er immer seinen Platz hatte, dass er immer gebraucht wurde, selbst wenn er nie etwas anderes tun könnte, als die Hand zwischen die Zähne eines anderen Menschen zu stecken. Elisa hob den Kopf und versuchte zu lächeln.